Atrapada contigo

Atrapada contigo

Krista y Becca Ritchie

Traducción de María José Losada

TERCIOPELO

Título original: *Addicted to you*

© 2013, Krista & Becca Ritchie

Primera edición en este formato: junio de 2018

© de la traducción: 2017, María José Losada
© de esta edición: 2017, 2018, Roca Editorial de Libros, S. L.
Av. Marquès de l'Argentera 17, pral.
08003 Barcelona
actualidad@rocaeditorial.com
www.terciopelo.net

© del diseño de la portada: Sophie Guët
© de la imagen de cubierta: Shutterstock/Photographee.eu

Impreso por LIBERDÚPLEX, S.L.U.
Sant Llorenç d'Hortons (Barcelona)

ISBN: 978-84-946168-7-7
Depósito legal: B. 10510-2018
Código IBIC: FRD

RT16877

1

$\mathcal{M}$e despierto. Veo mi blusa arrugada sobre la alfombra de pelo largo y los pantalones cortos encima de la cómoda. Sin embargo, no sé dónde puede estar mi ropa interior. Quizá haya quedado enredada entre los pliegues de las sábanas o tal vez escondida tras la puerta. Ni siquiera recuerdo cuándo me la quité o si fue él quien lo hizo.

Noto que me baja un intenso calor por el cuello cuando lanzo una mirada furtiva al hermoso hombre que duerme a mi lado, un tipo con el pelo dorado y una larga cicatriz en la cadera. Gira sobre sí mismo en ese momento hasta quedar frente a mí. Lo miro paralizada, pero no abre los ojos cuando se abraza a la almohada, casi besando la tela blanca. A continuación lanza un ronquido entrecortado con la boca abierta, provocando que un fuerte olor a alcohol y a pizza de *pepperoni* alcance mis fosas nasales.

Sin duda, sé elegirlos...

Me levanto sigilosamente de la cama y camino de puntillas por la habitación recogiendo la ropa. Me pongo los pantalones cortos sin las bragas debajo, una vez más se las queda un hombre sin nombre. Cuando distingo mi camiseta gris, casi hecha jirones, se aclara un poco la imagen nebulosa de la noche pasada. Recuerdo que traspasé el umbral arrancándome la ropa como un Hulk en pleno ataque de furia. ¿De verdad resulto provocativa cuando hago eso? Me estremezco. Sin duda lo fui lo suficiente como para que este tipo se acostara conmigo.

Miro a mi alrededor desesperada y encuentro una camiseta suya descolorida en el suelo; me la pongo. Dejo que los mechones de pelo castaño, algo enredado y grasiento, me caigan sobre los hombros. Es entonces cuando veo mi gorro de lana. ¡Genial! Lo recojo y me lo pongo antes de salir de allí lo más rápido que puedo.

El estrecho pasillo está lleno de latas de cerveza vacías.

Tropiezo también con una botella de Jack Daniels llena de lo que parece saliva negra y un Jolly Rancher. Un *collage* con fotos de universitarias ebrias adorna la puerta a mi izquierda, aunque afortunadamente no es la de la habitación por la que acabo de salir. Debería haber pasado de este tipo del Kappa Phi Delta y buscar a alguien que no se dedicara a presumir de sus conquistas.

Tendría que haberme fijado más. Como regla general paso olímpicamente de los chicos de las fraternidades universitarias desde el último encuentro con uno de Alpha Omega Zeta. La noche que fui a AOZ, había una fiesta temática. Cuando traspasé el umbral del edificio de cuatro pisos, me cayeron encima unos cubos llenos de agua mientras un montón de chicos me gritaban que me quitara el sujetador. Fue todo como unas vacaciones de primavera muy cutres. No es que yo tenga mucho de qué presumir de cintura para arriba, así que antes de morirme de vergüenza crucé los brazos sobre el pecho y me perdí entre los torsos, buscando el placer en otros lugares, en otras personas.

En un sitio donde no me hicieran sentir como una vaca en venta.

Anoche rompí esa regla. Os preguntaréis por qué. Bueno, es que tengo un problema. Vale, en realidad tengo muchos, pero decir «no» suele ser uno de ellos. Cuando la fraternidad Kappa Phi Delta anunció que Skrillex daría un concierto en el sótano de su edificio, pensé que la gente de la fraternidad se mezclaría con otros universitarios normales, y eso me hizo pensar que quizá podría dar con un hombre al que le gustara la música *house*. Sin embargo, la estadística falló: solo había tipos de la propia fraternidad. Y eran muchos. Casi todos persiguiendo a cualquiera que tuviera dos tetas y una vagina.

Total, que al final Skrillex no apareció. Solo había un patético dj y unos cuantos amplificadores. Figúrate.

Oigo unas voces masculinas que suben por la escalera de mármol, y es como si los pies se me quedaran pegados al suelo. ¿Hay gente despierta? ¿En el piso de abajo? ¡Oh, no!

El paseo de la vergüenza es algo que he pretendido evitar a toda costa durante los cuatro años en la universidad. Me pongo muy colorada, no se trata de un leve rubor, sino de una erupción a manchas que me salpica el cuello y los brazos como si tuviera alergia a verme humillada.

Las carcajadas se intensifican, y el estómago se me revuelve ante la horrible imagen que da vueltas en mi mente. En ella, tropiezo con las escaleras y todas las miradas se vuelven hacia mí. Una expresión de sorpresa aparece en todos los rostros como si se preguntaran por qué su «hermano» decidió salir con una chica demacrada y con poco pecho. Quizá hasta serían capaces de lanzarme una pechuga de pollo, por aquello de que de lo que se come se cría.

Y sé de lo que hablo, porque para mi desgracia, ya me ocurrió en cuarto grado.

Así que tengo claro que me pondría a farfullar palabras ininteligibles hasta que alguno de ellos se apiadara de las intensas manchas que cubrirían mi piel cual leopardo rojo y me arrastrara hasta la puerta como si fuera un cubo de basura.

Esto ha sido un error; lo de entrar en la fraternidad, no lo del sexo. No dejaré que me vuelvan a obligar a beber chupitos de tequila sin control. Aunque sin duda, la presión de grupo es real.

No tengo demasiadas opciones: una escalera y un destino. A menos que me crezcan un par de alas y vuele desde la ventana del segundo piso, voy a tener que enfrentarme al temido paseo de la vergüenza. Me arrastro por el pasillo envidiando a Veil, el personaje principal de uno de los últimos cómics que cayó en mis manos; se trata de una joven vengadora que puede evaporarse en el aire, un poder que, sin duda, me vendría muy bien en este momento. En cuanto llego al escalón superior, suena el timbre de la puerta y echo un vistazo por encima de la barandilla. Unos diez miembros de la fraternidad están sentados en los sofás de cuero, vestidos con distintas versiones de pantalones cortos color caqui y polos con cuello. El que parece más lúcido de todos se dirige a abrir. Se las arregla para sostenerse sobre sus dos pies a la vez que se retira el cabello castaño de la cara, dejando a la vista una mandíbula cuadrada. Cuando veo que responde a la llamada, me siento más animada.

¡Sí! Esta es la oportunidad para escapar sin que me vean.

Utilizo esa distracción para deslizarme por las escaleras, dejando salir mi Veil interior. Cuando estoy en mitad de la escalera, Mandíbula Cuadrada se apoya en el marco de la puerta, bloqueando la entrada.

—La fiesta se ha acabado ya, tío. —Las palabras suenan como si el tipo tuviera la boca llena de algodones. Empuja la puerta, que se balancea hasta que se cierra ante la cara de la persona que llamó.

Bajo dos escalones.

El timbre suena de nuevo. Por alguna razón, quien sea parece más insistente y enfadado.

Mandíbula Cuadrada emite un gemido y gira bruscamente la manilla.

—¿Qué pasa ahora?

Uno de sus compañeros se ríe.

—Dale una cerveza y dile que se largue.

Avanzo unos pasos más. Quizá lo consiga, aunque nunca he sido una persona con suerte, creo que hoy me merezco una buena dosis.

Mandíbula Cuadrada sigue con la mano apoyada en el marco, bloqueando el paso.

—Escupe.

—Para empezar, ¿parece que no sé mirar un reloj o que no sé en qué hora del día vivo? No, joder. Claro que la fiesta se ha acabado. —¡Santo Dios! Conozco esa voz.

Me quedo inmóvil en la escalera. Un rayo de sol se cuela por la rendija que queda entre el polo naranja de Mandíbula Cuadrada y el marco de la puerta. Lo veo apretar los dientes, preparado para dar con la puerta en las narices al otro chico, pero el intruso planta su mano para impedírselo.

—Ayer por la noche me dejé algo aquí —dice.

—No te recuerdo.

—Pues estuve aquí. —Hace una pausa—. Un rato.

—Hay un lugar para recoger los objetos perdidos —replica Mandíbula Cuadrada de mala gana—. ¿De qué se trata? —Se aleja de la puerta y señala con la cabeza a uno de los chicos que están sentados en el sofá. Todos observan la escena como si fuera un estreno de la MTV—. Jason, ve a por la caja.

Cuando vuelvo a mirar a la puerta, veo al tipo que está fuera. Tiene los ojos clavados en mí.

—No es necesario —le oigo decir.

Recorro sus rasgos con la vista. Cabello castaño claro corto por los lados y más largo en la parte superior de la cabeza. Un cuerpo en forma que oculta debajo de unos Dockers gastados y de una camiseta negra. Pómulos prominentes y ojos del mismo color que el whisky escocés. Loren Hale se parece a una bebida alcohólica y él ni siquiera lo sabe.

Su más de metro ochenta y cinco llena el umbral de la puerta.

Mientras me contempla, muestra una mezcla de diversión e irritación. Tiene la mandíbula tensa. Los chicos de la fraternidad siguen la dirección de su mirada y se concentran en su objetivo.

Es decir, en mí.

Percibo el cambio de ambiente.

—Acabo de encontrarla —suelta Lo con una sonrisa tan tensa como amarga.

Noto que me empieza a arder la cara y utilizo las manos para cubrir mi humillación mientras corro hacia la puerta.

Mandíbula Cuadrada se ríe como si fuera él quien hubiera ganado aquel enfrentamiento masculino.

—Tu novia es una puta, tío.

No dicen nada más. El aire fresco de septiembre inunda mis pulmones cuando Lo cierra la puerta con más fuerza de la que seguramente pretendía. Hundo la cara en las manos y las aprieto contra mis mejillas ardientes. «¡Oh, Dios mío!», repito como una letanía para mis adentros.

Lo se abalanza sobre mí y me rodea la cintura con los brazos. Apoya la barbilla en mi hombro encorvándose un poco para salvar la diferencia de estatura.

—Espero que haya valido la pena —me susurra al oído. Su cálido aliento me hace cosquillas en el cuello.

—¿El qué? —Tengo el corazón en un puño. Su cercanía me confunde y me tienta. Nunca soy capaz de adivinar cuáles son sus verdaderas intenciones.

Me guía hacia delante mientras caminamos, con su pecho pegado a mi espalda. Apenas soy capaz de levantar un pie del suelo, y menos de pensar con claridad.

—Tu primer paseo de la vergüenza en una fraternidad. ¿Qué tal?

—Humillante.

Me besa con ligereza la cabeza y me suelta para ponerse a caminar a mi lado.

—Bueno, asúmelo, Calloway. Venga, vamos, que he dejado la copa en el coche.

Abro los ojos como platos cuando proceso lo que significan sus palabras. Poco a poco, olvido la horrible situación que acabo de pasar.

—No habrás venido conduciendo, ¿verdad?

Me lanza una mirada con la que parece decir: «¿Lo dices en serio, Lily?».

—Al ver que quien tenía que conducir esta noche no aparecía —hace un gesto acusador con las cejas—, llamé a Nola.

Es decir, a mi chófer personal. Ya ni pregunto por qué decidió no avisar al suyo, que siempre está dispuesto a llevarlo a donde sea, incluso a Filadelfia, porque sé que Anderson lo cuenta todo. En noveno grado, cuando Chloe Holbrook se corrió una gran juerga, Lo y yo estuvimos hablando sobre las drogas que se pasaban en la mansión de su madre. Las conversaciones que se desarrollan en el asiento trasero son privadas, y no deberían salir del interior del vehículo, pero Anderson no parecía conocer esa regla. Al día siguiente, registraron nuestras habitaciones en busca de sustancias ilegales. Por fortuna, la criada se olvidó de mirar en la falsa chimenea, donde suelo guardar la caja con mis juguetes sexuales.

Salimos indemnes del incidente, pero aprendimos una lección muy importante: no debíamos fiarnos de Anderson.

A mí no me gusta utilizar el coche de mi familia, porque no quiero depender de ellos para nada, pero a veces es necesario recurrir a Nola, como ahora, cuando yo tengo resaca y Loren Hale no puede conducir porque ha bebido.

Lo me nombró como conductora sobria la noche pasada y se niega a pagar un taxi después de que casi nos atracaran en uno. Jamás les hemos contado a nuestros padres lo que pasó, jamás explicamos lo cerca que estuvimos del desastre absoluto, sobre todo porque habíamos estado toda la noche en un bar con identificaciones falsas. Lo bebiendo más whisky que cualquier adulto y yo manteniendo relaciones sexuales en un baño público por primera vez. Esas indecencias se han convertido en rituales personales, y no es necesario que los conozcan nuestras familias.

Veo el Escalade negro aparcado ante la acera de la fraternidad. Es una avenida flanqueada por mansiones millonarias, cada una con columnas más grandes que la anterior. Red Solo ocupa la parcela más cercana, y hay un barril volcado sobre la hierba. Lo camina delante de mí.

—No pensaba que fueras a aparecer —digo al tiempo que sorteo un charco de vómito en mi camino.

—Te dije que lo haría.

Resoplo.

—Eso no significa nada.

Se detiene ante la puerta del coche. Las ventanas polariza-das no permiten ver a Nola, que nos espera en el asiento del conductor.

—Ya, pero estabas en Kappa Phi Delta. Ahí te tiras a uno y todos los demás esperan que también les llegue el turno. En serio que tenía pesadillas.

Hago un mohín.

—¿Por si me violaban?

—Por eso son pesadillas, Lily. No resultan placenteras.

—Bueno, para tu consuelo, te diré que seguramente sea mi última incursión en una fraternidad durante la próxima década. O al menos hasta que me olvide de lo que ha ocurrido esta mañana.

Veo bajar la ventanilla del conductor. Los rizos negros de Nola enmarcan su cara en forma de corazón.

—Tengo que recoger a la señorita Calloway en el aero-puerto dentro de una hora.

—Solo tardaremos un minuto —le digo mientras ella sube la ventanilla, que la oculta de nuestra vista.

—¿A qué señorita Calloway? —pregunta Lo.

—A Daisy. Acaba de terminar la semana de la moda en Pa-rís. —Mi hermana ha crecido hasta alcanzar un sorprendente metro ochenta y su complexión es la ideal para la alta costura. Mi madre sacó provecho de la belleza de Daisy al instante y a la semana siguiente de que cumpliera catorce años, le hizo fir-mar un contrato con la agencia de modelos IMG.

Lo cierra el puño.

—Solo tiene quince años y se pasa la vida rodeada de mo-delos más mayores que se meten rayas en el cuarto de baño.

—Estoy segura de que envían a alguien que la acompañe. —Odio no conocer los detalles, pero desde que llegué a la Universidad de Pennsylvania, he adquirido el hábito de pasar de las llamadas telefónicas y de las visitas. Olvidarme de los Calloway me resultó muy fácil en cuanto empecé mis estu-dios universitarios. Supongo que estaba escrito que ocurriera así: solía ignorar la hora del toque de queda y pasaba poco tiempo en compañía de mis padres.

—Me alegro de no tener hermanos —comenta Lo—. Francamente, tú tienes suficientes por mí.

Nunca he considerado que tener tres hermanas se tratara de una gran prole, pero una familia de seis miembros suele atraer mucha atención.

Le veo frotarse los ojos. Está cansado.

—De acuerdo, necesito un trago y tenemos que irnos.

Respiro hondo. Me toca hacer la pregunta que ambos hemos estado evitando hasta ese momento.

—¿Vamos a fingir hoy? —Con Nola tan cerca, siempre es una posibilidad. Por un lado, ella jamás ha traicionado nuestra confianza. Ni siquiera en décimo grado, cuando utilicé el asiento trasero de la limusina para tirarme a un jugador de fútbol profesional. La ventanilla interior estaba subida, bloqueando la vista de Nola, pero él había gruñido bastante alto y yo me había golpeado contra la puerta con fuerza; ella tuvo que imaginarse lo que estaba ocurriendo allí dentro, pero jamás me delató.

Siempre existe el riesgo de que nos traicione algún día. Las propinas tienen la virtud de soltar la lengua, y nuestros padres nadan en dinero.

No debería importarme. Tengo ya veinte años; suficientes para tener sexo libremente, para asistir a las fiestas que me dé la gana… ya sabes, todo eso que se espera que haga una universitaria, pero mi lista de pecados secretos —los que son realmente sucios— supondría un escándalo en la familia y en su círculo de amigos. La compañía de mi padre no agradecería esa clase de publicidad, y si mi madre supiera lo serio que es mi problema, me enviaría lo más lejos posible para que me rehabilitaran y asesoraran hasta que estuviera bien. No quiero que me arreglen, solo quiero vivir y alimentar mi apetito. Solo que mi apetito es sexual.

Además, si mi falta de decoro se hiciera pública, mi fideicomiso desaparecería de un plumazo, y no pienso renunciar al dinero que me paga los estudios. La familia de Lo es igual de implacable.

—Fingiremos —dice—. Venga, cielo —dice, y me da una palmadita en el culo—. Al coche.

Apenas me inmuto ante su frecuente uso del término «cielo». Cuando estábamos en secundaria, le dije que me parecía el término cariñoso más sexi del mundo. Y aunque suelen utilizarlo los británicos, él lo ha hecho suyo.

Entorno los ojos, y él me brinda una amplia sonrisa.

—¿Sufrir el paseo de la vergüenza te ha puesto de mal humor? —pregunta—. ¿Necesitas que te ayude a entrar también en el Escalade?

—No es necesario.

Cuando veo que curva los labios en una sonrisa de medio lado, me resulta difícil no imitarlo. Lo se inclina hacia mí con expresión burlona al tiempo que mete una mano en el bolsillo trasero de mis vaqueros.

—Como no cambies de expresión, te la voy a cambiar yo con un buen meneo.

Me quedo sin respiración. ¡Oh, Dios mío! Me muerdo el labio mientras imagino cómo sería el sexo con Loren Hale. La primera vez ocurrió hace demasiado tiempo para recordarlo bien, pienso moviendo la cabeza. No, no sigas pensando en eso. Me vuelvo para abrir la puerta y me subo al Escalade, pero una idea me sacude.

—Nola ha conducido hasta la fraternidad… Estoy muerta. ¡Oh, Dios mío! Estoy muerta. —Me paso las manos por el pelo al tiempo que empiezo a resoplar como una ballena varada. No tengo ninguna excusa buena para estar aquí, solo que estaba buscando a un tipo con el que acostarme, y eso es justo lo que no quiero que sepan. Principalmente porque nuestros padres piensan que Lo y yo mantenemos una relación seria que ha conseguido que cambiara la forma peligrosa que él tenía de divertirse y lo ha reformado, transformándolo en un joven del que su padre puede sentirse orgulloso.

Esto de recogerme después de una fiesta en una fraternidad con un débil olor a whisky en su aliento no es lo que tiene su padre en mente para él. No es algo que apruebe ni acepte. Es más, si lo supiera, discutiría con él y lo amenazaría con despojarlo de su fondo fiduciario. Así que a menos que queramos despedirnos de los lujos que nos proporciona nuestra riqueza, tenemos que fingir que estamos juntos y pretender que somos dos ejemplos para cualquiera.

Pero, sencillamente, no lo somos, no. Agito los brazos.

—¡Eh, tranqui! —Lo me pone las manos en los hombros—. Lil, relájate. Le he dicho a Nola que has ido al cumpleaños de un amigo. Tienes excusa.

Aunque todavía pienso que podrían pillarme, lo que ha dicho Lo es mejor que la verdad: «Oye, Nola, tenemos que ir a recoger a Lily en una fraternidad donde ha echado un polvo con un perdedor». Entonces, ella lo miraría esperando que se muriera de celos, y él añadiría: «Oh, sí, solo soy su novio cuando es necesario. ¡Te hemos engañado!».

Lo nota que estoy nerviosa.

—No se va a enterar —asegura al tiempo que me aprieta los hombros.

—¿Estás seguro?

—Sí —dice, impaciente. Se mete en el coche y yo lo sigo. Nola pone en marcha el Escalade.

—¿Vamos de regreso al apartamento, señorita Calloway? —Incluso después de pedirle durante años que me tuteara, algo que comencé a hacer cuando era niña (aunque curiosamente creo que en vez de acercarnos, como era mi intención, la ofendí), al final me he dado por vencida. Estoy segura de que mi padre le paga un plus por mantener la formalidad.

—Sí —replico, haciendo que se dirija hacia el complejo de apartamentos Drake.

Lo tiene en la mano un termo de café, y aunque apura grandes tragos, estoy segura de que no está lleno de nada que contenga cafeína. Cojo una lata de Diet Fizz en la nevera de la consola central y la abro. El líquido burbujeante me alivia un poco la pesadez de estómago.

Lo me pone un brazo sobre los hombros, y yo me recuesto en su duro pecho mientras Nola nos mira por el espejo retrovisor.

—¿Al señor Hale no lo invitaron al desayuno de cumpleaños? —pregunta, queriendo parecer amistosa. Que Nola empiece a hacer preguntas, hace que me ponga de los nervios y me entre la paranoia.

—No soy tan popular como Lily —responde Lo. Siempre ha mentido mucho mejor que yo. Lo achaco al hecho de que está constantemente ebrio, estoy segura de que yo tendría más seguridad en mí misma si me pasara el día ahogándome en whisky.

Nola se ríe, por lo que su voluminosa barriga choca contra el volante a cada carcajada.

—Estoy segura de que usted es igual de popular que la señorita Calloway.

Todo el mundo supone que Lo tiene amigos, y Nola no es una excepción. Si pensamos en una escala de atractivo, Lo se encuentra entre el vocalista de una banda de rock al que te gustaría tirarte y un modelo de Burberry o Calvin Klein.

Aunque nunca ha pertenecido a un grupo de música, sí exploró una vez el mundo Burberry. Sin embargo, la multinacional retiró su oferta después de que lo pillaran bebiendo a morro de una botella de whisky casi vacía. Las agencias de modelos también tienen sus condiciones.

Lo debería tener muchos amigos, sí, pero la mayoría del sexo femenino. Y las chicas, por lo general, llegan en manada, aunque no se quedan mucho tiempo.

El coche entra en otra calle y cuento los minutos en mi cabeza. Lo se vuelve hacia mí mientras me roza con los dedos el hombro desnudo de una forma casi cariñosa. Establezco un breve contacto visual y noto que empieza a arderme el cuello cuando su profunda mirada se enreda con la mía. Trago saliva y me obligo a no apartar la vista. Puesto que se supone que somos pareja, no debería temer esos ojos color ámbar como si fuera una niña torpe e insegura.

—Charlie toca el saxo esta noche en Eight Ball. Nos ha invitado a verlo —dice Lo.

—No he hecho planes. —«¡Mentira!». En el centro ha abierto un pub nuevo que se llama The Blue Room. Me han dicho que todo es azul, incluso las bebidas. No pienso perder la oportunidad de follar en un cuarto de baño azul. Si tengo suerte, los asientos del inodoro serán también de ese color.

—Pues ya tienes una cita.

Cae sobre nosotros un incómodo silencio que se alarga después de que sus palabras mueran en el aire. Por lo general, estaría comentando con él lo que pienso hacer esta noche en The Blue Room, haciendo planes sobre ello, ya que yo sería su conductora sobria. Sin embargo, en un coche con censura, es difícil entablar conversaciones que no sean para todos los públicos.

—¿Está llena la nevera? Tengo hambre.

—He hecho la compra —asegura. Entrecierro los ojos, preguntándome si está mintiendo como parte de su interpretación de novio afectuoso o si realmente ha hecho una escapada al supermercado. Me ruge el estómago. Al menos es evidente que no estoy mintiendo.

Tensa la mandíbula, al parecer no le gusta que no sepa discernir si miente o dice la verdad. Por lo general soy capaz de hacerlo, pero a veces, cuando se muestra indiferente, me resulta imposible.

—He comprado tu tarta favorita, la de limón.

Noto las arcadas.

—No era necesario. —«No, de verdad, no tenías que hacerlo». Odio la tarta de limón. Es evidente que Lo quiere que Nola piense que es un buen novio, pero la única compañía que Loren Hale trata bien es a su botella de whisky.

Nos detenemos en un semáforo cuando estamos a unas manzanas del apartamento. Casi saboreo la libertad y siento que el brazo de Lo empieza a parecerme un peso en lugar de un apoyo reconfortante sobre los hombros.

—¿Ha sido una fiesta improvisada, señorita Calloway? —pregunta Nola.

¿Qué quiere decir? Ah... ¡mierda! Veo que posa los ojos en la camiseta masculina que me he apropiado en la fraternidad. Manchada de sabe Dios qué.

—Er... yo... yo... —tartamudeo. Me quedo paralizada. Lo se bebe lo que queda en el termo—. Me cayó zumo de naranja en el top, fue un poco humillante. —Ni siquiera sé si eso es mentira o no.

Me pongo roja de forma incontrolada como tengo por costumbre y, por primera vez, agradezco las manchas. Nola me mira con expresión de simpatía. Me conoce desde pequeña, cuando era demasiado tímida para repetir el juramento de la guardería. Cinco años y ya era tímida. Esa frase resume a la perfección mis primeros años de existencia.

—Seguro que no fue tan malo —intenta consolarme.

El semáforo se pone verde, lo que hace que ella vuelva a concentrarse en conducir.

Llegamos ilesos a casa. Los apartamentos Drake se encuentran en una imponente estructura de ladrillo oscuro que destaca en el centro de la ciudad. El histórico edificio consta de treinta y tres plantas y está rematado en forma triangular. Parece un cruce entre una catedral española de estilo barroco y un viejo hotel de Filadelfia.

Lo aprecio lo suficiente como para considerarlo mi hogar.

Nola se despide y le doy las gracias antes de bajarme del Escalade. Apenas he puesto los pies en la acera y Lo ya me ha cogido de la mano. Noto los dedos de la otra mano en el cuello al tiempo que me mira la clavícula. Lo intenta disimular el escote de la camiseta, que me queda tan grande que me deja las costillas a la vista, así que su mayor preocupación es ocultar mis pechos a los peatones de Filadelfia.

Observa cada uno de mis movimientos, lo que hace que se me acelere el corazón.

—¿Nos está mirando? —susurro, preguntándome por qué de repente tengo la impresión de que Lo quiere devorarme. Es algo que forma parte de nuestra mentira, me recuerdo, no es real.

Pero sus manos sobre mí parecen muy reales. Su calidez me calienta la piel.

Veo como se humedece el labio inferior antes de inclinarse hacia mí.

—En este momento, soy tuyo. —Recorre con las manos la camiseta hasta ponerlas sobre mis hombros desnudos.

Contengo la respiración y me quedo tan inmóvil como una estatua.

—Y dado que soy tu novio —susurra—, odio compartirte.

—Entonces me muerde el cuello de forma juguetona y le golpeo el brazo, cayendo en su provocación.

—¡Lo! —grito, retorciéndome bajo el pellizco de sus dientes en mi piel. De repente, noto sus labios que comienzan a besarme y a chuparme en la base del cuello antes de subir un poco. Me fallan las piernas y me apoyo en él. Sonríe después de cada beso, pues conoce de sobra el efecto que tienen en mí. Aprieta los labios contra mi mandíbula… contra la comisura de mi boca… Se detiene. Me contengo para no rodearlo con mis brazos e instarlo a terminar el trabajo.

Cuando me mete la lengua en la boca, me olvido de que está fingiendo y, en ese momento, creo que es realmente mío. Le devuelvo el beso mientras gimo por lo bajo. El sonido le excita y se pega a mí con fuerza, todavía más cerca que antes. Sí…

Al abrir los ojos, veo que el Escalade ya no está junto a la acera. Nola se ha ido. No quiero que termine el beso, pero sé que debe concluir, así que me alejo. Me toco los labios hinchados.

Veo que el pecho de Lo sube y baja de forma pesada mientras me mira durante un buen rato, sin separarse de mí.

—Se ha ido ya —indico. Odio lo que mi cuerpo quiere con tanta intensidad. Sería fácil enganchar una pierna en su cintura, empujarlo contra la fachada del edificio. Mi corazón se acelera ante la idea. No soy inmune a esos ojos cálidos del color del ámbar, tan adecuados para un alcohólico como Lo. Entrañables, intensos y poderosos. Parecen gritarme «¡fóllame!» con fuerza. Y eso es una tortura eterna.

Al escuchar mis palabras, tensa la mandíbula. Poco a poco, retira las manos de mí y se frota los labios. La tensión nos inunda y mi sexo parece impulsarme a saltar sobre él como si fuera un tigre de Bengala. Pero no puedo porque es Loren Hale. Porque tenemos un trato que no podemos olvidar en ningún instante. Después de un largo momento, parece que algo hace clic en su cabeza y me mira horrorizado.

—Dime que no se la chupaste a ese tipo.

¡Dios!

—Eh… eh…

—¡Maldita sea, Lily! —comienza a limpiarse la lengua con los dedos y luego, con un gesto dramático, apura las últimas gotas de lo que sea que contiene el termo, y las escupe al suelo.

—Me olvidé —digo, encogiéndome de hombros—. Te hubiera advertido si…

—Estoy seguro.

—¡No sabía que ibas a besarme! —Intento defenderme. De lo contrario, hubiera buscado un poco de pasta de dientes en la fraternidad. O un enjuague bucal.

—Estamos juntos —contraataca—. Claro que voy a besarte, joder. —Dicho eso, agarra el termo y mira hacia la entrada del edificio Drake—. Vamos adentro. —Se da la vuelta y yo lo sigo—. Ya sabes, al apartamento que compartimos como buena pareja. —Esboza una sonrisa amarga—. No te entretengas, cielo. —Me guiña un ojo y una parte de mí se desmorona por completo, derritiéndose sin remedio. La otra, solo se siente confusa.

Tratar de adivinar las intenciones de Lo hace que me duela la cabeza. Voy detrás de él, ¿cuáles son sus verdaderos sentimientos? ¿Qué era lo que pretendía?

Intento sacudirme las dudas que surgen en mi cabeza. Vivimos juntos desde hace tres años y fingimos una relación perfecta. Me ha oído tener orgasmos desde su habitación y yo lo he visto dormir sobre su propio vómito. Y aunque nuestros padres piensan que estamos a un paso de comprometernos, jamás volveremos a acostarnos juntos. Sucedió una vez, y con eso debe ser suficiente.

2

*I*nspecciono el interior de la nevera. La mayoría del espacio lo ocupan algunas botellas de champán y otras muy caras de ron. Abro un cajón y descubro una patética bolsa de palitos de zanahoria. Siendo como soy una chica que quema tantas calorías frotando su pelvis contra otras, necesito ingerir proteínas. Ya he oído demasiados comentarios sobre mi figura escuálida y deseo algo de carne sobre mis costillas. Las chicas pueden llegar a ser muy crueles.

—No me puedo creer que me hayas mentido sobre la compra —digo con irritación.

Cierro la nevera de golpe y me siento en la encimera. A pesar de que el Drake es un edificio con historia, el interior es muy moderno: electrodomésticos blancos o con acabado en aluminio, encimeras blancas, a juego con techos y paredes. Si no fuera por los detalles de la decoración y los sofás con tapicería roja y gris, inspirada en el arte de Warhol, sería como vivir en un hospital.

—Si hubiera sabido que tenía que ir a la calle de los gilipollas de las fraternidades, habría comprado unos *bagels* en Lucky's.

Me vuelvo para fulminarlo con la mirada.

—¿Tú has tomado algo?

Me lanza una mirada de suficiencia.

—He desayunado un burrito. —Me pellizca la barbilla. A pesar de que estoy sentada en la encimera, sigue siendo más alto que yo—. No te quejes, cielo, podría haberme quedado en el restaurante mientras encontrabas tú sola el camino a casa. ¿Lo hubieras preferido?

—Sí, y mientras me dedicaba a escapar de la fraternidad, podrías haber hecho la compra, como has dicho delante de Nola.

Apoya las manos a ambos lados de mi cuerpo, haciéndome contener el aliento.

—No, no es algo que me guste hacer. —Quiero inclinarme

hacia él, pero se aleja lentamente y empieza a recoger botellas de licor de los estantes—. Nola tiene que pensar que me ocupo de ti, Lil. Estás un poco esquelética. Cuando respiras, se te notan las costillas.

Los chicos también pueden llegar a ser muy crueles. Lo se sirve un whisky en un vaso corto justo a mi lado. Frunzo los labios y abro un armario encima de su cabeza para cerrarlo con fuerza, haciendo que se estremezca y se derrame el licor en las manos.

—¡Dios! —Busca un paño para secar el líquido derramado—. ¿Es que el señor hermandad Kappa Phi Delta no ha hecho bien su trabajo?

—Estuvo bien.

—Bien... —repite, arqueando las cejas—. Justo lo que los hombres queremos oír.

Unas manchas de rubor comienzan a aparecerme en los brazos desnudos.

—Se te ponen rojos hasta los codos —comenta, con una creciente sonrisa mientras sigue llenando el vaso—. Eres como la Violet de Willy Wonka, solo que no te has comido una cereza mágica.

Suelto un gemido.

—No me hables de comida.

Se inclina hacia mí y me pongo tensa. «¡Oh, Dios mío...!». Pero en lugar de tomarme en brazos —algo que llego a imaginar en un momento de debilidad—, me roza la piel desnuda de la pierna al coger el móvil del cargador. Permanezco inmóvil otra vez. Aunque apenas percibe aquel contacto, yo me estremezco interiormente de impaciencia y deseo. Reaccionaría a él incluso si fuera un tipo anónimo, un pelirrojo con marcas de acné. Tal vez...

O tal vez no.

Sigo fantaseando: Lo mantiene los dedos en mi rodilla. Se inclina de forma brusca sobre mí y me atrapa bajo su peso. Bajo la espalda hasta apoyarla en la encimera...

—Mientras te duchas, pediré una *pizza*. Hueles a sexo y yo ya he alcanzando mi límite para soportar el hedor de otro tipo.

Me da un vuelco el corazón y mi fantasía desaparece. Odio imaginarme con Lo de una forma impura porque cada vez que me despierto, él está a apenas unos centímetros y solo puedo preguntarme si no lo adivinará. ¿Lo sabrá?

Me dedico a estudiarlo mientras se toma el whisky. Tras un

prolongado silencio, arquea las cejas como si me preguntara qué me pasa.

—¿Es que tengo que repetírtelo?

—¿El qué?

Pone los ojos en blanco antes de tomar un trago largo. No hace ninguna mueca cuando el alcohol se desliza por su garganta.

—Tú, ducha. Yo, *pizza*. Tarzán comer a Jane. —Me muerde el hombro.

Me relajo.

—¿Estás diciendo que a Tarzán le gusta Jane? —Me bajo de la encimera para ir a la ducha.

Él sacude la cabeza en un gesto burlón.

—No a este Tarzán.

—El alcohol te convierte en una mala persona —replico como si tal cosa.

Levanta el vaso mostrando su acuerdo mientras me dirijo hacia el pasillo. Aquel espacioso apartamento de dos dormitorios oculta que no somos amantes. Fingir durante tres años que salimos juntos no ha sido nada fácil, en especial dado que empezamos esta farsa cuando estábamos en el instituto. Al decidir matricularnos en la misma universidad, nuestros padres nos propusieron que viviéramos juntos. Pero, a pesar de que no sean demasiado conservadores, dudo que entiendan o estén de acuerdo con el estilo de vida que llevo, acostándome con un tipo tras otro, mucho más de lo que debería una joven como yo.

Para mi madre fue suficiente la experiencia universitaria de mi hermana mayor para permitirme compartir apartamento con mi novio. La compañera de Poppy no hacía más que llevar amigos a casa a todas horas, incluso durante los fines de semana, y solía dejar la ropa sucia —incluyendo las bragas— en el escritorio de mi hermana. Su comportamiento tan desconsiderado fue el detonante para que mi madre pensara que podía vivir fuera del campus y meter a Lo en mi dormitorio.

Es un arreglo que funciona casi siempre. Todavía recuerdo el peso que se me quitó de encima cuando mi familia se fue cerrando la puerta, dejándome sola. Dejándome ser yo.

Entro en el peculiar cuarto de baño y me quito la ropa. Una vez debajo del chorro de humeante agua caliente, suelto el aire que contengo. El agua se lleva consigo el olor y la suciedad, pero mis pecados siguen conmigo. Los recuerdos no se desvanecen y trato, casi con desesperación, de no revivir lo ocurrido esta mañana. Cuando me desperté. Aunque me encanta el sexo, la parte que viene después todavía no soy capaz de superarla.

Vierto un chorro de champú en la mano y hago espuma frotando mis cortos mechones castaños. A veces me imagino un futuro en el que Loren Hale trabaja en la multimillonaria empresa de su padre, vestido con un traje a medida que lo estrangula. En ese porvenir imaginario, él está triste, jamás sonríe, y no sé qué hacer para evitarlo. ¿Qué es lo que le gusta a Loren Hale? Whisky, bourbon, ron… ¿Qué le espera cuando acabe la universidad? No veo nada.

Quizá no importe porque tampoco es que sea adivina.

Prefiero fijarme en lo que conozco: el pasado. Un pasado en el que Jonathan Hale se reunió con mi padre en una partida informal de golf acompañado de Lo a la que yo también asistí. Su tema de conversación fue el de siempre: acciones, empresas y productos de sus respectivas marcas. Mientras, Lo y yo jugábamos a *Stars Wars* con los palos de golf, consiguiendo que nos riñeran cuando lo golpeé en las costillas al mover de forma fortuita mi espada láser.

Podríamos haber llegado a convertirnos en enemigos. Siempre nos encontrábamos en aburridas salas de espera, en despachos, en galas benéficas, en el colegio y, ahora, en la universidad. Nuestra relación, que podría haberse convertido en algo repleto de bromas y burlas, se transformó en algo más clandestino. Compartimos secretos y formamos un club con solo dos miembros. Descubrimos juntos una pequeña librería de cómics en Filadelfia. Las aventuras galácticas de Havoc y los viajes en el tiempo de Nathaniel Grey nos hicieron conectar. A veces, ni siquiera Cíclope o Emma Frost sirven para solucionar nuestros problemas, pero ahí están, recordándonos otros tiempos en los que éramos más inocentes. Una época en la que Lo no bebía y yo no me acostaba con cualquiera.

Me permito revivir esos momentos agradables durante unos instantes, mientras me enjuago el libertinaje de la noche anterior de mi cuerpo y me pongo una bata. Me la ato alrededor de la cintura antes de dirigirme a la cocina.

—¿Y la *pizza*? —pregunto con tristeza al ver la mesa vacía. En realidad no está vacía, pero he llegado a un punto en el que no veo las botellas de licor, así que es como si fueran invisibles u otro robot de cocina más.

—Está en camino —me responde—. Deja de poner esa mirada

compungida. Pareces a punto de llorar. —Se apoya en la nevera y, sin pensar, le echo un vistazo a la bragueta de sus vaqueros. Me imagino que él tiene la suya clavada en el cinturón de mi bata. No levanto los ojos para no arruinar la fantasía—. ¿Cuándo has comido por última vez?

—No estoy segura. —Solo tengo una cosa en la mente y no concierne precisamente a la comida.

—Me preocupas, Lil.

—Como —me defiendo vagamente. En mi fantasía, me quita la bata. Quizá debería dejar que resbalara hasta el suelo delante de él. «¡No! ¡No lo hagas, Lily!». Por fin, levanto la vista y descubro que me está estudiando con tanta intensidad que comienzo a notar la cara caliente.

Sonríe antes de beber un sorbo de whisky. Cuando baja el vaso, se pasa la lengua por los labios.

—Cielo, ¿quieres que los desabroche yo o debo esperar a que te pongas primero de rodillas?

Contengo el aliento, mortificada. Ha leído en mi interior. «¡Soy demasiado transparente!».

Con la mano libre, suelta cada uno de los botones, desabrochándose lentamente la bragueta hasta enseñarme el borde de sus calzoncillos negros bien ajustados. Está pendiente de mi respiración, cada vez más irregular y esporádica. Luego retira los dedos de los vaqueros y apoya los codos en la encimera.

—¿Te has lavado los dientes?

—Basta —digo de forma seca—. Estás acabando conmigo. —Lo digo en serio. No solo jadeo entrecortada, estoy en tensión de pies a cabeza.

Noto que sus pómulos parecen más afilados y que aprieta los dientes. Deja la bebida y vuelve a cerrarse los pantalones.

Trago saliva y me acomodo en el taburete de madera gris que hay junto a la barra. Retomo la conversación anterior mientras me paso los dedos por el pelo húmedo y enredado, fingiendo que no ha pasado nada para no revivir el momento.

—Es un poco difícil que me llene la boca y engorde cuando nunca tenemos la nevera llena. —Comemos fuera demasiado a menudo.

—No creo que tengas problemas para llenarte la boca —comenta—, aunque no sea con comida.

Me muerdo la lengua y lo ignoro. Sus palabras me lastiman más que las de cualquier otra persona, pero Lo tiene bastante con sus problemas. Cualquiera puede verlos, y cuando paso la mirada de él a su bebida, su sonrisa se endurece. Se lleva el vaso a los labios y me da la espalda.

No hablo con él de lo que sentimos. No sé qué le parece ver que llevo a casa un tipo diferente cada noche, y él tampoco me hace preguntas sobre lo que opino cuando lo veo ahogarse en el olvido. Él se deshace del juicio y yo retengo el mío, pero este silencio crea una tensión enorme e ineludible entre nosotros. A veces es tan fuerte que quiero gritar, pero me reprimo. Cada comentario que pone en evidencia nuestras adicciones, socaba nuestra relación. Esa en la que los dos hacemos libremente lo que nos place. En mi caso, acostarme con todos los hombres que quiero. En el suyo, beber todo el tiempo.

Suena el telefonillo. ¿Será por fin la *pizza*? Sonrío y me dirijo a contestar.

—¿Sí? —digo después de apretar el botón.

—Señorita Calloway, tiene una visita. ¿La dejo pasar? —dice la encargada de seguridad.

—¿Quién es?

—Su hermana, Rose.

Gimo para mis adentros. Nada de *pizza*. Toca volver a fingir con Lo, aunque a él le gusta mantener la farsa cuando no hay nadie a nuestro alrededor, solo para provocarme.

—Que suba.

Lo se pone en plan Correcaminos para recorrer la cocina guardando todas las botellas en los armarios que tienen llave y vertiendo su bebida en una taza azul. Enciendo la enorme pantalla plana con el mando a distancia y aparecen las imágenes de una película de acción. Finalmente, él se deja caer en el sofá gris y apoya los pies en la mesita de vidrio como si hubiéramos estado ensimismados en la trama durante la última media hora.

Se da una palmadita en el regazo.

—Ven aquí. —Sus ojos color ámbar brillan de malicia.

—No estoy vestida —replico. El lugar donde se unen mis piernas comienza a palpitar con intensidad al pensar en estar en contacto con él. La mera idea me pone de los nervios.

—Llevas una bata —refuta él—. Ya te he visto muchas veces desnuda.

—Cuando éramos niños —respondo.

—Estoy seguro de que tus tetas no han crecido demasiado desde entonces.

Lo miro boquiabierta.

—Oh… Eres un… —Cojo un cojín de la silla más cercana y empiezo a golpearlo con él. Consigo acertar un par de veces antes de que me rodee la cintura con los brazos y me atraiga a su regazo.

—Lo… —le advierto. Lleva todo el día provocándome, por lo que me resulta más difícil de lo normal soportarlo.

Me lanza una intensa mirada al tiempo que sube la mano desde mi rodilla, dibujando con los dedos el borde de la bata hasta detenerlos en el interior del muslo. Los detiene allí, no avanza más. «¡Joder!». Me estremezco bajo su contacto; necesito que continúe. Sin pensar, pongo la mano sobre la suya y le muevo los dedos hacia el punto más palpitante de mi cuerpo, empujándolos dentro de mí. Él se queda paralizado.

«¡Dios Santo…!». Curvo los dedos antes de apoyar la frente en su fuerte hombro.

Retengo su mano con fuerza, sin permitir que haga nada sin mi permiso. Justo antes de empezar a mover sus dedos dentro y fuera de mí, suena un golpe en la puerta. Me incorporo y salgo de mi estado con sobresalto. ¿Qué estoy haciendo? Me resulta imposible mirar a Lo, le suelto la mano y me aparto de él.

Noto que vacila.

—¿Lil?

—No digas nada —le pido, mortificada.

Rose vuelve a golpear la puerta.

Me levanto para abrir, notando todavía más tensión que antes en todas partes.

Escucho los pasos de Lo a mi espalda antes de percibir el ruido del agua cuando abre el grifo. Vuelvo la cabeza y lo veo limpiarse los dedos con jabón.

Soy idiota. Mientras desbloqueo la puerta, respiro hondo, tratando de vaciar mi mente de aquella mala mezcla que es sexo y Loren Hale. Tenerlo de compañero es como enseñarle cocaína a un drogadicto. Sería más fácil si me permitiera a mí misma acostarme con él, pero prefiero no convertirnos en «follamigos». Significa para mí más que los chicos con los que me acuesto.

Cuando abro la puerta, veo a Rose al otro lado. Es dos años mayor que yo, dos centímetros más alta y dos veces más guapa. Entra en el apartamento con el bolso de Chanel colgado del brazo como si fuera un arma. Rose asusta a los niños, las mascotas y hasta a los hombres con sus ojos helados y sus miradas escalofriantes. Si alguien puede descubrir nuestra farsa, esa es mi feroz hermana.

Palidezco todavía más cuando mis ojos se encuentran con los de Lo, recordándole que fingimos tener una relación. No le pregunto a Rose cómo ha venido sin avisar ni ser invitada. Es su manera de actuar, como si tuviera derecho a aparecer en todos los lugares. En especial en mi casa.

—¿Por qué no has respondido a mis llamadas? —me pregunta mientras se sube las grandes gafas de sol redondas a la parte superior de la cabeza. Su voz parece envuelta en hielo.

—Mmm… —Miro la cesta donde dejamos las llaves, sobre la mesa redonda que hay en el vestíbulo de la entrada. Por lo general, es allí donde dejo mi móvil cuando no lo llevo encima, algo a lo que no ayuda el hecho de que no suelo llevar bolso (un tema que a Rose le encanta sacar a colación). Pero no tengo mayor interés en usar un artículo que acabaré perdiendo en el apartamento o el dormitorio de algún chico. Si ocurriera eso, me vería obligada a encontrar la forma de recuperarlo, y no tengo interés en interactuar con ellos una segunda vez.

Rose resopla.

—¿Lo has perdido? ¿Otra vez?

Renuncio a buscarlo allí, pues solo hay algunos billetes de un dólar, horquillas y las llaves del coche.

—Creo que sí. Lo siento.

Rose clava los ojos de buitre en Lo, que está secándose las manos con un trapo.

—¿Y tú? ¿También has perdido el teléfono?

—No, lo que pasa es que no me gusta hablar contigo.

«¡Ay!», gimo para mis adentros. Rose coge una bocanada de aire mientras sus mejillas comienzan a ponerse rojas. Los tacones de sus zapatos repican contra el suelo de madera cuando se acerca a la cocina, donde está él.

Noto que los dedos de Lo se ponen blancos cuando empieza a apretar la taza en la que oculta su licor.

—Soy una invitada en tu apartamento, Loren —le suelta Rose con su brusquedad habitual—. Así que trátame con el respeto que merezco.

—El respeto es algo que se gana. Quizá la próxima vez deberías avisar antes de venir, o quizá deberías haber empezado con un «hola, Lo, hola Lily, ¿qué tal os ha ido el día?» en vez de ponerte a exigir como una gilipollas.

Rose me mira.

—¿Vas a permitir que me hable así?

Abro la boca, pero no emito ninguna palabra. Rose y Lo discuten de forma constante, hasta el punto de que resultan una molestia y no sé nunca a cuál de los dos apoyar: a mi hermana, que puede ser tan mala a veces que si se mordiera la lengua se envenenaría, o a Lo, mi mejor amigo y novio falso.

—Qué madura… —comenta Lo con palpable disgusto—. Obligar a Lily a que elija un bando, como si fuera un perrito que tuviera que apoyar a su amo favorito.

Rose tiene la nariz colorada, pero sus ojos, de color amarillo verdoso como los de un gato, parecen suavizarse.

—Lo siento —dice, y para mi sorpresa, parece avergonzada—. Estoy preocupada por ti, todos lo estamos.

Los Calloway no entienden la palabra «soledad» ni que alguien quiera cierta privacidad. En lugar de ser los consabidos padres ricos y negligentes, los míos resultan ser absorbentes. Aunque teníamos niñera cuando éramos pequeñas, mi madre estuvo pendiente de cada aspecto de nuestras vidas, a veces demasiado, pero siempre de forma delicada y positiva. Disfrutaría más de mi familia y su preocupación si no estuviera tan avergonzada con respecto a mis actividades diurnas (y también nocturnas).

Algunas cosas deben mantenerse en secreto.

—Bueno, como ves, estoy bien —afirmo, negándome a mirar a Lo. Hace solo dos minutos, he estado a punto de hacer una tontería. Mi necesidad de satisfacción no ha disminuido nada, pero sí la estupidez de conseguirla con él.

Ella me mira con los ojos entrecerrados. Me cierro bien la bata, preguntándome si ella puede saber cómo me siento cuando me miran. Estoy segura de que Lo sí lo sabe.

—No he venido a discutir contigo —dice Rose tras un breve momento, replegando sus garras—. Como ya sabes, mañana es domingo y Daisy vendrá a almorzar. No has venido a las últimas comidas por culpa de los exámenes, pero para nuestra hermana significaría mucho que pudieras dedicarnos un par de horas para darle la bienvenida a casa.

La sensación de culpa me revuelve el estómago vacío.

—Sí, claro, pero creo que Lo ya tiene planes. Así que no podremos contar con él. —Al menos lo libero a él de esta obligación.

Rose aprieta los labios antes de volcar en Lo su frustración.

—¿Hay algo más importante que acompañar a tu novia a un evento familiar?

Imagino que para sus adentros está pensando que todo es más importante. Noto que aprieta los dientes, reprimiendo una réplica mordaz. Seguramente está muriéndose por mencionar que esto es algo que pasa cada domingo, da igual que Daisy asista o no.

—El domingo tengo previsto un partido de ráquetbol con un amigo —miente con facilidad—. Podría cancelarlo si significa tanto para Greg y Samantha. —Él es consciente de que si Rose tiene tanto interés en que asista al *brunch* familiar, mis padres echarán chispas si aparezco sin él. Podrían sacar algunas conclusiones irracionales como que Lo me está engañando o que continúa disfrutando de las mismas fiestas salvajes de su adolescencia. Todavía lo hace (e incluso ahora son más bestiales), pero es mejor que no lo sepan.

—Para ellos es algo muy importante —afirma Rose, como si pudiera hablar por los demás—. Os veo entonces mañana a los dos. —Se detiene junto a la puerta para deslizar la mirada por los vaqueros y la camiseta negra de Lo—. Loren, intenta ir vestido de forma adecuada.

Cuando sale, el repique de sus tacones va disminuyendo según se aleja.

Suelto un largo suspiro e intento concentrarme. Siento el impulso de terminar lo que he empezado con Lo, y sé que es mejor atajarlo cuanto antes.

—Lily…

—Me voy a mi habitación. No se te ocurra entrar —le ordeno. Ayer descargué un nuevo vídeo titulado *Tu amo* y tenía pensado verlo más tarde. Sin embargo, voy a cambiar mis planes.

—¿Qué hago cuando llegue la *pizza*? —me pregunta, bloqueándome el paso en el pasillo.

—No tardaré. —Intento evadirme, pero él pone la mano en la pared para detenerme. Noto cómo se flexiona su bíceps con el movimiento y retrocedo. «¡No, no, no!».

—Estás excitada —afirma sin apartar los ojos de los míos.

—Si evitaras provocarme, no estaría así —me defiendo, frenética—. Y como no me dejes aliviarme, voy a tener que pasarme la tarde vagando por Filadelfia, buscando un tipo que quiera echar uno rapidito. Así que muchas gracias.

Hace una mueca y deja caer la mano.

—Bueno, como me he visto envuelto en una encerrona con tu familia, supongo que estamos en paz. —Se da la vuelta y me deja pasar.

—No entres —repito. Temo lo que pueda llegar a hacer con él si se le ocurriera tal cosa.

—Nunca lo hago —me recuerda. Dicho eso, se dirige hacia la cocina para terminarse el whisky.

Después de darme la segunda ducha y haberme medicado con una estrella del porno y un vibrador, me pongo unos vaqueros y una camiseta marrón con el cuello en pico.

Lo está sentado en el salón, comiéndose la pizza mientras hace *zapping* por los canales de la tele. Hay un nuevo vaso de whisky apoyado en su muslo.

—Perdón —me disculpo con rapidez.

Me mira brevemente antes de volver a clavar los ojos en la pantalla.

—¿Por?

«Por haberme metido tus dedos».

—Por haberte obligado a asistir al *brunch* del domingo. —Me siento con cierta inseguridad en el sillón rojo reclinable que hay frente al sofá.

Me observa como hace siempre, como si estudiara mi estado actual. Se traga un bocado de *pizza*.

—La verdad, no me importa ir. —Se limpia los dedos en una servilleta y coge el vaso—. Prefiero a tu padre que al mío.

Asiento moviendo la cabeza. No le falta razón.

—Entonces…, ¿todo va bien?

—¿Tú estás bien? —Arquea las cejas.

—Mmm —murmuro, evitando cualquier contacto con su mirada mientras cojo un trozo de *pizza* antes de volver a la silla. A una buena distancia de seguridad.

—Me tomaré eso como un sí. Ya veo que ahora no puedes ni mirarme.

—No es por ti. Es por mí —me disculpo con la boca llena al tiempo que me lamo la salsa que me ha caído en el dedo.

—Otra de esas frases que nos encanta escuchar a los hombres. —Noto como me recorre con los ojos de pies a cabeza—. Y ahora ni siquiera me estoy insinuando.

—Ni se te ocurra empezar —le advierto, levantando un dedo—. Prométemelo, Lo.

—Vale, vale… —suspira—. Esta noche vas a ir a The Blue Room, ¿verdad?

Lo miro alucinada.

—¿Cómo lo has sabido?

Él me mira como si le sorprendiera mi pregunta.

—Rara vez vas al mismo pub más de tres o cuatro veces. Durante un tiempo, llegué a pensar que tendríamos que mudarnos a otra ciudad para que pudieras encontrar sitios nuevos en los que… —hace una pausa, como si tratara de encontrar la palabra precisa— follar.

Su sonrisa parece amarga.

—Muy gracioso. —Elijo un trozo de *pepperoni* de encima del queso—. ¿Necesitas a un conductor sobrio esta noche? Puedo dejarte donde quieras antes de irme. —No tengo problema para pasar de la cerveza o los licores.

—No, te acompaño a ese pub.

Reprimo mi sorpresa. No suele salir conmigo más que algunas noches escogidas, y son tan variables que ni siquiera intento encontrarles sentido.

—¿Quieres ir a The Blue Room? ¿Sabes que es una discoteca y no uno de esos agujeros de mala muerte que sueles frecuentar?

Me lanza otra de esas miradas.

—Lo sé. —Hunde un cubito de hielo en el vaso mientras mira el líquido—. Así podré encargarme de que no volvamos muy tarde. No nos perderemos el *brunch* de mañana.

Tiene su lógica.

—¿No te importará que yo…? —No soy capaz de continuar la pregunta.

—¿… me abandones para echar un polvo? —termina la frase por mí al tiempo que pone los pies sobre la mesita, junto a la *pizza*.

Abro la boca, pero me vuelvo a perder en mis pensamientos.

—No, Lil —asegura—. No me interpondré en tu camino.

A veces me pregunto cuáles son sus deseos. Quizá quiera estar conmigo. O quizá solo está fingiéndolo.

3

*R*ecuerdo perfectamente el momento en el que me di cuenta de que era diferente a los demás niños. Y no tuvo que ver ni con chicos o fantasías sexuales, sino con mi familia. Estaba sentada al fondo de la clase de inglés en sexto curso, tirando del borde de la falda a cuadros del uniforme que usaban todas las niñas. Cuando el profesor salió, algunos niños me rodearon, y antes de que pudiera pensar la razón, cada uno de ellos sacó una lata de refresco. Diet Fizz. Fizz lite. Fizz Red. Just Fizz.

Se tomaron unos tragos y luego dejaron las latas sobre mi mesa. El que abrió la última, una de Fizz Red, me miró con una sonrisa maliciosa.

—Ten —me dijo, entregándome el refresco—, me he cargado tu cereza.

Los demás se rieron y yo me puse del mismo color del Fizz Red que acababa de dejar una huella circular en mi cuaderno.

Mirándolo en retrospectiva, debería haberles agradecido que compraran todos los productos de la marca Fizzle. El importe de cada uno de aquellos refrescos acabaría llenando mi bolsillo de una manera u otra. Seguramente mis compañeros eran hijos de magnates del petróleo, pero eso no era tan guay como poder decir que tu padre poseía una compañía que había superado en ganancias a Pepsi el año anterior. Sin embargo, yo era demasiado tímida para hacer algo diferente a hundirme en la silla, deseando ser invisible.

A Lo le pasa algo semejante. Puede que la fortuna de su familia no esté representada en vallas publicitarias y restaurantes, pero todas las madres recientes usan al menos un par de productos de Hale Co: talco para bebés, aceite, pañales… Básicamente la empresa fabrica todos los productos que puede llegar a usar un recién nacido. Así que puede que todo el mundo conozca los refrescos Fizzle, pero por lo menos nuestro apellido no está presente en la etiqueta. Solo tenemos que preocuparnos por nuestra reputación ante los miembros de la jet y los accionistas en los negocios de mi familia. Sin embargo, en lo que respecta a todo lo demás, ambos somos dos mimados niños ricos.

Durante el instituto, Lo fue el blanco del resto de los chicos, que le llamaban «bebé», y no como muestra de cariño. Llegaron a forzar su taquilla en el vestuario del gimnasio para llenarle la ropa de polvos para erupciones Hale Co. Así que era un objetivo fácil. No porque fuera delgado, bajo o tímido como yo; poseía buenos músculos e incluso llegó a pelearse con uno de los jugadores de fútbol, al que persiguió por los pasillos cuando se enteró de que le había rayado su Mustang nuevo.

Pero Lo no tuvo más que un amigo en la adolescencia, y sin un séquito que le riera las gracias, se convirtió en el enemigo público número uno para los demás chicos: un marginado al que hacer *bullying*.

Aunque lamento la mayoría de mis actos, el instituto es una época llena de malas elecciones y peores decisiones. Acostarme con uno de los que atormentaba a Lo fue una de ellas. No importa cuándo ocurrió, después no podía estar más avergonzada. Es algo que todavía me pesa y que llevo encima como una cicatriz.

La universidad, sin embargo, es un cambio positivo. Lejos ya del exclusivo instituto donde cursé los estudios secundarios, no tengo que preocuparme de los chismes que pueden llegar a oídos de mis padres. La libertad me ofrece muchas más oportunidades. Fiestas, pubs y bares son casi mi segundo hogar.

Esta noche, en The Blue Room, el techo está iluminado con cientos de bombillas, cubiertas por cortinas azul medianoche, imitando el cielo nocturno. Fiel a su nombre, en este pub todo es azul. En la pista de baile parpadean las luces verde azuladas y el mobiliario está compuesto por sofás azul marino y sillas a juego.

Los cortos pantalones negros se me pegan a los muslos sudorosos y el top plateado me hace cosquillas en la piel húmeda de la espalda; es el resultado lógico de meter a presión dos cuerpos en el cuarto de baño. Si os preguntáis si los váteres son azules, sí, lo son. Comprobado. Estaba convencida de que me sentía mucho mejor después de haber tenido sexo, pero apenas he saciado mis deseos. Además, el calor me hace sentir asquerosa. Veo a Lo sentado en la barra; tiene los dientes apretados mientras mira cómo el camarero se desplaza de un extremo al otro. El lugar está lleno de jóvenes clientes que esperan que los atiendan. Mi querido amigo parece más irritado de lo habitual, y observo que una rubia vestida con una provocativa prenda roja se sienta en el taburete que hay a su izquierda, haciendo que sus largas piernas rocen el muslo de Lo. Él ignora sus avances, manteniendo su dura mirada clavada en las botellas de licor que se almacenan detrás del barman.

—Venga, Lo —intento animarlo para mis adentros.

En este momento, se me acerca un hombre y me agarra por la cintura al tiempo que se pone a bailar a mi espalda. No le hago caso, pero él trata de moverme las caderas mientras frota su pelvis contra mis nalgas.

La rubia que intenta ligar con Lo se mordisquea el labio y se pasa la mano por el pelo con coquetería antes de inclinarse y decirle algo al oído. Me gustaría estar más cerca y poder oírlo.

Cuando veo que Lo frunce el ceño, sospecho el rumbo que toma su conversación. Él le responde y la chica lo mira con desdén. Le responde con veneno en los ojos y se aleja con su Martini de arándanos. Maldigo por lo bajo y me deshago de mi pareja de baile. Me lanzo hacia la barra con rapidez y me siento en el lugar que acaba de desocupar la rubia.

—¿Qué acaba de pasar? —pregunto.

—Lárgate. Estoy ocupado y todavía puedes follar un poco más. —Toma un buen trago de cerveza.

Respiro hondo mientras trato de impedir que su comentario me afecte. Intento ignorar su mal humor. Algunos días, Lo puede ser sexi; otros, fulminarte con la mirada. Entrecierro los ojos para fijarme en la botella azul que tiene en la mano, por lo que pone la etiqueta, es cerveza de bayas.

—¿Qué narices estás bebiendo? —Hace meses que Lo no ingiere nada más flojo que un vaso de oporto.

—Todos los licores son azules —se queja—. No pienso beber whisky azul. Ni vodka de arándanos.

Al menos ya sé la causa de su agitación. La camarera se acerca para ver si quiero tomar algo y le digo que no moviendo la cabeza, ya que soy yo quien conduce y tengo que estar sobria. Lo miro mientras anota el pedido de las chicas que están a mi lado.

Apoyo el codo en la barra, enfrente de Lo.

—Seguro que no es tan malo.

—Te invitaría a probarlo, pero no sé qué te has metido en la boca.

Frunzo el ceño mientras lo miro.

—De todas formas, no quiero tomar cerveza de bayas.

—Genial.

Mueve la botella, indicándole a la camarera que quiere otra. Ella le quita la tapa y la desliza hacia él.

Vuelvo la vista hacia la pista de baile azul, y mis ojos se tropiezan con...

¡Oh, no! Me doy la vuelta y clavo la mirada en las estanterías de los licores antes de hundir la cabeza entre las manos. Quizá no me haya visto. Es posible que nuestros ojos no llegaran a encontrarse. ¡Tal vez solo lo haya imaginado!

—Hola, ¿puedo invitarte a una copa? —Él me toca el hombro. ¡Me toca el hombro! Lanzo una mirada entre los dedos hacia Lo. Está alejándose de mí, levantándose del taburete para marcharse y ofrecerme el espacio que cree que necesito—. No me quedé con tu nombre —añade el hombre.

La chica pelirroja que tengo del otro lado también se levanta para irse, y quiero gritarle que no lo haga. «¡Mantén el culo en el taburete!». Cuando ella se aleja, el tipo ocupa su lugar, sentándose con las piernas abiertas hacia mí.

Sin duda mi suerte hoy se ha ido al garete.

Levanto la cabeza sin mirar sus tupidas cejas rubias y la barba incipiente que le cubre la barbilla. Sí, es el tipo que llevé al cuarto de baño. Fue él quien cerró la puerta, me bajó las bragas, gruñó y me oyó gemir. Por lo menos parece que tiene veintitantos años, aunque no soy capaz de calcular su edad exacta. No pienso preguntársela; de hecho, no pienso preguntarle nada. La confianza que mostré se evaporó cuando disfruté de mi orgasmo y todo lo que siento es el calor de la vergüenza que parece salirme por las orejas.

—Me llamo Rose —me obligo a decir. Aunque es mentira.

Lo suelta una carcajada y el chico apoya el brazo en la barra para inclinarse hacia delante, invadiendo mi espacio personal, para ver a mi amigo.

—¿Os conocéis?

—Podría decirse que sí —responde Lo, terminándose la segunda cerveza. Vuelve a hacerle un gesto a la camarera.

—No serás su ex o algo así, ¿verdad? —pregunta el tipo, un poco a la defensiva.

«¡Oh, sí, vete! Por favor, vete».

Lo rodea con la mano la nueva botella de cerveza de bayas.

—Toda tuya, tío. Disfrútala.

Empiezo a morirme por dentro lentamente.

El tipo me hace un gesto con la cabeza.

—Me llamo Dillon.

«No me importa. Por favor, vete». Me tiende la mano con una sonrisa frívola, que parece anunciar que espera una segunda ronda. La cosa es que yo no me acuesto dos veces con el mismo tipo. Después de la primera vez, me olvido de él. No hay nada más, nunca más. Es la regla personal que me ha sostenido hasta este momento. No pienso romperla, y menos por este tipo.

Le estrecho la mano sin saber muy bien cómo deshacerme de él sin resultar grosera. Algunas chicas son expertas en rechazos, sin embargo, yo…

—¿Qué estás bebiendo? —Trata de llamar la atención de la camarera, pero está ocupada con un grupo de chicas. Una lleva una diadema que anuncia «¡Tengo 21!».

—Nada —replico cuando la camarera, que lleva unos pantalones cortos y un top, ambos azules, se detiene ante nosotros.

—¿Qué puedo servirte? —le pregunta a Dillon.

—Un ron con Fizz, y un Blue Lagoon.

—Solo tenemos ron de arándanos —recuerda la chica.

Él asiente.

—Ese me vale.

—Yo no bebo alcohol —chillo cuando la joven comienza a preparar nuestros cócteles.

Me mira flipado.

—¿No bebes alcohol? —Su incredulidad me hace cuestionarme. Supongo que es difícil tirarse a una chica sobria en un pub—. Entonces… —Se rasca la mejilla sin afeitar—. ¿Estás sobria en este momento?

Voy a morirme otra vez. Me considera un bicho raro por irme acostando con desconocidos en un pub estando sobria. Noto que se me ha puesto rojo el cuello, y nada me gustaría más que meter la cabeza en un agujero o, en su defecto, en una cubitera llena de hielos.

—Sí que bebo —murmuro por lo bajo—. Pero esta noche no, soy la que conduce.

La camarera pone el cóctel azul sobre un posavasos y Dillon me lo ofrece.

—Venga, siempre puedes ir en taxi. —Sus ojos brillan y adivino sus intenciones. Imagina qué es lo que haré si me emborracha, teniendo en cuenta que no fui demasiado pudorosa cuando estaba sobria. Pero eso era antes y esto es ahora, cuando mi deseo sexual ha disminuido de forma considerable. Al menos no tengo ganas de hacerlo con él.

—No quiere esa mierda —le espeta Lo al tiempo que pone su quinta botella de cerveza sobre el mostrador con tanta fuerza que podría haberse roto.

—Pero ¿no acabas de decir que la… disfrutara? —interviene Dillon, dibujando unas comillas en el aire para dar efecto a sus palabras.

—Eso fue antes de que intentaras joderme el regreso a casa. Necesito que esté sobria, así que vete a invitar a cualquier otra chica a volcanes azules.

—El cóctel se traduce como laguna azul —le corrijo, refiriéndome al Blue Lagoon.

—Como sea —suelta Lo antes de tomar otro trago.

Los ojos de Dillon se oscurecen.

—Ella tiene boca, deja que hable.

Vaya, esto se va a desmadrar.

Lo se vuelve hacia Dillon por primera vez.

—Y apuesto algo a que conoces muy bien esa boca, ¿verdad?

—Ay, dios mío —digo en voz baja.

—Oye, gilipollas, no hables así de ella —intenta defenderme Dillon.

«¿Qué está pasando?».

Mi amigo arquea las cejas.

—Así que ahora, de repente, eres todo un caballero y sales en su defensa. Pero si te la has tirado en el cuarto de baño, no actúes como si fueras su príncipe azul.

—Lo, basta. —Le lanzo una mirada de advertencia a pesar de que siento las mejillas sonrojadas. Si se empiezan a pelear, me echarán del pub.

—Sí, Lo…, basta —lo desafía Dillon. Noto la cara tan caliente que creo que se me podrían hacer quemaduras de segundo grado. Los dos se sostienen la mirada durante un buen rato, sin parpadear.

—No estoy lo suficientemente borracho para esto —anuncia finalmente Lo, levantándose del taburete y pagando la cuenta. Mientras espero, Dillon me agarra por la muñeca y yo trato de zafarme.

—¿Puedes darme tu número? —me pregunta.

Lo se mete la billetera en el bolsillo trasero.

—No sabe decir que no, así que lo haré yo por ella. —«Gracias». Pero en lugar de añadir algo más, Lo le hace un gesto obsceno con el dedo.

No miro a Dillon. Ni a Lo. Ni a ninguno de los presentes en The Blue Room. Acelero para salir del pub, deseando evaporarme en el aire y desaparecer.

Me meto en el BMW y Lo se une a mí en silencio. De regreso a casa, solo se oye el sonido que hace Lo al beber frenéticamente de la botella, casi como si hubiera estado atrapado durante una semana en el desierto del Sáhara. Evitamos hablar o mencionar nada de lo ocurrido durante esta fatídica noche hasta que entramos en el apartamento. Dejo caer las llaves en la cesta de la entrada y él abre todos los armarios en los que guarda licor. Me tiembla la mano cuando me coloco un mechón de pelo detrás de la oreja… Necesito algún tipo de liberación.

Los familiares tintineos de las botellas me llegan desde la cocina.

—¿Quieres beber algo? —pregunta Lo, concentrado en servirse una copa.

—No, voy a llamar a alguien. Si todavía estuviera aquí mañana por la mañana, ¿podrías hacer lo de siempre?

Vacila, y la botella queda en suspenso encima del vaso.

—Puede que pierda la conciencia. Llevo toda la noche bebiendo esa mierda de cerveza. —Oh, no… Está a punto de emborracharse.

—Mañana tenemos que ir con mi familia —le recuerdo con la voz tensa. Hay pocas cosas que nos hagan discutir de verdad, pero tengo la sensación de que esta será una de ellas.

—Lo sé. Voy a estar despierto, aunque quizá no pueda ayudarte. Solo quiero que lo sepas.

Respiro hondo.

—Eres tú el que ha arruinado la noche. No tenías por qué acompañarme, y menos iniciar una pelea —le suelto con rapidez—. Y ahora soy yo la que tiene que joderse porque no querías beber el puto vodka azul.

—Vale, pues vuelve al pub y deja que ese imbécil te dé la vara toda la noche. Te he hecho un favor, Lily.

Una oleada de ira irracional me atraviesa y empujo con fuerza uno de los taburetes. Se cae y se le rompe una pata. Me tranquilizo al instante, sintiéndome mal por haber destrozado el mueble.

—Guau... —suelta Lo—. Espero que no te conviertas en Hulk dentro del apartamento.

Su adicción está puteando la mía. El alcohol triunfa sobre el sexo en este lugar, y eso me mata. O por lo menos, a la parte de mí que necesita disfrutar de un buen polvo, uno que dure más de cinco minutos.

Me quedo mirando el taburete roto sintiéndome tonta. Me inclino y lo levanto, más tranquila. Lo sabe lo que se siente cuando uno se convierte en un monstruo por culpa de la necesidad, pero eso no hace que sea capaz de mirarlo a los ojos.

—Eres mayorcita, Lil —me dice después de un largo silencio mientras remueve el hielo en el interior de su vaso—. Si quieres follar con alguien, deberías ser tú quien lo eche. Yo no te impido tener sexo.

No sé por qué me siento de esta manera ni por qué me afectan tanto sus palabras. No me muevo hasta que siento que me saca el teléfono recién comprado del bolsillo. Miro con el ceño fruncido mientras recorre mis contactos hasta dar con el número de un servicio de acompañantes masculinos. Lo marca y me acerca el móvil a la oreja antes de dar un sorbo a su bebida. Sujeto el aparato mientras articulo un «gracias».

Se encoge de hombros de forma evasiva, pero noto que está tenso. Se va a su habitación sin decir una palabra. Los nervios que me atenazan son sustituidos por una agradable sensación de anticipación.

—Hola, ¿en qué podemos ayudarle? —me responden al otro lado de la línea.

La alarma del teléfono resuena por tercera vez, una irritante melodía de arpa que voy a cambiar en cuanto pueda. Muevo las sábanas intentando no molestar al hombre que está despatarrado a mi lado. No debería haberle permitido pasar la noche conmigo, pero perdí la noción del tiempo. A pesar de que estos... eh... gigolós suelen ser visto y no visto, la emoción acaba envolviéndolos al ver que tienen una clienta joven que no es obesa. Así que, a veces, se entretienen más tiempo. Sin embargo, en esta ocasión fue culpa mía.

¿Pretenderá quedarse a desayunar? No conozco el protocolo a seguir ni qué debo decir o hacer. Normalmente, es Lo quien golpea mi puerta y le dice al tipo que se largue. Sin duda es mucho más fácil para mí. El reloj digital que tengo en la mesilla de noche está parpadeando. Son las diez, solo dispongo de una hora para arreglarme y ducharme para el *brunch* tardío que nos espera en la mansión Villanova.

Me pongo con rapidez una camiseta que me llega por los muslos y miro a mi acompañante. Es un tipo fuerte, de unos treinta y pocos años con tatuajes en el torso. Está enredado entre las sábanas color púrpura de mi cama, profundamente dormido tras la sesión de sexo. ¿No debería estar acostumbrado? Yo no actúo como si hubiera tomado un bote de pastillas para dormir.

—¡Eh! —le digo con timidez. Él apenas se mueve. «¡Venga, Lily! Deprisa». Si Lo piensa que puedo hacerlo, es que es posible, ¿verdad?

Respiro hondo, dispuesta a luchar contra el intenso rubor y los nervios, cada vez mayores, que me atenazan.

«Por favor, no te pongas a hablar conmigo».

—¡Eh! —Le sacudo las piernas y él emite un gemido digno de un oso. «¡Sí!». El gigoló se frota los ojos y se apoya en el codo.

—¿Qué hora es? —mascula, uniendo las palabras.

—Tarde. Necesito que te vayas.

Se deja caer contra el colchón con un silbido. ¿Qué ha sido eso? ¿Se ha muerto?

—Déjame despertarme a mi ritmo, ¿vale?

—He quedado, tienes que marcharte.

Me mira con los párpados entrecerrados, como si la luz fuera demasiado intensa para sus ojos somnolientos.

—Mientras te vistes, haré un poco de café. ¿Te parece? —me dice.

—No te pago para perder el tiempo —replico, con algo más de confianza. ¿Por qué se muestra tan difícil? ¿Es que mis peticiones son poco razonables?

Me mira con irritación y, al instante, me siento mal.

—De acuerdo. —Se levanta para recoger los vaqueros y se los abrocha. «Sí, se marcha». Pero de repente se detiene y me observa, haciendo que me tense—. Para lo poco reservada que eras anoche, pareces demasiado incómoda en estos momentos. —Está pidiéndome una explicación.

Abro la boca, la cierro… No sé qué decir.

—¿Es que el sexo no estuvo a la altura?

Vuelvo la cabeza.

—¿Puedes marcharte?

—¿Te sientes avergonzada? No lo entiendo…

Por supuesto que me siento avergonzada. He llamado a un gigoló porque estaba desesperada, porque me parecía bien en ese momento y sabía que aliviaría todo aquel sufrimiento. Me gustaría ser una de esas chicas que lo hace porque tiene el valor para explorar su sexualidad, pero necesitarlo para saciar mi deseo me atormenta. Él me recuerda todo lo que odio de mí misma, cuando dejo que mi sexo me controle. Me resulta imposible ser una chica normal y dejar de pensar en el sexo durante un segundo. Uno solamente.

—¿Te he hecho daño? —pregunta, ahora preocupado.

—No —replico con rapidez—. Estuvo genial. Es solo que estoy… —«perdida»—. Gracias.

Mis palabras hacen que me mire con tristeza.

—Prométeme que no harás nada cuando me vaya. —¿Piensa que me voy a suicidar?

Respiro hondo.

—Necesito que te vayas para poder asistir a una reunión familiar.

Asiente moviendo la cabeza de forma comprensiva.

—Vale. —Se abrocha el último botón—. Por cierto, eres fantástica en la cama.

—Gracias —murmuro, quitando las sábanas.

Cuando la puerta se cierra, mis músculos se relajan de golpe. Revivo la conversación y me siento extraña. Es como si este tipo hubiera leído en mi interior. Y eso es algo que no hace mucha gente.

No tengo demasiado tiempo para la autocrítica. Queda menos de una hora para el *brunch*. Mientras me ducho, pienso en despertar a Lo. Prefiero permitir que duerma la borrachera que obligarlo a interactuar con mi familia. Pero en el momento en el que me seco y me pongo un vestido color verde menta, decido comprobar si Lo está durmiendo en su habitación. Rara vez vomita cuando cae inconsciente, pero eso no quiere decir que pueda ocurrir. Antes de salir de mi habitación, busco en el armario un bolso apropiado para evitar las burlas de mi madre. Encuentro un Chanel blanco con cadena dorada (regalo de cumpleaños de Rose) tras apartar unos zapatos con el tacón roto.

Cierro el armario. El móvil perdido ha aparecido, lo que es inútil pues ya transferí el número y los contactos a un nuevo iPhone.

Reviso las últimas llamadas perdidas y los mensajes de texto que recibí antes de comprar el otro móvil. Se me detiene el corazón cuando abro un mensaje de Rose. Lo envió casi en el momento que se fue del apartamento.

«Jonathan Hale viene a desayunar. Díselo a Loren».

No, no, no… Posiblemente, Lo podría haberse quedado en casa. Se me hubiera ocurrido alguna excusa como que está enfermo. Que deje plantada a mi familia es una idiotez. Sin embargo, no presentarse ante su padre es un suicidio.

Lanzo el móvil sobre la cama y me dirijo a su dormitorio a toda velocidad. Tengo menos de una hora para conseguir que esté listo. Nos la estamos jugando.

Llamo a su puerta una vez y entro.

A diferencia de mi habitación, en la suya, las paredes y las estanterías tienen personalidad propia. Objetos de la Universidad de Pensilvania por todas partes, como un reloj de color rojo y azul o una borla. Hay un montón de fotografías de nosotros dos, sobre todo para salvar las apariencias. En la cómoda, hay un retrato enmarcado en el que Lo me besa en la mejilla. Aunque me parece una pose forzada, ese tipo de pequeñas cosas hacen que se me encoja el corazón, recordándome lo grande que es nuestra mentira.

Mis hermanas creen que guardo la ropa en el armario de la habitación de invitados para tener más espacio, pero lo cierto es que me gusta usar ese dormitorio minimalista. No hay fotos, solo los brillantes colores de los cuadros de Leonid Afremov, sobre París. Aunque a veces me marean un poco.

Lo está tendido totalmente vestido sobre el edredón color champán. Está de costado, con el cabello castaño claro despeinado en varias direcciones. Con la mano derecha, agarra una botella vacía de Macallan, un whisky de diez mil dólares. Veo otras cinco botellas dispersas por el suelo. Algunas están medio llenas, otras vacías. Pero estas tienen que ser de otras noches. Es posible que Lo aguante mucho alcohol, pero no tanto. El contenido de estas botellas habría noqueado a todo un equipo de fútbol americano e incluso podría haberlo matado. Así que trato de no pensar en ello.

Voy al cuarto de baño y mojo una toalla de mano en agua tibia. Regreso a la habitación y me arrodillo sobre la cama antes de inclinarme para apretar la toalla contra su frente.

—Lo, tienes que despertarte —le digo en voz baja. No se mueve. Esta no es la primera vez que he tratado de sacarlo de la inconsciencia para algo importante.

Me alejo de la cama y recorro el dormitorio, recogiendo las botellas vacías y cerrando las llenas. Cuando todo el alcohol está fuera de la vista, me concentro de nuevo en él.

—¡Loren Hale! —grito.

No consigo nada.

Intento moverle los brazos, las piernas, la cintura... cualquier parte de su cuerpo que consiga que resucite.

Nada.

Al ver que permanece muerto para el mundo, lo maldigo por haber elegido este día para perder la consciencia. El tiempo pasa deprisa y cada segundo estoy más nerviosa. No lo puedo abandonar a su suerte, él no lo haría. Si nos hundimos, lo haremos juntos.

Me abro la cremallera del vestido y me lo quito, quedándome en bragas y sujetador. Por lo menos, dadas sus experiencias pasadas, sé qué hacer en estas situaciones, y espero que también funcione ahora.

Pongo las manos debajo de sus axilas y tiro de él con mis escasas fuerzas. Los dos caemos al suelo, y Lo suelta un suave gemido.

—¿Lo?

Se vuelve a hundir en la inconsciencia. Me pongo en pie con rapidez y arrastro su pesado cuerpo hasta el cuarto de baño.

—En... serio... me... debes... una... —digo con cada tirón. No es cierto. Los dos nos hemos hecho tantos favores que ya no los contamos. Doy una patada para abrir la puerta de la ducha y lo meto en ella con un último empujón. Apoyo su cabeza en mi regazo y, aunque solo me cubre la ropa interior de color beis, no me siento avergonzada. ¿Cómo voy a estarlo cuando él se siente tan vulnerable entre mis brazos? Ni siquiera recordará esto dentro de una hora. Mejor que moje la ropa interior que el vestido.

Me quedo de rodillas y me estiro para llegar al grifo. Pongo la temperatura más baja antes de abrirlo.

El agua cae sobre nosotros y, diez segundos después, Lo se despierta, escupiendo agua como si estuviera ahogándose. Subo un poco la temperatura cuando trata de enderezarse, levantándose de mi regazo. Resbala cuando intenta apoyarse en los azulejos.

Cierra y abre los ojos lentamente. Todavía no ha dicho ni una palabra.

—Tienes que lavarte —le indico desde mi lado de la ducha—. Hueles a alcohol.

Él hace un ruido incoherente y cierra los ojos con fuerza. No tenemos tiempo para esto. Me pongo en pie, cojo el champú y el jabón, y me acerco a él mientras el agua sigue cayendo sobre nosotros.

—Venga —le digo con suavidad, recordando que odia que le hable en tono normal cuando tiene una mañana mala. Al parecer, según él suena aguda como si estuviera sacrificando bebés panda.

Deja que le quite la camiseta por la cabeza y apenas es capaz de ayudarme con los brazos. El agua se transforma en riachuelos sobre sus abdominales, dibujando un trazado que suele quedar oculto por la ropa. Nadie imagina la buena forma en la que está, ni que frecuente el gimnasio. Esta es una de esas sorpresas agradables, ver lo que hay además de su belleza. Envidio a todas las chicas que logran experimentar esa sensación con él. Sacudo la cabeza... «¡Concéntrate!». Arranco la mirada de las curvas de sus bíceps y me concentro en quitarle los vaqueros, nada más. Los desabrocho y tiro de ellos hacia abajo.

Cuando la pesada y empapada tela se atasca a la altura de los muslos, abre los párpados. Me sonrojo sin control a pesar de que no es la primera vez que lo desnudo.

Me mira detenidamente.

—Lil... —murmura con somnolencia.

De acuerdo, no tenemos tiempo para esto. Tiro con fuerza. Y por fin, consigo bajar el pantalón por sus muslos musculosos hasta llegar a los tobillos, donde la labor es mucho más fácil. Ahora solo le cubren los bóxer negros, y voy a tener que recurrir a todas mis fuerzas.

Cojo el gel y lo vierto en una esponja que deslizo por su torso delgado, por sus abdominales, por su... mmm... mejor me salto esa zona..., por sus muslos y pantorrillas. No tengo tiempo para enjabonarle la espalda, pero no creo que sea un problema. Lo peor es el olor. El aroma a bourbon sale por cada uno de los poros de su piel, y después de haber probado varios jabones y colonias, hemos encontrado algunos capaces de disimular ese olor tan repugnante.

Su adicción me asusta a veces. El alcoholismo puede destruir el hígado y los riñones y quizá algún día no despierte después de una noche de borrachera. Pero ¿cómo voy a pedirle que lo deje? ¿Cómo voy a juzgarlo cuando no estoy dispuesta a superar mi propia adicción? Así que por ahora, lo mejor es esto. Le enjabono el pelo con champú mientras él mantiene los ojos abiertos, usando sus escasas fuerzas para permanecer consciente. Revive, pero no estoy segura de que sepa dónde estamos.

—¿Te diviertes? —pregunto mientras le masajeo el cuero cabelludo.

Él asiente lentamente, y clava los ojos en mi sujetador beis, que ahora parece transparente.

«¡Mierda!».

Le pellizco el brazo y levanta la mirada hacia mí. Sus ojos se transforman, volviéndose de un color ámbar más intenso que destila calor. Me observa fijamente, con demasiada intensidad. No me gusta que me mire de esta manera, y él lo sabe. Levanta la mano y me acaricia la nuca. «¿Qué...?». Me libero de la confusión y me aparto con el ceño fruncido. No tengo tiempo para lidiar con su resaca, con esos movimientos delirantes.

Me brinda una sonrisa satisfecha.

—Solo estaba practicando.

—¿Sabes qué hora es? —Cojo una jarra de plástico, la lleno de agua y la vuelco sobre su cabeza. Me da igual que el champú haga que le piquen los ojos. Los cierra al tiempo que murmura una maldición, pero está demasiado cansado para frotarlos.

Cuando la espuma desaparece, le pongo el brazo en los hombros y lo arrastro al dormitorio. Esa vez, ya coopera conmigo, ayudándome a trasladarlo.

Se desploma sobre el edredón y, durante los siguientes minutos, me dedico a secarlo con una toalla como si fuera una mascota. Él se queda mirando el techo como un pasmarote. Trato de hablar con él, pues necesito que esté despejado para el *brunch*.

—Anoche salimos hasta muy tarde porque fuimos a un concierto de saxofón de Charlie en Eight Ball —le recuerdo mientras busco en los cajones la indumentaria adecuada.

Se ríe.

—¿Qué te resulta tan gracioso?

—Charlie —repite con amargura—. Mi mejor amigo…

Trago saliva y respiro hondo, tratando de no perder el control. Puedo hacerlo. Cojo otros bóxer, unos pantalones y una camisa de color azul celeste. Me vuelvo hacia él, sin saber si voy a tener que ver o no sus genitales.

La ropa interior que todavía tiene puesta está empapando el edredón, demasiado mojada para llevarla debajo de los pantalones.

—¿Puedes cambiarte solo? —pregunto—. Prefiero limitar el número de veces que veo tu polla.

Trata de incorporarse con éxito y se mantiene erguido en la cama. Me siento impresionada. Y también me siento arrepentida de haber mencionado su polla. Sobre todo por la forma en que me mira.

—Déjalo todo encima de la cama —me dice tras parpadear repetidamente.

Pongo la ropa a su lado y agarro mi vestido, que he dejado sobre el respaldo de la silla, ante el escritorio. Sigo estando preocupada cuando entro en mi habitación y me cambio las bragas y el sujetador mojados antes de ponerme el vestido. ¿Estará Lo suficientemente lúcido como para mantener una conversación?

Cuando estábamos en el instituto, su padre solía castigarle por llegar a casa borracho, o por saquear su bodega. En el momento en que las notas de Lo empezaron a empeorar, el señor Hale amenazó con enviarlo a una academia militar, pensando que la rígida disciplina sería beneficiosa para un adolescente problemático. Ni siquiera sé si llegó a relacionar las pruebas y a entender que el verdadero problema de Lo era el alcohol.

Si lo pensaba bien, necesitaba acudir a Alcohólicos Anónimos o a una clínica de rehabilitación, no a una academia militar. La solución fue que me entregué a él: fui su excusa por aquellas constantes borracheras. Ese verano hicimos el trato y en cuanto le dijo a su padre que había empezado a salir con la hija de Greg Calloway, fue como borrón y cuenta nueva. El señor Hale le dio una palmada en la espalda, asegurándole que yo sería buena para él y, si no era así, ya encontraría la forma de cambiar su comportamiento. Así que ambos disimulamos nuestro estilo de vida para poder continuar con él.

Aunque Lo no podía considerarse un ciudadano modelo durante su adolescencia, mis padres se alegraron al conocer nuestra relación. Una unión Calloway-Hale superaba todas sus expectativas. Era como si corriera el año 1794 y con nuestro matrimonio obtuvieran poder militar y derecho a tierras de labranza. Bien... hola, no somos de la realeza.

Con nuestra nueva alianza, mentimos y ocultamos nuestras infidelidades, interpretando el papel de novios cariñosos. Cuanto más nos hundíamos en la farsa, más difícil era dejarla. Temo que llegue un momento en el que ninguno de los dos pueda respirar de nuevo, en el instante en que descubran nuestro secreto. En cualquier momento, todo puede derrumbarse. Es un juego peligroso que me aterra y me conmueve a la vez.

Vuelvo a la habitación de Lo y me relajo al ver que está completamente vestido, aunque se apoya en el aparador. Tiene la camisa desabrochada y por fuera del pantalón.

Pero al menos, lo tiene puesto.

—¿Puedes ayudarme? —me pregunta de manera informal... sin aparente dificultad.

Asiento con la cabeza y doy unos pasos hacia él. Rozo el borde del botón de abajo y su cálido aliento hace que me hormiguee la piel. Para evitar cualquier sensación, tomo nota mental de coger un paquete de pastillas de menta antes de irnos.

—Estaré bien cuando lleguemos allí —me promete.

—Lo sé. —Evito cualquier contacto visual mientras mis dedos abrochan los botones sobre su tenso abdomen.

—Lo siento —se disculpa en voz baja. Luego se ríe—. Por lo menos, ya te he dado algo para sentir un poco de placer.

Suspiro. No fantaseo a propósito con Loren Hale para excitarme. Eso resultaría demasiado incómodo cada vez que me topo con sus ojos. Ya es demasiado malo que ocurra por accidente.

—No me das placer, Lo. —Posiblemente podría quejarse o reír, pero parece confuso y dolido. Sin embargo, no tengo tiempo para buscar significado a todo eso.

—Entonces, disculpa —declara irritado. Se siente mal y, de repente, me gustaría retroceder en el tiempo. Pierde el equilibrio por los restos de la borrachera y vuelve a caer en el colchón. Para evitar que se desplome en el suelo, me aferro a sus brazos, pero eso hace que me derrumbe con él. Y cuando el tiempo parece que se hace más lento, me doy cuenta de que tengo la mano plantada con firmeza sobre su pecho, que mis piernas presionan las suyas, y que lo único que nos separa en realidad es su pantalón y mi vestido.

Respira con dificultad, sus músculos se contraen bajo mi peso. Empiezo a sentir un latido en mi interior, un latido malo. Noto sus manos en la parte baja de mi espalda, justo donde empiezan mis nalgas. Y, cuando se humedece los labios, mirando cómo examino su cuerpo con ojos ávidos por el deseo, irrumpe la parte más sensata de mi cerebro.

—Tu padre asistirá al *brunch* —murmuro.

Palidece y me levanta como si no pesara nada.

—Tenemos que irnos —indica, dejando desabrochados los últimos botones. Mira el reloj—. Ya. —Su preocupación disipa la mayor parte de la resaca y espero que cuando lleguemos a Villanova haya desaparecido por completo.

4

*L*legamos con diez minutos de retraso, pero no somos los únicos.

Mi padre no ha podido volar de Nueva York a Filadelfia porque el piloto ha pillado la gripe. Ha tenido que programar un nuevo vuelo y, aunque no tardará demasiado, mi padre prefiere comprobar los antecedentes de todos los pilotos que llevan su avión privado. El nuevo tendrá que demostrar su experiencia y sus horas de vuelo. Mi madre siempre va a recibirle cuando aterriza, así que está desaparecida y tampoco ha llegado puntual a este *brunch*, presumiblemente tan importante.

No me quejo, ese tiempo extra permitirá que Lo se tranquilice un poco. Nos sentamos en la terraza, con vistas a la enorme piscina y los setos con rosas amarillas. Los rayos de sol caen sobre las bandejas con copas de champán llenas de mimosa. El mantel de lino blanco está cubierto de frutos secos, una amplia variedad de quesos, galletas y sándwiches pequeños.

Noto que me ruge el estómago y agradezco no tener que esperar a mis padres para empezar a devorar. Tampoco ha llegado Jonathan Hale, se ha excusado diciendo que está atrapado en un atasco de tráfico, pero sospecho que en realidad se encuentra esperando en el coche porque no quiere aparecer sin que mi padre esté presente.

Lo apoya el brazo en el respaldo de mi silla, siguiendo la farsa habitual. Su cercanía me provoca tensión, por lo que acabo sentada en el borde del asiento, lo más lejos posible de su mano. Espero que mi postura no sea demasiado obvia. Me molesta que me toquen de forma íntima, pero sé que en esta situación no debería hacerlo. A fin de cuentas, estoy con mi novio. Todo esto es muy complicado.

—Pásame el *book* de fotos —dice Poppy, tendiendo la mano. Como el resto de las chicas Calloway, mi hermana mayor destaca entre la multitud. Tiene un pequeño lunar sobre el labio superior que la hace parecer tan sensual como Marilyn Monroe, y tiene la piel más bronceada que nosotras, fruto del beso de los rayos del sol. Suelo quedar con ella en centros comerciales y *outlets*, y siempre me fijo en que hace que las cabezas se vuelvan a su paso. A veces también consigo el mismo efecto, pero creo que tiene más que ver con mis piernas, flacas como un palo. No soy atractiva y lo sé, mi madre me lo recuerda constantemente.

Daisy le tiende a Sam su *book* como modelo, que se lo pasa a su esposa. Poppy pasa las páginas con una sonrisa.

—Dais, son magníficas. —El halago no afecta a mi hermana pequeña, que está demasiado ocupada comiéndose los sándwiches que no disfruta desde hace más de un mes.

—¿Qué tal resultó la Semana de la Moda? ¿Has conocido a chicos guapos? —Muevo las pestañas, tratando de ser graciosa, pero lo más seguro es que parezca tonta y ridícula. Daisy resopla.

—Mamá me arruinó cualquier tipo de diversión. —Se recoge el pelo castaño en una coleta, dejando a la vista su piel inmaculada. Su rostro parece así todavía más llamativo.

—¿Qué? ¿Te acompañó mamá? —No es que me sorprenda demasiado. A lo largo de su vida, mamá se las ha arreglado para asistir a todos los ensayos de *ballet* de Rose, llegando a saltarse las comidas familiares. Podría haber sido la presidenta del club «Madres de Bailarinas».

—¡Oh, sí! —replica Daisy—. Solo tengo quince años, ¿recuerdas? Se congelaría el infierno antes de que me dejara acudir sola a la Semana de la Moda. ¿No lo sabías?

—Yo no me entero de nada.

—Eso es el eufemismo del siglo —dice Rose, haciendo que Poppy sonría.

—No seas mala, Rose. Vas a espantarla y estaremos otros dos meses sin verla. —Todos sabemos quién es la hermana buena, pero aun así no puedo evitar querer a Rose. Quizá porque es la más cercana a mí en edad, o porque se esfuerza en formar parte de mi vida. Es a la que más veces he visto últimamente.

Rose toma un sorbo de mimosa con los labios apretados mientras Daisy me señala con el dedo de forma acusadora.

—¿No has asistido a los *brunchs* de los domingos desde hace dos meses? —Me mira como si pudiera ver alguna herida—. ¿Cómo has sobrevivido?

—Me hago la misma pregunta —interviene Rose—. A mí me crucifican si me salto uno.

—Son las ventajas de salir con un Hale —asegura Poppy y, esta vez, parece amargada.

Lo tensa los dedos en el respaldo de mi silla al escuchar su apellido. Noto un nudo en la garganta. Poppy tardó años en convencer a nuestros padres para que aceptaran a su novio y le dieran la bienvenida a la familia.

Dado que Sam ni siquiera tenía seis dígitos a su nombre, mis padres temían que fuera detrás de la herencia de Poppy. Mi padre lo llegó a llamar fracasado porque solo tenía el título de secundaria y un empleo en el Dairy Queen como único aval en su currículo. Por fin, papá se dio cuenta de que Sam tenía buenas intenciones y aprobó su matrimonio, lo que hizo que mamá también estuviera de acuerdo.

Ahora, hay una pequeña con el pelo oscuro y los brillantes ojos azules de Sam correteando por la casa.

Poppy es de esas personas que siempre está sonriendo y se muestra todavía más maternal que nuestra propia madre, pero jamás va a olvidar los prejuicios que tuvieron hacia Sam ni todas las críticas que recibió, aunque fueran con buena intención.

Ese resentimiento acaba vertiéndose en mí, puesto que sí aceptaron con rapidez mi relación con Lo.

—Si pudiera, me cambiaría el nombre —asegura Lo, creando una tensión muy incómoda.

—¿Cuál? —replica Poppy, haciendo que se disipe un poco la tensión. Todas nos reímos a expensas de Lo, pero es mejor la risa que lanzar miradas furtivas con los músculos rígidos.

A Lo nunca le ha gustado ninguna de las palabras que componen su nombre. Esa es una de las razones de que Rose siempre le llame Loren.

—¿Desde cuándo eres tan graciosa, Poppy? —ataca Lo, lanzándole una uva.

Me sorprende que no decida meterse con nosotras por nuestros nombres floridos, dado que tanto nosotras cuatro como mi madre tenemos nombre de flor. Resulta humillante cuando estamos juntas en público, pero en privado puedo manejarlo.

—¿Recurriendo ya a lanzar alimentos para atacar, Loren? —suelta Rose—. El *brunch* todavía no ha empezado de forma oficial.

—Ahora ya sabes por qué no les importa que estemos meses sin aparecer —se burla él—. Misterio resuelto.

—¿Me dejas ver el *book* de fotos de Daisy? —le pido a Poppy.

Ella lo desliza por la mesa, pero tiene la mala suerte de hacerlo chocar con el pie de mi copa de champán. Maldigo por lo bajo y me muevo bruscamente antes de que el líquido me manche el vestido.

Lo coge con rapidez una servilleta y se levanta también. Me pone una mano en el brazo y empieza a secarme el pecho sin pensar. Supongo que nadie cuestiona que lo haga porque somos novios (aunque no de verdad), y mi mente cae en picado. Se acerca un camarero con toallas, pero yo me siento demasiado avergonzada para moverme.

—Lo siento. —¿Por qué me disculpo? ¿Por haber nacido torpe?

—Oh, oh… Lily está sonrojándose como una rosa —se burla Poppy.

Rose le lanza una mirada de advertencia cuando menciona su nombre como un insulto, lo que hace que me ponga todavía más roja.

Lo deja la servilleta encima de la mesa.

—Tranquila, cielo —me susurra al oído—. No ha pasado nada.

Me sonríe divertido y su aliento me hace cosquillas en la piel. Me besa en los labios con suavidad, pero cuando aparta la boca de la mía, solo puedo pensar en lo mucho que deseo que vuelva a besarme.

El personal nos invita a levantarnos para limpiar el desastre como abejas obreras.

Cuando todos vuelven a instalarse y me reconcilio conmigo misma, vuelvo a sentarme rígidamente y abro el *book* de Daisy. Lo se inclina hacia mí para echar un vistazo a las fotografías, pegando el muslo al mío. «Concéntrate en las fotos». Sí. Parpadeo. En la mayor parte de las imágenes, Daisy está ante un fondo blanco, sin maquillaje. Fotos para apreciar su belleza natural, supongo. Paso la página y me quedo boquiabierta.

¡Está desnuda! O casi desnuda. Subida a unos tacones de quince centímetros, solo lleva encima una americana masculina. Nada más. El objetivo se ha centrado en sus largas piernas y en el escote. Lleva el pelo engominado y recogido en una coleta, y el maquillaje hace que parezca que tiene veintisiete años en vez de quince. Tiene la cadera adelantada en una pose, la única prueba de que se trata de una foto de moda y no de *Penthouse*.

Lo silba por lo bajo, tan sorprendido como yo.

—¿Qué pasa? —pregunta Daisy, inclinando la cabeza para ver qué imagen estamos viendo.

—No llevas nada. —Le enseño el *book* para que sepa de qué hablo. No se muestra avergonzada ni alterada.

—Llevaba ropa interior. Pero parece que estoy desnuda.

—¿La ha visto mamá?

—Sí, fue ella la que sugirió que debía realizar sesiones de fotos más maduras. Puede hacer que mi caché sea mayor.

Su caché… Como si fuera un cerdo en una subasta.

—¿Te gusta ser modelo?

—No está mal. Se me da bien.

«Bien». No es esa la respuesta que me gustaría escuchar, pero no soy su madre. Si no asisto a estas reuniones semanales es por una razón, estos encuentros no me ayudan a resultar invisible para la familia Calloway.

Lo se frota los labios como si tratara de encontrar las palabras adecuadas.

—Daisy, tienes quince años. No deberías posar desnuda. —Me roza el hombro con los dedos al tiempo que se inclina hacia mi oreja—. Ni siquiera tú lo haces.

Como si yo fuera un modelo sexual. Lo miro boquiabierta y le pellizco el muslo. Él me coge la mano y entrelaza los dedos con los míos. Debería conseguir que me soltara, pero no quiero.

—No actúes como si fueras su hermano mayor, Loren —interviene Rose—, ni siquiera eres capaz de recordar cuándo es su cumpleaños.

Veo que él aprieta los dientes, lo que hace que sus pómulos parezcan más afilados. Extiende la mano para coger su copa de mimosa y luego agarra mi bolso para buscar dentro la petaca.

Mi mente se queda en blanco, esperando a que el personal nos invite a entrar. De pronto, rozo el brazo de Lo, que sigue mi mirada, rígido como una piedra.

Han llegado nuestros padres.

Durante los últimos veinte minutos, hemos evitado convertirnos en el centro de atención de nuestros padres. Mi madre está concentrada en la hija de Poppy, que se rompió uno de los dientes delanteros contra la acera el miércoles pasado. Si tengo que volver a oír mencionar una vez más a un cirujano plástico, es posible que necesite cuatro mimosas y un camarero atractivo.

Jonathan Hale y mi padre disfrutan de una conversación privada entre susurros. Si su aislamiento molesta a mi madre no lo demuestra, pienso mientras la observo juguetear con el collar de perlas que rodea su cuello huesudo. Parece concentrada en la conversación con Poppy.

—¿Qué tal es la Universidad de Pensilvania?

Me sobresalto con la pregunta, pero reacciono al instante.

Rose asiste a Princeton, por lo que es evidente que la pregunta de mi padre va dirigida a Lo y a mí.

—Es difícil, hay que estudiar mucho —replica Lo sin extenderse. Me pone el brazo en la cintura; estoy demasiado nerviosa como para apoyarlo.

—Eso es… —murmuro.

En mi familia, soy la hija callada, así que me resulta fácil escaquearme con respuestas monosilábicas.

Mi madre comienza otra conversación.

—Lily, mi pequeña flor de pensamiento, ¿qué tal te va?

Hago una mueca, alegrándome de que no llegara a ponerme de nombre pensamiento. Ni siquiera puedo creer que no se le hubiera ocurrido.

—Bien.

—¿Tenéis alguna clase juntos este semestre? —Veo que mi madre dibuja el borde de la copa de champán con los dedos, que está rojo por su lápiz de labios.

—Una. Estrategias y Políticas de Empresa. —Siendo los dos estudiantes de ADE, Lo y yo compartimos algunas clases, pero intentamos que sean las menos posibles. No quiero ver a Loren Hale más de lo que lo veo.

Jonathan bebe un sorbo de su vaso de whisky. No se me escapa la ironía de la situación.

—¿Qué tal lo llevas? —pregunta mirando a su hijo. Tanto mi padre como él visten trajes elegantes de Armani, todavía no lucen canas y llevan la cara perfectamente afeitada. La diferencia radica en sus rasgos. Jonathan te observa como si quisiera arrancarte el corazón, mientras que mi padre parece estar dispuesto a darte un abrazo.

—Tengo un sobresaliente —replica Lo. Arqueo las cejas sorprendida. ¿Un sobresaliente? Yo apenas apruebo por los pelos, pero Lo es más inteligente y casi nunca tiene que estudiar.

Jonathan me mira y me empiezo a hundir en la silla, como si sus ojos fueran demasiado poderosos para soportarlos.

—Pareces sorprendida. ¿Está mintiendo?

—¿Cómo? No... es que... —tartamudeo—. No solemos hablar de eso.

—¿No me crees, papá? —Lo se pone la mano en el pecho—. Me hieres.

Jonathan se acomoda en la silla.

—Mmm... —«¿Mmm?». ¿Qué quiere decir?

Mi padre intenta relajar la atmósfera sofocante.

—Estoy seguro de que Lily te mantiene concentrado en lo que es importante de verdad.

Él sonríe.

—Oh, sin duda lo hace.

—Qué asco dan... —dice Rose, impasible. Si supiera que Lo se refiere al alcohol y no al sexo... otro gallo cantaría.

Mi madre lanza una mirada gélida de desaprobación a mi hermana.

—¿Tenéis planes para después de la graduación? —pregunta mi padre.

Pienso en el futuro de Lo, vestido con un traje a medida, trabajando para su padre, forzando a todas horas una mueca con los labios.

—Todavía tenemos un año para decidirnos —replica Lo.

—Deberíais empezar a pensar en ello —dice mi padre en tono crítico.

Planes... He estado tan concentrada en Lo que todavía no he empezado a pensar en la vida que nos espera después de pasar por la universidad. «¿Dónde iré? ¿Qué seré?». El vacío es un espacio en blanco, no sé qué imagen quiero pintar.

—Ahora mismo estamos concentrados en los estudios. Sacar bien el curso es lo más importante para nosotros. —«Sí, sí, claro».

Mi padre dobla la servilleta y la pone sobre la mesa, dispuesto a cambiar de tema.

—Jonathan y yo estábamos hablando sobre la gala benéfica de Navidad que van a patrocinar Fizzle y Hale Co. La prensa lleva semanas hablando sobre el evento, y es importante que asistáis todos para mostrar vuestro apoyo.

—Allí estaremos —dice Lo, levantando su copa.

—¿Todavía no hay ningún anillo? —pregunta Poppy con una sonrisa burlona.

—Todavía tengo veinte años —le recuerdo, pero ella se encoge de hombros.

—¿No tienes ninguna novedad? —insiste Rose mientras me lanza una mirada aguda.

Frunzo el ceño, confusa, y sacudo la cabeza. ¿Qué está tratando de hacer?

Aprieta los labios en una línea delgada y susurra algo a Poppy al oído, que le responde de la misma forma.

—Niñas... Los secretos en reunión son de mala educación —les recuerda mi madre.

Rose se endereza y me clava una mirada helada.

—Creo que es extraño que solo bebas agua y zumo de naranja.

—Es que soy la que conduce —respondo. ¿Por qué le importa tanto a todo el mundo que quiera estar sobria? ¿Desde cuándo es tan raro rechazar beber alcohol en las comidas? Mi madre resopla.

—Para eso está Nola.

—Y Anderson —añade Jonathan.

Anderson, el soplón. «Ja».

—Bueno, tengo una razón para pensar que si no bebes alcohol, no es porque tengas que conducir —dice Rose. «¿Cómo?».

—¿Qué estás insinuando? —El corazón se me acelera de forma violenta.

«Por favor, que no sea lo que estoy pensando... Por favor, por favor...».

Lo me clava los dedos en la cadera para tranquilizarme, pero sé que se avecina algo malo.

—Sí, Rose, ¿qué estás insinuando? —me defiende mi madre.

—Tengo un amigo que también va a la Universidad de Pensilvania. El mes pasado, vio a Lily en una clínica de embarazo.

¿El mes pasado...? ¡Oh, cielos! Me cubro los ojos con la mano y me dejo resbalar todo lo que puedo en la silla. Al final, tengo los ojos casi al mismo nivel que la mesa.

Mi padre se ahoga con la bebida y Jonathan se pone muy pálido, algo que no creía posible con esa piel irlandesa.

—¿Es cierto? —me pregunta mi madre.

«Sí».

Abro la boca. No puedo decir la verdad: «Sí, fui allí. Voy a esa clínica cada dos días para hacerme análisis de enfermedades de transmisión sexual. Y a hacerme pruebas de embarazo. Estoy limpia. No todo el mundo puede decir lo mismo».

Ni tampoco la otra verdad: «Una tarde me salió la rayita rosa y me angustié. Me fui al centro de embarazo para hacer una ecografía. Falsa alarma, gracias a Dios».

—Lily, explícate —me grita mi madre.

Lo me mira fijamente durante un buen rato antes de darse cuenta de que mi estado no me deja formular palabra alguna… ya no digamos mentiras.

—Fue solo un susto —dice, volviéndose hacia Rose—. Es curioso que elijas hablar hoy del tema cuando ocurrió hace ya un mes.

—Estaba esperando a que Lily sacara el tema. Pensaba que nos llevábamos bien.

Me quedo sin respiración.

—¿Por qué no me lo dijiste? —me pregunta mi madre.

Trago saliva.

—O a mí —interviene Poppy.

Daisy alza la mano y se señala a sí misma.

—¡O a mí!

Me aprieto los ojos con los dedos ante tanta presión.

—No fue nada.

—¿Nada? —explota mi madre. Casi salen llamaradas por sus fosas nasales—. ¿Piensas que un embarazo no es nada?

—Tienes todo el futuro por delante —afirma mi padre—, un niño cambiaría tu vida para siempre. No es algo de lo que te puedas deshacer.

Sí, de eso estoy segura. Un bebé cambiaría nuestra vida para siempre, y es una de las razones de que sea tan cuidadosa. No tengo corazón ni valor para contárselo todo.

Es decir, que si en verdad estaba embarazada, el niño no sería de Lo. Me levanto con rapidez, medio mareada. A pesar de eso, siento que todavía puedo decir algo.

—Necesito aire.

—Ya estamos fuera —recuerda Rose.

Lo también se levanta.

—El aire es irrespirable. —Me pone la mano en la parte baja de la espalda.

—Loren… —gruñe Jonathan.

—¿Qué pasa? —responde él, mirando el whisky con una expresión de envidia y amargura.

—Ha sido mucha presión —comenta mi padre—. Lily está muy pálida, llévala dentro, por favor, Loren.

Antes de que alguien cambie de idea, Lo me guía a través de

las puertas francesas hasta el cuarto de baño más cercano. Me desplomo sobre la tapa del inodoro.

—¿Por qué ha hecho eso? —Me duele el pecho cada vez que respiro. Tiro de la tela del vestido, que constriñe mis costillas. ¿Y si su amiga me hubiera visto salir de la clínica de salud sexual en vez de la clínica de embarazo? ¿Cómo explico que estaba haciéndome análisis para comprobar que no tengo ninguna enfermedad de transmisión sexual?

Lo se pone de rodillas delante de mí y me aprieta una toalla empapada en agua tibia sobre la frente. Recuerdo haber hecho lo mismo esta mañana con él. En menos de unas horas, hemos intercambiado los papeles.

—Rose puede ser muy cruel —me recuerda Lo.

Niego con la cabeza.

—Está herida.

Así es Rose Calloway, se venga de aquel que le ha hecho daño.

—Quería que se lo contara a ella primero. —Me froto los ojos, estremeciéndome. ¿Cómo le sentaría a Rose que me acuesto con cualquiera? ¿Me odiaría si lo supiera? No lo sé.

Predecir su reacción me ha provocado muchas noches inquietas, por eso decidí que es mejor que reserve mis actividades nocturnas para mí misma. Siempre he pensado que así es más fácil para todos.

—Respira hondo, Lil —me susurra. Cuando aspiro y suelto el aire de manera rítmica, retira la toalla de mi frente. Después de tomar aliento varias veces, me limpia la boca con la mano y se apoya en el lavabo.

—Esto empieza a ser cada vez más difícil. —Me miro las manos como si allí estuvieran grabadas mis mentiras.

—Lo sé —suspira. Espero que lo diga: «Ya no podemos seguir fingiendo».

Pero seguimos en silencio. El sonido que hace al tomar un trago de su petaca y mis jadeos es la única música que acompaña nuestra miseria.

En ese momento alguien llama a la puerta y Lo mete la petaca en mi bolso.

—¿Lil? ¿Podemos hablar? —me pide Poppy.

Él me mira mientras decido qué hacer. Asiento con la cabeza. Se acerca al lavabo para beber un sorbo del grifo. Escupe el agua antes de abrir la puerta.

Poppy le brinda una de sus cálidas sonrisas maternales.

—Tu padre quiere hablar contigo. Te espera en el salón.

Lo casi se carga la puerta al salir. Poppy se mueve con rapidez hacia mí mientras miro el suelo de mármol negro.

—No sabía que Rose lo iba a decir. Me lo contó esta mañana y pensaba que tendríamos oportunidad de hablar contigo antes de que anunciaras nada a papá y a mamá.

Me quito los zapatos y apoyo los dedos en el mármol frío. No me siento con fuerzas para hablar y es Poppy la que llena el vacío.

—Rose está pasando un momento difícil. Es consciente de que Daisy está despegando como modelo, tú tienes a Loren y yo estoy ocupada con la niña. —Hace una pausa—. ¿Sabías que Calloway Couture va a ser absorbida por Saks?

Frunzo el ceño sin darme cuenta.

Rose creó Calloway Couture con nuestra madre cuando cumplió quince años. Es una pequeña idea que creció durante años hasta ser un negocio rentable que Rose pudo llamar suyo. Nunca le he preguntado por su vida, pero ella siempre encontraba el momento para preguntarme por la mía.

—He intentado ponerme en contacto contigo durante dos meses sin conseguirlo —continúa Poppy—. Y Lo tampoco ha contestado. Si Rose no hubiera pasado a verte y me hubiera asegurado que estás viva, ni siquiera lo sabría. A veces me pregunto… —su voz se vuelve grave—. No sé por qué, pero creo que nos has eliminado de tu vida. —No me atrevo a mirarla. Siento que las lágrimas me hacen arder los ojos, pero las contengo. Es más fácil de esta manera, me digo para mis adentros.

«Es más fácil si no saben nada. Es más fácil desaparecer».

—Yo también he pasado por la universidad, y sé que la vida social y los estudios pueden hacer que dejes a la familia de lado, pero no quiero que nos olvides por completo. —Se interrumpe otra vez—. María tiene ya tres años. Me encantaría que formaras parte de su vida. Os lleváis muy bien cuando la ves. —Da un paso hacia delante para acercarse a mí—. Estoy aquí por ti. Para lo que necesites. Tienes que saberlo.

Me levanto con las piernas temblorosas y dejo que me rodee con los brazos, que me estreche con fuerza.

—Lo siento —murmuro. Siento las lágrimas en las mejillas. En vez de alejarme, suspiro—. Gracias, Poppy.

Sus palabras me vencen, derribando cualquier resistencia. No tengo nada que ofrecer, pero necesito consuelo. Me siento como un caparazón vacío, esperando que el ermitaño regrese.

5

*L*os siguientes días son una nebulosa de cuerpos al azar y encuentros carnales. Trato de mantener mi palabra y responder a las llamadas de mis hermanas —aunque sigo evitando a mis padres—, pero a veces mi teléfono desaparece como un adolescente lleno de angustia. Por lo general, estoy demasiado ensimismada en la búsqueda de cuerpos para que me importe.

También tengo otra excusa para tener apagado el móvil.

Mis clases.

Las asignaturas de la universidad acaparan todo mi tiempo. Quizá debería haber elegido algo más fácil, porque mi único talento es saber llevarme a un tipo a la cama. Y casi todas las chicas pueden solventar con éxito esa cuestión.

La vida tendría más sentido si destacara en el arte o la música. Entonces tendría un rumbo, un propósito. Quizá entonces mi futuro no sería una hoja en blanco.

Dado que mi talento artístico no me permite hacer nada más elaborado que monigotes y silbidos, no me queda más remedio que dedicarme a los números. Al mediodía, me siento al lado de Lo en el auditorio de la facultad, en una de las filas de atrás. Es cierto que cursamos juntos Estrategias y Políticas de Empresa. E incluso entiendo al cien por cien lo que explica el profesor.

Lo tiene los pies apoyados en el respaldo de la silla vacía de la fila inferior mientras yo tomo nota frenéticamente en el portátil, golpeando las teclas con los dedos. Después de unos minutos, me siento cansada. Y ocurre: abro otra ventana y voy a mis enlaces favoritos.

Abro los ojos con satisfacción. KinkyMe.net acaba de subir un vídeo de un jugador de fútbol (que es una estrella del porno) con una fan (también actriz, por supuesto) en diferentes posturas sensuales. Ladeo la cabeza cuando él le acaricia el cuello y la lleva a la ducha del gimnasio. ¡Ohh, viene lo bueno!

La película avanza en silencio, por supuesto, pero mi respiración comienza a ser irregular y superficial cuando el musculitos acorrala a la chica en una esquina, atrapándola contra los azulejos mojados.

Escucho una risita, y al instante levanto la cabeza con la cara en llamas.

Nadie me está mirando.

De hecho, todos están mirando al profesor, que hace una broma sobre Ke$ha y la brillantina, una digresión divertida. Trago saliva, todo va bien, mi mente está jugándome una mala pasada. Minimizo la ventana de la peli porno y vuelvo a mis notas.

Lo está mordisqueando el extremo del bolígrafo, poco consciente de los demás alumnos o del profesor. Lee el último cómic de los *X-Men* en el iPad y sujeta una petaca en la otra mano.

—No pienso dejarte mis apuntes —le susurro.

—No los quiero. —Toma un sorbo de licor y pasa la petaca a la otra mano. Me ha parecido verlo preparándose una mezcla de naranja, limón y whisky esta mañana... un brebaje repugnante.

Arqueo las cejas.

—¿Y cómo tienes pensado estudiar?

—Lo voy a aprobar.

Eso es lo que dice siempre. Espero que no sea cierto. «No, no es verdad». Sí, más o menos. Mientras yo me siento cada vez más ansiosa en la silla, él sigue relajado en su asiento.

—Quieres cabrear a tu padre, ¿verdad? —insisto.

En el *brunch* de la semana pasada, Daisy me contó que el padre de Lo se lo había llevado a un lado para advertirle sobre sus notas y para que me tratara bien. Añadió que había visto volar saliva, así que seguramente fuera cierta cada palabra. Una vez, vi cómo Jonathan Hale cogía a Lo por la nuca como si fuera un cachorro y le pellizcaba con tanta fuerza que él llegaba a retorcerse de dolor hasta que su padre aflojaba el agarre. No creo que Jonathan fuera consciente ni de su fuerza ni de la expresión de dolor en los ojos de Lo.

—Va a cabrearse de todas formas, Lil —me susurra—. Si no es por las notas o por ti, será por mi futuro y Hale Co. Ya no puede enviarme a un internado militar porque soy un adulto. ¿Qué crees que me hará? ¿Retirarme el fondo fiduciario? Si lo hace, no podré mantener a mi futura esposa.

No veo el futuro. No llego a imaginar que alarguemos tanto las mentiras como para llegar al matrimonio. Y, teniendo en cuenta su tono amargo, dudo que él lo haga. Me humedezco los labios resecos y vuelvo a concentrarme en el profesor. He perdido parte de la explicación por culpa de la conversación y no tengo amigos en esta clase a los que pedir los apuntes. Me pongo a escribir de nuevo de forma apresurada.

Después de un par de minutos, Lo empieza a aburrirse y suspira. Me da un codazo.

—¿Te has tirado a alguien de esta sala?

—¿Qué más te da? —Trato de seguir concentrada en la explicación, pero la pestaña que parpadea en la parte inferior de la pantalla también atrae mi atención.

Dando placer a una fan. Para ver el vídeo completo, AQUÍ.

—Estoy a punto de dormirme.

«¿Mmm…?». Me concentro en subrayar una línea.

—Entonces, ¿por qué has venido?

—La asistencia a clase cuenta un diez por ciento de la nota. Y puedo soportarlo. —Apoya el hombro en mí y su calidez invade mi espacio. Su bíceps está duro contra mi brazo, más suave, y contengo la respiración—. No has respondido a mi pregunta.

Escudriño los cien cuerpos que ocupan el auditorio. Me detengo en un chico bajito de pelo castaño que lleva un sombrero fedora. Me lo tiré hace un par de años. En su apartamento. Lo hicimos al estilo misionero. Veo a otro con el pelo negro recogido en una coleta. Hace cinco meses, lo monté al estilo vaquero en su viejo Volkswagen. Recordar aquellos momentos hace sangrar mi cerebro. El corazón se me acelera ante las imágenes, pero se me revuelve el estómago al conocer la respuesta a la pregunta de Lo. En una reunión de cien personas, me he acostado al menos con dos chicos. ¿Qué indica eso? «Eres una zorra, una puta». La condena resuena en mi cabeza.

Sin embargo, clavo los ojos en la pequeña pestaña que parpadea en el portátil, y el pecho me palpita de emoción.

—¿Qué? ¿Cuántos? —me presiona Lo.

—No lo sé —miento.

Arquea una ceja.

—¿No lo sabes? —Antes de que pueda interpretar su expresión, sonríe con esa amargura tan familiar—. Qué divertido…

—Tienes que follar —le ataco. «Piensa en nuestra inexistente vida sexual».

—Y tú tienes que emborracharte.

—Ja, ja…

—Has empezado tú.

Golpeo el teclado y él se separa de mí. Noto la ausencia del peso de su brazo. Su calidez es sustituida por el frío. Suspiro y trato de no pensar en el vacío que siento en el vientre y la comezón que palpita entre mis piernas.

Me resbala el dedo y presiono sin querer un botón.

—¡Oh, nena, sí! ¡Justo ahí!

Toda la sala se queda en silencio, todas las cabezas se vuelven hacia donde estoy, hacia donde surgen aquellos sonidos sexuales. Hacia mí.

¡Oh, Dios mío! He activado la pestaña del porno, pero el sonido se incrementa cuando el futbolista se corre. Él gime y también ella. Presiono los botones tan rápido como puedo, pero el portátil solo pone el porno en pantalla completa y aparece un mensaje de «No responde» cada vez que le doy a la tecla de ESC.

Lo aprieta el dorso de la mano contra los labios, tratando de disimular la sonrisa.

—¡Métemela por el culo! ¡Por favor, por favor! ¡Ahhhh! —suplica la chica.

«¡Basta!», grito para mis adentros. No, mi portátil ha decidido rebelarse contra la inteligencia humana y darme a mí por culo. Cierro la pantalla y los ojos al mismo tiempo, rezando para que la tierra me trague. Sé que es posible.

—¡Ahhhhhh!

Entierro la cabeza entre los brazos. Por fin, el sonido desaparece, haciendo que flote en el aula un silencio incómodo. Alzo la vista por encima del brazo.

—Tengo un virus —murmuro, estremeciéndome, demasiado avergonzada para rectificar y decir que es mi portátil quien tiene el virus.

El profesor arquea las cejas hasta que forman una línea en su frente. Parece muy cabreado.

—Hablaremos después de clase.

La gente nos mira de reojo, y aquella exposición pública hace que mi piel adquiera un intenso color rojo.

Lo se inclina de nuevo, pero su masculina presencia ya no me tienta. Me siento como si me hubieran electrocutado.

—No sabía que te gustaba el porno anal.

Intenta animarme, pero no soy capaz de reírme. Es como si un ejército de hormigas de fuego me recorriera la piel.

—Me muero —aseguro. Una terrible idea inunda mi mente—. ¿Y si mis padres se enteran?

—Lil, ya no estamos en secundaria.

Escuchar eso no me hace sentir mejor. Me miro las palmas de las manos y me repliego en mi interior. Encojo los hombros hacia delante, con la cabeza gacha.

—¡Eh! —Me agarra la barbilla para mirarme a los ojos. Su expresión es compresiva y llena de empatía. Empiezo a relajarme un poco—. No va a llamar a tus padres. Eres adulta.

Es difícil recordarlo cuando mis padres quieren dirigir mi futuro con tanta diligencia e intensidad.

—¿Con qué frecuencia lo haces por el culo? —me pregunta él con una sonrisa de medio lado.

Gimo y entierro la cabeza en los brazos otra vez, pero no puedo reprimir una sonrisa. Así que vuelvo a ocultarme.

Después, el portátil me da miedo y trato de coger apuntes a mano, a paso de tortuga, hasta que termina la clase, media hora más tarde. La gente aprovecha la oportunidad de echarme un vistazo cuando salen, como si quisieran enterarse bien de quién es la chica que ve porno (en clase).

Me levanto de la silla con las manos temblorosas y me las paso por los muslos. Lo me tiende la mochila y me la cuelgo en los hombros. Noto sus palmas en la cintura un breve instante.

—Hasta luego —se despide—. Quizá podamos almorzar juntos.

Asiento moviendo la cabeza y lo miro alejarse mientras me pregunto si esto es verdad o no. Si él quería tocarme la cadera o si solo fue un contacto involuntario, fruto de tantos años fingiendo.

Lo que más miedo me da es que deseo que sea voluntario.

Observo cómo se aleja con su vieja mochila JanSport, casi vacía. Sin portátil. Sin bolígrafos. Con solo el iPad, el móvil y una petaca. Camina sin preocuparse de nada, aprovechando que tiene la puerta cerca. Algo de aquella seguridad en sí mismo que muestra me fascina.

—¿Cuál es su nombre?

Salgo de mi ensimismamiento. El profesor está esperándome en la tarima.

—¿Su nombre? —insiste lacónicamente. Mete el portátil en su cartera. Comienzan a entrar los estudiantes de la clase siguiente, y el ayudante empieza a borrar los garabatos de la pizarra.

Me acerco al estrado.

—Lily Calloway.

—Lily —dice con sequedad, retirando la cartera del pupitre—. Si no es capaz de mantener limpio su portátil, tendrá que tomar notas a mano. La próxima vez que ocurra, tendrá que hacer lo mismo todo el mundo. No creo que quiera ser la chica que dejó al resto de la clase sin ese privilegio. —No, claro que no quiero. Solo tengo un amigo, lo que resulta muy solitario, y eso no significa que quiera hacer enemigos.

—Lo siento —me excuso.

Él mueve la cabeza, aceptando mi disculpa, y se aleja sin añadir una palabra más.

6

El reloj pasa de medianoche cuando me arrastro por el vestíbulo del Drake. Mis zapatos repican sobre los suelos de mármol color crema. Me duelen los músculos tras haberme visto aplastada en el interior de un guardarropa en el *ballet*. Estuve sentada entre Rose y Poppy durante un total de diez minutos. Luego desaparecí en busca de un hombre al que había echado el ojo en la taquilla. Después del encuentro, regresé a mi asiento y ellas apenas se dieron cuenta de que había desaparecido durante el tiempo que debía dedicarles. Pasé el resto del *ballet* imaginándome con los bailarines, llevándolos a casa después de que terminara la función. Cuando cayó el telón, una parte de mí quería ir en busca de uno, pero estaba con mis hermanas. Había estado sentada con ellas, pensando en sexo. Sin duda soy idiota.

Entro en el ascensor dorado y aprieto el botón del último piso. Me duele la espalda. ¿Por qué tuvo ese tipo que aplastarme contra las barras para la ropa?

Antes de que las puertas lleguen a cerrarse, un hombre corre hacia ellas y desliza los dedos en la ranura, haciendo que vuelvan a abrirse.

Jadea pesadamente, sin aliento, y lo observo mientras se pasa la mano por el espeso cabello castaño. Aprieta el botón de un piso debajo del mío, y el ascensor se pone en marcha.

Miro su mano en busca de un anillo, pero no hay ninguna señal de él. El traje oscuro parece hecho a medida, y el reloj de oro confirma mis sospechas. Calculo que tiene entre veinte y treinta años. Estoy segura de que es abogado. Pero eso es algo que no me importa. Lo único en lo que me fijo es en que su cuerpo parece fuerte, en forma y resistente.

Esta es la parte fácil, y no conocerlo: dejar que me consuman mis pasiones por un instante. Es lo que hago mejor. Cuando noto que cojo confianza, cierro los ojos y respiro hondo.

Me roza con una mirada ardiente las largas piernas desnudas que asoman por debajo de un elegante vestido blanco con la espalda escotada. Lentamente, me quito el abrigo negro y me muevo de forma sugestiva, dejando que vislumbre mi espalda desnuda, con ganas de que me la acaricie.

Pongo una mano en la pared del ascensor y respiro hondo. Se mueve hacia mí y pone sus grandes palmas en mis delgadas caderas. Baja una hacia mis muslos, al lugar entre mis piernas. Gruñe. Reprimo un sonido en respuesta mientras mantengo las manos contra la pared. Él encuentra su objetivo. Sí. Me aprieta la cintura con los dedos de la otra mano, recogiendo el vestido con el puño. Se sostiene poniendo una mano junto a mi hombro y comienza a embestir con más intensidad. Y con un último empujón….

«Ding».

Abro los ojos de golpe y me pongo roja por culpa de la fantasía que he creado. Este pobre hombre no tiene ni idea de lo que estaba imaginando. Permanezco pegada a la pared, con las manos en los bolsillos, conteniendo el aliento.

El hombre, sin mirar atrás ni percibir mi existencia, se desliza fuera del ascensor que acaba de abrirse.

Estas fantasías hacen crecer mi deseo, pero jamás lo satisfacen. Cuando vuelven a cerrarse las puertas, dejo caer la cabeza contra la pared de la cabina.

«¡Qué estúpida eres, Lily!».

Recorro el pasillo hasta el apartamento. Ojalá pudiera regresar al instituto, donde solo follaba una vez al mes. Rellenaba las horas con porno y mi imaginación. Ahora, me excitan muy pocas cosas, y cuando encuentro algo que lo consigue, pienso en ello de forma constante. Apenas puedo pasar un día sin sentir unas manos o un cuerpo masculino clavándose en el mío.

¿Qué es lo que me pasa?

Abro la puerta y lanzo las llaves en la cesta. Cuelgo el abrigo antes de quitarme los zapatos de una patada, tratando de no pensar en lo que acaba de pasar. En el aire flota el olor a whisky. Al dirigirme hacia mi habitación, paso ante la puerta de Lo. Me detengo de repente.

—¡Eh! —Es la voz de una chica que se ríe—. No… —Gime.

«¡Gemidos!».

¿Qué le está haciendo él? Aquel espeluznante pensamiento invade mi mente y me muerdo las uñas, imaginándolo.

Veo sus manos en mis piernas, mis dedos sobre su pecho, sus

labios contra los míos… Mi boca devorándolo. «Lily», suspira él, apretándome más, mucho más. Me mira con esos ojos color ámbar, entrecerrados por el deseo. Sabe exactamente qué hacer para que yo…

—¡Oh… Diossss! —grita la chica cuando él encuentra el lugar preciso. Debe de ser bueno en la cama, y deseo que ella desaparezca. Pero ¿qué me importa a mí si está con otra en la cama? Hace unas horas le dije que necesitaba follar. Y lo está haciendo. Debería sentirme contenta de que por fin disfrute de un buen polvo.

Pero no lo estoy.

Aplasto estos pensamientos; solo me confunden. Entro en mi dormitorio con la intención de darme una ducha. Mi teléfono pita en ese momento y miro la pantalla.

No te olvides. Mañana vamos de compras.
Gracias por venir hoy. Besos.

Es un mensaje de Poppy.

De compras. Sí. Para la gala benéfica de Navidad. Aunque faltan unos meses, mis hermanas quieren encontrar el modelo perfecto para tal evento. Eso incluye joyas, zapatos y ropa. Será un calvario que llevará horas, pero las acompañaré.

Pum, pum, pum…

Es el cabecero de Lo contra la pared. Noto un nudo en la garganta y empiezo a buscar en mi lista de contactos. No sé si recurrir al servicio de acompañantes. Después de que el último gigoló convirtiera una necesidad física en otra emocional, he pasado de relacionarme con hombres de pago.

Tiro el móvil sobre el edredón púrpura.

Pum, pum…

«Dúchate», me recuerdo a mí misma. «Sí». Me dirijo al cuarto de baño.

Pum, pum, pum…

¡Por Dios!

Abro el grifo del agua caliente, me quito la ropa y entro. Cierro los ojos tratando de pensar en algo que no sea sexo. Ni Loren Hale.

7

*E*stoy sentada en una silla de estilo victoriano en la salita de los probadores, rodeada de espejos y muchos vestidos; algunos más caros que uno de novia.

Mientras mis hermanas se prueban hermosos modelos de colores oscuros más propios del invierno, vigilo las bolsas donde llevamos las joyas y los zapatos que ya hemos comprado. Después de elegir un vestido color ciruela con las mangas de encaje —que fue el primero que me probé— no necesito romperme la cabeza buscando qué llevar en la gala benéfica.

Así que me acomodo en la silla, un poco alejada, y lanzo miradas a un chico muy guapo y con aspecto agotado que ocupa la otra silla antigua de la estancia. Le da vueltas a su anillo mientras mira el reloj una y otra vez. Parece esperar a su esposa, que ocupa un probador a la izquierda del de Rose.

No defiendo la infidelidad, el adulterio o el engaño. Me da igual como lo llames. Nunca me he tirado a un hombre casado a sabiendas y no tengo pensado empezar ahora, pero mirarlo… no rompe ninguna de mis reglas.

Además, no puedo evitarlo. Tiene la mandíbula cubierta de barba incipiente, de esas que son suaves cuando pasas la mano. Sus ojos son verdes, y los cierra repetidas veces. Finalmente se levanta y se va; supongo que es lo mejor aunque me gustaba mirarlo.

—¡Es horrible!

Doy un respingo cuando Daisy sale del probador y se mira en los espejos de la salita con una breve vuelta. Me estremezco. Sí, es horrible, y el lazo que le cubre el trasero no ayuda.

Ni tampoco el color, parduzco como el vómito.

—Horroroso —corrobora Rose al tiempo que aparta las cortinas para unirse a nosotras.

—Oh, el tuyo me gusta —dice Daisy.

Rose se toma su tiempo para estudiar el vestido de terciopelo azul en el espejo. La tela marca sus pechos y se ciñe a la perfección a su esbelta figura.

—¿Qué te parece, Lily? —Es la actitud que mantiene conmigo desde la embarazosa escena en el *brunch* familiar. Rose vino al apartamento a pedirme perdón; me trajo de todo, hasta mis *bagels* favoritos. Yo también me disculpé, asegurando que sentía haber estado tan alejada. Así es como marcha nuestra relación; yo la decepciono, ella me perdona. Nunca lo olvida, pero seguimos adelante.

—Te queda muy bien. Pero también me gustaban los quince que te probaste antes.

—Deja el brazo quieto —dice Poppy dentro de otro probador—. Tienes que parar de moverte —se la oye suspirar, exhausta. Unos segundos después aparta la cortina y sale a la salita con su hija, que no deja de retorcerse.

—¡Oh, Maria! Estás preciosa —la adula Daisy antes de rozar el vestido rosa de encaje que lleva nuestra sobrina. Poppy deja que Maria se apriete contra su cadera y se quede, por fin, quieta.

—¿Qué se dice? —pregunta Poppy a su hija.

—Gracias, tía. —Se mete el pulgar en la boca y mi hermana se lo saca al instante.

—Eres muy mayor para hacer eso.

Maria tiene ya tres años, y en la familia Calloway se debe ir al baño sola, caminar erguida, leer, deletrear y escribir antes de la media. Es necesario para convertirnos en personas normales.

Rose se encuentra muy cerca de mí, alejada de la niña, que le hace muecas. Observarla mientras está con críos es muy divertido; los odia. Sonrío al verla sufrir y me pilla, así que sospecho que me va a lanzar un ataque en regla.

—¿Con quién vas a ir? —me pregunta.

«Oh, no está mal».

—Con Lo, por supuesto —replico con una sonrisa de oreja a oreja—. La pregunta importante es con quién vas a ir tú. —Rose lucha constantemente contra el hecho de no tener novio, pero ningún hombre es capaz de adaptarse a sus normas imposibles. Sin embargo, nuestra madre insiste en que salga y se divierta, pues tiene la creencia de que si estás con un hombre y te sientes deseada, todo es más fácil. Algo con lo que no estoy de acuerdo, aunque Rose se resiste mucho más que yo contra esa idea. La lucha de mamá le agota, y debe disponer de un depósito de lágrimas siempre lleno cuando llora por eso, porque Rose acaba retrocediendo. Odia el llanto casi tanto como a los niños.

KRISTA Y BECCA RITCHIE

—Estoy pensándolo.

Por lo general va acompañada de Sebastian, su amigo gay que hace de hombre florero, pero este año parece que la está dando de lado para salir con su novio. La semana pasada estuvo hablándome sobre ello, y creo que no está por la labor de sacar el tema.

—Yo iré con Josh —dice Daisy.

Frunzo el ceño.

—¿Quién es Josh?

Se suelta la coleta en la que había recogido su pelo castaño.

—Mi novio. Llevamos seis meses —enfatiza la cifra en un tono incisivo.

—Ah, lo siento. Es que... —Bien, nunca voy por casa, así que no la veo. Ni lo conozco a él. Y no suena muy bien.

—No pasa nada.

Claro que pasa.

Se encoge de hombros antes de meterse en el probador para quitarse aquella monstruosidad verde.

Rose me mira con frialdad.

—¿A quién pensabas que estaba enviándole mensajes a todas horas?

¿Ha estado enviando mensajes?

—¿A papá?

Rose pone los ojos en blanco.

Maria me lanza su bailarina.

—¡Dios mío!

—¡Maria! —grita Poppy.

Rose lanza una carcajada. Creo que es la primera vez que la hace reír un niño. Y ha sido por lanzarme un zapato.

—¡Son tontas! —se defiende la niña.

La miro boquiabierta. ¿Nos ha llamado tontas? ¿Es que todo el mundo está enfadado conmigo? ¿Incluso los niños?

—No quiero que digas eso —la riñe Poppy—. Pídele perdón a Lily.

—¡No me gustan las bailarinas! —«Vale, vale». Parece que sigo cayéndole bien—. ¡Son tontas! ¡Tontas! ¡Tontas!

—¿Qué te parecen estos? —le señalo una caja que hay en el suelo con unos zapatos de charol con adornos de color rosa. Maria abre mucho los ojos y me sonríe—. ¿Estáis seguras de que no es hija de Rose? Le he enseñado unos Prada y se ha calmado.

Rose deja de reírse.

—Qué graciosa...

—Voy a llevar a Maria al cuarto de baño —dice Poppy. «Le va a dar un azote». Mi madre solía amenazarnos con una cuchara de madera. Era algo que dolía y me daba bastante miedo, por lo que aprendí a no montar escándalos en lugares públicos por temor a despertar la ira de mamá—. ¿Puedes vigilar el probador, Lil? Tengo el bolso ahí dentro.

—Sí, claro.

Cuando se pierden de vista, Rose mueve unas cuantas bolsas y se sienta a mi lado.

—¿Es Loren?

Frunzo el ceño.

—¿Qué?

Sus ojos color avellana se encuentran con los míos.

—¿Es él quien te mantiene alejada de nosotras?

Se me revuelve el estómago. ¿Piensa que Lo no quiere que esté con ellas? Me dan ganas de reír, de llorar, de gritar… Quizá solo quiera contar la verdad.

«No tengo tiempo para vosotras, solo para el sexo. No creo que lo entendáis».

—No. Estoy muy ocupada. A veces ni siquiera puedo estar con él.

—Estás mintiéndome, ¿verdad?

Me miro las manos. Podría contárselo todo, pero dudo que lo entendiera. Lo niego con la cabeza.

—No.

—Le aseguré a mamá que tendrías dificultades para seguir las clases en Pensilvania —dice tras un largo silencio—. Por supuesto no quiso escucharme. Nunca fuiste una buena estudiante cuando estábamos en Dalton.

Me rio. Eso es un buen eufemismo.

—Sacaba unas notas horribles. —En la Academia Dalton me lo monté bien, de muchas formas. Sin la influencia de mi familia no me habrían aceptado en una de las universidades de la Ivy League, de eso no me cabe duda.

—Recuerdo que tuve que echarte una mano —dice con los labios fruncidos, pero el brillo de sus ojos desmiente su mueca. Es como si recordara con agrado esa época. Yo apenas la recuerdo. Debía de estar navegando por internet en busca de porno. Pensando en el sexo.

—Lo hiciste muy bien —reconozco—. Me admitieron.

—¿Qué más da? Te fuiste a Pensilvania, no viniste a Princeton conmigo. —Se pone de pie y se detiene delante del espejo, como si estuviera estudiando su modelo, pero yo sé que trata de ocultar sus sentimientos. Tuvimos una fuerte discusión cuando le comuniqué la decisión de ir a la misma universidad que Lo, y no a la que iba a ir ella. Jamás habíamos hablado de compartir piso, pero Poppy me había contado más tarde que Rose había elegido los muebles y la vajilla para un apartamento fuera del campus que esperaba compartir conmigo.

En ese momento, culpé de mi elección a Lo. Les dije a todos que no lo habían aceptado en Princeton. No era cierto, pero ¿cómo hubiera podido disfrutar de mi libertad si vivía cerca de Rose? Imposible. Se daría cuenta de cuántos hombres pasaban por mi cama. Sentiría asco por mí y me alejaría de ella para siempre. No hubiera podido soportar el rechazo y las críticas de Rose. Es una persona a la que quiero de verdad.

—Lo siento —digo con suavidad. Parece que últimamente solo pido disculpas.

Rose palidece y cambia de tema.

—Vale. Voy a probarme este vestido negro —regresa al probador y me deja sola. Bueno, no estoy completamente sola.

Lanzo una mirada a la otra silla de estilo victoriano.

Está vacía. Se ha marchado. Genial, ahora ni siquiera puedo mirar a nadie.

Noto la vibración del móvil en el bolsillo de los vaqueros. Lo saco y frunzo el ceño al ver un número desconocido. Mmm… Abro el mensaje.

Quieres salir un rato.

Debe de ser un tipo al que di mi número cuando estaba borracha, después de follar. Por lo general me reservo todo tipo de información personal; pueden intentar salir conmigo o acosarme. Curvo los labios en una sonrisa mientras pienso quién podría haber escrito el mensaje. La emoción de la situación me pilla por sorpresa. Si estaba borracha cuando lo conocí, seguramente ni lo recuerde. Es como si fuera anónimo. Técnicamente, es como si fuera un primer encuentro.

Me decido con rapidez.

¿Dónde nos encontramos?

8

*C*uando me despierto a la mañana siguiente, la habitación me da vueltas y tengo un terrible dolor de cabeza. Resultó que sí recordaba vagamente al chico que me había mandado el mensaje, aunque no lo suficiente como para tenerlo grabado en mi mente. Le gustaba el alcohol y la compañía, y logró persuadirme para que tomara unos chupitos de tequila. Sin embargo, todavía recuerdo cómo me palpitaba el corazón, cómo vibraba mi sexo cuando me detuve ante su puerta, mientras esperaba que me abriera, deseosa de que me dejara entrar para hacerlo de todas las maneras que permitiera mi cuerpo. Sexo anónimo sin saber quién era el chico que me esperaba al otro de la puerta me había resultado muy muy excitante.

Me tumbo de nuevo, intentando recuperarme de una resaca infernal, y me pregunto por Lo. No lo he visto desde que saltó en clase el vídeo porno. Estuve estudiando para un examen y no lo he visto por el campus.

El sábado estuve con mis hermanas, comprando vestidos y zapatos. Ni siquiera sé lo que ha estado haciendo o dónde está, lo que tampoco es tan raro. No estamos juntos todo el tiempo. A veces nos separamos. Creo.

Me arrastro fuera de la cama y me pongo una camiseta holgada con unos pantalones cortos. Quiero preguntarle quién era la chica que trajo a casa. Quizá pueda contarme qué hizo con ella. ¿Es raro que quiera saberlo?

Cuando salgo al pasillo, me quedo parada ante el sonido de una risita, que llega desde la cocina.

Es una risa femenina.

Frunzo el ceño.

¿Será la misma chica? No, no puede ser. Se me encoge el corazón. ¿Lo será?

Vacilante, me acerco a la puerta.

—Se te da bien cocinar —está diciendo la chica, cuya voz me resulta familiar.

No sé por qué he pensado que tendría una aventura de una noche como yo. ¿Por qué se me ha ocurrido eso? Ha estado con ella la noche del viernes y también la del sábado.

Me lo encuentro trasteando en la cocina, donde hace dos *bloody mary* y unos huevos revueltos en la sartén. Lanzo una mirada a la chica, que está sentada en el taburete frente a la barra con las piernas cruzadas. Lleva una camiseta de tirantes que pertenece a Lo y sus enormes pechos asoman por los lados. Veo que lleva unas bragas rojas debajo de la tela gris.

Es rubia natural y tiene el pelo mojado como si acabara de salir de la ducha. Incluso sin maquillaje parece la típica chica de al lado, alguien a quien te tiras y luego le presentas a tus padres.

Noto náuseas.

Lo pone los huevos en dos platos. Cuando levanta la vista, se da cuenta de mi presencia.

—Hola, Lily. —Señala a la rubia—. Esta es Cassie.

La joven me saluda.

—Hola.

Sonrío también, pero por dentro me siento como una flor marchita. Además de guapa, parece agradable.

—¿Quieres desayunar? —me pregunta Lo. Actúa como si esta fuera una rutina habitual. Él lleva una chica a casa, y conoce su nombre. ¿Desde cuándo sabemos el nombre de la gente que nos tiramos?

No lo sabemos, punto. Aunque bueno, esa es una de mis reglas. Pensaba que Lo también la había adoptado. Y así ha sido desde que estamos en la universidad.

—No —murmuro. Hago un gesto, señalando el salón—. Voy a… —«A regodearme en la autocompasión»— darme una ducha. —Me lanzo al pasillo dispuesta a retirarme a la seguridad de mi habitación.

Bien, ha sido una situación extraña. Me he sentido rara. Todo ha sido inusitado. ¿Es así cómo se siente Lo cuando llevo a hombres a casa? Rechazo la idea al instante. Por supuesto que no. No le presento a esos tipos ni los exhibo como si fueran aptos para ser mis novios. Los despacho casi de inmediato.

Solo hay una cosa que pueda sacarme a Lo de la cabeza. Me pongo con rapidez un vestido negro y me peino, por suerte no tengo el pelo demasiado sucio. Después de bañarme en colonia y de ponerme unos zapatos, agarro el teléfono y envío tres mensajes. Son todos a números anónimos, así que realmente me estoy encomendando a la suerte.

Por desgracia, tengo que pasar por la cocina para llegar al vestíbulo donde está la puerta. Trato de no mirar a los lados mientras camino, centrándome en mi objetivo: la salida.

«Adelante, adelante, adelante».

—¿Adónde vas? —me pregunta Lo con el ceño fruncido.

—Por ahí. —Cojo las llaves de la cesta y luego las dejo caer. No necesito conducir ya que Lo tiene a la barbie Malibú en casa. Por tanto, voy a emborracharme. Quizá llame a un taxi.

—¿He hecho algo malo? —El fuerte susurro de Cassie resuena en la cocina.

Estoy esperando el ascensor cuando Lo aparece en el pasillo. Sigo sin poder mirarlo a los ojos. Aunque no tengo ninguna justificación, estoy enfadada, y eso hace que todo sea todavía peor.

—¿Qué te pasa?

Pulso el botón con frenesí, haciendo que brille más.

—Lil, mírame. —Lo me sujeta del brazo y me atrae hacia su cuerpo. Por fin, alzo la vista hacia sus cálidos ojos color ámbar, ahora llenos de confusión—. ¿Qué cojones te pasa? Estás haciendo cosas muy raras.

—¿Estás saliendo con esa?

Frunce el ceño con dureza. ¿Cree que estoy celosa? «¿Tengo celos?». ¡Oh, no!

—¿Así que es eso? La conozco desde hace dos días. ¡Dos putos días! Fuiste tú la que me dijo que debía echar un polvo, ¿recuerdas? —Sí. ¿Puedo arrancarme la lengua?

—Lo recuerdo. Pero pensaba que tendrías una aventura de una noche y ya está. —Bueno, no ha sonado muy bien.

—No soy como tú.

Noto una opresión en el pecho. Aquellas palabras me duelen más de lo que deberían. Me ha dicho cosas más reales y mucho peores para mí. Evito su mirada y me miro los pies.

Me pone la mano en el hombro.

—Vale, lo siento. ¿Puedes hablarme, por favor?

—Tengo miedo. —Es lo primero que se me ocurre. Realmente no sé lo que siento, estoy confusa, enfadada, irritada. Pero mis labios siguen desgranando excusas, excusas que pasan por mi cabeza de forma mecánica—. ¿Y si quiere conocer a tu padre? ¿Y si comienza a decirle a la gente que está saliendo con Loren Hale y ese rumor llega a oídos de Rose? —Nada de lo que digo me importa, pero no me gusta ver que hace algo sin mí.

—Es que no estoy saliendo con ella —asegura.

—¿Y ella lo sabe? Porque parece muy cómoda para que hayáis estado juntos solo dos días. —Estaba vestida con su camiseta de tirantes y se había sentado, casi desnuda, en mi taburete. Quiero echarla de mi apartamento. Quiero que la eche Rose, porque sé que mi hermana será mucho más cruel que yo.

Sé que estoy siendo irracional, grosera e hipócrita. Tengo que marcharme de aquí.

—No es para tanto, Lily. Solo pasó la noche en casa.

—¡Dos noches! —grito—. Y estáis desayunando juntos. Le has hecho el desayuno. —Eso es algo que solo me hace a mí, no a las chicas que se tira.

—No todas las chicas son ratitas asustadas después de follar —me dice con crueldad. Lo miro con una expresión de dolor, y él hace una mueca—. Espera, no quería decir que…

—Basta —le pido, levantando la mano. Llega el ascensor y se abren las puertas. Sigue sujetándome la muñeca con los dedos, así que no puedo entrar.

Las puertas se cierran.

—Eres algo permanente en mi vida —dice en voz baja—. No vas a ninguna parte. —¿Por qué tiene que expresarlo así? Como si fuera una araña colgando del techo mientras él pone un anillo en el dedo de otra mujer.

Lo empujo.

—Sé que no estamos juntos, ¿vale?

—Lily…

—¡Lo va a arruinar todo! —Me duele verlo jugando con ella a las casitas. Esa es una de nuestras rutinas. Presiono con fuerza el botón del ascensor. Tengo que salir de aquí.

—Dime al menos a dónde vas.

—No lo sé.

—¿Qué quieres decir?

Entro en el ascensor y él pone una mano en el marco, evitando que se cierre.

—Lo que he dicho. No lo sé. No voy a ir a ningún pub. Me voy a reunir con alguien en un hotel o en su casa.

—¿Cómo? —Veo como suelta el aire mientras arruga la frente—. ¿Desde cuándo haces eso?

—Desde ayer.

Aprieta los dientes en un gesto de reproche.

—¿Vas a llevarte el coche?

El ascensor comienza a pitar por tener las puertas abiertas demasiado tiempo. Le muevo el brazo hacia atrás, y él retrocede un paso.

—No —replico—. Todo tuyo. Voy a beber.

—Lily, no lo hagas.

Las puertas del ascensor comienzan a cerrarse.

—¡Lily! —Trata de meter la mano entre ellas, pero no es capaz de impedir que se cierren—. ¡Joder! —le oigo maldecir. Me quedo con una última imagen de él, cogiendo una bocanada de aire. Intento regodearme en el hecho de que estoy asustándolo tanto como él me asusta a mí, pero no puedo.

9

Al final cogí el coche. Tal como dice Lo, tengo un agujero en el cerebro y me está afectando inconscientemente. O quizá no quería emborracharme. Como sea, tengo el BMW aparcado ante un deprimente bloque de apartamentos. Aspiro bocanadas de aire en el dormitorio de un hombre, llenándome por completo los pulmones. Noto su boca en el cuello, sus ásperos labios están húmedos.

Quiero sentirme intoxicada. Espero que me lleve lejos, a otro mundo. Parece un tipo decente, le calculo unos veintitantos. No es flaco ni está en forma, pero tiene unos ojos bonitos y hoyuelos en las mejillas.

La alfombra años setenta, las paredes ocres y la lámpara me distraen. Lo observo todo con las rodillas hundidas en el duro colchón, pero mi mente vaga libre, sin hacer su trabajo, sin concentrarse en el juego de sus manos.

Pienso en Lo. En el pasado. Lo imagino con Cassie y me duele. De pronto, un recuerdo flota en el interior de mi mente.

Lo me daba una manta en casa de su padre y yo me envolvía en ella mientras él metía el DVD de la tercera temporada de *Battlestar Galactica* en el reproductor.

—¿Crees que podremos acabar la serie antes del lunes? —le pregunté.

—Sí, puedes dormir aquí si se alarga la cosa, pero tenemos que averiguar qué pasa con Starbuck.

Entonces, yo tenía catorce años y mis padres todavía creían que adoraba a Lo como al chico de al lado. No era cierto, pero dejé que siguieran pensándolo.

En ese momento, su padre se detuvo, erguido en toda su altura, en el hueco de la puerta con un whisky en la mano. La atmósfera cambió. Casi se podía haber escuchado el latido de nuestros corazones, que palpitaban al unísono por el pánico.

—Tengo que hablar contigo —anunció Jonathan Hale antes de pasarse la lengua por los dientes.

Lo, que entonces contaba con catorce años muy desgarbados, se puso en pie con los puños apretados.

—¿De qué?

Su padre me lanzó una mirada tan dura que me encogí en el enorme sofá de cuero.

—Fuera. —Jonathan Hale puso la mano en el hombro de su hijo y lo condujo hacia la oscuridad—. Has suspendido Matemáticas. —Sus voces airadas llegaron hasta mis oídos.

No quiero recordar esto. Trato de concentrarme en el tipo con el que estoy. Se encuentra a mi espalda y me coloca encima de él. De forma mecánica, empiezo a desabrocharle los vaqueros.

—Eso no es cierto.

—No me mientas.

Quiero olvidar, pero Jonathan Hale tiene algo que enciende mi mente, que he bloqueado. Así que lo revivo, lo recuerdo. En el silencio que siguió, me imaginé la batalla de miradas que tuvieron. Esas que solo los padres e hijos cuyas relaciones son tempestuosas pueden llegar a compartir. Esas que están llenas de odio y verdades tácitas.

—Vale, es cierto —confesó Lo, perdiendo la ventaja.

—¿No me digas? —se burló su padre. Se oyeron golpes de zapatos y algo que chocó contra la pared.

—Loren, no seas desagradecido. Lo tienes todo.

La imagen es dolorosa, por lo que cierro los ojos. Me detengo un minuto y no sigo bajándole los pantalones a aquel tipo.

—Di algo —gruñó Jonathan—. Es tu oportunidad.

—¿Qué más da? Para ti nada es lo suficientemente bueno.

—¿Sabes lo que quiero? Poder hablar con mis socios y presumir. Decirles que mi hijo es mejor que los suyos. Pero tengo que callarme la puta boca cuando me restriegan por las narices sus logros y resultados académicos. O te pones a estudiar o busco un lugar en el que te conviertan en un hombre.

El tipo con el que estoy se sienta.

—Oye, ¿te encuentras bien? ¿Quieres que intercambiemos posiciones?

Niego con la cabeza.

—No, no. Estoy bien. —Me subo a su cintura y deslizo los dedos por su pecho hasta los calzoncillos.

Los zapatos de Jonathan Hale resonaron en la distancia. Lo no regresó al salón hasta diez minutos después. Cuando por fin volvió, tenía los ojos rojos, hinchados y vacíos. Me levanté y caminé hacia él, dejándome guiar por mis sentimientos.

Sacudo la cabeza y me siento.

—Lo siento —murmuro. Estoy hundida, así que cojo mi ropa y me visto lo más rápido que puedo. Necesito escapar de aquí. No estoy con la persona adecuada. Necesito a otra. A alguien más.

Él me llama, pero no le hago caso. Oigo cómo se cierra la puerta detrás de mí cuando el aire frío envuelve mi cuerpo. Me espabila y, al mismo tiempo, me impulsa a volver. Tengo el coche en la parte posterior del aparcamiento. Entro en él con rapidez, pero los recuerdos no me abandonan. Inundan mi mente.

—Venga, vamos a ver la serie. —Lo no me miró.

Solo conocía una manera de hacer que alguien se sintiera bien, algo en lo que me consideraba buena. De forma impulsiva le cogí la mano. Cuando se la apreté, él frunció el ceño y me miró fijamente como si me hubieran crecido unos cuernos. Al mismo tiempo, sus ojos rojos parecían transmitir su necesidad de sentir algo más que aquel dolor que le atormentaba.

En el aparcamiento, cierro la puerta del BMW y busco a tientas mi teléfono. Reviso la agenda hasta encontrar algunos contactos que no he utilizado todavía. Quiero un encuentro al azar. Sí, sí, sí. No.

Besé a Lo suavemente en los labios. Luego lo llevé hasta el sofá, donde nos tocamos con avidez, de forma apasionada, alimentando nuestra pasión y todo lo demás.

Mantuvimos relaciones sexuales por primera vez. Una sola vez.

Luego, Lo bebió hasta olvidarlo. Y yo me quedé tirada en el sofá, prometiéndome a mí misma que jamás volvería a acostarme con Loren Hale. Nunca volvería a cruzar esa línea. Una vez fue suficiente. Podría haber arruinado nuestra amistad, pero actuamos como si no hubiera ocurrido, como si lo hubiéramos hecho estando borrachos.

No volveré a cometer un error que puede acabar con lo que tenemos. Me meto el teléfono en el bolsillo, pongo la marcha atrás y trazo nuevos planes. Unos que involucren caras y cuerpos desconocidos. Unos que no lo incluyan.

10

Los siguientes días se desdibujan en mi mente. Consigo evitar a Lo cada vez que entro o salgo del apartamento en las pocas ocasiones que paso por él. Uso unos auriculares para no oír a Lo y a Cassie haciendo el amor. Y, sobre todo, paso las noches en otros lugares, cualquier sitio en el que encuentre sexo anónimo y me pueda sorprender un hombre misterioso.

Este nuevo descubrimiento se apodera de mis horas de vigilia. Estudio millones de números desconocidos en *Craigslist*, repaso la página de contactos en busca de cualquier hombre dispuesto a concretar un encuentro a ciegas. Tengo que recurrir todavía a internet para echar un polvo, pero el deseo me hace volver a caer en lo mismo. Cuando tengo un nombre en la pantalla, me imagino al tipo que está al otro lado: qué aspecto tiene, qué puedo hacer con él en la cama.

Cuanto más me alejo de Lo, más me sumerjo en el sexo. Se convierte en lo único a lo que puedo recurrir, ya que él mantiene un enorme espacio entre nosotros. No me ha pedido que lo lleve en el coche desde hace una semana, y hemos dejado de organizar planes nocturnos comunes. Hasta ahora, acostumbraba a conocer sus pasos tan bien como los míos. Ahora ni siquiera sé si ha llegado a la cama sin desmayarse.

Me quedo bajo mis sábanas púrpuras, examinando mi complicada existencia mientras miro el sol. El astro rey se alza en el cielo y sus brillantes rayos atraviesan las rendijas de mis persianas. Noto un brazo sobre mi espalda desnuda. No quiero despertar a este hombre. Espero que abra los ojos mientras me hago la dormida. Llevo despierta desde las cinco de la mañana, dedicándome a pensar mientras tengo la vista clavada en el mismo lugar: el sol, la ventana, mi vida.

¡Toc, toc! El golpe en la puerta me sobresalta.

—¡Lily! —Lo vuelve a golpear la madera blanca con el puño.

Se me encoge el corazón. Me cubro la cabeza con la almohada, que me palpita y me da vueltas por culpa de la resaca maremoto. La puerta se abre de repente, haciéndome maldecir que Lo tenga una llave.

Mi invitado se incorpora aturdido.

—¿Quién es? —pregunta con un bostezo.

—No habléis tan fuerte —gime otra voz. «¿Cómo?». No lo he hecho… ¿verdad? ¡Hay dos hombres en mi cama! No…, no he podido mantener relaciones sexuales con los dos. Rebusco entre mis recuerdos, pero se quedan en blanco cuando llegué a mi cita anónima en un pub. El alcohol consigue que me perdone todas las transgresiones, pero no ayuda a la mañana siguiente.

Me he quedado paralizada.

—Los dos, fuera de aquí —sisea Lo—. ¡Ahora mismo!

Los dos tipos buscan la ropa con rapidez y se la ponen mientras yo me desintegro debajo de las sábanas, escondiendo la cabeza. Cuando por fin desaparecen, en mi habitación reina el silencio.

Por lo general, cada vez que Lo echa a un hombre a la mañana siguiente, se muestra indiferente. A veces, incluso le ofrece al pobre tipo una taza de café antes de que se vaya. Así que esta situación no es normal.

Evito su mirada mientras recorre la habitación. Oigo que arruga algo de plástico y echo un vistazo desde la cueva que forma la sábana.

¿Está limpiando?

Me enderezo tras cubrirme el pecho con una parte de la tela.

—¿Qué estás haciendo? —Mi voz sale ahogada y ronca. No responde. Se concentra en lanzar botellas de cerveza vacías a una bolsa de basura negra donde también está metiendo algunas prendas de vestir… Masculinas.

Por primera vez desde hace días, miro de verdad a mi alrededor. El suelo de mi dormitorio está sembrado con diferentes prendas de ropa interior, hay botellas de licor caídas de cualquier forma y polvo blanco sobre la cómoda; es repugnante. Mi habitación está oculta bajo un montón de libertinaje y pecados. La mitad de las sábanas aparecen apiladas en el suelo, y los condones usados cubren la alfombra. Tengo la impresión de haberme despertado en la cama de otra persona.

—Déjalo —le digo mientras contengo amargas lágrimas de vergüenza—. No es necesario que lo hagas.

Lanza una caja de condones vacía a la bolsa antes de mirarme. Su expresión sigue siendo inescrutable, lo que me asusta todavía más.

—Date una ducha y vístete. Tenemos que salir.

—¿Adónde?

—Por ahí. —Me da la espalda para continuar recogiendo mi mierda. He limpiado la suya infinidad de veces, pero él siempre estaba inconsciente cuando lo hice.

Me envuelvo en la sábana púrpura y me dirijo al cuarto de baño. Después de haberme lavado el pelo con champú y de enjabonarme cada centímetro de piel, me seco y me pongo un albornoz y unas zapatillas. Cuando regreso al dormitorio, la bolsa de basura llena está junto a la puerta, y oigo correr el agua en la cocina.

Entro en el vestidor elijo un cómodo vestido de algodón negro, aunque no sé cuál es la vestimenta más adecuada para el lugar al que vamos a ir. No soy capaz de imaginar a dónde quiere llevarme. Siento la cabeza tan insensible y fría como mi cuerpo.

Cuando regreso otra vez al dormitorio, Lo está junto a la puerta y la bolsa de basura ha desaparecido. Me lanza una rápida mirada mientras me recojo el cabello en una coleta con dedos temblorosos.

—¿Estás preparada? —pregunta.

Asiento moviendo la cabeza, cojo las llaves y le sigo. Mientras camino, siento diferentes molestias y dolores. He notado magulladuras, contusiones amarillas en los codos y caderas, seguramente por haberme dado golpes contra las paredes que no puedo recordar. Me duele la espalda como si me hubiera clavado un picaporte o algo así. Me arden los ojos por los deseos de llorar, aunque me niego a dejar escapar las lágrimas.

—¿Adónde vamos? —insisto cuando me hundo en el asiento del conductor, puesto que Lo no puede conducir.

—A la clínica. Tienes que hacerte las pruebas.

Se me revuelve el estómago. Es cierto, debo hacerme las pruebas.

—No tienes por qué acompañarme.

Me mira como si tratara de encontrar una respuesta adecuada.

—Limítate a conducir —murmura al final.

Pongo el coche en marcha y me incorporo a las carreteras familiares.

—¿Cuándo fue la última vez que asististe a clase, Lil? —me pregunta con suavidad. Tiene los ojos clavados en la ventanilla y mira los edificios de fuera.

—El miércoles. —«O eso creo».

—¿Ayer? —replica con el ceño fruncido.

—¿Ya es jueves? —digo, asustada. ¿Por qué he pensado que hoy es sábado? Comienzan a temblarme las manos y aprieto los dedos en el volante de cuero. Las ardientes lágrimas me traicionan—. Solo estoy un poco despistada. —¿Cómo he llegado a esta situación?

—Lo sé.

Respiro hondo antes de girar hacia unas calles más estrechas, donde aparco el coche. Me inclino para abrir la puerta, pero Lo me pone la mano en el hombro.

—Espera un momento. ¿Podemos hablar?

Me pongo rígida. Tengo los ojos clavados en el salpicadero. ¿He tocado fondo? Cuando pensé que estaba embarazada fue el momento más horrible de mi vida, pero hoy me he despertado con dos tipos que no recuerdo en la cama. Eso me va a atormentar. ¿Cómo puedo haberme olvidado de días enteros? Es como si el sexo y el alcohol me los hubieran robado… Quizá las drogas también tengan su parte de culpa. Ni siquiera recuerdo haberlas tomado.

Ojalá fuera como Lo. No lo deseo a menudo, pero ahora envidio su capacidad para ser un alcohólico activo, uno que no es agresivo, que no pierde recuerdos. Bebe día y noche, pero solo sufre las consecuencias cuando el alcohol rebasa su tolerancia y cae en la inconsciencia.

Clava en mí los ojos y suspira hondo.

—¿Te acuerdas de una fiesta a la que fuimos en primero, cuando llegamos a la universidad? Era una fiesta de pijamas.

—Ah, sí, la Fiesta de pijamas Jam. Aquel recuerdo hace que los dos frunzamos el ceño—. Al día siguiente, me encontraste desmayado en el suelo.

Está siendo muy benevolente con la imagen. Cuando di con él, tenía la mejilla sucia por el vómito. Al levantarlo en mis brazos pensé por un terrible momento que mi mejor amigo había sucumbido víctima de su adicción.

—Lo único que recuerdo —dijo con voz profunda— es haberme despertado en el hospital como si me hubiera atropellado un maldito camión de veinte toneladas.

—Te hicieron un lavado de estómago —le recuerdo.

Asiente con la cabeza.

—Te oí discutir con la enfermera sobre la necesidad de llamar a mi padre. La convenciste para que no lo hiciera, dado que yo había cumplido ya los dieciocho años.

Había tenido que fingir que era su hermana para entrar en su habitación en el hospital. Qué estúpida… Todo era una estupidez. Esa noche y ahora mismo. Pero rectificar lo que hemos hecho, lo que hemos creado, está fuera de mi alcance. Una parte de mí siempre creerá que ya hemos superado el cambio. Quizá hayamos aceptado que vamos a vivir así hasta que nos llegue la hora de la muerte.

Me arden los ojos al pensar en los dos tipos que había en mi cama. No quiero que vuelva a suceder algo así. Lo sé.

—Después hicimos un trato, ¿no lo recuerdas? —continúa despacio, eligiendo las palabras con cuidado—. Llegamos a la conclusión de que para que esto funcionara, para que tú y yo pudiéramos seguir haciendo lo que quisiéramos, siendo quienes somos, yo tendría que conocer mis límites y no sobrepasarlos nunca. Sinceramente, jamás pensé que tú también tendrías ese problema. —Me pasa una mano temblorosa por el pelo y respira hondo—. No sabía que los adictos al sexo podían tener límites, Lily, pero en algún lugar… cruzaste la línea. Me has asustado mucho; llevo días sin saber nada de ti. Cuando bebo hasta perder el conocimiento, no estás en casa. Cuando me despierto, ya te has marchado. Esta es la primera vez que te veo y… —Se frota los labios y mira a lo lejos.

El corazón me late desbocado. No sé qué hacer o decir. Una horrible tensión planea sobre nosotros y deseo poder tocarlo.

—No tengo derecho a decirte que lo dejes —me dice en voz baja mientras me aprieto los ojos para evitar que me caigan las lágrimas—. No es eso lo que trato de decirte, pero para que este arreglo funcione, tienes que conocer tu límite. Lo que has hecho, quedar con desconocidos por ahí, no responder a mis llamadas, y… —se interrumpe, tropezándose con las palabras— tirarte a dos tíos. Esto tiene que acabar. ¿Y si te hacen daño?

Cierro los ojos, las lágrimas se desbordan.

—No los recuerdo.

—Estabas borracha —afirma, y sus rasgos se vuelven de piedra—. ¿Qué harás después? ¿Orgías? ¿Humillaciones sexuales?

—No sigas. —Me froto los ojos, estremeciéndome ante las imágenes.

—¿En qué estabas pensando? —murmura.

No puedo volver a hacerlo.

—Pararé. No con el sexo, pero sí lo de los moteles, los mensajes de desconocidos, *Craigslist*…

—¡¿Te has metido en lo de *Craigslist*?! —grita—. ¿Qué narices haces, Lily? ¿Sabes quiénes recurren a *Craigslist* para el sexo? Los pederastas y los pervertidos, por no hablar de que no es legal.

—¡No lo hice! —grito, con las mejillas ardiendo—. Solo estuve mirándolo.

Levanta las manos, respira hondo. Cierra los puños mientras medita.

—¿Has pensado que no podías hablar conmigo?

Nunca he tenido problemas para desahogarme con Lo. Es algo que no nos cuesta, pero esta clase de sexo anónimo me parecía una progresión natural al ver que nuestra relación empezaba a cambiar.

—Es que todo era diferente —respondo con tanta suavidad que pienso que no me ha escuchado.

No pregunta, así que imagino que sí lo ha oído.

—Sé que puedo ser un idiota, pero te quiero. Eres mi mejor amiga y la única persona a la que recurriría si tuviera un problema. Da igual que nuestra relación sea una farsa, tenemos que ser sinceros entre nosotros. Tienes que recurrir a mí antes de tocar fondo, ¿vale?

Me limpio la última lágrima y sorbo por la nariz.

—¿Qué pasa con Cassie?

—Hace días que no está en el apartamento, Lily —replica él, recordándome todo el tiempo que he estado perdida en ese estado nebuloso.

—¿Por qué? —Noto que se me va la opresión del pecho, pero odio que su soledad me cause placer.

—Una chica huyó de mi lado. —Hace una pausa—. Parecía una bruja del averno. No se había peinado, lo que no es raro en ella… —Se encoge de hombros—. Parecía enfadada y la única diferencia en nuestra relación fue la aparición de una rubia. Así que la dejé, pensando que eso resolvería el problema. —Espera con la cabeza ladeada mientras yo proceso sus palabras.

Noto que se me hincha el corazón.

—¿Ha funcionado? —me pregunta.

Debería ser una buena persona y decirle que no, dejar que

tenga una vida normal con aquella hermosa rubia. Pero jamás se me han dado bien las cuestiones morales.

—Quizá.

Él sonríe, me pone una mano en el cuello y me besa en la frente antes de que pueda pensar. No me deja alejarme, sin rozarme la oreja con los labios.

—Estoy aquí para ti. Siempre.

Respiro hondo. Sus palabras son suficientes para acercarme a la clínica con la cabeza alta y los hombros rectos. Todo estará bien. Pase lo que pase, Lo estará a mi lado.

Después de salir del centro médico, Lo se prepara una copa en la barra que separa el salón de la cocina mientras yo me organizo para estudiar el próximo examen. Enciendo el portátil y extiendo los apuntes sobre la superficie. Al ver que llevo dos semanas de retraso en los problemas prácticos de economía, me doy cuenta de lo mal que me va en realidad.

Por suerte, estoy limpia. Libre de enfermedades y decisiones complicadas. Alejada de clínicas de rehabilitación o abortos. Abracé a Lo hasta casi ahogarlo cuando regresé de hacerme las pruebas, estrechándolo mientras lloraba de alivio. No sé qué hubiera hecho si él no supiera mi secreto, si estuviera sola ante mi problema.

Mucho antes de que empezáramos esta relación falsa, ayudé a Lo a ocultar su adicción cada vez que hacía falta. Unas veces le dejaba meterse en mi habitación en Villanova hasta que se le pasaba la resaca. Otras, lanzando las botellas de Jim Beam y Maker's Mark debajo de la cama antes de que la doncella las viera y su padre empezara a registrar su habitación.

A cambio, él mentía a mis hermanas sobre mis planes para el fin de semana. La mayoría los pasaba en fiestas del instituto público. Follar con chicos de zonas distintas ayudó a que hubiera pocos rumores sobre mí en Dalton. Estaba todo calculado.

Por fin, una fría noche de octubre, me colé en casa de Lo a través de la ventana. Jonathan Hale estaba en Nueva York, dando una conferencia y podría haber usado la puerta, pero desde que vi *Dawson crece* pensaba que solo había una forma apropiada de entrar.

Tenía diecisiete años, la cara manchada por las lágrimas y acababa de tener sexo. Lo estaba sentado en el suelo de madera, con el teléfono en la mano y una botella de Glencairn Glas en la otra. Se puso en pie en cuanto vio que tenía el pelo revuelto y el rímel corrido.

—¿Quién ha sido? ¿Te ha hecho daño? —Recorrió mi cuerpo de forma frenética, buscando alguna herida.

—No —repliqué con una mueca—. No ha sido… él.

Sin aclarar nada más a Lo, me dirigí a su escritorio y recogí la botella de Maker's Mark. Me agarró la mano antes de que pudiera quitar el tapón.

—Es mía —me dijo.

—¿No la compartes?

—Nunca comparto.

Me froté los brazos. Me sentí vacía y fría mientras él seguía mirándome como si pudiera conocer los pensamientos al clavar los ojos en mí. Supongo que casi lo consiguió.

—La fiesta fue horrible —murmuré por lo bajo.

—Parece que lo suficiente como para hacerte llorar —replicó él con amargura. Se estremeció al oírse y dio un trago a la botella. Luego dio un paso adelante mientras se frotaba la boca—. Sabes que puedes contármelo todo, Lil. No me voy a escandalizar.

Ya entonces, conocía la mayor parte de mis más sucios secretos. El sexo, el porno, las constantes masturbaciones. Sin embargo, contarle eso fue la parte más difícil de nuestra amistad, como hablarle de algo antinatural.

Me hundí en el colchón mientras él seguía sosteniendo la botella por el cuello de cera roja, esperando a que empezara.

—Estuvo bien. El sexo fue guay.

Lo vi frotarse la sien en señal de impaciencia.

—Lily, escúpelo de una puta vez. Me estás volviendo loco.

Me quedé mirando el suelo, incapaz de sostenerle la vista.

—Al acabar, pensé que sería más de lo mismo —confesé—, pero cuando estaba recogiendo la ropa, él me detuvo.

Levanté la mirada hacia él; los pómulos de Lo parecían afilados como el cristal.

—No me lastimó —me apresuré a decir antes de que me interrumpiera con una retahíla de maldiciones—. Solo me hizo una pregunta.

Respiré hondo y me agarré la camiseta para retorcerla entre mis manos. Abrí la boca y me esforcé en decir el resto, tragando aire…

—¿Voy a tener que adivinarlo? —dijo Lo. Noté que le subía y

bajaba el pecho por la preocupación. Antes de poder responderle, comenzó a pasearse por la habitación, escupiendo preguntas—. ¿Eres virgen? ¿Lo haces a menudo? ¿Quieres volver a hacerlo? —Se detuvo y se pasó la mano temblorosa por el pelo—. ¿Qué cojones te preguntó?

—¿Quieres follar con mi amigo? —susurré.

Él dejó caer la botella, que aterrizó con un golpe sordo en el suelo de madera.

—Pensé que podía ser divertido. Así que salió y entró su amigo. Eso fue todo... —Me tembló el labio inferior mientras la vergüenza me agrietaba el corazón—. Lo... —Me ahogué con su nombre—. ¿Qué me pasa?

Él se acercó más y se inclinó hasta mi altura. Con cuidado, encerró mi cara entre sus manos y enredó los dedos en mi pelo castaño. Sus profundos ojos color ámbar buscaron los míos.

—No te pasa nada —me consoló. Atrajo la cabeza hasta el hueco de su hombro y me abrazó de forma reconfortante durante un buen rato.

Cuando se alejó, me puso el pelo detrás de la oreja.

—¿No tienes miedo de que te hagan daño? —preguntó.

—A veces, pero eso no me detiene. —Parpadeé para hacer desaparecer las lágrimas—. ¿Crees que... que me pasa lo mismo que a ti?

No había reconocido nunca abiertamente su dependencia del alcohol, ni que abusaba de la bebida más que cualquier otro adolescente.

Me pasó el dedo muy despacio por las líneas que dibujaban la palma de mi mano antes de mirarme con ternura. Me besó en la cabeza y luego se enderezó.

—He encontrado mi vieja edición de *Spiderman*. Deberíamos hacer una maratón de lectura. —Lo observé mientras se dirigía al armario de cedro y abría la cerradura.

Esa noche no llegó a responderme.

Pero lo entendí como si lo hubiera hecho.

En ese momento me di cuenta de que no solo era otra chica promiscua. No buscaba sexo por diversión ni porque me hiciera sentir poderosa. Me gustaba la embriagadora sensación, la fiebre que parecía llenar un creciente vacío en mi interior.

11

*P*or la noche, vuelvo a los pubs y a los bares, a mis horarios regulares, sin arreglar encuentros anónimos. Para mi sorpresa, Lo me acompaña casi siempre. Se dedica a beber en la barra mientras yo me escapo a follar en la trastienda o en el cuarto de baño. Aun así, durante el día, me muero por sentir la adrenalina y la emoción que supone el anonimato. Temo que las últimas semanas han llevado mi adicción a un nuevo extremo, que me han arruinado un poco más.

Aunque intento olvidarlo. He borrado los números desconocidos y cuando me invade de repente la necesidad de iniciar sesión en *Craigslist*, recuerdo la horrible mañana en que me desperté en la cama con dos hombres sin rostro. Y funciona.

Estoy poniéndome un camisón negro para dormir cuando comienza a sonar el móvil. Por lo general, lo escondo debajo de la almohada y dejo que siga sonando, pero soy la nueva Lily.

Así que presiono la tecla verde.

—Hola, Daisy.

—¡Hola, Lily! —Parece tan sorprendida como yo de que le haya respondido.

—¿Qué ocurre?

—Necesito que me hagas un favor… —vacila.

Supongo que no soy la hermana a la que suele pedir ayuda. Rose debería ser la primera opción; siempre está dispuesta a abandonar los planes que tiene si la necesita alguna de nosotras. Luego la sigue Poppy, que es absolutamente maternal, pero tiene una hija propia que consume su tiempo y no le deja hacer nada más. Yo soy la menos disponible, de la que menos te puedes fiar, por lo menos como hermana.

—Bueno —continúa—, mamá y papá han discutido. Llevan todo el día peleándose por el presupuesto de la decoración para la gala benéfica de Navidad. Sé que mamá vendrá a darme la vara con el tema y preferiría no verme involucrada en nada. —Hace una pausa—. ¿Crees que puedo pasar la noche en la habitación de invitados de tu casa?

Frunzo el ceño mientras intento adivinar si se lo ha pedido ya a Rose, o incluso a Poppy y a Sam, que tienen un montón de habitaciones libres en su casa. ¿Es una grosería preguntárselo? Seguramente sí, en especial si está tratando de recurrir a mí. Respiro hondo.

—Claro.

—¡Gracias! ¡Gracias! ¡Gracias! —grita—. Dentro de media hora estaré ahí.

«¿Tan pronto?».

La comunicación se interrumpe. Echo un vistazo a mi habitación... lo que es la habitación de invitados. Donde ella va a dormir. «¡Mierda!».

—¡Lo! ¡Lo! —grito, frenética.

Lo no tarda ni diez segundos en entrar corriendo en la habitación, con una mirada despejada.

—¿Qué te pasa? —me dice con una expresión de pánico.

—Va a venir Daisy.

Se relaja visiblemente y se pasa los dedos temblorosos por el pelo.

—¡Dios mío, Lil! He pensado que estabas herida. No se te ocurra volver a llamarme a gritos a menos que estés desangrándote.

—¿Es que no me has oído? —pregunto—. Va a venir Daisy. Y se va a quedar a pasar la noche.

Sus ojos se oscurecen.

—¿Por qué no me has preguntado antes?

Noto que se me calientan las mejillas.

—No... no lo pensé. Me lo pidió y le dije que sí. —¡Oh! Me he olvidado de Lo. Y también me he olvidado de que todos piensan que duermo con él, lo que no es cierto—. Fue algo repentino y no quise ser descortés.

Suspira y se frota los ojos antes de echar un vistazo a mi habitación.

—Quita las sábanas de la cama, métetelas en la lavadora y esconde todas tus cosas sexuales. Yo voy a guardar la bebida.

Nos separamos y nos concentramos cada uno en su labor. Veinte minutos más tarde, la habitación está limpia y presentable para que la use Daisy. Mirando debajo de la cama en busca de bragas se me ha ido la mitad del tiempo. Suena el timbre, cierro la lavadora y la pongo a funcionar.

Cuando entro en la cocina, Daisy está hablando con Lo. Mi aparición interrumpe su charla, así que sonrío.

—Hola, Daisy. —La abrazo.

—Gracias otra vez por dejar que me quede a dormir aquí —suelta al tiempo que pone su bolso de marca sobre la barra.

—De nada.

—¿Quieres beber algo? —le pregunta Lo con un brillo malicioso en los ojos. Siempre ofrece una copa a nuestras visitas para poder servirse un vaso de whisky sin resultar sospechoso. Me lanza una sonrisa de medio lado, consciente de que conozco su secreto.

—Un vaso de agua —replica Daisy—. ¿No os resulta raro no tener personal?

—¿Te refieres a tener que hacer todo nosotros mismos? —pregunta Lo desde la nevera—. Sí, ya tengo la espalda destrozada. —Agarra un pack del estante y le entrega a Daisy una botella de agua.

—No seas imbécil —le advierto.

Lo me pasa un brazo alrededor de la cintura para atraerme hacia su pecho. Comienza a hacerme cosquillas en la oreja.

—Nunca —suspira, mirándome a los ojos.

Se me encoge el corazón. «No es real. Está interpretando un papel. Nada más», me recuerdo.

—Así que este es vuestro apartamento —comenta Daisy. Me separo de Lo al tiempo que ella se aleja de la barra para explorar el salón, a la izquierda, y el pasillo, a la derecha. No hay mucho más. Estudia las fotos que hay en la librería del salón. Se me ha olvidado que Daisy todavía no había pisado nuestro apartamento. Lo cierto es que no suelo hablar con ella demasiado, es la más joven de las cuatro y nunca ha estado demasiado involucrada en mi vida. Supongo que la única manera de estar cerca de mí es que se meta en mi mundo, porque no hago el esfuerzo de entrar en el suyo. Suena fatal, ¿verdad?

—Cuando tengáis hijos, tenéis que quemar esta —nos dice con una sonrisa. Sostiene en la mano una imagen en la que Lo está metiéndome la lengua en la oreja mientras yo grito. De todas las que tenemos expuestas, ha elegido una de las pocas en las que no estamos interpretando un papel. Teníamos dieciséis años, un poco antes de que se nos ocurriera fingir esta relación.

—Es que Lil tenía el oído taponado con agua —explica Lo antes de dar un trago y dejarlo en la barra para acercarse a Daisy y coger la foto de su mano. Veo que su sonrisa se extiende de oreja a oreja, regalándonos una expresión tierna.

—Se supone que tienes que meter el dedo —protesta Daisy como si él fuera idiota—, no la lengua.

—Estoy de acuerdo —convengo, aunque no esté realmente de acuerdo. Me caliento al ver a Lo tan cerca de mí. Es un calvario más excitante de lo que puedo recordar.

—¡Oh, claro! —dice él, ladeando la cabeza al tiempo que arquea una ceja con ironía—. Si no recuerdo mal, no es que ese día estuvieras quejándote precisamente. —Se acerca a mí—. Estabas colorada.

—Siempre lo estoy —replico conteniendo el aliento cuando él se acerca con una sonrisa juguetona en los labios. Le señalo con un dedo amenazador—. No se te ocurra…

Cuando choco contra la barra que separa el salón de la cocina y me acorrala en un rincón, me pregunto si esto es real o estoy volviéndome loca, dejándome llevar por una fantasía. No quiero zafarme de él, y me olvido de que mi hermana está en el salón, examinando las fotos que cuentan nuestra historia —tanto falsa como real— en las mesitas y la librería.

—Quiero que lo confieses —me exige—. Di que te gustó.

—No, no… —Suelto el aire. Pone las manos a ambos lados de mí, sobre la barra, impidiéndome escapar con su cuerpo.

Parpadeo. Estoy soñando, lo sé. Esto no es real. Lo me desnuda con su mirada provocativa y, cuando nuestros ojos se encuentran, siento que él sabe que me siento confusa sobre sus verdaderas intenciones. Y eso hace que este juego le divierta, al menos parece estar disfrutando en este momento.

De pronto, me besa. Con profunda intensidad… Oh, esto no es solo cosa de mi mente. La barra se me clava en la espalda, pero él me rodea con un brazo, atrayéndome hacia su pecho para abrazarme con fuerza. Nuestros cuerpos se funden, las piernas y los torsos, y me dejo arrastrar cuando su lengua encuentra la mía. Noto su enorme mano en el cuello y me derrito de pasión mientras él sigue llevándonos más allá, encendiendo un fuego en mi interior.

Luego, cuando se aleja, me mete la lengua en la oreja. Suelto un grito y lo empujo con fuerza.

Él suelta una carcajada antes de darme la espalda para coger la bebida. Tiene los labios rojos. Siento un hormigueo en los míos, parecen hinchados por este beso intenso. Me figuro que solo me lo ha dado para demostrar que estoy equivocada.

—No era necesario —digo.

—¿Vas a intentar convencerme ahora de que no querías que te metiera la lengua en la boca? Ya sé que te gustaría mucho más que eso. Quizá que te lama el…

—Alto —le digo, tensándome. Miro a Daisy, que pasa las hojas de un álbum de fotos en el salón. Cuando me vuelvo hacia Lo, tengo los dientes apretados. Está secándose el sudor de la frente con el borde de la camiseta negra, lo que me permite vislumbrar una rápida imagen de sus marcados abdominales. Se me entrecorta la respiración, me siento caliente, excitada, pero me sentiría igual si otro tipo hiciera eso cerca de mí… Creo.

Lo se acerca de nuevo a mí y mete un dedo en la cinturilla de mis pantalones, tirando de mí hacia él.

—Relájate, cielo —me susurra, continuando con la actuación—. Podemos acabar esto más tarde. —Me chupa el cuello, y tengo que reprimir un gemido.

Bueno, esto es demasiado. Lo empujo. Me siento demasiado excitada para poder lanzarle una mirada de advertencia y hacerle saber que está llevando demasiado lejos esta farsa. No me gusta que juegue conmigo, porque sabe atacar mis puntos débiles. De repente, recuerdo a Cassie y los gritos que lanzaba. Quizá Lo folle mejor de lo que ha reconocido. ¿Será muy bueno en la cama? «No sigas por ese camino, Lily. Si lo haces no habrá vuelta atrás».

Noto los nervios de punta y me enervo todavía más cuando lo veo humedecerse el labio inferior de forma inconsciente. Se inclina sobre la barra para observar mejor mi sonrojo. Incluso ese simple gesto hace que me palpite el lugar entre las piernas, haciendo que desee algo más. Quiero que haga algo más que besarme y meterme mano. ¡Oh, Dios!

Daisy se acerca con una expresión de incomodidad. Espero de verdad que no haya sido testigo de nada de lo que acaba de ocurrir. Soy una hermana terrible, realmente horrible.

—No quiero molestaros —confiesa—. Así que me voy a la habitación de invitados y veré allí la televisión. ¿Os parece bien?

—De acuerdo, Dais. —Le muestro el dormitorio mientras me aprieto los labios hormigueantes con un dedo. Mi hermana desaparece en el interior y lanza la maleta sobre la cama. Cierro la puerta al salir. Lo está en medio del pasillo, con un pie apoyado en la pared. Señala su habitación con la cabeza; la estancia que se supone que compartimos cada noche.

Le sigo y él pone el seguro en cuanto entramos.

Luego me dirijo al vestidor y conecto mi iPod con los altavoces para poner música de fondo, lo que nos facilita el poder hablar con libertad. Las paredes tienen oídos. Solo tengo que recordar los golpes que daba el cabecero contra la pared cuando Lo se tiraba a Cassie.

Una pared entera está cubierta por una vitrina con los cristales tintados. Siete de las veinte puertas tienen cerraduras que solo se abren con una llave magnética. Es posible que Lo esté un poco paranoico, pero el invierno pasado tuve que explicarle a Rose por qué había una docena de botellas de tequila a medio vaciar debajo del lavabo. Fue una de las peores semanas de Lo, e intenté limpiar todo el desorden, al parecer sin conseguirlo.

Rose no me hizo preguntas incómodas ante la historia que le conté, solo me echó en cara que no la hubiera invitado a la fiesta de temática mexicana que habíamos organizado. Quizá debería reírme ante tan ridícula mentira —la de que tenemos amigos a los que invitar—, pero me siento demasiado triste al pensar que Lo había bebido suficiente alcohol en una semana como para saciar a los participantes de una fiesta.

Le observo mientras saca un vaso y una botella con líquido dorado.

Me subo a la cama con el corazón acelerado por la escena de antes. No debería. Se trata de Lo. Se supone que estamos juntos, que somos cariñosos y, aun así, no puedo evitar revivir lo que ocurrió. No puedo evitar sonrojarme, excitarme o desear que me posea aquí mismo.

«No, no, no… No sigas por ese camino».

Apoyo la espalda en el cabecero de roble.

—¿Puedes prepararme algo? —le pido con la voz ronca. Me aclaro la garganta. ¡Por Dios! ¿Qué me pasa? Por lo general, no estoy tan incómoda con Lo, pero esta situación hace crecer mi ansiedad y mi deseo. Cruzo las piernas y trago saliva.

Me mira brevemente mientras trata de reprimir una sonrisa cómplice. Hace chocar otro vaso de cristal con el suyo y lo pone en el escritorio, después lo veo abrir una segunda puerta donde ha ocultado una nevera pequeña. Echa el hielo en los vasos y vierte el licor sin hacer una pausa ni derramarlo. Cuando termina, se acerca a mi lado de la cama con los dos vasos, sin sentarse junto a mí.

—¿Estás segura de que lo quieres? —me pregunta con la voz ronca. Una parte de mí se cuestiona si está hablando solo de la bebida.

«Sí, lo quiero. —Parpadeo. No, solo se refiere al alcohol—. Deja de imaginarte cosas, Lily».

—¿Por qué no lo voy a querer?

Veo cómo se humedece los labios.

«Deja de hacer eso». Contengo la respiración.

—Es bastante fuerte —explica mientras me mira con atención. Demasiada atención.

—Puedo resistirlo.

Me tiende el vaso y se queda inclinado sobre mí, con una expresión que no había visto nunca, algo a lo que no estoy acostumbrada. Quiero levantarme y tomar el control de la situación, pero la posición que ocupa me impide poner los pies en el suelo.

Se bebe medio vaso de un trago, con aparente facilidad. Espera a que pruebe mi bebida antes de terminar la suya.

—¿A qué estás esperando?

«A que el corazón deje de aporrearme el pecho». Bebo un sorbo y toso. ¡Dios mío! Ahogo la tos en el puño.

—¡Eh! Ten cuidado —dice—. ¿Quieres un poco de agua?

Niego con la cabeza y tomo otro sorbo para tratar de quitar la quemadura que me ha dejado en la garganta. Una estupidez porque solo incrementa la sensación de quemazón. Me quita el vaso y lo deja en la mesilla de noche.

—No vas a beber más.

Sigo ahogándome en el puño y me maldigo para mis adentros por tratar de relajarme con alcohol. Debería haber imaginado que Lo me prepararía un brebaje casi tóxico, algo demasiado potente para cualquier ser humano normal.

Cuando por fin dejo de toser, respiro hondo y suelto el aire.

—¿Te vas a sentar?

—¿Qué más da si estoy sentado o de pie? —me pregunta sin moverse.

—Es que me pones nerviosa.

—¿Temes que salte sobre ti? —se burla con una sonrisa retorcida antes de seguir bebiendo. Acaba su vaso y comienza a apurar el mío.

«Sí».

—No.

—Entonces no entiendo qué problema hay en que me quede aquí. —Vuelve a lanzarme esa mirada; es como si escaneara mi cuerpo de arriba abajo, como si estuviera imaginándome desnuda y deseándome.

Decido ignorarlo y me pongo a mirar todos los recuerdos que cubren las paredes y los estantes. Solo me aventuro aquí dentro para despertarlo o para asegurarme de que no se ha quedado dormido sobre su propio vómito, así que no presto atención a la decoración. La mayor parte de ella solo está aquí para hacer más veraz nuestra montaña de mentiras

Justo enfrente de mí, hay colgadas varias portadas de cómics, encima del escritorio. Todas son de Marvel: *Los vengadores*, *Spiderman*, *X-Men*, *Cable* y *Thor*. En la parte de abajo de todas aparecen sellos de nuestras numerosas asistencias a la Comic-Con de San Diego.

El año pasado no asistimos a la Comic-Con porque me acosté con Chewbacca, en realidad un friki vestido como ese personaje de Star Wars, a quien considero mi conquista más embarazosa. Lo tampoco tuvo su mejor día. Bebió algo que le sirvió el Capitán América. Los frikis también pueden ser malos, porque resultó que aquel tipo le echó a su bebida algún tipo de sedante.

—¿Te acuerdas cuando te acostaste con Chewbacca? —Debe de haber seguido la dirección de mi mirada hasta el póster.

Le lanzo un vistazo mientras se dirige al escritorio para prepararse otra copa.

—Al menos no me bebí lo que me ofreció el primer superhéroe enmascarado que se acercó a mí.

—Cierto. Pero por lo menos puedo presumir de que no me va la zoofilia.

Entrecierro los ojos mientras cojo una almohada de la cama para arrojársela con todas mis fuerzas. Jamás haría algo así. Es asqueroso, asqueroso, asqueroso…

Lo esquiva la almohada, pero esta termina chocando con una botella de whisky, a la que tumba como si fuera un bolo y la hace caer al suelo.

—Ten cuidado, Lily —me dice con cierto desprecio antes de inclinarse a recoger la botella intacta. Ha reaccionado como si acabara de darle un golpe a su hijo.

Ni siquiera me disculpo. Solo es alcohol… y todavía le queda mucho más. Cuando subo los ojos al estante que está a la altura de su cabeza, casi me explota el corazón.

—¿Cuánto tiempo lleva ahí esa foto? —Salto fuera de la cama. ¡Tendría que haberla quemado!

Lentamente, devuelve las botellas a su escondite y levanta la cabeza para ver en qué me he fijado. Me siento tan avergonzada al ver esa foto, que le aparto del escritorio y alargo los brazos. No consigo evitar que la vea porque la imagen está más alta que yo y él supera con creces mi estatura.

Se ríe de mi intención y coge el marco de la repisa. Intento quitárselo, pero lo sube por encima de su cabeza al tiempo que se burla de mí.

—Tírala —le exijo con los brazos en jarras, para que sepa que estoy hablando en serio.

—Es que hace juego con los pósteres —asegura. Sus ojos brillan ante el recuerdo que contiene ese marco.

—Lo… —le recrimino. Es cierto que la foto queda bien con los pósteres. Fue hecha también en la Comic-Con. Estamos posando al lado de las figuras de Cíclope y el profesor X realizadas en cartón piedra. Yo llevaba unas mallas de látex, un corpiño negro y unos largos cuchillos de plástico que sobresalían de mis nudillos. Parezco más confiada de lo que estaba, sobre todo porque Lo me había pedido que dejara de esconderme detrás de él. Fue culpa suya que estuviera tan ligera de ropa porque insistió en que lo acompañara disfrazada de su *X-Men* favorito. Así que él se vistió de Hellion —un joven mutante con telequinesis— con un traje de licra rojo y negro y yo, como buena amiga que soy, hice de X-23, la versión femenina de Lobezno.

No soporto que esa foto esté en su habitación al lado de docenas de recuerdos falsos. En otras imágenes aparecemos con las manos unidas debajo de la Torre Eiffel durante un viaje a Francia, falsa; besándome en una glorieta, falsa; sentada en su regazo durante un viaje en barco por Grecia, falsa. ¿Por qué tenemos que manchar los recuerdos de nuestra amistad mezclándolos con tomas falsas de nuestra relación fingida?

—Por favor —le ruego.

—¿No es la mejor prueba de que somos pareja? —protesta, avanzando hacia mí y haciéndome sentir todavía más incómoda. Choco contra el escritorio y ruego a Dios que no estemos recreando la escena que interpretamos hace un rato en la cocina. Aunque en el fondo, quizá sí lo espero.

—Si somos rigurosos… —razono con los ojos clavados en su pecho— esta también es mi habitación.

—¿De verdad? —Coloca la foto en el estante, fuera de mi alcance, antes de que pueda apropiarme de ella y me captura las muñecas con fuerza. Me lleva los brazos hacia atrás. ¡Dios mío!

—Lo… —le aviso.

—Si esta es tu habitación, tienes que conseguir que me lo crea.

—Cállate… —replico al instante sin saber muy bien por qué.

—No estás convenciéndome.

¿Lo dice en serio?

—Esta es mi habitación —recalco de forma categórica, preguntándome si será suficiente con esto.

—¿En serio? —replica, siguiéndome el juego y acercándose cada vez más—. No pareces muy segura.

Intento zafarme de sus manos, pero me aprieta más las muñecas al tiempo que separa los pies para atraparme contra el escritorio. Sí, es lo mismo que en la cocina, solo que peor (o mejor) porque ahora no puedo mover los brazos.

—Suéltame. —Intento parecer segura, pero la voz me sale ronca y jadeante.

—¿Por qué piensas que esta es tu habitación? —me pregunta—. No duermes aquí. No follas aquí. No comes ni bebes aquí. ¿Por qué dices que es tan tuya como mía?

—Ya sabes por qué —jadeo. «Estamos fingiendo, ¿verdad?». Me siento confusa. ¿Qué es él para mí en este momento? ¿Novio? ¿Amigo? ¿Algo diferente?

—Una vez que atraviesas ese umbral —me explica—, entras en mi santuario. —Siento en el cuello su cálido aliento con olor a whisky—. Todo lo que hay aquí dentro me pertenece.

La cabeza me da vueltas. Odio no haber tenido sexo hoy. Odio desear a Loren Hale. Quizá porque lo deseo con la mente además de con el cuerpo.

Trato de concentrarme… Tengo que conseguirlo.

—Retírala de ahí —repito una vez más.

—No, esa foto me gusta y se queda ahí.

¿Por qué le importa tanto esa estúpida foto?

Antes de que pueda formular la pregunta en voz alta, me gira y me inclina encima del escritorio sobre el estómago; sin soltarme las manos, lleva mis brazos a la espalda. Intento zafarme de su agarre, pero él me aprieta contra su cuerpo en una posición con la que he fantaseado muchas veces. Bueno, no exactamente en actitud de sumisión, pero sí con él detrás de mí, con la pelvis pegada a mi trasero. Boqueo, muriéndome por dentro. Por suerte, no puede verme boquiabierta.

Respiro hondo.

—Estás siendo muy cruel —le digo. Sabe que no he tenido sexo. Cuando teníamos dieciocho años, me preguntó qué sentía si había algún día que no alcanzaba el orgasmo, y le dije que era como si alguien me enterrara la cabeza bajo la arena y me tirara de las extremidades hasta que fueran gomas elásticas a punto de romperse. El deseo hace que sienta que me ahogo y ardo al mismo tiempo.

Aseguró que podía identificarse con tal paradoja.

—Sé que disfrutas con esto.

«Sí, mucho».

—Lo —suspiro—. Si no vas a follar conmigo, será mejor que lo dejes, por favor. —Porque creo que no puedo decirte que no. Mi cuerpo lo desea tanto que me estremezco, pero mi mente es más resistente. Él solo se está riendo de mí, eso es todo. No quiero avergonzarme cuando despierte por no haber parado. No me quiere de esta forma. No es posible que desee a alguien como yo.

Me suelta y se aleja unos pasos. Me froto las muñecas y me apoyo en el escritorio, todavía sin atreverme a darme la vuelta. Intento relajarme, ahora demasiado excitada. Cuando por fin reúno el valor suficiente para girarme, lo miro con furia.

—¿Qué narices te pasa? —le espeto. No puede usar el sexo contra mí.

Tensa la mandíbula y se toma su tiempo para servirse la próxima copa. Da dos grandes sorbos y vuelve a rellenar el vaso antes de contestarme.

—No te lo tomes así —me dice con humildad—. Solo estaba jugando.

Sus palabras me duelen como si me clavara una flecha en el pecho. Sé que no debería ser así, pero quería que él dijera: «Era real. Es lo que quiero. Que estemos juntos». Me da igual que estar juntos nos traiga complicaciones. En cambio, él solo ha interpretado un papel. Es todo mentira.

—¿Quieres jugar? —Me arde todo el cuerpo. Me pongo a mirar en sus cajones en busca de la llave magnética y abro los armarios.

—¡Eh! ¡Eh! ¡Eh! —me grita. Apenas me da tiempo a coger dos botellas antes de que él me agarre la muñeca; sabe que voy a destrozarlas o a lanzarlas por la ventana. Todavía no me he decidido.

—Lily —gruñe mi nombre como si fuera la peor palabra del diccionario. Estamos furiosos los dos, pero creo tener la razón. No vacilo ni aparto la mirada. Veo que sus rasgos se afilan y casi puedo ver cómo se mueven los engranajes en su cabeza.

—Lo, tenemos que hablar —digo con firmeza pero sin ceder un palmo—. ¿De verdad piensas que lo que yo estoy haciendo es diferente a lo que has hecho tú?

Respira hondo y entrecierra los ojos. Como siempre, mide cada palabra antes de hablar.

—Lo siento, ¿vale? ¿Es eso lo que quieres oír? Lamento que no quieras que te toque. Siento que solo pensar en follar conmigo te dé asco. Odio estar aquí cada vez que estás excitada.

Contengo el aliento. No sé qué quiere decirme. ¿Me desea? ¿Está enfadado porque soy una adicta al sexo? Pongo con cuidado las botellas en el escritorio y me libero de sus manos. Me meto en el cuarto de baño y cierro la puerta antes de que se acerque.

—Lily —me llama.

Me tiendo en las frías baldosas y cierro los ojos, tratando de aclararme la mente. Empiezo a preguntarme cuánto voy a poder resistir esto, no tener claro qué hay de real en nuestros actos, en nuestra relación. La incertidumbre me está volviendo loca.

Tiemblo por la abstinencia y la falta de estimulación de hoy. Mantengo los ojos cerrados e intento dormir, pero oigo el chasquido de la cerradura. Se abre la puerta y Lo guarda la llave.

No me muevo del lugar donde estoy, pero clavo la mirada en el techo blanco.

Él se sienta a mi lado y se apoya en el borde de la bañera de hidromasaje.

—No te preocupes por si Daisy nos ha oído. Todas las parejas se pelean.

«Claro… la farsa». El silencio se alarga y me siento orgullosa de hacerlo sufrir un poco.

Se deja resbalar hasta el suelo y dobla las rodillas antes de rodearlas con los brazos.

—Cuando tenía siete años, mi padre me llevó a su despacho y me mostró una pequeña pistola plateada —me dice. Hace una pausa en la que se frota la sonrisa que se ha dibujado en su cara.

Mantengo una expresión neutra, aunque me interesa la historia.

—Me la puso en la palma de la mano —prosigue—, y me preguntó cómo me sentía al sostenerla. ¿Sabes lo que le dije? —Me mira—. Le confesé que tenía miedo. Él me dio un golpe en la cabeza antes de decirme: eres tú quien tiene el arma, son los demás los que deberían estar asustados. —Sacude la cabeza—. No sé por qué se me ha ocurrido ahora, pero lo he recordado. La pistola era pesada y fría en mi mano, no sé si estaba aterrado porque podía apretar el gatillo o porque podía dejarla caer. Y allí estaba él... Decepcionado.

Me enderezo y apoyo la espalda en la pared de enfrente para mirarlo. Parece molesto, y sé que es lo más parecido a una disculpa que voy a obtener de Loren Hale.

—Jamás me habías contado esta historia.

—Es algo que no me gusta recordar —confiesa—. Cuando era niño, sentía una profunda admiración por ese hombre, y ahora me da náuseas pensar en él.

No sé qué decirle, aunque creo que él no quiere que le sorprenda. Así que seguimos en silencio. Me estremezco e intento contener el temblor.

—¿Es por la abstinencia? —pregunta Lo, con una mirada preocupada—. ¿Necesitas algo? ¿Un vibrador? —Esto es muy incómodo...

Niego con la cabeza y cierro los ojos con fuerza al notar que se intensifica el dolor que siento en las extremidades. Las noto tensas y rígidas. Como una banda elástica que no se puede ajustar.

—¿No puedes decírmelo? —insiste, irritado.

—Un vibrador no me ayudaría —replico, abriendo los ojos.

—¿Por qué no? ¿Es que no tienes pilas?

Le devuelvo la sonrisa, aunque no estoy de humor.

—Simplemente no es suficiente. —Me mira interrogante—. Como si tú bebieras una cerveza.

Frunce la nariz.

—Pillado. —Me examina de pies a cabeza, pero su mirada me excita todavía más.

—Voy a resistir esta noche.

—Puedes salir —me sugiere Lo—. Y si Daisy se despierta y te busca, le diré que tuviste que ir a... estudiar. Que estás suspendiendo economía.

—Ni siquiera me cuela a mí. No te preocupes, Lo.

—Me he comportado como un idiota, pero ahora quiero ayudarte —me dice con la respiración entrecortada—. Solo hay una solución.

Me duele la frente de tanto fruncir el ceño. ¿De verdad lo va a decir? ¿Me va a proponer que tengamos sexo? ¿En serio?

—Puedo emborracharte. Así no te importará no mantener relaciones sexuales. Acabarás desmayada en la cama, y cuando te despiertes, Daisy se habrá marchado.

La sugerencia me coge por sorpresa porque no es lo que yo esperaba ni quería oír. Me hubiera gustado que él dijera: «Acuéstate conmigo, quiero estar contigo, de verdad». ¡Joder, sí! Le habría respondido. Incluso aunque la monogamia me asusta, lo intentaría por él. Lo haría por tener a Loren Hale. Creo que siempre he deseado hacerlo con él. Pero no estoy segura de que él sienta lo mismo. La solución que me plantea supone una decepción, pero es una solución.

—Buena idea.

—¿Sí? —¿Es posible que le decepcione que acepte su plan? No lo sé—. Bien. Conozco a una persona experta con el alcohol que puede ayudarte.

—Dile a ese tipo que no quiero acabar vomitando —le advierto.

—Lo he pillado, vomitar es inaceptable. —Nos levantamos del suelo y regresamos al dormitorio. Dejo de temblar ante la emoción de probar algo nuevo con él. Por lo general, no bebo en casa. Lo nunca me lo ha dicho, pero sé que le caigo mejor cuando estoy sobria. Es el estado en el que puedo conducir y ayudarlo a recuperar la consciencia, aunque en ocasiones me gusta pensar que es por algo más.

Me siento en el borde de la cama y cruzo los tobillos.

—¿Me vas a preparar algo que me guste?

—Creo que tengo ron por alguna parte. Eso es más fácil de tragar. —Se pasa unos minutos preparando una buena cantidad de bebida, y llena con ella una botella de agua de las grandes.

—Agg… —Sostengo el frío brebaje—. ¿Me moriré de esta?

—Lleva más Diet Fizz que ron, te lo prometo.

Lo pruebo. Esta vez no me quema la garganta y bebo un sorbo más largo.

Su sonrisa se extiende de oreja a oreja.

—¿Bien?

—Sabe un poco a coco.

—Es por el ron. —Se sienta en la cama, a mi lado con un vaso de whisky en la mano que apura con pequeños sorbos. En solo unos minutos, me acabo el líquido, pero no siento nada. Quizá no me ha hecho efecto todavía.

Miro a Lo. La forma en que me observa con encandilada atención me hace arder. Quiero sentirlo encima de mí. En mi interior. ¡Santo Dios!

—Más —le pido—. Quizá debería acompañarlo de unos chupitos.

—No sé cuál es tu límite —me dice al tiempo que se pone en pie—. Y la idea es que no acabes vomitando. —Me prepara otra bebida suave. Apenas puedo mirarlo sin imaginar su cuerpo sobre el mío.

Me acerco a él frente al escritorio y cojo un vaso de chupito.

—Necesito algo con más contenido de alcohol. —Antes de que pueda protestar, lo lleno de whisky.

—¿Te vas a tomar un chupito de whisky? —pregunta con las cejas arqueadas—. ¿En serio? Vas a acabar vomitando, Lily.

Entrecierro los ojos desafiantes antes de hacer bajar el licor por la garganta.

Siento arcadas, pero logro tragarlo sin escupirlo.

Él ladea la cabeza como si estuviera diciéndome: «Te lo dije».

Me toco el cuello.

—Ha sido horrible. Creo que me arden las entrañas. —Intento carraspear para aclararme la garganta.

—Estás siendo un poco dramática.

Me sirve un trago de algo más claro y otra cosa más. Sostiene ambos chupitos ante mí.

—Vodka. Zumo de arándanos.

Tomo el primero y lo bajo con el segundo. Ah, esto es mucho mejor.

Me señala con la cabeza.

—¿Hemos terminado?

Clavo los ojos en sus abdominales y noto que me palpita el lugar entre mis piernas.

«No, no, no».

—Otro más.

—Esto es una estupidez —murmura. Aunque fue idea suya, sé que se lo está replanteando. Una hora, un trago y varios chupitos después, me dirijo a la cama. El mundo se balancea a mi alrededor. «Guau».

Creo que se me ha subido.

Caigo de espaldas en el colchón. No puedo verme los pies. Todo gira… y ya no me importa el sexo ni un poquito. ¡Joder! Creo que no sería capaz de moverme en este momento.

Me quedo tendida de espaldas en la cama y miro a Lo mientras se desliza por la habitación, limpiando la bebida derramada y guardando las botellas.

—Lo… ren… —digo su nombre, pero me resbala en la lengua—. Ren… lo… —Sonrío de forma estúpida.

—Me alegro de que mi nombre te resulte tan divertido como al resto de tus hermanas —dice, cerrando con llave el último armario. Luego se sienta a mi lado, y yo cierro los ojos—. ¿Cómo estás?

—Todo da vueltas —murmuro.

—No lo pienses —me aconseja—. ¿Crees que puedes meterte debajo de las sábanas?

—¿Eh?

Todo se desvanece y me dejo arrastrar por la oscuridad.

No sé qué hora es. Solo sé que tengo un monstruo retumbando en mi estómago y quiere salir. Estoy dentro de la cama de Lo. No recuerdo cómo llegué allí ni haber puesto la cabeza en la almohada. Él duerme en el otro lado, de cara a mí, pero no me toca.

No sé si estoy enferma o no. El esfuerzo que supone llegar al cuarto de baño es agotador, doloroso y exige demasiado de mi cabeza y mi cuerpo. Pero ya no se trata de náuseas… Noto como si el estómago empezara a subir.

Tengo que levantarme.

Corro al cuarto de baño apresuradamente y abro la tapa del inodoro. Como por arte de magia, todo lo que bebí anoche aparece en el interior del váter.

—¿Lily? —Lo enciende la luz del baño—. ¡Joder! —Pone una toalla debajo del grifo y se arrodilla detrás de mí.

No puedo dejar de vomitar, pero cada vez que lo hago, me siento un poco mejor.

Me frota la espalda y me retira el pelo de la frente. Durante unos minutos sigo teniendo arcadas, pero ya no vomito nada. Él tira de la cisterna y me limpia la boca con la toalla.

—Lo siento —murmuro. Estoy a punto de apoyar la mejilla

en la tapa del váter, pero me atrae hacia su pecho y me obliga a descansar allí la cabeza.

—No me pidas perdón —me dice. Parece dolido.

—¿Lo? —susurro.

—¿Qué?

—Por favor, no te muevas, ¿vale? —Pensar en levantarme o moverme puede hacer que vuelva a vomitar.

—No lo haré. —Me rodea con los brazos y aleja la frialdad de la baldosa con su cálido cuerpo. Permanecemos así un buen rato. Empiezo a dormirme… me pesan los párpados.

—Creo que tendría que haberme acostado contigo —le oigo decir tan bajito que pienso que lo he imaginado.

12

*E*l sol matutino me hiere los ojos. Los entrecierro y me levanto, intentando situarme. Preguntarme dónde estoy es el primer pensamiento del proceso. Me fijo en el edredón color champán que me cubre las piernas y en que tengo el pelo recogido en una coleta. Poco a poco, destellos de la noche anterior me atraviesan.

Lo me ha traído desde el cuarto de baño a la cama, donde me arropó y me recogió el pelo para mantenerlo retirado de la cara. Creo que ayer por la noche me acabé una botella de whisky. Bebí como una idiota a pesar de sus protestas. Sí, soy esa clase de borracha.

Lanzo un gemido de mortificación. Al ver que nadie se burla de mí, frunzo el ceño y echo un vistazo a la derecha de la cama. Está vacía, pero hay la inconfundible marca de un trasero.

«Lo tiene un buen culo».

Entierro la cara en la almohada y gimo con más fuerza. Odio pensar eso.

Trato de no imaginar qué estupidez puedo haber dicho o hecho en mi estado de ebriedad absoluta. Cuando me siento, frotándome los ojos, noto que tengo un trozo de papel prendido en la camiseta, una prenda que en realidad es de Lo. Al principio, lo único que puedo pensar es: «¿Me ha cambiado de ropa?». Luego me doy cuenta de que debo de haber manchado de vómito la otra.

Me sonrojo antes de coger el papel para leerlo. La carta está escrita con tanta rapidez que casi no se entiende. Pero al ver las palabras, abro los ojos de horror.

—¿Qué coño…?

Han venido tus padres. Levántate, joder.

¿Qué están haciendo aquí mis padres? ¿Saben que Lo y yo no somos realmente novios? ¿Han descubierto que Lo es alcohólico? ¿Van a mandarlo a rehabilitación?

Me levanto con las piernas temblorosas y me encuentro con un vaso de agua y cuatro aspirinas en el escritorio. Las trago con gratitud y comienzo a buscar algo que ponerme. Su armario no está demasiado provisto, pero hay unas cuantas prendas de emergencia para estos casos imprevistos.

Elijo un vestido de color lavanda que sé que gustará a mi madre, algo a tener en cuenta dado que el estado de mi pelo me restará un par de puntos. Después de cepillarme los dientes cuatro veces, usar el desodorante y pellizcarme las mejillas para obtener algo de color natural, reúno el coraje suficiente para salir del dormitorio que Lo considera su santuario.

Respiro hondo al oír las voces que resuenan en las paredes del pasillo provenientes del salón.

—¿Dónde está Lily, Loren? Ya casi ha pasado toda la mañana —se queja mi madre. Me gustaría que él pudiera excusarme diciendo que estoy enferma, pero si pronuncia esa palabra delante de los Calloway, me llevarán al hospital y me ingresarán durante unos días. Si no estás en un estado que requiera esos cuidados, estás en plena forma para enfrentarte al mundo.

—Voy a verla —dice Lo en voz alta.

Entro en el salón justo cuando él se levanta del sofá gris.

—Ah, por fin… —anuncia mi padre con una sonrisa brillante. Mi madre y Daisy están sentadas en el sofá gris, las dos con vestidos de flores muy veraniegos. Todos se ponen en pie cuando entro, como si fuera una reina o algo así. Pero luego veo las maletas y las bolsas de viaje de Hermes junto a la pared. Son a juego, y nos pertenecen a Lo y a mí.

¿Qué narices está pasando? ¿Lo han descubierto todo? ¡Van a mandarnos lejos! Quizá a un centro de rehabilitación. Nos separarán y estaremos solos. Solos de verdad.

Justo cuando me cubro la boca con una mano temblorosa, a punto de vomitar otra vez, Lo se acerca a mi lado.

—Este fin de semana es el cumpleaños de tu padre.

Trato de coger aire mientras arqueo las cejas sorprendida.

Mi madre juguetea con las perlas que rodean su huesudo cuello.

—Por Dios, Lily, llevo meses recordándotelo. Vamos a las Bahamas en el yate para celebrarlo.

Jamás se me han dado bien las fechas importantes ni los horarios. Recurro a Daisy que parece mirar a todos menos a mí.

—¿Por qué no me lo has dicho?

Noto cómo se afilan los pómulos de Lo cuando aprieta la mandíbula, y me doy cuenta de que he pasado algo por alto. Daisy carraspea, pero no levanta la vista de la alfombra.

—Sabía que pondrías alguna excusa... y todos queremos que... —su voz se apaga.

Me recrimino para mis adentros. Mi hermana me ha mentido. No es que quisiera pasar aquí la noche. No es que quisiera pedirme ayuda. Solo fue una trampa.

—Sabíamos que acabarías olvidándote —explica mi madre—. Es una celebración importante para tu padre. Ha estado muy ocupado con el trabajo y queremos que en esta fecha podamos reunirnos toda la familia. Si eso implica que Daisy tiene que pasar la noche aquí para que tú no puedas huir por la mañana, pues que así sea. Ahora que ya estás despierta, tenemos que marcharnos. Rose y Poppy esperan en el avión. —Supongo que tenemos que desplazarnos en nuestro avión a Florida para, desde allí, ir en barco a las Bahamas.

Me da vueltas la cabeza. Se me ocurren miles de excusas para evitar este evento familiar. Incluso aunque sea el cumpleaños de mi padre, no han debido engañarme para que asista.

Lo me pasa la mano por el brazo.

—¿Te encuentras bien? —me susurra al oído de forma que solo yo puedo oírlo. Quizá crea que estoy a punto de vomitar otra vez.

Asiento con un movimiento de cabeza aunque la noticia me haya sentado como un jarro de agua fría.

—Sonríe, Lil —me dice—. Pareces horrorizada.

Hago lo que me pide, ofreciendo a mi madre una leve sonrisa. Aunque sigue teniendo los hombros tensos, estira los labios como aceptación. Bien.

Hasta que no salimos del apartamento, no se me ocurre la idea. Hace más de veinticuatro horas que no tengo sexo, y Lo no ha consumido su dosis habitual de alcohol porque estuvo velando por mí toda la noche. Y estamos a punto de vernos encerrados en un barco. Con mi familia.

Esto se va a poner mucho peor.

13

*T*rato de pensar miles de excusas antes de embarcar en el yate. Que Lo y yo tenemos organizada una salida de parejas con Charlie y Stacey. Que he suspendido economía (lo que es cierto) y que tengo que estudiar para el próximo examen (sin duda). Pero no digo nada.

Después de vomitar por la borda del barco, admito que tengo resaca y me pongo a la defensiva, asegurando que bebí mucho vino la noche pasada. Mi madre parece conmocionada por mi comportamiento, pero me anima a probar la infusión de Lo para la resaca. No pregunto de qué está compuesto aquel líquido marrón, no vaya a ser que vomite otra vez.

Él sostiene un vaso de Fizz en la mano derecha. Estaba con él cuando le ofreció al camarero un billete de quinientos dólares por servirle tres quintas partes de whisky cuando pidiera un refresco. Eso también sirve para pagar las botellas de licor que ordenó que enviaran a nuestro camarote. Ha andado espabilado.

Admiro su tenacidad, pero no me siento del todo solidaria. Me siento en la terraza del yate con el estómago revuelto y una fuerte migraña. Me he puesto una toalla en la cabeza para proteger mis tiernos ojos del radiante sol y de vez en cuando levanto la esquina para poder ver lo que ocurre a mi alrededor. Los rayos me calientan la piel, y sé que al echarme la crema con factor de protección solar 15, voy a quemarme. De hecho, espero quemarme, así podré escapar de este maldito barco.

—¿Te encuentras mejor? —me pregunta Poppy, arrastrando una silla al lado de la tumbona de Lo. Me esfuerzo para no admirar sus abdominales y su cuerpo en forma que se broncea al sol. Aunque no creo que vaya a conseguir nada porque se ha echado una loción con factor 90.

Poppy extiende una toalla de Ralph Lauren y se cubre los ojos con unas enormes gafas de sol y la cabeza con un sombrero antes de acomodarse.

—No —replico—. ¿Dónde están los demás?

—Todavía están almorzando en el interior. ¿Seguro que no quieres nada? Puedo traerte un sándwich.

Gimo al pensar en la comida.

—¿Eso significa que no?

Asiento con la cabeza.

—Sí, significa que no.

Rose y Daisy se han ganado el título oficial de Brutus —¿Tú también, hijo mío?— por anunciar mi supuesto embarazo secreto, algo que hace que mi madre me siga lanzando miradas penetrantes. Aunque probablemente espera que me convierta en estatua de sal.

—¿Crees que se darán cuenta si salto por la borda? —pregunto a Lo cuando me siento y me tapo la nariz para tomar un trago enorme del brebaje contra la resaca. Reprimo una arcada. Es asqueroso.

Él no me responde porque se ha dormido, con el combinado de Fizz y whisky todavía entre los dedos. Me pregunto si se ha quedado despierto toda la noche, velándome. Le quito el vaso de la mano para que no se derrame sobre él.

—No se está mal aquí —comenta Poppy, abriendo un libro. Se la ve relajada. Si fuera como ella, podría disfrutar de la luz del sol, de la lectura, del paisaje soñando algo bonito mientras el yate se mueve con suavidad. Pero al mirar el ancho, vasto e infinito océano, me imagino mi cuerpo cabalgando sobre otro. Recreo la increíble sensación de alcanzar el pico más alto. Pienso en el ascensor, fantaseo con que el hombre de traje me penetra allí de pie, diciéndome que disfrute de aquella sensación familiar una y otra vez.

Pero no puedo. Aquí no puedo. Así que ansío algo que nunca llegará.

Oigo que se desliza la puerta y aparece Rose con un Tequila Sunrise. Arrastra a conciencia la tumbona por el suelo, raspando con las patas la dura madera. Cuando la ha situado donde quiere, pone encima una toalla azul y se sienta frente a mí.

—¿Quieres que te traiga uno? —bromea, alzando la copa.

—Muy graciosa —le recrimino. Mi estómago sigue inquieto; todavía no se ha asentado por completo.

Sé de uno que podría pasarse el rato bebiendo ese tipo de cócteles sin que nadie le mirara con suspicacia, pero odia las bebidas dulzonas. Y prefiere que nadie se fije en él. Si se terminara las copas demasiado rápido, todo el mundo acabaría sospechando y se preocuparía de que volviera a aquellos años del instituto, llenos de fiestas y alcohol, antes de que empezáramos a salir juntos. Por supuesto, esa época todavía no ha terminado; quizá las fiestas sí, pero no lo de la bebida. Aunque nadie lo sabe.

—¿Ha sido él quien te ha emborrachado? —pregunta Rose, mirando el cuerpo dormido de mi supuesto novio como si quisiera atravesarlo con agujas de vudú.

—No —miento—. En realidad trató de impedir que bebiera.
—Es casi cierto.

Rose no parece creerlo y le da un empujón a la tumbona de Lo, haciendo que se despierte.

Él se incorpora sobresaltado.

—¿Qué cojones…?

—Rose —la recrimino sacudiendo la cabeza—. Está cansado.

—¿De verdad? No me había dado cuenta.

Él se retira el pelo de la cara con una mano al tiempo que murmura por lo bajo algunas maldiciones que no dejan bien parada a mi hermana. Luego se sienta.

—Mira qué ha traído el viento…

—¿Qué? —ladra Rose.

—¿Qué de qué? —Lo arquea las cejas, confundido.

—¿Qué ha traído el viento? Termina la frase si tienes cojones.

—Al parecer los he perdido en algún sitio. Tú ganas. —Lo mira a su alrededor en busca de su bebida. Se la tiendo y me mira agradecido. Se traga de un sorbo más de la mitad.

No termina su declaración. Estoy casi segura de que ha querido llamarla zorra, o algo en esa línea.

—Creo que te estás quemando, Lily —dice Poppy.

¡Oh, guay! Mi plan para achicharrarme se va a ir a la mierda por el celo maternal de mi hermana.

Me lanza un bote de loción protectora.

—Estoy bien, en serio. Yo me quemo un poco, pero luego me queda un bronceado bonito. Y tengo que coger color. —Me subo las gafas de sol de aviador por el puente de la nariz.

Rose resopla.

—Esa es la tontería más grande que he escuchado en mucho tiempo.

—No es cierto —replico—. Maria dijo no hace mucho que el color real del cielo es naranja y tú lo oíste.

—Los niños no cuentan.

—¡Ohhh! —se ríe Lo—. Rose poniéndose de parte de un niño. ¿Es el fin del mundo?

Mi hermana me fulmina con la mirada.

—Odio que hayas traído a Loren. Incluso Poppy ha tenido el suficiente sentido común para dejar en casa a su marido y a su hija.

Lo se termina la bebida.

—Sigo estando aquí, lo sabes, ¿no?

Rose lo ignora y espera a que le responda yo.

—Nosotros no tenemos hijos a los que Lo tenga que quedarse cuidando. Si Maria no existiera, Sam nos habría acompañado. ¿No es cierto, Poppy?

Ella parece imperturbable.

—No pienso meterme en esa discusión. —A veces, que sea como Suiza en las reuniones familiares resulta molesto para los demás.

Lo va a por otra bebida y luego recoge el bote de protector solar. Creo que se va a extender más loción sobre su piel irlandesa, pero se levanta y me empuja las piernas para sentarse a horcajadas en mi tumbona. No es consciente de que sus movimientos hacen que se me entrecorte la respiración y que se me acelere el corazón.

Solo llevo el biquini y estoy preparada para algo más. El sol me calienta la piel, envolviéndome con su calor embriagador y difuminando mis pensamientos, que se van a la deriva. Curvo los dedos de los pies para tratar de reprimir estos sentimientos, aunque sé que terminarán estallando tarde o temprano. Siento una intensa necesidad. Necesito liberarme, pero no sé cómo pedirlo sin que resulte incómodo. Él debería entenderme, esto no es tan diferente a alimentarlo con whisky y ron. Solo le pido su cuerpo, pero parece que no está bien.

—Puedo ocuparme sola —le digo, jadeando cuando quita la tapa del bote.

—Así no estás consiguiendo caerme mejor, Loren —agrega Rose.

—Lo sé —replica él sin mirarla—. Pero, si te soy franco, Rose, me importa una mierda.

Sí, no es lo mismo enfatizar un nombre que otro, pienso mientras él vierte un poco de loción en su mano.

—En serio, puedo arreglármelas sola —repito, arqueándome para escapar.

Él abre mucho los ojos como diciéndome que recuerde que somos novios... Ding, dong... Cierto.

—A ver, empecemos por los hombros. —Se inclina y me coge el brazo con su enorme mano para empezar a amasarme la carne con los dedos.

Cierro los ojos cuando empieza a frotarme la loción por las costillas, empujando a un lado la parte de arriba del biquini negro para aplicar crema por debajo de la tela. Tiene que sentir cómo se eleva y baja mi pecho, mi respiración entrecortada.

Me hace girar y me indica que me tienda sobre la tumbona. Luego se mueve él también y comienza a extender la loción por los hombros y la parte baja de la espalda. Desata las cintas de la parte superior del biquini y me derrito bajo su contacto. ¡Santo Dios...!

Se vuelve a abrir la puerta corredera.

—¿Quieren que les traiga algo más? —pregunta un camarero. Lleva camisa blanca y pantalones negros; el uniforme de los empleados del yate. Le echo unos veintitantos años, pelo color arena y rasgos angulosos que le hacen parecer bastante angelical. Es muy guapo y resulta muy utilizable para mi necesitado cuerpo.

—Yo tomaré algo —le dice Poppy. «No. ¡No hagas que se quede!»—. ¿Qué hay?

Mientras él desgrana la larga carta, Lo me aprieta los pulgares a lo largo de la columna, en un masaje rítmico. Ah... Qué bien me sienta.

Me pongo una toalla a modo de almohada debajo de la cabeza, y dejo que mi cuerpo se dirija hacia algo... Debería decirle que pare, pero no estoy segura de poder pronunciar una palabra sin jadear.

Aprieto los dientes al notar que me clava los dedos y luego los pasa con suavidad por la piel, jugando con mi necesidad. En este momento lo odio. Aborrezco desear esto con tantísimas ganas.

Mi mirada se encuentra con la del camarero y me dejo llevar. Consigo no arquear la espalda, no moverme, y cierro los ojos antes de ponerlos en blanco. Se me escapa un gemido, aunque creo que mis hermanas no lo han oído. Comienzo a bajar... Pero cuando abro los ojos otra vez, ahora ya avergonzada, el chico está mirándome, recorriendo la longitud de mi cuerpo... Como si supiera...

Entierro la cara en la toalla.

«Tierra trágame», suplico.

—¡Eh, tú! —espeta Lo.

Oigo las pisadas del camarero, que se acerca a nosotros. ¡Dios! ¿Qué piensa hacer?

—¿Qué desea?

—Quiero que dejes de mirar a mi novia —ordena él con una sonrisa malhumorada—. Solo eso. Sería genial. Gracias.

—¡Lo! —chilla Poppy.

Rose se ríe. El mundo se ha puesto patas arriba. Me niego a mirarlo, ocultando la cara en la toalla, sin la parte de arriba, con los pechos apretados contra la tumbona.

—No la estaba mirando —niega el camarero con la voz tensa, sin mostrar sus emociones—. Si quiere algo, se lo traeré. Si no, me voy.

—Vale —le pide Lo—. Tomaré una Fizz.

—¿Se refiere a una Fizz con whisky? —replica el joven, desafiante. ¡Oh, no!

—No, me refiero a una Fizz.

—Pero si lleva todo el día bebiendo whisky, señor Hale —replica el camarero—. ¿Está seguro de que no quiere otro?

—¿Llevas todo el día bebiendo, Loren? —repite Rose con la voz plana.

—No —intervengo antes de que lo haga él. Le observo desde abajo y lanzo una mirada fulminante al camarero. De pronto, reúno cierta confianza para defender a Lo—. Debe de ser un error. Yo he probado su bebida.

El joven me mira a los ojos durante mucho rato, como si tratara de leer mi expresión mientras yo suavizo la mirada, diciéndole que me siga la corriente, que le beneficiará. O algo así. Lo que sea. Es decir, he gemido mientras él recitaba la carta. Lo sabe. Solo tengo que dejarme llevar.

—Cierto —confirma el camarero. Lanza a Lo una mirada cómplice y satisfecha como si supiera que más tarde me tendrá en su cama y podrá demostrarle un par de cosas a ese ricachón. No es lo que quiero, pero me temo que será así. Y que yo le dejaré—. Le traeré su bebida.

—No —replica Lo, atándome la parte de arriba—. Prefiero no beber saliva en mi Fizz, y todos sabemos que es lo que vas a hacer. Así que lárgate.

—Puedes olvidar también mi pedido —interviene Poppy—. Y creo que será mejor si te quedas adentro.

El joven asiente con la cabeza y desaparece ante sus palabras. Me levanto de inmediato.

—Yo voy al cuarto de baño y después a la piscina. —Mis palabras suenan firmes y apresuradas, pero nadie duda de ellas, salvo Lo. Veo que recoge sus pertenencias y me sigue al interior, a nuestro camarote.

Ni le miro. Me dirijo al pequeño cuarto de baño y abro el grifo con el agua fría.

Oigo un tintineo y miro por encima para verlo tragar el whisky directamente de la botella. Se lame los labios antes de limpiarse la boca con el dorso de la mano. Está cabreado.

—¿Has llegado al orgasmo? —me dice finalmente cuando sus ojos se encuentran con los míos.

Me sonrojo de pies a cabeza.

—En realidad no —murmuro.

Asiente como para sí mismo y mira el suelo, aturdido.

—¿Te has excitado por él o por mí?

Frunzo el ceño.

—¿Eso importa? —Ya me siento bastante mal—. No deberías jugar así conmigo, Lo. Como si no estuviera suficientemente tensa sin eso.

—Solo intentaba ayudarte —explica.

—Haciendo que quisiera follar en la cubierta —grito—. Eso no me ayuda. Solo empeora la situación.

Su rostro se contrae con una expresión de ira y dolor. Se sienta en el borde de la cama de matrimonio y se lleva la botella a los labios otra vez.

—Como te tires a ese cabrón, hemos terminado —me suelta.

Vacilo, sin entrar en la ducha.

—¿Cómo? —digo bajito. Por alguna razón, creo que se refiere a nuestra amistad. Y sus ojos rojos lo confirman.

Deja que sus palabras caigan sobre nosotros y me siento aterrada, imaginando mi mundo sin él. Sería muy muy solitario.

—¿Qué quieres decir, Lo? —El corazón aporrea dentro de mi pecho.

—Que si te lo tiras, ponemos punto final —repite—. ¿De verdad piensas que tu familia va a aceptar que me engañes con un miembro del personal? De eso nada. Tendríamos que romper.

Habla de nuestra relación falsa. Solo de eso. Suelto el aire.

—Tendré cuidado.

Entrecierra los ojos con furia.

—¿Te vas a acostar con él?

—No tengo muchas opciones —replico, encogiéndome de hombros.

Él sacude la cabeza.

—Esto es jodidamente increíble. —Se levanta sin soltar la botella y me da la espalda.

—No lo entiendes —empiezo a explicarme, tratando de defender qué es lo que mi cuerpo necesita—. No puedo dejar de pensar en eso, Lo. Me tiemblan las piernas… Las manos. Siento como si me metieran en una licuadora. Necesito que alguien…

—Basta… —Parece dolido—. Basta, por favor.

Lo miro, confusa.

—¿Qué quieres que haga? No puedo estar sin eso. ¡Tú sigues bebiendo! —Es muy injusto—. ¿Por qué no puedo tener sexo?

—¡Porque se supone que estamos juntos! —grita—. Porque se supone que eres mi novia. —Antes de que pueda pedirle explicaciones, se dirige a la puerta, evitando mis preguntas descaradamente—. Estaré en la piscina.

14

*M*e paso la mayor parte del día metida en la ducha, intentando olvidar a Lo, al camarero y ciertas partes de su cuerpo. Masturbarme solo sirve para que me sienta más frustrada. Acabo hundiéndome en las frías baldosas, llorando por el dolor.

Las palabras de Lo me hacen sentir confusa. ¿Quiere acostarse conmigo o teme que mi adicción deje en evidencia nuestra mentira? No le encuentro significado a sus palabras, da igual las veces que las repita mentalmente.

No asisto a la cena, pero Rose irrumpe en mi habitación y llama a la puerta.

—¿Qué haces ahí?

Cierro el grifo y cubro mi piel húmeda y arrugada con una toalla. Cuando salgo del cuarto de baño, ella me examina.

—Nos hemos peleado —murmuro.

—¿Lo y tú? —Endurece el gesto—. ¿Qué te ha hecho?

Sacudo la cabeza.

—Ni siquiera lo sé. —Las lágrimas vuelven a inundar mis ojos.

—Qué idiota es… —dice casi para sí misma antes de acercarse a mi maleta—. En la cena supe que había pasado algo. —¿Parecería destrozado? Se me encoge el corazón al pensar en él bebiendo sin control por mi culpa.

—¿Por qué? —le pregunto.

Saca de la maleta un bañador oscuro y me lo entrega.

—Estaba muy callado —explica, sin añadir ningún comentario sarcástico—. Se excusó pronto y vi que se sentaba en una de las cubiertas a mirar la puesta de sol.

—Oh… —musito mientras cojo el bañador—. ¿Para qué quiero esto?

—Poppy, Daisy y yo nos vamos al *jacuzzi*. Deberías venir con nosotras.

—No me encuentro muy bien…

—Lo sé, pero te ayudará estar con gente que te quiere.

No me refiero a que tenga un corazón roto. Noto que me tiemblan las manos al sostener la prenda y no sé cuánto tiempo más podré resistir sin sexo. Necesito al camarero, pero la expresión de Lo impide que lo intente. No quiero traicionarlo, y si existe aunque solo sea una mínima posibilidad de que exista algo de verdad entre nosotros, no quiero arruinarla. Y menos por algo que no significaría nada.

No tengo fuerzas para discutir con Rose, así que empiezo a ponerme el bañador, tras dejar caer la toalla.

—¿Ha sido una pelea muy seria? —pregunta al tiempo que se sienta en la cama con las piernas cruzadas.

—No es necesario que parezcas tan feliz. —Le lanzo una mirada de advertencia.

—¿Qué pasa? No es que me alegre de que estés mal, pero no voy a fingir que me molesta que rompáis.

—¿Por qué lo odias tanto? —Me ato los tirantes en el cuello.

—No lo odio —replica—. Me irrita, pero no lo odio. Quizá solo sea que no me cae bien. —Pasa los dedos por la colcha con motivos náuticos—. No creo que sea bueno para ti. ¿Es que es malo que piense que puedes aspirar a alguien mejor?

—No —susurro, ya vestida—. Pero lo que tenemos Lo y yo…

—Trato de encontrar las palabras—. Es posible que no seamos buenos el uno para el otro, pero a veces me da la impresión de que es el único que puede amarme. —Y es verdad. ¿Quién amaría a alguien como yo? Una chica que se acuesta con cualquiera. Una puta. Una zorra. Alguien que siempre está dispuesta a follar. Eso es lo que piensan todos de mí.

—Te tienes en muy baja estima —asegura Rose, levantándose—. Si no te quieres a ti misma, Lily, ¿cómo te van a amar los demás? —Me pone un brazo sobre los hombros—. No necesitas a un hombre para sentirte completa. Quiero que lo recuerdes.

Ya me gustaría a mí que eso fuera cierto.

Las estrellas brillan en el cielo mientras me sumerjo con mis hermanas en el burbujeante *jacuzzi* que hay en la proa del yate. En la quietud de la noche parece que somos las únicas personas que existen.

Solo llevamos media hora dentro del agua caliente y ya sé

que es una mala idea. El chorro de agua que me da en la espalda solo sirve para llevar mis fantasías a lugares oscuros y sensuales. Mi mente se ha perdido tantas veces, que me sorprende no haberme dormido y estar disfrutando de un sueño sexual bien ardiente.

Lo único que me mantiene despierta son los juegos de preguntas de mis hermanas. Con «Yo nunca he…» con el cual me he enterado de que Rose y Daisy son vírgenes. Bien por ellas. Por suerte, Rose pronto aleja la conversación de Lo y mi relación con él. Daisy se adueña de la charla con la Semana de la Moda en París y los atractivos modelos que ha conocido, aunque las descripciones que hace de ellos tampoco me ayudan demasiado.

De pronto, oigo pisadas de zapatos en las tablas de madera. Miro por encima del hombro e intento no suspirar ni gemir ni hacer nada delator al ver al atractivo camarero. Cuando deja junto al *jacuzzi* cuatro toallas, mi mirada se encuentra con la suya. Es evidente que se trata de una señal.

No necesito más. Quiero negarme, pero temo qué me puede ocurrir si no follo ya. Y no es que Lo se haya ofrecido. Así que…

… allá voy.

Finjo un bostezo.

—Me voy a la cama, chicas —digo antes de empezar a salir del agua.

Rose me mira fijamente.

—¿Estarás bien?

—Sí. —Acompaño la palabra con un gesto de cabeza—. De todas formas, tengo que hablar con Lo.

—Si necesitas que alguien te respalde, te presto mis uñas —me ofrece con una sonrisa.

Se la devuelvo con facilidad.

—Te llamaré si hace falta, te lo aseguro.

No necesito más. Me cuelo en el interior del yate donde el camarero aguarda detrás de la barra, hablando con otro camarero de más edad. Me mira, y yo me dirijo hacia abajo. Echo un vistazo por encima del hombro para asegurarme de que me sigue.

Sí, lo hace.

Siento mi inminente destino con cada paso que doy hacia los camarotes. ¿Voy a arruinar la relación falsa que mantengo con Lo? Me siento un poco paranoica. ¿Y si nuestra amistad se termina por culpa de esto? ¿Y si me cargo cualquier posibilidad de que tengamos un futuro juntos? Aparto a un lado estos pensamientos. Este día es como cualquier otro. A Lo no le va a importar que me sienta mejor, y le alegrará que lo haga discretamente. Nada va a cambiar. «Nada va a cambiar», repito para mis adentros.

De pronto me quedo paralizada. Lo está sentado delante de la puerta de nuestro camarote, con las manos vacías. Tiene la cabeza gacha, pero al verme, se pone de pie. No puedo moverme, pero siento el calor del cuerpo del camarero a mi espalda.

Lo no lo mira siquiera, solo clava sus ojos en mí.

—Tenemos que hablar.

¿Hablar? Yo no necesito hablar, sino algo más.

—Estoy ocupada.

«¡Dilo! Dile a Lo que lo deseas y termina con esto de una vez».

Pero soy una cobarde.

Veo cómo se dilatan sus fosas nasales.

—Por favor.

Miro al camarero, que parece estar haciendo cábalas sobre la naturaleza de nuestra relación. Es muy poco convencional, eso es lo que es.

No sé decir que no, así que incluso aunque mi cuerpo proteste con todas sus fuerzas, asiento con la cabeza y me meto en el camarote. Lo cierra la puerta en las narices del camarero.

—Lo —tengo la impresión de que tengo que volver a justificarme—, necesito hacerlo. Lo siento. Soy así. —Respiro hondo—. No se me ocurre qué otra cosa hacer. —Sigo hablando temiendo lo que puede decirme, incapaz de reprimir las palabras—. No dejo de pensar en el sexo, y sé que no podré dejar de hacerlo hasta que folle.

—¿Necesitas follar o follar con él? —Señala la puerta—. Si realmente lo deseas a él, Lily, ve. Tíratelo. Folla hasta que no puedas dejar de gritar. Si eso es lo que te hace sentir mejor, vete con él.

—Espera —le digo. La cabeza me da vueltas—. Espera un momento. No es eso. No… —Trago saliva—. No quiero follar con él. Solo necesito follar. —Juego con las manos, más nerviosa que nunca. No estamos fingiendo. Estamos hablando, y es real—. Si no encuentro la manera de saciarme, comenzaré a temblar. Es como si hubiera algo malo en mi cabeza y esta fuera la única forma de hacer que desapareciera. Me entiendes, ¿verdad?

Se frota los labios.

—Sí, te entiendo.

Suspiro, pensando que va a dejarme salir sin sentirme culpable.

—Entonces, ¿estamos de acuerdo?

Parpadea, confundido.

—¿En qué? —De pronto, se da cuenta de lo que estoy insinuando—. ¡Joder! No, Lily. No estoy diciéndote que me parezca bien que folles con él.

Abro mucho los ojos.

—¿Por qué me haces esto? —grito—. Jamás te he quitado un vaso de las manos. Lamento que odies a ese tipo, pero no hay nadie más. ¿Es que quieres que me acueste con el viejo? ¡Tiene la edad de mi padre! —Incluso yo tengo unos límites.

Frunce el ceño y luego se señala el pecho.

—¿Acaso yo no soy una opción? Pero no, no quieres preguntarme. En serio, no te entiendo. ¿Tan repugnante te resulto? ¿Prefieres tirarte a un imbécil antes que acostarte conmigo?

Jadeo, con la respiración entrecortada. ¿Lo quiere acostarse conmigo?

—No pienso usarte como hago con todos esos tipos —murmuro por lo bajo.

—¡Maldita seas, Lily! —Me mira—. Estoy diciéndote que quiero acostarme contigo y aun así no lo aceptas. ¿Tan terrible fue la primera vez?

—¿Qué…? No. —La primera vez fue un error. Algo impulsivo y apresurado. En ese momento solo éramos niños tratando de sentirnos mejor. Si volvemos a hacerlo, no será así—. No deberías acostarte conmigo porque necesite follar. Somos amigos —le recuerdo—. No quiero que seas otro nombre en la lista de cuerpos que me satisfacen. ¿Vale?

Respira con dificultad, dilatando las fosas nasales, y empieza a cerrar la distancia entre nosotros.

—Lo… —le advierto.

—¿No lo has pensado alguna vez?

Le miro los pies mientras se acerca y noto que se me acelera el pulso.

—¿Te has imaginado alguna vez que me tienes dentro?

Casi me caigo, pero él me rodea la cintura con un brazo.

—¿Alguna vez nos has imaginado juntos?

Casi no puedo respirar.

—¿Juntos?

—Solo conmigo, sin que te comparta con otro hombre.

«A todas horas».

—Sí. —Todavía creo que es un sueño.

—¿Si yo fuera capaz de satisfacerte, me dejarías intentarlo?

Clavo los ojos en él.

—Sí.

—Entonces, déjame intentarlo —me pide, ahuecando la mano sobre mi cara—. Déjame demostrarte que soy suficiente para ti.

—Será muy difícil —aseguro con el cuerpo tenso.

Me roza los labios con los suyos.

—Soy suficiente para ti —repite con un susurro. «¡Oh, Dios!»—. Deja… que… te… ayude.

Pone mi mano sobre su bañador, justo encima de su polla.

«¡Sí!».

—No sabía que deseabas esto —murmuro—. Nunca me dijiste nada. —Intento llenarme los pulmones de aire, pero parecen colapsados después de tres años de espera.

Él da un paso adelante y me atrae todavía más. Luego me lleva hacia la cama.

—¿Cómo es posible que no lo supieras?

—Estoy sucia —le explico mientras mis ojos comienzan a llenarse de lágrimas—. No puedes desearme.

Pone un gesto de dolor.

—Eso no es cierto. No lo creo y tú tampoco. —Me recorre el cuello con los labios hasta llegar a la oreja—. Lil, quiero que me lo pidas. Lo necesito.

Aprieta la frente contra mi sien, acercándome todavía más al borde del colchón, con las manos sobre mis caderas. Sigo intentando respirar. Sé lo que quiere.

Desea que esto sea real.

Y yo también.

—Ayúdame —le pido, jadeante.

Me pone la mano en la parte posterior del cuello y me hunde la lengua en la boca con firmeza. Noto el colchón contra las piernas antes de caer de espaldas en la cama. Me levanta, sin retirar los labios que poseen los míos con avidez.

Las botellas caen al suelo, pero Lo no se aleja de mí para recuperarlas. Empieza a tocarme el pecho, bajándome el bañador. Me aferro a su espalda desnuda en busca de apoyo. Trato de darme la vuelta para poder estar encima, pero me lo impide y mantiene mi cuerpo atrapado con su peso.

Me dejo llevar por su dureza, por la forma en que me domina con sus bruscos movimientos. Me levanta una pierna para que le rodee la cadera, pero la otra sigue en la cama.

Por lo general, soy yo la que toma el control y me abalanzo sobre mi presa, pero aquí y ahora cada acción tiene una respuesta al mismo nivel. Le recorro el suave cabello mientras me succiona un pezón. Cuando comienza a trazar círculos alrededor de la inflamada punta, me arqueo hacia él. Oh...

—Lo... —digo. No puedo esperar más. Estás demasiado lejos, a demasiada distancia—. Acércate más.

Me sube los brazos por encima de la cabeza para estirarme y suelto un grito. Encojo los dedos de los pies.

—Te necesito. Por favor... ah... —Estoy a punto.

Se deshace del bóxer y trato de ponerme a horcajadas otra vez, pero vuelve a cogerme de los brazos y me los estira. Me mira a los ojos con intensidad mientras su cuerpo se amolda perfectamente al mío.

—No soy uno de esos cuerpos anónimos —dice con voz gutural—. Sé lo que quieres y no tienes que buscarlo. Te lo puedo dar yo.

Desliza los dedos por debajo del bañador, buscando el punto más sensible. Los desliza en mi interior y los saca con rapidez, con demasiada rapidez. Me estremezco, gimo y trato de hablar, pero no soy capaz de pronunciar ninguna palabra. Me limito a gruñidos, gemidos y gritos de cavernícola.

—Quédate quieta —me ordena mientras se baja de la cama, que se eleva sin su peso. Atraviesa el camarote, completamente desnudo y busca un condón en su maleta. Me recreo en la imagen de su cuerpo. Incluso en su... ¡Guau! Sin duda ha crecido desde la última vez que se lo vi.

Abre el condón sin miramientos y vuelve a subirse a la cama. Los segundos se vuelven insoportables y me retuerzo, impaciente.

Sonríe y me besa de nuevo con intensa pasión. Ohh... Me estremezco. Y, de repente, me llena. Sus caderas impactan contra las mías al tiempo que me aprieta hacia abajo con cada embestida, llegando hasta el fondo. Cierro los ojos y giro la cabeza, una reacción natural mientras me siento flotar en aquella sobrecogedora sensación.

Me sujeta la barbilla sin dejar de moverse contra mí y me obliga a volver la cara hacia la suya.

—Mírame.

Abro los ojos de golpe y sus palabras me lanzan al vacío. Grito.

—Lo… —Me sujeto a su espalda en busca de apoyo—. Más.

Sigue penetrándome y sus ojos ambarinos no se apartan de los míos mientras se clava en mí. Dentro y fuera. Hasta lo más profundo. Me pierdo en sus iris color whisky. En el modo en que lee en mi interior. Nadie me había mirado así jamás.

Todo estalla.

Vuelo en brazos de la sensación más maravillosa del mundo.

No quiero volver a bajar nunca más.

15

*C*asi todas las noches, me sumerjo en un sueño profundo después del sexo para evitar cualquier tipo de comunicación con el tipo que haya a mi lado.

Pero ahora, cuando el efecto del orgasmo desaparece, no puedo cerrar los ojos. La cabeza me da vueltas mientras trato de descifrar lo que acaba de pasar. Él se baja de la cama sin decir nada y se pone unos bóxers negros. Coge una botella de whisky y un vaso de la mesa. Yo me cubro los pechos con las sábanas antes de que se vuelva a subir a la cama, haciendo que se mueva el colchón debajo de mí.

Miro cómo se sienta a los pies de la cama. Parece que quiere hablar. Supongo que yo también lo necesito. Supongo que porque eso fue lo que hicimos mal la primera vez.

—Gracias —le digo, iniciando la conversación.

Él me lanza una mirada oscura.

—No lo he hecho todo por ti, ¿sabes?

—Lo sé.

—¿Qué piensas? —pregunta después de humedecerse los labios.

—Me siento confundida —digo con sinceridad—. Creo que hace tiempo que me siento así. No sabía si estabas fingiendo o si realmente querías tocarme de la manera en que lo has hecho.

—Es un alivio poder decirlo en voz alta.

Me mira fijamente.

—He querido volver a acostarme contigo desde la primera vez —confiesa—. Pero tienes todas esas reglas, y no quería ser el típico tío cachondo que trataba de aprovecharse de tu adicción. Estaba esperando a que me pidieras que volviéramos a hacerlo.

Frunzo el ceño. ¿Por qué no lo he hecho?

—Pensaba que era mentira. Que estabas fingiendo.

¿Cómo iba a imaginarme que él quería más?

Aprieta los dientes y mueve la cabeza.

—Jamás he fingido, Lil. Estamos juntos, incluso aunque pensaras que era una mentira. Solo que no follábamos. —Mira el vaso—. Cuando tengo un día malo, te toco más de lo que debo, lo admito. Cuando Daisy se quedó a pasar la noche, tenía la esperanza de que por fin abrieras los ojos y te dieras cuenta de que estaba allí. No tenías que sufrir ni tampoco que buscar a otro tipo. Estaba delante de ti.

—Pensaba que estabas tomándome el pelo.

Asiente moviendo la cabeza.

—Lo sé. Nada salió según mis planes. —Se llena el vaso con la mirada clavada en sus manos—. Entiendo tu adicción, solo me jodía que estuvieras con otros chicos cuando era yo quien te había excitado. Me maldecía por haberte provocado, pero siempre esperaba que terminaras conmigo. Sin embargo, nunca lo hacías y, al final, un cabrón afortunado era el que obtenía lo que yo quería. Disfrutaba contigo de todas las partes de una relación, de las buenas y las malas, salvo del sexo. —Respira hondo—. Y también lo quería, pero en tus términos.

—Has estado esperando durante seis años —resumo, con la mirada perdida. Seis años de falta de comunicación. Uno de los dos debería haberse abierto al otro. En lugar de eso dejamos que la tensión creciera entre nosotros como una mentira.

—Lo peor era escucharte. —Mueve la cabeza—. ¿Sabes? Me quedaba despierto escuchándote mientras me preguntaba si tus gritos acabarían siendo de terror, si alguno de tus amantes acabaría aprovechándose o lastimándote. Pero no podía… —Hace una pausa.

Sé lo que quiere decir.

—No podías decirme que parara. —Porque sería una hipocresía. Lo no va a dejar de beber, ni por mí ni por nadie.

—Sí. —Me examina desde donde se encuentra, intentando leer en mí después del sexo—. ¿Qué te ha parecido?

«¡Increíble!».

—¿Quieres que te ponga una nota o algo así? —Trato de bromear.

Veo cómo su rostro se afina, cómo se endurece. Es hielo puro, es Loren Hale.

—Acepto cualquier crítica. —Termina el contenido del vaso.

No puedo calificarlo. No es algo cuantificable ni en broma. Jamás había confiado en nadie lo suficiente como para dejar que tomara el control mientras yo me perdía en la pasión.

—Acabamos de follar —dice—. Acabas de follar de forma desenfrenada conmigo. Podría ser así todos los días. En tus términos. Y si me engañas, no pasa nada.

—No —le corrijo al instante—. No es así. Si estamos juntos de verdad, no puedo engañarte. No estaría bien. —Sé que tengo que intentarlo. No me importa cómo, tengo que hacerlo y encontrar todo lo que necesito con él. Creo que es posible, aunque a veces será difícil—. Te necesitaré, ¿sabes lo que significa?

—Claro que lo sé —asiente.

—Entonces, los días que quieras beber hasta caer inconsciente antes de las ocho, ¿qué voy a hacer yo?

—Tú vas a asumir un compromiso, así que es justo que haga lo mismo. Tendremos que ajustar nuestros horarios. —Me pone la mano en el tobillo, haciendo que me baje un escalofrío por la espalda—. Mi deseo es quererte más de lo que quiero esto —agita la botella—, y no sé cómo lo haré a no ser que valga la pena arriesgarse.

Las apuestas son ahora más altas. Si no lo conseguimos, todo será un fracaso. Si yo fallo, significa que le habré engañado; si falla él, que podría llegar a engañarlo. De cualquier forma, acabaríamos solos y vacíos. Jamás habíamos considerado la posibilidad de estar juntos, en parte porque no estábamos dispuestos a llevar a cabo pequeños sacrificios, como beber menos o dejar de buscar polvos de una noche. Voy a tener que encontrar la emoción en otra parte.

Después de tres años ahogándonos en mentiras, estamos dispuestos a arriesgarnos a perderlo todo por la oportunidad de tener algo real.

—Entonces, aquí estamos. —Clavo los ojos en él con intensidad, embelesada por la firmeza de su pecho, la concentración de su expresión y el deseo que brilla en sus ojos—. Mañana nos despertaremos y seremos una pareja de verdad. Sin excusas. Me acostaré solo contigo y tú deberás beber menos y ayudarme. ¿Estás seguro de que quieres que sea así? No hay vuelta atrás. Si nos separamos… —«Todo será diferente».

—Lily… —Deja el vaso a un lado y se acerca. Encierra mi cara entre sus manos. Su proximidad hace que se me acelere el corazón como si no me hubiera tocado antes. Eso es una buena señal—. Somos nefastos en muchas cosas como recordar fechas importantes, la universidad o hacer amigos, pero hay algo que siempre se nos ha dado bien: estar juntos. Nos debemos a nosotros mismos tratar de intentarlo.

—Está bien —convengo con un suspiro.

Una sonrisa se extiende por su cara antes de que me bese con firmeza, sellando este nuevo acuerdo y rompiendo el otro. Me tumba en la cama y me siento feliz de poder rodearlo con los brazos, de poder estrecharlo con fuerza y no dejarlo ir jamás…

16

Durante el resto del viaje ya no me hago ninguna pregunta cuando Lo me tiende la mano para coger la mía ni cuando me rodea la cintura con un brazo. Todo es real por completo, afecto que puedo disfrutar sin una confusión constante.

Ya de vuelta a Filadelfia, el sol se ve sustituido por las nubes y lo más tropical que podemos encontrar a nuestro alrededor son paraguas con estampados de frutas. La realidad regresa con el otoño. Se acercan tanto los exámenes como la gala benéfica de Navidad. Ahora que estoy de regreso en la tierra donde buscaba cuerpos masculinos, trato de pensar solo en Lo. No en el chico que vende perritos calientes en un carrito en la calle ni en los abogados que entran y salen a todas horas en el edificio del apartamento.

No quiero engañar a Lo, pero en ocasiones, los «no» pueden llegar a convertirse en «quizá» y estos en «vale». No se me da muy bien controlar ese tipo de impulsos una vez que empiezan. La parte buena es que tener que estudiar economía me hace dejar de pensar en Lo e incluso en el sexo

Dejo caer la cabeza contra el enorme libro.

—Moríos, números, moríos.

Oigo el tintineo de las botellas en la cocina, un sonido familiar que ahora me vuelve loca. Le echo la culpa a la universidad.

—¿Lo? —digo desde el salón—. ¿Has hecho ya los ejercicios? ¿Puedes echarme una mano? —Si estoy pidiéndole ayuda, debo de estar desesperada.

Se ríe, pero no me responde. Jodidamente fantástico. Voy a suspender. Como si necesitara otra razón para que mis padres estén pendientes de mí. En realidad la vida es mentira. Te aseguran que cuando cumples dieciocho años te conviertes en una criatura independiente y autosuficiente, que rompes tus lazos familiares cuando entras en la universidad… Sin embargo, la dura realidad es que dependes de ellos hasta que tienes un trabajo de verdad. Incluso yo —que soy hija de un millonario— dependo del apoyo de mi familia. Este sistema está realmente mal y no es necesario que sea demasiado buena en economía para saberlo.

Me muerdo las uñas y cierro el libro. Observo las manos de Lo sobre la encimera, tiene las mangas de la camisa remangadas hasta los codos y mira la pantalla del portátil con los ojos entrecerrados. Presiona algunas teclas mientras mira embobado alguna página.

Me lo empiezo a imaginar caminando hacia mí, mirándome como hizo en el yate. Me conoce lo suficientemente bien como para ser él quien tome la iniciativa. Y lo hace, de buen grado, me separa las piernas y…

Se endereza y cierra el ordenador. Ese movimiento me arranca de mi fantasía. Está claro que no voy a poder concentrarme en economía si lo único en lo que puedo pensar es en el sexo.

Me dirijo silenciosamente a la cocina donde él se pone a preparar una bebida. Mide la cantidad, no la calidad. El bourbon y el whisky, sus licores favoritos, están sobre la encimera.

Veo el frutero y me aproximo lentamente, sin convicción, para examinar las manzanas. Llevamos dos semanas en Filadelfia, pero todavía no he encontrado la forma de acercarme a Lo sin sentirme rara. No soy de esas chicas que van y dicen: «Hola, Lo, ¿podemos ir a la cama?». Incluso la idea de decirlo hace que me salgan las consabidas manchas rojas en la piel. Sin duda, hacerlo con un extraño es diferente; no tengo que volver a verlo y rara vez hablo. Me limito a lanzar una profunda mirada sensual y me siguen a donde yo quiera. Sin embargo, esa técnica es como una trampa de Venus y con Lo me hace sentir barata y vulgar. Por eso estoy comportándome con tanta torpeza.

No quiero pedirle que follemos como si estuviera pidiendo una copa en un pub. ¿Por qué no puede resultarme más fácil?

—Sabes que tenemos un examen esta semana, ¿verdad? —pregunto para intentar evitar una conversación incómoda—. ¿Vas a preparártelo?

—Improvisaré… —Se toma un trago de la bebida con aire relajado y luego apoya los codos en la barra. Ladea la cabeza para mirarme con intensidad.

Quizá no ha sido una buena idea hacer precisamente esa pregunta. Ahora estoy nerviosa por dos temas en vez de por uno.

En otro tiempo, me pondría una camiseta brillante e iría a un pub, incluso aunque fuera temprano. Ahora que soy monógama, solo tengo una opción, y él ya está satisfaciendo su adicción con una botella de whisky.

¿Debería alejarlo de ello? ¿Sentir esta necesidad está haciendo que sea egoísta?

—Lily… —Su voz interrumpe mis pensamientos. Me detengo. ¡Joder! ¿Cuándo me he puesto a andar?—. ¿Estás bien?

—Sí. —Vuelvo a acercarme a la fruta.

—Pareces fascinada por esas manzanas.

—Sí.

—Está bien. Ya es suficiente. —Baja el vaso y se acerca a mí—. Desde que regresamos de las Bahamas te muestras nerviosa cada vez que es evidente que necesitas sexo. ¿Eres consciente de que acostumbrabas a decirme cuándo y dónde follarías cada noche?

—Eso era antes de salir contigo —argumento.

—Ahora debería ser más fácil —replica, perplejo.

—Pues no lo es. No me gusta andar pidiéndolo. Los tipos con los que me acostaba solo querían follar. —Me estremezco, no ha sonado bien—. Es decir… —continúo con rapidez moviendo los brazos— ellos también estaban buscando un polvo de forma activa. No se encontraban sentados cómodamente en el sofá o mirando la pantalla del portátil. No quiero que esto se convierta en una obligación para ti ni que mis problemas inunden tu vida personal.

—Te aseguro que follar no es una obligación, y menos si es contigo. En cuanto a tus problemas… En esto consiste tener una relación, Lil. Tus problemas ahora son los míos también. De hecho, ese ha sido siempre el problema, solo que ahora disfruto del premio en lugar de ver cómo lo hace un idiota.

—Pero no me necesitas para beber. No tienes que pedirme que te prepare un Whisky Sour. Tu adicción no se entromete en mi vida como la mía en la tuya.

—Sí que lo hace, pero de otra manera. ¿De verdad piensas que me he metido en esto a ciegas? —Enrosca un mechón de mi cabello en un dedo—. Sé de sobra la cantidad de sexo que tienes, que cuando no follas miras porno. No soy idiota, Lil. Soy tu mejor amigo desde hace años y no me he olvidado de todo porque ahora sea tu novio.

Un punto a su favor.

—Vale, pero sigo sintiéndome rara si te lo pido.

Desliza los dedos en la cinturilla de mis vaqueros y clava los ojos en el trozo de piel que asoma por debajo de la camiseta.

—Entonces no es necesario que lo hagas —asegura poniendo la mano en la parte baja de mi espalda—. Si quieres puedo decidir yo cuándo lo hacemos. Pero no quería quitarte el poder de elección.

Me sube la mano por la columna y me desabrocha el sujetador con habilidad. Me tambaleo, sorprendida. Noto que me caliento de arriba abajo. Me rodea con un brazo y me atrapa contra su cuerpo de forma que no puedo escapar. Nos tocamos de pies a cabeza cuando aprieta su duro torso contra mí. Apenas soy capaz de respirar.

—¿Confías en mí? —susurra, apretando los labios contra mi sien.

Trago saliva mientras trato de concentrarme. «¿Confío en él?».

—Sí. Pero… no puedo esperar demasiado. —Las palabras salen más frenéticas de lo que esperaba—. Tiene que ser más de dos veces y con cierto tiempo entre ambas. Cuando me estreso, necesito más y…

Sus labios se encuentran con los míos y me pongo de puntillas. Relajo los hombros, fundiéndome con él al instante. Cuando me estrecha con menos fuerza, subo las manos y le rodeo el cuello con los brazos. Es como si bailáramos, pero no movemos los pies; sin embargo, me siento más ligera que el aire, suspendida por encima de las nubes. Bailando el vals de *La bella y la bestia*.

Interrumpe el beso poco a poco, pero apoya la frente en la mía. Me tambaleo por el efecto que provoca tener sus labios sobre los míos. Una grata sorpresa.

—No vas a echar nada de menos —me asegura Lo—, y vas a ganar espontaneidad. ¿Qué tal estás ahora?

Abro la boca, pero no puedo emitir ninguna palabra.

Su sonrisa se extiende de oreja a oreja.

—Muy bien, ¿eh?

—Mmm… —murmuro.

—Podrías ponerte a lavar los platos en la cocina —susurra, haciéndome cosquillas con los labios en la oreja—, y yo me acercaría por detrás…

Me desliza una mano por la espalda y la mete dentro de los vaqueros, entre mis muslos…

Estoy perdida.

Me quito la camiseta, me deshago del sujetador, ya desabrochado, y él me alza por la cintura para sentarme en la barra. Veo algo en sus ojos, un deseo que no había percibido antes. Parece lleno de determinación, como si quisiera convencerme de que él es suficiente para mí.

Espero, ruego y deseo que así sea. Pero solo el tiempo lo dirá.

17

*E*l olor a pan de ajo y salsa de tomate me estimula el apetito. Me muevo en el asiento y tiro del borde del vestido negro de cóctel que se me sube por los muslos. Desde que estoy en la universidad, el lugar más bonito en el que he cenado es un pub. donde sirven queso y pistachos de los caros. Solo leo menús de más de cien dólares durante las cenas familiares, cuando mi madre me obliga a usar zapatos de tacón alto y me pellizca el brazo para que sonría.

Las miradas de incredulidad que nos lanzan no ayudan en absoluto a que nos sintamos a gusto. Tipos de mediana edad y ancianos estirados nos lanzan miradas críticas como si estuvieran esperando a que cenáramos y nos fuéramos sin pagar en cualquier despiste. Estoy segura de que Lo también siente esta especulación cruel sobre nuestra edad porque tiene el ceño fruncido todo el tiempo.

Hizo la reserva hace una semana, y cuando me lo dijo afirmó que debíamos tener nuestra primera cita de verdad. Saboreo el vino despacio; cuando vi que pedía el Merlot de la casa, tuve que reprimir mi sorpresa. Hace meses que no toma vino, al que denomina alcohol de segunda. A pesar de que ha sido Nola quien nos ha traído a La Rosetta, no esperaba que pidiera alcohol para mí. Del tipo que fuera.

Desde que somos una pareja de verdad, he querido dejar de analizar sus gestos, pero sigo pensando demasiado, sobre todo en las diferencias que ha sufrido nuestra relación. A veces, me gustaría tener una tecla para detener mi cerebro. Para disfrutar de un poco de paz.

El camarero regresa con la cesta del pan especial. Esas fueron las palabras cuando nos lo ofreció con una expresión estirada. Quizá esperaba que abriéramos los ojos como platos al darnos cuenta de que estábamos en un restaurante caro, con pan especial y raviolis de primera. Un lugar al que no debían acudir jovencitos recién caídos del árbol.

—¿Saben ya lo que quieren? —pregunta el camarero, metiendo las mejillas hacia dentro de tal manera que me recuerda a mi madre.

No sé si pedir *Capellini alla checca* o *Filletto di branzino*. ¿Pasta o pescado?

—Denos un par de minutos más —solicita Lo cuando nota mi indecisión.

El camarero cambia el peso de pie. Oh, oh... Conozco esa mirada. Está a punto de decir una maldad.

—No están en un restaurante mexicano en el que se come el pan y se van sin pagar. El pan también cuesta dinero. —«¡Oh! El pan también cuesta dinero. ¿Quién iba a pensarlo?»—. Van a tener que pedir algo.

Cuando veo que Lo cierra el menú y desliza las manos sobre la mesa hasta curvar los dedos con fuerza en el borde, contengo la respiración. Parece como si fuera a volcarla. Me doy cuenta de que es algo que su padre sí haría y la idea me hace estremecer. No quiero compararlos.

—Le he dicho que nos dé unos minutos más —interviene Lo—. ¿He insinuado en algún momento que no iba a pagar?

—Lo... —le advierto al ver que tiene los nudillos blancos.

«Por favor, no tires la mesa».

El camarero nota la crispación en las manos de Lo y avisa al *maître*, que se acerca a nosotros. Todos los demás clientes, que cenan en sus reservados forrados de lino y mesas con velas encendidas, clavan sus ojos en nosotros, observando el espectáculo.

—¿Ocurre algo? —pregunta el *maître*, que es un poco mayor que el camarero aunque viste un uniforme negro muy parecido.

—No —responde Lo antes de que pueda hacerlo yo, retirando las manos de la mesa y sacando la billetera—. Nos gustaría probar el champán más caro que tengan. Después nos marcharemos. —Entrega al hombre su American Express.

El camarero mira boquiabierto.

—Es un Pernod-Ricard Perrier Jouet. La botella cuesta cuatro mil dólares.

—¿Solo? —dice Lo con la cabeza ladeada, fingiendo sorpresa.

—Consiga una botella de Pernod para el señor Hale —ordena el *maître* poniendo la mano en el hombro del camarero.

¡Oh!, incluso se ha quedado con el nombre que pone en la

tarjeta. Un punto para él. El camarero se aleja de nuestra vista mientras mi novio lo mira como si quisiera retorcerle el pescuezo con sus propias manos. El hombre arrastra los pies con el rabo entre las piernas.

—¿De verdad vamos a irnos sin cenar? —pregunto, sin asimilar todo lo que ha ocurrido.

—¿Es que quieres cenar aquí? —grita. Se desabrocha el cuello de la camisa negra.

—No, no demasiado. —Mis mejillas comienzan a ponerse rojas cuando noto que la gente sigue mirándonos.

Él se remanga la camisa.

—No tenía ni idea de que tuviéramos que ganarnos el respeto de un maldito camarero en un jodido restaurante.

—Por favor, ¿puedes dejar de jugar con la camisa?

—¿Por qué? —me pregunta, un poco más calmado. Él me estudia con atención—. ¿Te excita?

Le lanzo una mirada fulminante.

—No. Es que parece que estás a punto de ir a la cocina para pegarle una paliza al camarero. —Es gracioso, porque Lo siempre evita las peleas y prefiere atacar con palabras que con golpes.

Pone los ojos en blanco, pero deja de tocarse las mangas.

No pasa ni un minuto hasta que el *maître* regresa con una botella dorada y la American Express. En ese momento, Lo se levanta, me hace un gesto para que lo imite, coge la botella y se dirige hacia la salida lanzando miradas irritadas a los demás clientes. El *maître* no deja de disculparse y de darnos las gracias.

Me pongo el abrigo largo de lana.

—Nola no volverá a buscarnos hasta dentro de una hora —comento.

—Pues vamos a dar una vuelta. Hay un puesto de tacos a diez manzanas, ¿crees que puedes llegar hasta allí?

Asiento moviendo la cabeza. Mis afilados tacones se clavan en todas las grietas que encuentro en la acera, pero no me quejo.

—¿Estás bien? —le pregunto. Él cambia la botella de lado y entrelaza mis dedos con los suyos, sujetándome con firmeza al tiempo que me calienta la palma fría de la mano.

—Es que odio esas situaciones —explica mientras se seca el sudor de la frente—. No me gusta que nos traten como niños a pesar de que tenemos ya veinte años. No quiero tener que comprar respeto a golpe de billetera. —Nos detenemos en un paso de peatones, donde una enorme mano roja intermitente nos indica que no crucemos—. Me siento como si fuera mi padre.

Esa declaración me coge por sorpresa. Noto que sus pómulos destacan en su cara y se me encoge el estómago. Se parece a Jonathan Hale mucho más de lo que estoy dispuesta a confesar.

—No cres como él —susurro—. Tu padre habría volcado la mesa para que el personal tuviera que limpiarlo todo.

Él se ríe al imaginar la escena.

—¿Tú crees? —El semáforo se pone en verde y cruzamos por delante de los coches alineados, que nos iluminan con sus brillantes faros.

No volvemos a mencionar a su padre, que parece quedar al otro lado de la calle.

Veo el puesto de tacos a cierta distancia, reluciente con una guirnalda de luces multicolores. Está situado en un pequeño parque, junto a una calle bastante concurrida. En la plaza hay una fuente donde se han sentado un par de universitarios para comer los burritos. Supongo que encajamos mejor aquí dada nuestra edad, pero vayamos donde vayamos, siempre me siento una paria. Algunas cosas no cambian nunca.

—¿Tienes frío? —me pregunta.

—¿Mmm? No, estoy bien. El abrigo está forrado de piel.

—Me gusta.

—Pues mira la etiqueta, anda —le invito, tratando de reprimir una sonrisa.

Mete la mano en el cuello de la prenda y frunce el ceño.

—¿Calloway Couture? —vuelve a mi lado—. Así que lo ha diseñado Rose —adivina—. Retiro lo dicho. Es un abrigo feo.

—Le diré que te diseñe un chaleco de lana —me burlo.

—¡No, por Dios! —protesta, estremeciéndose.

—Mejor todavía, una camisa con iniciales. Puede poner tu nombre justo encima del corazón L-O-R-E-N-…

Me pellizca la cadera, haciéndome chillar y reír a la vez. Me lleva hasta el puesto de tacos sin alejar los labios de mi oreja, donde me susurra las cosas no aptas para menores que le gustaría hacerme por ser tan mala.

—¿No podemos pasar de los tacos? —le pregunto. Me he excitado de golpe.

Su rostro se ilumina con una sonrisa. Se vuelve hacia el vendedor, ignorando mis deseos. Por el momento…

—Quiero tres tacos de pollo. El de ella con carne y extra de lechuga. —Conoce mis gustos de memoria. No me sorprende, ya que comemos aquí de forma regular, pero ahora que estamos saliendo de verdad, me parece más sexi.

—¿No quieres echarle al tuyo salsa picante?

—No, hoy no.

Frunzo el ceño.

—Si siempre le pones salsa picante…

—Pero tú la odias.

«¡Ohhhh!». Algo encaja en mi mente. Tiene pensado besarme, y eso me gusta. Recogemos el pedido, pagamos y nos sentamos en el borde de la fuente que hay en la plaza, al otro lado de la calle.

Fuerza con suavidad el corcho de la botella de champán, que sale disparado con un suspiro. Vierte el líquido en los vasos de plástico.

Casi a la vez, doy un mordisco a mi taco, haciendo que la salsa se escurra por el otro extremo, y me mancho la barbilla. Cojo las servilletas con rapidez, pero me temo que Lo ya lo ha visto.

—Recuerdas aquel cotillón —dice reprimiendo la risa—. ¿Es cosa mía o lo soñé?

Resoplo, así no me ayuda.

—¿Cómo voy a olvidarlo? Tuve que bailar toda la noche con Jeremy Adams, y era una cabeza más bajo que yo, porque a alguien se le antojó ir al baile con Juliana Bancroft.

Da un buen mordisco a su taco para no sonreír.

—Todavía no entiendo por qué fuiste con ella, era una chica horrible. —Bebo un sorbo de champán y las burbujas me hacen cosquillas en la nariz. Me siento más relajada. Sin duda la bebida ayuda, y él lo sabe bien, pero sería igual de descarado sin el alcohol.

—No estaba tan mal —asegura, recogiendo el pollo que cayó en su plato.

—¡Me llenó la taquilla de condones!

—No puedes asegurar que fuera ella.

—Me acosté con su novio. Si hubiera sabido que estaba saliendo con un chico que asistía a un instituto público a cuarenta kilómetros, no se me hubiera ocurrido tirármelo.

Evitaba salir con chicos de la Academia Dalton porque no quería tener reputación de puta. Así que elegía mis parejas sexuales con mucho cuidado. Sin embargo, no fui lo suficiente cuidadosa o me habría dado cuenta de que ese chico mentía al decirme que no tenía novia. Sin embargo, la suerte me sonrió. Juliana no le dijo a nadie lo que había pasado porque, para empezar, no quería que la gente supiera que estaba saliendo con un chico inferior a ella. Un detalle horrible que añadir a la lista de horrores.

—Podría haber sido cualquier otra chica —explica Lo, cogiendo la copa de champán. Creo que quiere sacarme de quicio.

Me quedo mirándolo boquiabierta.

—Los preservativos tenían pegatinas de colores. ¿Teníamos alguna otra compañera que estuviera tan loca como ella por los dibujitos de Lisa Frank? Incluso pegó un unicornio arcoíris en su carpeta cuando ya estábamos en noveno grado. Así que no solo fue cruel, fue lo suficientemente soberbia para firmar su delito. —Hago una pausa—. ¿Sabes lo más triste de esta historia? Que usé todos esos condones.

Se atraganta con el champán y comienza a toser. Le doy una palmada en la espalda.

—Bebe más despacio. Quizá deberías probar algo más suave. Soy experta en bebidas, quizá deberías escucharme —digo, y sonrío con rapidez.

—¿Lo has dicho en serio? —pregunta, con la cara roja por la ausencia de aire. Da otro sorbo para aclararse la garganta.

—¿Por qué fuiste con Juliana? —insisto—. No me lo has dicho nunca.

—No me acuerdo —dice, encogiéndose de hombros.

—Loren Hale, no te creo.

—Cuando usas mi nombre completo, Lily Calloway, me dan ganas de no hacerte caso —replica con una sonrisa de suficiencia.

—Me acompañaste a un montón de bailes con anterioridad a ese —le recuerdo—. ¿Qué fue lo que ocurrió en esa ocasión? —Sé que no debo presionarle, pero mi curiosidad es más grande que mi prudencia.

Deja el plato vacío a un lado y sujeta la botella de champán entre las piernas. Espero mientras reúne las palabras adecuadas para responderme y le veo pasar el dedo por las letras doradas.

—La noche anterior a que Juliana me pidiera que fuera con ella, llegué a casa destrozado. Pagué a un tipo para que me comprara una botella de Jim Beam. Me pasé la tarde bebiendo en la parte de atrás de la escuela de primaria. —Entrecierra los ojos—. Seguramente parecía un delincuente. Estaba aburrido, pero supongo que eso no es una buena excusa. Cuando mi padre me vio entrar tambaleándome, empezó a echarme la bronca. —Clava los ojos en las casas de enfrente—. Aun hoy recuerdo bien lo que me dijo: «Ya sabes cuánto te he dado, Loren, ¿es así cómo piensas pagármelo?».

Me da miedo tocarle, parece haber caído en una especie de trance, y temo que se aleje si le rodeo con un brazo. Está tan triste y sombrío que podría hacerlo sin darse cuenta.

—Despotricó durante más de una hora —continúa con el ceño fruncido—, y luego empezó a hablarme de ti.

—¿De mí? —Me sobresalto al darme cuenta de que mi nombre forma parte de su recuerdo.

Asiente.

—Sí, dijo que eras demasiado buena para mí, que nunca sería capaz de madurar y estar a la altura de una chica como tú. Yo era joven, rebelde… Así que cuando él decía «blanco», yo decía «negro». Y cuando dijo «Lily», yo grité «Juliana».

—Oh… —murmuro. Nunca hubiera imaginado que esa fuera la verdad.

—En mi defensa diré —se aclara la voz—, que lo pasé fatal oyéndola hablar de sus caballos. Y, si no recuerdo mal, utilizaste a tu favor la baja estatura de Jeremy.

Me sonrojo al recordarlo. De hecho, hundo la cara en las manos para ocultar mi vergüenza.

—Se supone que no tienes que encontrar divertidos mis rollos pasados —susurro, sin levantar todavía la cabeza.

Curva los labios.

—Te adoro. Me gusta todo lo que se refiere a ti. —Me levanta la barbilla con un dedo y me besa con suavidad, haciendo que me pregunte quién es el hombre que tengo al lado. Su ternura me atrae y noto que se me entrecorta la respiración.

Soy yo quien me aparto. No sé si puedo seguir besándolo con tanta intensidad sin la promesa de tener ya sexo salvaje. Arquea las cejas y se lleva el vaso a los labios sonrientes. Sí, sabe muy bien cómo me siento ahora. Soy transparente para él.

—Poppy sigue preguntándome por tu cumpleaños. —Cambio de tema para no tirarlo a la fuente—. Quiere conocer a todos nuestros amigos, en especial a Charlie y a Stacey.

Mantiene la calma.

—¿Qué le has dicho?

—Que odiaría tener que asistir a tu fiesta. Los universitarios acaban siempre borrachos, así que tendrá que conocerlos en otro momento. Claudicó con rapidez. Además, no tiene ninguna razón para pensar que nuestros amigos son inventados.

—Me gustaría que hubieras escogido un nombre más común que Stacey. De hecho, no conozco a nadie con ese nombre de quien quiera ser amigo.

—Eso es ser racista de nombre, y es inmaduro.

—No se puede ser racista de nombre, pero no dudo que yo sea inmaduro. Tengo muchos defectos.

—Ya que hablamos de tu cumpleaños… —continúo—, y dado que al mediodía no habrás bebido hasta el punto de alcanzar la inconsciencia, ¿podríamos salir para celebrarlo?

Arranca la pegatina de la etiqueta.

—No.

—Venga, vamos. Podríamos disfrazarnos e ir a una fiesta.

—¿Y por qué no nos quedamos en casa, bebiendo y follando?

—Lo, eso lo hacemos todos los días —replico con cierta irritación. Desde que estamos juntos, hemos cambiado algunas costumbres, pero a diferencia de él, yo no estoy acostumbrada a estar encerrada en el apartamento—. Alguna ventaja debe de tener haber nacido en Halloween.

Toma un trago de champán y se limpia la boca con el dorso de la mano.

—Creo que ya tenemos los disfraces —dice después de pensarlo un momento.

—Espera… ¿A qué disfraces te refieres? —Se me encoge el estómago y una vez que la vergüenza me inunda, comienzo a ponerme roja. «Oh, lo odio»—. No, ni se te ocurra. No nos vamos a vestir con la ropa que llevamos a la Comic-Con.

¡No pienso ponerme aquel revelador disfraz de X-23! Y el suyo no se queda atrás, el traje de Hellion es igual de ceñido y revelador. La imagen está enmarcada en su habitación.

—Bueno, pues si quieres ir, es con esa condición.

Sé que está midiendo cuántas ganas tengo de salir. Respiro hondo; utilizaré una capa o algo parecido para cubrirme.

—Vale, trato hecho.

—Cómo nos gusta eso, ¿verdad?

Supongo que sí.

18

—*T*ienes que contabilizar esos números, no estos. —Mi tutor me mira con preocupación—. ¿Me comprendes?

Abro mucho los ojos.

—Voy a suspender otra vez.

Él da golpecitos con la goma del lápiz en el grueso manual de economía mientras mira las cifras. Sus labios dibujan una línea como si estuviera pensando cuál es la mejor manera de ser el tutor de la chica más tonta de la Universidad de Pensilvania. No me queda ya ninguna esperanza. Después de torturarme durante tres días, no me quedó más remedio que tragarme el orgullo y enviarle un correo electrónico a Connor para pedirle que fuera mi tutor.

Así que ahora tengo compañía en el infierno.

—Inténtalo con esto, Lily. —Empuja el libro hacia mí y señala un enorme párrafo. Son demasiadas palabras para explicar algo que se refiere a números. ¿Por qué los economistas no se limitan a una de las dos cosas? Que una ecuación conste de cifras y letras hace que comience a dolerme la cabeza.

Peleo con los datos otros cinco minutos antes de lanzar el lápiz al aire presa de la ira.

—Te juro que no lo hago a propósito —me disculpo con rapidez—. Y sé que en este momento estás deseando que hubiera elegido a otra persona de tutor.

Se recuesta en la vieja silla de la biblioteca. Nos hemos atrincherado en una pequeña sala de estudio donde disponemos de una pizarra blanca, una mesa alargada, y una lámpara. Hay una pared de vidrio que nos recuerda que existen más personas, pero tiene una ventaja: puedo gritar de frustración sin que nadie me escuche, salvo Connor.

El tiempo vuela, ya se ha puesto el sol. Estoy segura de que he estropeando cualquier plan que tuviera mi tutor para ir a cenar o para salir. De vez en cuando, estudio su espeso cabello castaño y sus profundos ojos azules. Sin duda obtendría una nota alta en la lista de chicos follables que manejaba antes de mantener una relación monógama con Lo.

La primera señal de que tiene buen gusto es que lleva subido el cuello del chaquetón marinero. Lo cierto es que me esperaba a un friki con gafas y acné, alguien que no me tentara demasiado.

—Oye, ¿y cómo has dado conmigo? —me pregunta, intrigado—. ¿Por referencias?

—Es que apareces como tutor en la página web del departamento de Economía. Lo cierto es que elegí el nombre más llamativo. Dudé entre tú y Henry Everclear. —No había ninguna chica, que hubiera sido mi primera opción.

—Así que me elegiste porque me llamo Connor Cobalt —sonríe, divertido—. Pues mi primer nombre no es Connor, sino Richard.

—Oh, vaya… —Noto calor en los brazos—. Así no queda tan bien.

Me hubiera dado una colleja. No entiendo porqué no se me ha ocurrido algo más sustancial o ingenioso, algo que no me hiciera quedar como una tonta.

—¿Cuál es tu nombre completo? —me pregunta.

Miro la pantalla de su teléfono, que está junto al libro, para saber qué hora es.

—No te voy a cobrar más —dice él, siguiendo la dirección de mi mirada.

Me sonrojo, ya he oído eso antes.

—No quiero estropear tus planes.

—Oh, no te preocupes… —Se ríe, y deja el café de Starbucks sobre la mesa—. No tengo planes para hoy. En realidad me alegro de que vayas despacio. Durante los últimos meses solo he tutelado a estudiantes de primero que querían sacar matrícula, por lo que en menos de veinte minutos ya había solucionado sus problemas. Necesito hacer horas de tutorías para el currículo. El máster MBA15 que quiero hacer en Wharton es muy competitivo y estas experiencias extra me ayudan mucho.

Quizá debería sentirme ofendida, pero no puedo luchar contra la verdad. Tengo muchas dificultades con esta asignatura.

—Bueno, es posible que yo sea una causa perdida.

—Soy el mejor tutor de la universidad. Te apuesto mil dólares a que soy capaz de conseguir que apruebes el próximo examen.

Increíble. Lo miro boquiabierta.

—Es dentro de dos días.

—Entonces supongo que debemos estudiar durante las próximas cuarenta y ocho horas —dice sin parpadear. Mira el reloj al tiempo que coge el café para darle un sorbo—. Todavía no me has dicho tu nombre completo. No puede ser peor que Connor Cobalt. —Me dirige una sonrisa tan blanca y brillante que casi me quedo cegada.

—Lily Calloway.

Levanta la cabeza, sorprendido.

—¿No tendrás nada que ver con Rose Calloway?

—Somos hermanas.

Él sonríe de nuevo. Me gustaría poder decirle que lo deje. Llevo años mintiendo y fingiendo, por lo que detecto una sonrisa falsa a la legua.

—Pertenece al equipo académico de Princeton, ¿verdad? Nos enfrentamos a ellos a menudo. Es muy inteligente, me sorprende que no le pidieras que fuera tu tutora.

Me río sin ganas.

—Para aprender algo con Rose, tendría que llevar puesta una armadura. Es una profesora muy dura. —Frunce el ceño y termina el café.

—¿De verdad? —Es demasiado curioso para su propio bien. Decido salvarlo de sí mismo y me concentro en los libros.

—¿Estás realmente preparado para perder mil dólares?

Es posible que él necesite añadir horas a su currículo, pero yo tengo que aprender esta materia.

—Está en juego mi orgullo, y vale bastante más de mil dólares. —Echa de nuevo un vistazo a su Rolex—. ¿Tienes Red Bull en casa?

Espera, espera, espera… ¿Está autoinvitándose a mi casa para darme clase allí?

Nota mi confusión mientras empieza a recoger los libros.

—La biblioteca cierra dentro de diez minutos. No estaba bromeando cuando te he dicho que debemos aplicarnos durante las próximas cuarenta y ocho horas. Puede ser en tu casa o en la mía. Pero, antes de nada, debo advertirte que mi gata odia a las mujeres y hace tiempo que no le corto las uñas. Así que si no quieres preocuparte por los celos de *Sadie*, te sugiero que vayamos a la tuya.

De todas formas, prefiero que estudiemos en el Drake. Si

tengo a Lo cerca, hay menos posibilidades de que haga una estupidez, como dejarme llevar por mi cerebro de abajo.

—Vamos a mi casa. —Me cuelgo la mochila del hombro antes de ponerme en marcha—. Pero vivo con mi novio, así que no podremos hacer demasiado ruido.

Silba por lo bajo.

—Así que estás conviviendo ya con tu novio. Eso explica muchas cosas. —Abre la puerta de cristal y la sostiene para que pase, pero me tenso antes de que salgamos al patio del campus.

—¿Qué quieres decir con eso? —¿Estoy entendiéndolo bien o es que Connor Cobalt es tan arrogante que se cree que puede saberlo todo sobre mí tras una tutoría?

—La mayoría de las chicas de la universidad pertenecen a familias adineradas.

—Espera… —Lo detengo antes de que sigamos andando—. ¿Cómo sabes que mi familia tiene dinero? —Me miro la ropa; nada hace suponer que sea asquerosamente rica. Llevo unas zapatillas Nike, unos pantalones de chándal y una sudadera de Penn. Si me viera Rose, le daría un ataque de nervios.

—Calloway —replica con una sonrisa—. Tu padre es el propietario de la compañía de refrescos.

—Ya, pero la mayor parte de la gente…

—Yo no soy la mayoría de la gente. A mí me gusta saber quién es quién, sobre todo en este tipo de cosas.

Ah… no se me ocurre nada que responder a este tipo tan engreído.

Salimos al aire frío de la noche.

—Como estaba diciéndote, la mayoría de las chicas ricas suelen hacer lo mismo. Una de ellas es buscar un novio en la Ivy League; a ser posible un chico con buenas notas con el que casarse lo más rápido posible para tener un futuro ideal sin mover un dedo. No estoy juzgándote, si fuera chica, seguramente haría lo mismo. Yo también me casaría con un tipo así.

Qué pensamiento más horrible. No todas las mujeres están dispuestas a dejar a un lado su carrera por la oportunidad de depender de un hombre. No sé si golpearlo o vomitarle encima; cualquiera de las dos reacciones sería apropiada. Apuesto lo que sea a que también se cree que las mujeres solo sirven para tener bebés. ¡Dios mío! Rose le arrancaría los ojos si lo escuchara.

Pero yo no soy tan atrevida como mi hermana, y ya es dema-

Anythink Brighton

327 E Bridge Street
Brighton, CO 80601
303-405-3230

Date: 5/23/2022 Time: 3:46:52 PM

Items checked out this session: 1

Title: Atrapada contigo / Ritchie, Krista
Barcode: 33021030184193
Due Date: 06/13/2022

... where anything is possible.

Anythink Brighton

327 E Bridge Street
Brighton, CO 80601
303-405-3230
Mon-Thurs, 9:30 AM - 8:30 PM
Fri and Sat, 9:30 AM - 5:30 PM
Sun, Closed

nombre de usuario: Resendiz, Osvaldo
deuda: $0.00

Artículos prestados en esta tansacción: 2

Título: Top dog / Peirce, Lincoln
Número de atículo: 33021036159538
Fecha de regreso: 06/13/2022

Título: Big Nate. In your face! / Peirce, Lincoln
Número de atículo: 33021036236799
Fecha de regreso: 06/13/2022

Anythink Brighton

327 E Bridge Street
Brighton, CO 80601
303-405-3230
Mon-Thurs, 9.30 AM - 8.30 PM
Fri and Sat, 9.30 AM - 5.30 PM
Sun, Closed

Nombre de usuario: Resendiz Osvaldo
Saldo: $0.00

Artículos prestados en esta transacción: 2

Título: Top dog / Perez, Lincoln
Número de artículo: 33021036195939
Fecha de regreso: 06/13/2022

Título: Big Nate. In your face! / Perez, Lincoln
Número de artículo: 33021036750799
Fecha de regreso: 06/13/2022

siado tarde para buscar a otro tutor. Así que bloqueo estos pensamientos y sigo a este idiota.

—¡Lo! —grito en cuanto atravieso la puerta con Connor pisándome los talones—. ¡Lo!

Al ver que él no me responde, supongo que no está en el apartamento. Le envío un mensaje de texto con la esperanza de que no esté demasiado borracho y pueda sentir la vibración del móvil.

Nos instalamos en la barra que separa la cocina del salón. Buscamos datos en tres libros diferentes y avanzamos un poco, pero no lo suficiente como para echar las campanas al vuelo. Realizo bien el veinticinco por ciento de los problemas que me pone Connor, así que todavía tengo mucho que mejorar.

Dos latas de Red Bull y una *pizza pepperoni* después, dan las once y Lo sigue sin regresar a casa. Tengo el teléfono sobre la encimera y le echo un vistazo de vez en cuando, esperando ver alguna llamada. Había avisado a Lo de que tenía una clase de tutoría y por eso hemos tenido sexo por la tarde. Quizá haya pensado que ya estaba saciada por hoy y por eso ha pasado de mí esta noche para dedicarse a lo suyo.

Me muerdo el labio.

Unos minutos después comienzo a estar preocupada y me resulta casi imposible concentrarme en los ejercicios.

—Quizá haya perdido la noción del tiempo —comenta Connor, que se ha fijado en que no hago más que mirar el móvil—. Creo que esta noche hay una de esas fiestas donde todo el mundo va de blanco para destacar bajo las luces de neón. Algunos estudiantes de segundo a los que doy clase no hacían más que hablar de ello.

—¿Sabes si irán los alumnos de tercero?

—No suelen. Suelen estar más concentrados en los estudios.

Trato de no poner los ojos en blanco. Otra generalización de las suyas. Estoy segura de que Lo va a odiar a este tipo. Debo parecer muy preocupada porque Connor cierra los libros.

—Lo siento —me disculpo—. Si quieres, anulamos la apuesta; no sería justo que perdieras tu dinero porque no soy capaz de concentrarme.

—Jamás he anulado un trato, y menos con respecto a una tutoría. La apuesta sigue en pie; aprobarás el examen, Lily, estoy seguro. —Es bueno que uno de los dos lo crea—. Pero soy consciente de lo preocupada que estás por tu novio, así que hasta que lo encontremos no vas a aprender nada más. ¿Dónde crees que puede estar?

¿Eh? ¿Está ofreciéndome ayuda para localizar a mi novio? Lo miro con los ojos entrecerrados y trato de pensar como lo haría Lo. ¿Dónde puede estar? Buena pregunta. Durante los dos primeros cursos, asistía conmigo a las fiestas, pero últimamente suele frecuentar más los bares o los pubs, y llega a casa a una hora razonable para poder beber aquí los licores más fuertes hasta perder el conocimiento.

Dado que no ha contado conmigo para que lo lleve en coche, tiene que estar en el campus.

—¿Has dicho que esa fiesta es en el campus? —pregunto.

—En uno de los patios exteriores.

—Vamos a empezar por ahí.

Las luces estroboscópicas parpadean sobre el patio, al aire libre. Los cuerpos se mueven al ritmo hipnótico de la música *house*. Nos acercamos. La mayoría de la gente lleva ropa blanca o con rayas de pintura para brillar bajo las luces cada vez que corren y chocan bajo la fría noche.

¿Cómo vamos a ser capaces de encontrar a Lo en esta multitud?

Antes de internarnos en la sudorosa masa de cuerpos, una pelirroja me agarra por el codo.

—Hola, vas a necesitar esto. —Me tiende una camiseta blanca. Frunzo el ceño cuando le ofrece a Connor otra de una talla más grande que acaba de coger de la caja de cartón que tiene a los pies. No parece molestarle y empieza a desabrocharse la camisa para ponérsela en su lugar.

—¿Vas a devolvérmela? —le pregunta a la chica con una sonrisa provocativa... Aunque quizá sea solo una sonrisa amable. Es difícil de saber cuando se trata de alguien tan mundano como él.

Los ojos de la pelirroja brillan con picardía y le coge la muñeca para escribirle su número de teléfono con un rotulador negro.

—Te la guardaré. —Se la pone y abrocha el botón de abajo como si fuera una chaqueta.

¡Joder! Voy a tener que felicitarla. Ha resultado muy sexi.

Connor solo sonríe, mostrándose tan tranquilo y sereno como

si fuera normal salir a buscar a los novios de sus tuteladas o que una hermosa pelirroja intente ligar con él en una fiesta.

Me dejo la sudadera puesta, me pongo la camiseta blanca por encima y me saco el pelo por el hueco del cuello, dejándolo caer por la espalda. Luego nos internamos en aquella locura.

Un tipo con una peluca verde neón corre hacia mí gritando como si le fuera la vida en ello. Empuña un rotulador rosa de tamaño gigante y me cruza los pechos con él. ¡Qué encantador...!

Connor me coge de la mano y tira de mí en otra dirección.

—¿Cómo es? —grita por encima del ruido de la música que siento vibrar bajo los pies.

Esquivo a otro con un rotulador morado que quería marcarme el brazo antes de ponerme a buscar una foto de Lo en el móvil.

—¡Conozco a ese chico! —asegura Connor señalando la pantalla—. Estoy con él en Negocios Internacionales.

Supongo que no debo considerarla una gran coincidencia. Los alumnos de ADE pueden elegir las mismas asignaturas en cursos superiores.

—¡Qué bien! Quizá deberíamos separarnos. —En ese momento, una chica lanza un chillido a mi lado y me pinta una línea amarilla en el trasero. ¿Qué narices...? No llevo pantalones blancos, y aquella línea adquiere un horrible color marrón en los vaqueros.

Él escudriña a la gente antes de asentir.

—Me encontrarás en la zona donde están los lienzos y las pinturas. —«¿También hay pintura aquí?». Bueno, puede ocuparse de esa área.

—Yo miraré donde están los barriles.

Me dirijo al lugar donde podría localizar a Lo si estuviera aquí, aunque considera la cerveza de barril algo parecido a pis de gato. Lo busco en las inmediaciones de la barra donde sirven los vasos de cerveza, donde escasea la gente con marcadores, lo que hace que me encuentre con los universitarios que quieren conseguir cerveza gratis.

Un muchacho bastante alto cubierto de algo color azul neón se detiene ante un barril, le queda muy grande la camiseta, así que veo algunos atisbos del vello que le cubre el pecho. Resopla al tomar un trago.

No tardo ni dos minutos en darme cuenta de que Lo no está aquí. Debí de haberlo imaginado. No le gusta el alcohol barato ni la música ensordecedora desde que cumplió dieciséis años. Puede que no haya madurado del todo, pero sus gustos sí lo han hecho.

Intento volver a localizarlo por teléfono, pero salta el buzón de voz.

—¿Lily?

Me doy la vuelta sobre los talones con el ceño fruncido ante aquella voz masculina. No lo reconozco hasta que leo el nombre de su hermandad en la camiseta: Kappa Phi Delta, el colegio mayor en el que me recogió Lo aquella mañana.

Su cabello rubio flota en el viento y me envuelve la frialdad, aunque mi cuerpo se calienta por su incómodo abrazo. Creo que soy la única idiota de la escena, y eso que fui yo la que lo abandonó después de un polvo de una noche.

Nota mi confusión.

—Kevin —dice señalándose. Hace un gesto hacia el barril de cerveza—. ¿Quieres que te consiga un vaso? —Traducción: «¿Quieres hacerlo otra vez?».

Antes de negarme, aparece Connor a mi lado, con el rostro congestionado después de luchar entre la multitud de cuerpos. La camiseta blanca está salpicada de una gran variedad de trazos de colores de neón, realizados con marcadores fluorescentes. Alguien no acertó y luce en el codo una mancha de color rosa brillante.

—No lo he encontrado —anuncia.

—Connor Cobalt —se sorprende Kevin.

¡Oh, Dios mío! No es posible que se conozcan. ¿Dónde me he metido?

Connor se da la vuelta y su sonrisa se hace más grande al ver a Kevin.

—¡Hola, tío! —Intercambian un abrazo, un apretón de manos, un par de palmadas en la espalda… Jamás entenderé estos rituales masculinos.

—Me sorprende verte por aquí —comenta Kevin con una sonrisa—. Siempre he pensado que el señor Connor Cobalt estaba por encima de cosas banales como la cerveza.

Me alegra saber que no soy la única que encuentra fascinante su nombre.

—En realidad, estoy trabajando.

—No me dirás que es así como das ahora las tutorías, ¿verdad? —Kevin se fija en el número que Connor lleva escrito en la mano—. ¡Joder! Quizá debería adoptar tus métodos. Lo único que gano con los míos son dolores de cabeza. —Me mira y recuerda mi presencia—. Ah, te presento a Lily.

Es evidente que Kevin es idiota, ya que no se ha fijado en que Connor me ha saludado al llegar.

Connor frunce el ceño y me mira. Me gustaría poder sonreír.

«Sí, no tienes que decirme nada, ya me he dado cuenta de todo».

—La conozco —comenta Connor—. Soy su tutor en Economía.

Kevin se aprieta los labios con los dedos, tratando de disimular su sorpresa.

—¿De verdad estás… «tutelándola»? —El muy idiota incluso traza unas comillas en el aire y le da un codazo sugerente.

Noto la nariz caliente y me sonrojo de nuevo. ¡Estoy aquí!

Para mi sorpresa, Connor pone una expresión de desagrado y se aparta de Kevin como si estuviera infectado por un virus.

—Sí, quiero decir que soy su tutor, Kevin. Estamos buscando a su novio porque hace horas que no puede ponerse en contacto con él. —Se da la vuelta, bloqueando a su ¿amigo? No sé qué pensar. Connor es un enigma. Dice cosas ofensivas, pero se muestra ofendido cuando alguien saca a relucir sus trapos sucios, aunque sea de forma sutil.

Kevin no se da por aludido.

—Sí, mis colegas me hablaron de él. Vino a recogerla al día siguiente a la hermandad.

Veo que Connor abre la boca, pero no le dejo hablar.

—Entonces no salía con él —me defiendo. Aunque estoy tan enfadada como mortificada. Las manchas que aparecen en mi piel mezcladas con las luces de neón deben hacerme parecer una *friki*—. Y para que lo sepas, dejas mucho que desear en la cama. —Me doy la vuelta para irme, pero me lo pienso mejor y vuelvo a girarme para tirarle el vaso. La cerveza cae en el césped y Kevin pone los ojos en blanco como si no fuera la primera vez que una chica le hace eso.

Respiro hondo mientras empujo a la gente, y ni siquiera me importa que me manchen la mejilla de verde. Estoy segura de que nada puede hacer que la noche sea peor.

Connor me alcanza en cuanto llego a un claro entre la gente, pero sigo avanzando con rapidez hasta el aparcamiento.

—Estaba a punto de decirle que es un capullo, pero creo que tu método es más efectivo —asegura.

Me río y me seco las lágrimas que se me han escapado. ¿Cuándo he empezado a llorar? Llevo toda la noche presa de la angustia, y Lo sigue sin aparecer.

¿Y si ha perdido el conocimiento en un bar? ¿Y si se ha desmayado en la calle o le están haciendo un lavado de estómago en el hospital?

—No sé dónde puede estar —digo bajito.

—Estoy seguro de que está bien, Lily.

Muevo la cabeza, consternada por el mar de lágrimas.

—No lo conoces… —Me muerdo el labio para que no me tiemble

Connor hace un gesto de simpatía.

—¿Qué te parece si vamos a tu casa y esperamos juntos a que regrese?

—No tienes por qué acompañarme —aseguro—. Ya has perdido suficiente tiempo, excede con creces una tutoría.

—Ya, lo sé —confirma—. Pero hacía seis meses, momento en que *Sadie* arañó a una chica con la que quedé, que no me pasaba algo tan interesante. Así que… —Recorre el aparcamiento con la vista—. Creo saber por qué estás preocupada por tu novio. Apesta a alcohol cada vez que aparece por clase.

Frunzo el ceño. ¿Quiere decir que no suele asistir a clase? Sé que no es un estudiante modelo, pero por la forma en que lo dice Connor, parece que falta más de lo que asiste. En cuanto a su olor, Lo suele tener más cuidado cuando nos reunimos con la familia; entonces recurre a caramelos de menta, duchas, baños de colonia… Los días que solo tiene que asistir a clase, se preocupa menos.

Nadie me había contado los problemas de Lo. Busco en mi mente una respuesta hasta dar con algo que sea verdad.

—Por lo general responde las llamadas. —Me siento bien al no tener que rebatirle la verdad, incluso aunque sea una persona casi desconocida.

Nos dirigimos al BMW.

—En este momento debes de estar deseando que hubiera elegido a Henry Everclear.

—Pues la verdad es que no. —Nos metemos en el coche, yo detrás del volante—. Me gustan los desafíos. Soy único en mi especie. Necesito un hilo del que tirar. Ni siquiera en Wharton se van a resistir a mí.

Enciendo el motor y salimos del aparcamiento.

—A ver si lo adivino… ¿Meter algo en la cabeza a una chica que suspende Economía es un reto?

—No quería ser tan directo, pero sí.

Trato de no reírme. Si Connor supiera las directas que he tenido que aguantar… Cambio de carril.

—Hablando de Kevin… —Siento la necesidad de defenderme. No sé muy bien por qué.

—No tienes que darme explicaciones —dice—. Cada uno se divierte como quiere, lo entiendo. —Da golpecitos en la manilla de la puerta al ritmo de una canción de rock—. ¡Joder! Vives muy lejos.

Me detengo en un semáforo en rojo.

—Solo lo parece cuando hay tráfico. —Después de tener que hacer varias paradas, llegamos al edificio de apartamentos. Me dirijo al ascensor rápidamente, con Connor pisándome los talones. Trato de ocultar mis nervios cruzando los brazos.

Mientras subimos las plantas, los números parpadean en el panel. Miro a Connor de soslayo.

—Tienes… —Me señalo la oreja con un gesto vago. La suya está adornada con pintura naranja brillante.

Se limita a sonreír sin tratar de limpiarse.

—Estoy cubierto de pintura de pies a cabeza. No te preocupes por mi oreja.

—¿Habías estado antes en una fiesta como esa? —¿Qué otra cosa podría explicar su compostura ante aquella locura? Apenas había parpadeado cuando unas chicas le pellizcaron el culo. Tenía huellas de color rosa de dos manos en el trasero para demostrarlo.

—No, pero había oído hablar de ellas. Ha sido interesante.

Suena el timbre de llegada. Me pregunto si existe algo que pueda agrietar el estoico exterior de Connor. Quizá que no lo aceptaran en Wharton. Sí, imagino que eso no le sentaría nada bien.

Busco las llaves para abrir la puerta.

—¡Lo! —grito al entrar en el salón. Connor cierra la puerta mientras recorro el apartamento como un vendaval, esperando encontrar a mi novio en la cocina, preparándose una bebida.

No está allí.

Irrumpo en el dormitorio sin molestarme en dar un golpe para anunciarme. Abro la puerta y me da un vuelco el corazón.

—¡Gracias a Dios!

Encima de la cama, boca abajo y totalmente vestido, está Lo.

Su única compañía son tres botellas de licor marrón. No sé cuándo ha regresado a casa y tampoco me importa. Que esté aquí y no muerto en la calle supone un enorme alivio para mí.

Me acerco a él y digo su nombre un par de veces para comprobar su nivel de inconsciencia. Reprimo la frustración antes de sacudirle el hombro. Sigue sin moverse, así que lo hago girar a un lado y aprieto la mano contra su frente sudorosa. Está tibia pero no caliente como si tuviera fiebre. Algo que ocurriría si tuviera una intoxicación etílica. Mi otro temor.

—¿Está bien?

Me sobresalto ante la pregunta; me he olvidado de Connor durante un momento. Está apoyado contra el marco de la puerta, observando sin inmutarse cómo atiendo a Lo.

—Sobrevivirá. Gracias por tu ayuda.

Se encoge de hombros, quitándole importancia.

—Ha sido bueno para mí. He estado encerrado en la biblioteca durante los últimos cuatro años y me he olvidado de los problemas de verdad.

«Cierto…». Ignoro su enésimo comentario ofensivo de la noche.

—Entonces, ¿sigues queriendo ser mi tutor? ¿Nos vemos mañana?

—Por decimoquinta vez, sí —dice—. Tienes que mirarte los oídos. Nos vemos a las seis.

Frunzo el ceño.

—¿No es un poco tarde?

—Me refiero a las seis de la mañana —replica con una de sus sonrisas de chico bueno.

¡Oh! Miro el despertador en la mesilla de noche.

—Solo faltan cinco horas.

—Entonces será mejor que te vayas a la cama.

Con gesto inexpresivo, lanza una última mirada a Lo y luego se aleja de la puerta para salir del apartamento.

Lo está muerto para el mundo, así que decido dormir en la habitación de invitados. Al hundirme entre las almohadas moradas me doy cuenta de que he estado tan preocupada por Lo que no he pensado en el sexo ni una sola vez en toda la noche.

19

*C*onnor llega puntual a las seis, con unos cafés humeantes y una caja de cruasanes. Al contrario de lo que me ocurre a mí, no tiene ojeras ni bolsas en los ojos, y anda con decisión. Debe reponerse con solo cinco horas de sueño.

—¿Te drogas? —le pregunto—. ¿Tomas anfetaminas?

Son muchos los universitarios que abusan de los estimulantes para estudiar mejor, sobre todo los de la élite intelectual para mejorar su rendimiento.

—Claro que no. No pienso echar a perder mi genialidad natural. —Hace una pausa—. ¿Y tú? ¿Lo has probado? Quizá te vaya bien.

—¿Eres consciente de que acabas de insultarme? —He llegado a un punto en que no voy a tolerar más sus comentarios fuera de lugar.

Le da un mordisco al cruasán y sonríe.

—Perdona —dice, pero es evidente que no quiere disculparse—. Solo intentaba ayudarte. A algunas personas les va muy bien con las anfetas. No es mi caso, pero quizá sea el tuyo. —Por extraño que parezca, que diga lo mismo de otra manera atenúa el insulto. Es posible que esa sea una de las cualidades de Connor Cobalt. O un don.

—Nada de drogas —replico categórica. Jamás me han gustado los estimulantes, los tranquilizantes o cualquier otro narcótico. Ya tengo una adicción, no necesito más—. Quiero hacerlo de forma natural, aunque no tenga una inteligencia superior.

—Bien, pues pongámonos a ello.

Estudiamos durante unas cuantas horas. Soy capaz de asimilar la información durante todo ese tiempo, solucionando ejercicios mientras Connor se esfuerza en hacerme tarjetas que pueda usar como recordatorio. Tiene mejor letra que yo, y estoy segura de que su ego crece con esa certeza.

Cuando termina la última, mira el reloj del horno. Hemos estado muy concentrados, así que no me sorprende que ya sea mediodía.

—¿Tu novio sigue durmiendo? —pregunta Connor, con cierto tono de sorpresa.

Me lleva un instante darme cuenta de que se refiere a Lo. Hemos esquivado cualquier referencia a él desde el momento en que Connor atravesó la puerta envuelto en aroma a café y a cruasanes recién hechos. Entonces, se limitó a preguntarme si Lo estaba bien.

—Está inconsciente —le corrijo—. Es posible que despierte dentro de una hora.

—¿Acostumbra a hacer esto?

Me encojo de hombros sin comprometerme; no quiero hablar de Lo en este momento. Por suerte, Connor pilla la indirecta y enciende mi portátil para estudiar los ejercicios.

Veinte minutos después, pedimos la comida a un chino. En cuanto cuelgo el teléfono, oigo correr el agua en el dormitorio. Me concentro para ver si percibo ruido de pasos. No tengo ningún interés en hablar con Lo, pues sé que solo conseguiría respuestas irritadas y malsonantes a mis preguntas.

Me acerco a la barra como si Lo no se hubiera levantado y le pido a Connor que me explique de nuevo el tema cuatro. Estoy segura de que Lo ha oído otra voz masculina, ya que solo tarda unos segundos en salir de la habitación. Su primer movimiento es bajar las persianas de la cocina para impedir el paso de los rayos de sol.

Connor deja de hablar y se pone a observar los pasos pesados de Lo, a quien el pelo se le dispara en todas direcciones. Todavía tiene la piel húmeda, pero el olor amargo del whisky parece envolverlo como una nube. Si fuera un dibujo animado, sería el zorrillo Pepe Le Pew con un montón de humo rodeándolo. Tendría que haberle echado una mano en la ducha o, al menos, haberlo desnudado anoche. Él lo habría hecho por mí.

Se pasa la mano por el pelo antes de dirigirse a la cafetera. Apenas mira un segundo hacia la barra, donde estamos sentados.

—Me suenas de algo —le dice a Connor mientras se llena una taza.

—Estamos juntos en Negocios Internacionales. Te sientas atrás, yo suelo ponerme en primera fila.

Lo busca mi mirada y arquea las cejas. «¿Has oído a este tipo?».

Sí, claro que sí.

—Eso es. —Abre un armario y saca una botella de Baileys para añadirlo al café—. Eres el tipo que se sienta en tribuna —comenta como si no fuera algo bueno, pero a Connor parece importarle más bien poco.

—Estoy tutelando a Lily para el examen de economía de mañana.

Cuando cierra el armario, veo que Lo tiene el cuello rojo. Se queda quieto un instante antes de apoyarse en el fregadero para mirarnos.

—Sabes que tenemos un examen, ¿verdad? —pregunto. Es evidente que se le ha olvidado.

—Sí —asegura desde detrás de la taza, de la que da un sorbo largo.

—¿Estáis en la misma clase? —Connor parece impaciente—. No me importa tutelar en grupo.

—Yo voy a mi bola. Encárgate de Lily. —Se termina el café demasiado rápido. Luego abre la nevera y saca unos huevos para prepararse un brebaje contra la resaca.

Connor me da un golpecito en el hombro.

—Venga, a trabajar. Todavía estás en un sesenta por ciento de aciertos y es necesario que tengas un ochenta.

—Pero ¿el objetivo no es aprobar?

—Hay que tener en cuenta los nervios.

La licuadora se pone en marcha. Lo está encorvado sobre ella; usa un brazo para sostener la tapa y la otra para apoyarse en la encimera. Lo cierto es que parece a punto de caer al suelo o de quedarse dormido de nuevo.

Apenas me mira. Quizá piensa que le he engañado. Ni siquiera sé si confía en mí cuando estoy con otros hombres. Es muy raro que salgamos del apartamento para poner a prueba nuestros límites.

Quizá se sienta culpable por no haber respondido a mis llamadas. Imagino que eso es lo que tiene más sentido.

Después de prepararse aquella cura para la resaca, desaparece de nuevo en el dormitorio. Trato de concentrarme en el estudio, hasta que llega la comida china. Suspiro al poder tomarme un descanso para comer.

—¿Cuánto tiempo lleváis saliendo? —me pregunta Connor,

que utiliza los palillos de forma perfecta para tomar los fideos. No me extrañaría nada que supiera siete idiomas.

Clavo con saña el tenedor en el pollo a la naranja, mientras pienso qué respuesta darle: la falsa —tres años—, o la real —tres semanas.

Todavía no le he dicho ninguna mentira y prefiero no empezar ahora.

—Somos amigos desde que éramos niños, y empezamos a vivir juntos cuando empezamos la universidad. Sin embargo, hace pocas semanas que salimos juntos.

—Tus padres deben de confiar mucho en ti para dejarte vivir con un amigo. Los míos solo lo permitirían si tuviera una relación seria. Algo así como el matrimonio. No quieren que viva con ninguna chica sin antes ponerle el anillo en el dedo. Así que comparto piso con *Sadie*.

—Entonces, ¿no sales con nadie? —Abro una Fizz Diet.

—Por suerte para mí, no —dice guiñándome el ojo. Trato de imaginar qué tipo de chica le gustaría a Connor, pero no soy capaz, como una imagen borrosa que no soy capaz de aclarar. Sea como sea, tiene muchas opciones. Es atractivo y no había más que ver cómo iban a por él las chicas en la fiesta. Supongo que ser guapo, extrovertido, vestir bien y ser educado son cosas que abren el camino. Aun así, él solo reconoce los coqueteos, no participa en ellos.

—¿Eres gay? —pregunto sin pensarlo dos veces. Pero ¿qué me pasa? Me lleno la boca con un enorme trozo de pollo a la naranja para disimular mi torpeza.

Sacude la cabeza sin sentirse insultado. Parece que nada lo despeina.

—Me gustan las mujeres. Sin duda. Aunque tú no eres mi tipo, me gustan las que están a mi nivel intelectual

Voy a tener que empezar a beber. Un chupito por cada vez que Connor encuentre una forma creativa de llamarme tonta. Aunque pensándolo bien, moriría por intoxicación etílica.

Después de terminar la comida china, lo limpio todo y Connor me indica que me ponga a escribir las fórmulas una y otra vez hasta que me las sepa. Sin embargo, estar mirando el portátil es peligroso. Cuando los minutos van pasando en silencio absoluto, a veces me olvido de que Connor está sentado a mi lado. Mi subconsciente me impulsa a iniciar sesión en alguna página porno, y me hormiguean los dedos.

En mi adolescencia, la espiral hacia mi adicción empezó con pequeños impulsos, por ejemplo entrar en una página web para adultos. Poco a poco, me volví más atrevida; las páginas web se convirtieron en chats eróticos, los cinco minutos iniciales se convirtieron en una hora, y comencé a obsesionarme con el momento en el que tendría la oportunidad de volver a navegar por la red. Era como un muchacho atrapado por *Halo* o *Call of Duty*. La pornografía me robaba mi tiempo, mis días, y me hacía llegar tarde a reuniones familiares e incluso al instituto.

Aunque temía que pudieran descubrirme mis hermanas o, Dios no lo quisiera, mi madre, volvía a hacerlo una y otra vez.

Mi comportamiento me quitaba el sueño; pero, aun así, no podía parar.

—No te oigo escribir —me recrimina Connor en tono ligero.

Me pongo a teclear de forma frenética con la esperanza de distraerlo. Él vuelve a concentrarse en los ejercicios que vamos a repasar, lo que quiere decir que está dejando un montón de marcas rojas en cada papel.

El último vídeo que vi era de mi pareja favorita: Evan Evernight y Lana Love. Se dedicaban a interpretar distintos papeles, como por ejemplo cuando Evan hacía de policía y Lana de conductora que sobrepasa el límite de velocidad. Él se bajaba del vehículo policial vestido con el uniforme azul y los dedos enganchados en la cintura. Al acercarse, planta la mano en el capó de un Lexus plateado y se inclina hacia la ventanilla.

—Lily —llama mi atención Connor.

Me sobresalto.

—¿Qué? —Me niego a mirarle a los ojos. Aunque sé que no puede leerme la mente, que no puede saber lo que acabo de pensar, me encojo en el taburete.

—Has dejado de escribir otra vez y respiras de manera extraña. ¿Estás bien?

«¡No!».

El sexo invade mi cerebro como si fueran las tropas enemigas. Me pongo en pie de un salto.

—Tengo… tengo que hablar con Lo. ¿Puedo descansar diez minutos?

Espero que se cabree, pero asiente con la cabeza de forma automática.

—Tómate el tiempo que necesites. De todas formas, hasta que puedas concentrarte de nuevo, es absurdo que sigas.

Apenas proceso este insulto y voy directa al dormitorio, donde está Lo. Ni siquiera llamo a la puerta, entro como un torbellino y cierro la puerta a mi espalda. Dejo la mano en la manilla porque una parte de mí todavía no está segura de qué hago aquí. Mi lado más cobarde me impulsa a regresar a la cocina y esperar a que sea Lo el primero en hablar, en disculparse, que espere que me muestre la proverbial rama de olivo antes de enfrentarme a él con este ardiente deseo hirviendo en mis pupilas.

Pero aquí estoy. No soy capaz de seguir, pero tampoco de huir. Él me mira mientras se frota el pelo húmedo con una toalla. Parece que ha regresado al mundo de los vivos. Lleva unos vaqueros limpios, una camiseta negra, sus mejillas vuelven a tener color y su mirada ya no está velada.

Sus iris ambarinos me atrapan, y no recuerdo por qué estoy aquí. ¿Era por el sexo? No, todavía no hemos hablado de por qué desapareció anoche.

—¿Has terminado ya de estudiar? —pregunta, tirando la toalla a la silla de cuero. Noto sus músculos debajo de la camiseta.

—No, estoy tomándome un descanso. —No puedo dejar de mirarlo a los ojos, pero no soy capaz de formular la pregunta que me preocupa.

Él me mira. Noto que aprieta los dientes y que se le hinchan las venas del cuello. Aunque no es de furia. Sé que está conteniéndose, tratando de no soltar ninguna maldición. Traga saliva antes de mirar la pared de armarios donde esconde los licores. Casi puedo ver cómo se mueven los engranajes de su cabeza antes de concentrarse en mí.

—Di algo —me pide con un suspiro.

—No me he acostado con él. Ni con él ni con nadie —aseguro.

Me mira dolido y veo como sube su pecho. Pone una mano en el respaldo de la silla para contener el temblor de su cuerpo. No he acertado, esto no va de eso.

Se pellizca el puente de la nariz.

—¿Has pensado que me preocupaba eso? ¿Que pensaba que te habías tirado a tu tutor?

—No estaba segura. —Me muerdo las uñas—. Entonces…, ¿no has llegado a pensar que me he acostado con él?

Clava los ojos en el suelo.

—Si lo hubieras hecho, no te habría culpado —reconoce en voz muy baja.

Un peso invisible me aplasta los pulmones y se me llenan los ojos de lágrimas. ¿Es que no le importa si me acuesto con otro chico? De hecho, parece que es algo que espera.

—Debería haber estado aquí —explica, casi para sí mismo. Sigue moviendo la cabeza como si deseara volver atrás en el tiempo y estrangularse por haberse quedado inconsciente antes de tiempo, por no haber respondido a mis llamadas—. Si hubiera pasado algo de eso, hubiera sido culpa mía, no tuya.

—Por favor, no… —rebato, apoyándome en la puerta. Es la madera la que me mantiene en posición vertical igual que la silla lo sostiene a él—. No me des permiso para engañarte. Si lo hago, es real. Si no estás aquí, también es real. ¿Quieres que no me sienta culpable si me acuesto con otro? Lo siento, no puedes conseguirlo.

Veo que se le ponen los ojos rojos.

—Este tipo de cosas no se me dan bien —se disculpa.

¿No se le dan bien las relaciones? ¿Estar conmigo? ¿Intentar beber menos? No entra en detalles y no sé qué quiere decir en realidad. Así que solo puedo tratar de adivinarlo. En ese momento busca una cerveza en el cajón y la abre. Sorprendente elección si tenemos en cuenta el bajo contenido en alcohol. Es una rara ofrenda de paz, un «lo siento» al estilo de Loren Hale.

Solo él es capaz de disculparse con alcohol.

—¿Por qué no has respondido a mis llamadas?

—Me quedé sin batería en algún momento de la noche. No me he dado cuenta hasta que me he despertado. —Hace un gesto para señalar el escritorio, donde está cargando su móvil. Luego se acerca a mí y me coge la mano para entrelazar sus dedos con los míos. Se pasa un buen rato mirando la forma en que encajan.

—¿Dónde te has metido? —suspiro.

Se lame la cerveza de los labios.

—En un bar, a un par de manzanas. En esta misma calle. Solo me puse a andar. —Me lleva al centro de la habitación, lo sigo sin ofrecer resistencia. Algo no marcha bien. Percibo un dolor frío en sus ojos; es demasiado profundo para que sea por mi causa.

Nos dejamos llevar por los sentimientos y me atrae hacia su cuerpo. Me sube los brazos para que le rodee los hombros y luego desliza las manos en mis caderas. Nos balanceamos a la deriva, pero vuelvo a la realidad mientras él intenta olvidar.

—¿Qué te ha pasado?

Me mira fijamente.

—Nada.

Casi le creo. Pero tiene el ceño fruncido como si estuviera confundido.

—Quizá te sentirías mejor si me lo contaras —susurro.

Deja de moverse y se le nublan los ojos. Mira al techo un momento y mueve la cabeza permitiendo que surjan las palabras.

—He llamado a mi madre —confiesa antes de que lo presione más—. No sé por qué lo he hecho. No lo sé… —Respira profundamente, haciendo que se dilaten sus fosas nasales, como si estuviera reprimiendo una avalancha de emociones. Espero a que continúe conteniendo la respiración a pesar de que siento un peso sobre mí. Él sabe que quiero saberlo.

—Tú estabas estudiando en la biblioteca —dice—, y comencé a pensar. No sé… Me puse a buscar su nombre en internet y encontré su número. —Incluso después del divorcio, que fue amistoso y discreto, Sara Hale mantuvo el apellido de Jonathan para retener parte de su fortuna. He oído sus quejas al respecto infinidad de veces, pero no puede hacer nada. Ella se largó con un millón de dólares en acciones y una parte de la empresa.

—¿Estás seguro de que era el número correcto? —Me fijo en lo alterado de su respiración; la llamada debe de haber ido mal.

Asiente moviendo la cabeza y desvía la vista para mirar a su alrededor. Parece perdido. Es posible que estemos cogiéndonos de la mano, pero su mente está en un lugar muy lejano.

—No sé qué pensaba decirle —empieza—, quizá debería haberme presentado con un «Mira, gracias por casarte con mi padre y largarte con su dinero» o un «Oye, gracias por nada».

—Lo…

—Pero ¿sabes qué le he dicho? —se burla de sí mismo—. «Hola, mamá». Como si ella significara algo para mí. —Se frota la boca con la idea y emite una risita—. Después de tantos años tan feliz sin saber nada de ella, por fin voy y la llamo. Me respondió: «¿Quién eres? ¿Loren? No vuelvas a llamarme». Y me colgó.

Me quedo boquiabierta.

—Lo sien… —«¿Qué es lo que siento? ¿Qué su madre sea una cabrona? ¿Una cazafortunas que entregó a su hijo a cambio de un millón de dólares?»—. Todo irá bien. No te pierdes nada. Es una mujer horrible.

Le aprieto la mano.

—Lo sé.

—Ven aquí. —Me estrecha contra su pecho y luego me besa

en la frente—. Voy a hacerlo mejor. Me voy a esforzar por ti. —Me masajea la espalda y seguimos abrazados durante un rato. Quiero vivir aquí, entre sus brazos. Donde me siento segura—. ¿Estamos bien? —pregunta en voz baja.

—Creo que sí. —Miro el reloj. Connor debe de estar esperándome, contando los segundos como si cada uno de ellos restara un punto de la nota de mi examen.

—Estás temblando —dice Lo, poniéndome las manos en el cuello al tiempo que me estudia de cerca.

—Estoy bien. —Miro la puerta con vacilación. Quiero hacer algo con Lo, pero no tengo tiempo con mi tutor esperándome en el salón.

De pronto, entiende lo que me pasa.

—¿Qué te parece si lo entretengo veinte minutos? Así puedes quedarte aquí y ver algo. Te traigo un DVD de tu habitación.

—¿De verdad? —Curvo los labios.

Por primera vez en el día, él también sonríe. Parece realmente feliz de poder ayudarme.

—De verdad. ¿Alguna preferencia? ¿Roles, oral, BDSM? —Se dirige hacia la puerta dispuesto a traerme mis vídeos porno.

—Sorpréndeme.

Su sonrisa se extiende de oreja a oreja. Unos momentos más tarde, regresa con tres DVD. Cuando me los entrega, veo que le brillan los ojos. Reviso los títulos, y entiendo el origen de su diversión.

—¿Anal? —me sorprendo. Lo golpeo con la caja de plástico en el brazo.

Me besa en la mejilla y me da una palmada en el culo.

—No te lo pases demasiado bien sin mí. —Se detiene junto a la puerta—. ¿Debo saber algo sobre tu tutor antes de hablar con él?

Ahora no puedo reprimir la risa.

—Le gusta decir cosas ofensivas. Se cree el ser más inteligente del planeta, y no estoy exagerando. Ah… Conoce a Rose.

Arquea las cejas.

—¿Qué quieres decir con que conoce a Rose?

—Al parecer compitieron en un concurso académico. No creo que llegaran a hablar ni nada de eso.

—Bueno es saberlo. —Sale de la habitación, dejándome a solas con mis decisiones.

Me alejo de todos mis problemas, incluso de la historia que

me acaba de relatar Lo, los acontecimientos de la noche y mi probable suspenso. En este momento, me siento bien.

Veinte minutos después, me siento estúpida. Haber hecho un descanso para ver porno mientras estoy estudiando con mi tutor es una idiotez. La única forma de justificar mis acciones y no ponerme como un tomate es decirme a mí misma que no iba a poder memorizar nada más sin alimentar mi adicción.

Me lavo las manos, cojo una Diet Fizz de la nevera de Lo y cierro la puerta al salir.

En el pasillo, flotan en el aire las voces de Lo y de Connor, por lo que me detengo un momento antes de entrar en el salón.

—Es definitivamente la B —está diciendo Lo—. A, C y D ni siquiera tienen sentido. —¿Está estudiando o hablando del tamaño de la copa de un sujetador?

—Exacto. —Connor parece orgulloso. Una reacción que no había visto en él todavía. «Sin duda, estudiando»—. Bien hecho. ¿Sabes que esto no se te da nada mal? Si no fueras tan vago, seguramente podrías subir la nota. —¿Subir la nota? A pesar de que es algo que Lo apenas menciona, siempre he pensado que sus notas no eran malas. Que tenía matrículas o algo así.

—¿Crees que soy tan tonto como para no darme cuenta de que me has llamado idiota? —le pregunta Lo.

—Sinceramente, no me importa —replica Connor.

—¿Eh…? —murmura Lo. Me lo imagino con el ceño fruncido mientras intenta entender a Connor Cobalt y su honestidad brutal… no demasiado correcta.

—Lily estaba muy preocupada anoche. Hemos perdido un montón de tiempo buscándote. ¿Dónde te has metido?

—Espera un momento —dice Lo con evidente incredulidad—. ¿La has ayudado a buscarme?

Yo tuve la misma reacción cuando se ofreció. Es un poco desconcertante que Connor acompañe a alguien a quien apenas conoce a buscar a su novio borracho. Sin duda no es nada normal.

—Sí —replica Connor—. Fuimos a la fiesta que había en el campus, pero no estabas allí. Me arruinaron unos pantalones. A las chicas les gusta mi culo… Es algo que no entiendo.

—Lily no estuvo con nadie, ¿verdad?

Me duele que no confíe en mí plenamente. Pero me alegra que

se preocupe por mi fidelidad; eso significa que le importa. Y me motiva para intentar seguir siendo fiel.

—¿Por qué iba a hacer tal cosa? —pregunta Connor—. Estáis saliendo juntos, ¿verdad?

—Acabamos de empezar. Estamos intentando resolver algunas cosas. —Vaya, vaya… No le miente. ¿Es que Connor Cobalt posee unos polvos mágicos que hacen que la gente diga la verdad? ¿O quizá es que resulta demasiado difícil engañarle debido a su sinceridad brutal?

—Bueno, ¿dónde te metiste? —Connor le da un codazo.

—En un bar, en esta misma calle.

Me gustaría poder espiarlos durante otros veinte minutos, pero necesito aprobar el examen. Notan mi presencia en cuanto hago mi aparición.

Mi novio se gira en el taburete frente a la barra, con una cerveza en la mano. Cuando Connor me mira, veo que agarra otra Fat Tire. ¿Puede beber y estudiar a la vez? ¿Es que es un superhéroe o algo así?

—¿Te sientes mejor? —me pregunta Lo preocupado, aludiendo a la mentira que debe haberle contado a Connor.

—Seguramente fue culpa de la cafeína —razona Connor—. Si no estás acostumbrada a tomar Red Bull y café a la vez, puede revolverte el estómago. Debería haber traído antiácidos.

Noto las orejas calientes, síntoma de que comienza a aparecer mi sarpullido rojo. No quiero que nadie hable de una indigestión falsa. El hecho de que las tutorías de Connor incluyan cafeína y antiácidos es un tanto desconcertante.

—Estás actuando de forma extraña. ¿Tienes fiebre? —pregunta Connor, sin avergonzarse de nada.

Quizá piense que el resto del mundo es inmune también a tal sentimiento, aunque no es mi caso. Curvo los hombros hacia delante como si fuera una tortuga escondiéndose en su caparazón.

—La estás avergonzando, hace mucho eso —afirma Lo con una sonrisa. Que se fijen en mi humillación solo consigue que me ponga más roja.

—¿No podemos limitarnos a… seguir estudiando? —Abro la Diet Fizz y me siento en el otro taburete, junto a Connor.

—Me gusta ese plan —conviene él volviéndose hacia Lo—. ¿Por qué no te quedas con nosotros? Seguramente te venga bien. Calculo que tienes un promedio de setenta en este momento. Y siempre es bueno mejorar la nota. —¿Un promedio de setenta? Frunzo el ceño. Debería haber sabido que Lo no estaba sacando buenas notas y que suele faltar bastante a clase. Las señales están a la vista, pero estoy demasiado ensimismada en mis problemas como para darme cuenta. Ahora que lo sé, no tengo ni idea de cómo ayudarle. Ni siquiera estoy segura de que agradezca mi preocupación.

—Supongo que no tengo nada mejor que hacer —dice Lo.

Reprimo mi sorpresa, que pronto se convierte en orgullo. Solo quiero que Lo tenga éxito, y eso significa que tiene que aprobar según sus términos. Debemos ir paso a paso.

Por la noche, tengo prácticamente garantizado un bien y Lo aspira a un notable. Connor parece satisfecho y llega a sonreír con sinceridad cuando me da la última nota. Veo que Lo abre la enésima cerveza; no se ha molestado en ocultar que bebe alcohol como si fuera agua. Cuando cambia al bourbon, lo vierte en un vaso transparente. Pensaba que Connor haría algún comentario sobre sus hábitos, pero no ha abierto la boca. La única vez que mencionó la bebida, es para pedir otra cerveza.

Veinte minutos más tarde, Connor recoge los libros con los brazos y también la calculadora.

—¿Cuánto te debo? —le pregunto, buscando la billetera en el bolso.

—Guárdate tu dinero. Doy clases de forma voluntaria. Me da puntos extra para el currículo.

Por el rabillo del ojo, veo que Lo sonríe tras tomar un trago de cerveza. Parece más divertido que molesto. De hecho, se ha tomado muy bien todos los comentarios groseros. Quizá Connor le resulte tan entrañable como a mí. O tan entrañable como puede resultar un estudiante de matrícula con ínfulas.

—Mañana es Halloween —comenta Lo—. ¿Sabes de alguna buena fiesta de disfraces? Lily quiere ir a alguna.

«¿Está pensando en ir?». Casi doy saltitos de la emoción.

—Es el cumpleaños de Lo —añado con rapidez, demasiado emocionada para reservármelo.

Él me lanza una mirada aviesa, pero sonríe. Nada puede hacerle bajar de la nube, al menos si vamos a asistir a una fiesta como pareja.

Connor sonríe, mostrando sus dientes blancos.

—¿Cumples años en Halloween? Es increíble. Con respecto a las fiestas, sé de al menos cinco. —No es de extrañar. Ha dejado muy claro que posee muchos contactos donde quiera que va—.

No había pensado ir, ya que casi todos los que las organizan son unos imbéciles, pero voy a hacer una excepción. Voy a llevaros a la menos mala de todas.

—¿Por qué vas a hacer una excepción por nosotros? —indago. De pronto, se me ilumina la cara—. ¿Es que me he convertido en tu alumna favorita?

Niega con la cabeza.

—¡Joder, no! Pero me has elegido, por lo que no vas a encontrar otro tutor. Y, si soy sincero… —Nos mira a uno y a otro con una sonrisa cada vez mayor—. Fizzle y Hale Co. Todavía no sabéis quién soy. Y tengo el presentimiento de que os importará una mierda cuando lo sepáis. —Se dirige hacia la puerta con los libros en los brazos—. Buena suerte mañana. Lily, te llamaré para lo de la fiesta.

—¿Quién cojones es Connor Cobalt? —me pregunta Lo con la cabeza ladeada en cuanto Connor desaparece.

Estoy segura de que debería saberlo.

20

*A*l buscar en Google, encontramos bastante información sobre nuestro nuevo amigo.

Richard Connor Cobalt es el hijo del dueño de una corporación propietaria de otras empresas más pequeñas que comercializan pintura, tinta e imanes. A diferencia de Hale Co, la Corporación Cobalt identifica sus productos con nombres de esas otras empresas como pueden ser MagNetic o Pinturas Smith & Keller. Así que no me siento estúpida por no haberme dado cuenta del prestigio de su familia.

Y Connor tiene razón, la riqueza de su familia no hace que varíe la opinión que tengo de él. Es posible que me esté utilizando para conseguir una plaza en Wharton, pero lo hace con tutorías, no pidiéndome una referencia de mi padre. En cualquier caso, creo que sería un error pensar que él solo es eso. Podría llegar al mismo lugar por sus propios medios. Estoy segura de que aprovecha los contactos que tiene, pero también trabaja duramente para ser el mejor.

Además, que Connor se pase cuarenta y ocho horas ayudando a una chica que no conoce, sin compensación económica alguna, hace que me pregunte cuántos amigos tiene en realidad. No creo que sean muchos.

Después de hacer el examen, me siento cómodamente en la sala de estudio y marco el número de mi hermana.

Suena una vez el timbre antes de que me responda.

—¿Hola? —Se oye ruido de fondo por el altavoz—. ¡Eh, cuidado! —le grita Rose a alguien. Se pega el auricular a la oreja, y su voz me llega más clara—. Lo siento. Estoy atravesando el campus y un idiota me ha lanzado un *frisbee*. Llevo tacones y un abrigo de piel, creo que no doy la impresión de querer jugar a nada.

—Seguramente quería ligar contigo —replico con una sonrisa.

—Sí, ya. Pero no soy un perro que salte a por un juguete.
—Suspira—. ¿Para qué me llamas? Debe de ser algo importante.

—No lo es —aseguro.

—No te creo. Nunca eres tú quien me llama. —Parece un poco distraída.

—Si te pillo en mal momento, puedo volver a llamarte más tarde.

—No, no… Estoy cruzando entre los coches. A los peatones nos atropellan incluso en los pasos de cebra… ya sabes. —Lo sé. Pero si añadimos que muchas personas cruzan la calle por cualquier sitio, con los conductores temerarios resulta una combinación muy peligrosa.

—Bueno, al final recurrí a un tutor para que me enseñara economía.

—¡Oh! Es genial. ¿Qué tal te salió el examen?

—No lo sé seguro, pero espero aprobar. —Apoyo los pies en el cojín de la silla—. Sin embargo, me he enterado de que conoces a mi tutor.

—¿De verdad? —dice sin mucho interés—. ¿Quién es?

—Connor Cobalt.

Lanza tal grito que tengo que alejar el móvil de la oreja.

—Menudo capullo… —continúa con una serie de insultos e improperios—. ¿De verdad que tienes de tutor a ese gilipollas?

—Sí.

—No sé si lo sabes, pero mi equipo ganó al suyo en el último torneo académico. Sin embargo, él parecía obsesionado con la idea de que un filósofo británico del siglo XVIII influyó en Freud. No dejó de hablar sobre ello. —Imaginé que Rose estaba echando espuma por la boca—. Es absolutamente irritante, pero estoy segura de que ya te habías dado cuenta.

—Mmm… —Quizá sea mejor que no tome partido en este caso.

—Debes buscarte a otra persona. —Hace una pausa—. Es posible que esto solo sirva para alimentar su ego. Ya sabes que a mí no me importaría.

En ese momento suena otra llamada, lo que interrumpe mi conversación con Rose. Miro la pantalla y veo el nombre de Connor Cobalt… ¡Huy…!

—Rose, tengo otra llamada, hablaremos luego.

—¿Lo? ¿En serio vas a colgarme para hablar con él?

—No, en realidad no es Lo…

Resopla.

—No irás a colgarme para hablar con Richard, ¿verdad?

No puedo reprimir la risa al oír cómo lo llama.

—Ya hablaremos más tarde. Seguramente solo quiere saber cómo me salió el examen.

—Lily… —me advierte.

—*Ciao*, Rose —me despido con rapidez y respondo a mi tutor—. Hola, Connor.

—¿Has aprobado?

Suspiro. El examen ha sido difícil y no sé si he aprobado o suspendido.

—Un sobresaliente por lo menos —bromeo.

Los ruidos que oigo a través de la línea me hacen pensar que está atravesando el campus a toda velocidad, cruzándose con mucha gente. Igual que Rose. Sonrío para mis adentros.

—Si sacas un sobresaliente en economía, me como los libros. Pero si tú lo piensas, es lo que cuenta.

—Gracias, Connor.

—Con respecto a esta noche, pasaré por vuestro apartamento a eso de las diez. Mi chófer nos llevará a la fiesta en la limusina… —Su voz se apaga poco a poco—. Oye, Lily, me está llamando tu hermana… —¡Oh, Dios mío! No es posible.

—Es que le colgué para hablar contigo —replico con rapidez—. ¿Por qué tiene tu número?

—Estoy seguro de que ha llamado a alguien para conseguirlo. —No parece sorprendido—. Debería responderle.

—Buena suerte.

—No me da miedo —dice riéndose—. Lily, nos vemos esta noche. —Oigo un chasquido y la línea queda en silencio.

En ese momento, Lo sale del aula que hay al otro lado del pasillo y me saluda. Me levanto y lo sigo fuera del edificio. Hacemos un pacto de silencio y no mencionamos ni el examen ni la posible nota, intentando que esos temas no arruinen el estado de ánimo y el cumpleaños de Lo.

Cuando llegamos a casa, me oculto en la habitación de invitados y me pongo el disfraz de superhéroe. Evito mirarme en los espejos. El látex se ajusta a mi cuerpo todavía más de lo que recuerdo y soy plenamente consciente de mi estómago al aire.

Me siento en la cama, encorvándome para ocultar la piel.

Oigo la puerta y Lo asoma la cabeza.

—Hola. —Entra sin complejos, luciendo con orgullo el traje de licra rojo con los costados negros, el ancho cinturón que rodea su cintura y la X enorme del pecho. Su aspecto es increíble, las mangas cortas dejan a la vista los músculos bien marcados de sus bíceps.

—Pareces una flor marchita —me dice. Antes de que pueda protestar, me coge por las caderas, me levanta de la cama y me obliga a separar las manos de mi vientre desnudo—. Estás muy buena, Lil —me susurra al oído antes de besarme en la sien.

—¿Y mi capa? —A pesar de los suaves besos que deja caer en mi nuca, no puedo pensar en otra cosa que en cubrirme.

—X-23 no usa capa. —Me chupa el lóbulo de la oreja al tiempo que desliza la mano por mi piel, por mi muslo y luego…

Suspiro.

—Lo… —le sujeto los brazos, y me muerdo el labio.

Me hace girar y me pone frente al espejo de cuerpo entero.

—Si te sientes incómoda, puedes cambiarte. No te obligaré a usarlo, pero te queda muy bien. Mírate.

Observo los largos cuchillos de plástico que asoman desde mis nudillos. No me puedo ver las costillas, lo que es una ventaja. Solo me faltaba que hicieran alguna broma de esqueletos durante Halloween. Supongo que esta ropa consigue que mis tetas parezcan un poco más grandes de lo habitual, pero aun así no me gusta la forma en que el látex se ajusta a mi entrepierna. No puedo hacer nada al respecto, y lo único que deseo es poder confiar en mí misma por Lo. Después de todo, es su cumpleaños.

—Imagino que cubrirme con una capa sería un sacrilegio —reconozco.

Me da la vuelta entre sus brazos y me da un beso voraz al tiempo que desliza los dedos por mi estómago desnudo, dejando una estela de fuego. Me alejo cuando comienza a bajarme los pantalones de látex.

—Lo —le advierto con la respiración entrecortada—. Te llevó una hora ponerte ese traje. —Lo ha ganado músculo en los últimos años y mientras yo fulminaba con la mirada mi disfraz en la percha, él me había pedido aceite para deslizarse dentro del suyo con más facilidad. Terminó frotándose aceite Hale Co para bebés por todas partes para conseguir ponérselo.

Otro de los cambios de los últimos tiempos es que la zona baja parece ser ahora más prominente. O quizá la última vez que se lo puso me negué a mirar hacia esa parte. Trato de desviar la vista, pero no puedo dejar de estudiarla de vez en cuando.

Como ahora.

—¿Es que temes que desaparezca? —bromea con una sonrisa. Noto los brazos calientes.

—Mmm… No —murmuro—. En realidad estaba pensando si tu traje se romperá si te… eh… bueno, ya sabes.

—Si me empalmo. —¡Oh, Dios mío!

Su sonrisa se extiende de oreja a oreja al ver que giro la cabeza, tratando de reprimir el anhelo que palpita en mi interior. En este momento, quiero saltar sobre él, de verdad. Me encantaría quitarle el disfraz, pero se supone que Connor llegará dentro de una hora y tenemos poco tiempo para conseguir que vuelva a ponerse el traje ceñido.

—Trataré de contenerme —dice sin borrar la sonrisa—. Pero hay algo que puedo hacer sin desnudarme.

¿Eh…? Arqueo las cejas cuando se arrodilla ante mí, deslizando las manos por mis caderas de camino hacia el suelo. ¡Joder!

Él alza la mirada con ese brillo que tiene cuando quiere que nos acostemos, mientras se pasa la lengua por el labio inferior. Sus ojos me enervan. Ahueca una de las manos sobre mi trasero y luego me baja los pantalones de látex hasta los pies. ¡Oh, Dios mío…!

Me empuja, haciéndome caer sobre el colchón y me separa los pies. Todavía está de rodillas a los pies de la cama, cuando cierro el puño apresando su cabello y le echo la cabeza hacia atrás. Noto sus manos firmes sobre las rodillas, pero ninguno hace otro movimiento todavía.

Sé lo que está a punto de hacer. No aparta los ojos de los míos, casi como si me desafiara a hacerlo yo primero. No lo hago. En mis momentos más íntimos con Lo, he llegado a disfrutar de estas miradas, de ver sus ojos entrecerrados, de la sensación de que estamos conectados más allá de las extremidades entrelazadas. Nunca había sentido algo igual.

Solo con él.

—Respira hondo —me ordena.

Cuando me concentro en la inhalación, desliza las manos por mis muslos, por mis caderas y me arqueo bajo su contacto.

—Lo… —me estremezco.

Por fin, aparta la mirada para lamerme el clítoris.

Le tiro del pelo con más fuerza, dejándome llevar por esa sensación

Todavía no me explico cómo he podido vivir sin esto.

21

Gilligan, el chófer de Connor, no se parece nada al famoso personaje de televisión con el mismo nombre. Este es de complexión grande, calvo y más apto para ser guardaespaldas que conductor. Aunque parece muy feliz recorriendo tranquilamente las calles de Filadelfia sin decir ni una palabra.

Connor abre la segunda botella de champán y me llena el vaso. Cada vez que tomo un sorbo, los cuchillos de plástico me dan en la nariz. Mi novio lo tiene más fácil, pues degusta un licor con menos burbujas de una petaca.

El regalo de cumpleaños que le he hecho no pega mucho con su disfraz de Hellion, aunque él se ha puesto el collar de cuentas que casi parece un rosario, salvo que en lugar de una cruz, tiene la punta de una flecha. Es algo que compré en un viaje a Irlanda, aunque en aquel momento tenía doce años.

Juguetea con el collar de forma inconsciente cuando recorremos la calle. Sonrío, feliz de que signifique para él tanto como para mí.

Clavo los ojos en Connor.

—¿Siempre vas en limusina? —pregunto pasando las manos por el asiento de cuero brillante.

—¿Tú no?

Noto la mano de Lo en mi cintura, bajando hacia mi cadera desnuda para atraerme hacia su cuerpo.

—¡Oh, sí! —interviene—. Damos paseos en limusina por el aparcamiento del Wal-Mart para enseñarle a la gente normal qué se puede hacer con dinero. ¿No es así, cielo?

Entrecierro los ojos ante el sarcasmo de Lo.

—Tenemos el Escalade. —Trato de recuperarme de lo que supone tener su mano en la cadera, incluso aunque me encante. Sus jugueteos, aunque a mí me resulten muy eróticos, hacen sentir a Connor incómodo. Es nuestro primer amigo real, y Lo va a conseguir que nos eche del vehículo.

Connor apoya un brazo en la parte superior del respaldo. Lleva una capa, una máscara de tela sobre los ojos y una espada de plástico. El Zorro.

—A la mayoría de la gente no le gustan las limusinas, pero no es a esas personas a las que trato de impresionar. ¿Sabes cuánta gente cabría en esta limusina? Además, lo mejor es que puedo verte sin tener que darme la vuelta. No tengo que forzar el cuello para hablar. Es algo que valoro.

—Bien, es algo con lo que estoy de acuerdo —dice Lo mirándome con picardía—. ¿Y tú, cielo? —Pensaba que dejaría de gastarme esta clase de bromas cuando afianzamos nuestra relación. Pero estas pullas me gustan demasiado y él lo sabe. Pone la mano en mi rodilla y me acaricia la pierna de una forma demasiado relajada como para tomarlo como un gesto sexual. Pero me hace desear que se arrodille ante mí por segunda vez.

—No sigas… —le digo sin palabras.

—¿Por qué? —me responde de la misma forma.

Con una radiante sonrisa, Lo mira a Connor mientras me aprieta el muslo con los dedos.

—¿Quieres enterarte de algo? —¿Adónde quiere llegar?

—Soy todo oídos —replica Connor, alzando la copa.

Lo me mira con rapidez, demasiada rapidez como para adivinar sus intenciones.

—Fizzle hace rutas por la fábrica, ya sabes, de esas donde te enseñan la historia de los refrescos y luego te permiten probar todos los sabores.

—La conozco, visité la fábrica con el colegio cuando estaba en noveno grado.

—Pero ese lugar, no es real. No es donde se fabrican las bebidas.

Connor asiente moviendo la cabeza.

—Lo sospechaba.

—Bueno, cuando Lily y yo teníamos doce años, su padre nos dejó en la zona de exhibición.

El recuerdo parpadea en mi mente y sonrío.

—Pensó que estaríamos ocupados probando todos los sabores —añado.

Lo mira a Connor.

—Pero a Lily se le ocurrió una idea mejor. Me dijo que la fábrica de verdad estaba a una manzana de allí.

Connor arqueó las cejas.

—¿Fuisteis solos a la verdadera fábrica? ¿Cómo pudisteis entrar?

Lo me mira.

—¿Quieres continuar tú con la historia, cielo? —Hunde la mano entre mis piernas, cerca de la ingle.

Contengo el aliento, incapaz de decir nada.

—¿No? —Sonríe y mira a Connor—. Dijo su apellido y aseguró que su padre quería que nos enseñaran la empresa. Cuando entramos empezamos a correr en dirección contraria.

Él había corrido rapidísimo, como siempre. Había luchado por seguirle el ritmo. Cuando los guardias estaban a punto de alcanzarnos, me subió a caballito. Me agarré de su cuello y aceleró. Nos escondimos durante un rato, mientras elaborábamos un buen plan.

—¿Tuvisteis algún problema?

—No —dijo Lo sacudiendo la cabeza—. Su padre tiene un corazón de oro. De hecho, se sintió halagado de que quisiéramos ver la fábrica. Quizá si hubiera sabido lo que hice, no hubiera sido tan amable. Encontré un poco de alcohol por allí —Rectificación: sacó la petaca—, y lo vertí en la mezcla.

—¿Cómo? —dice Connor—. ¿Echaste alcohol en la receta del refresco?

—No creo que se pudiera dar cuenta nadie. No era apenas nada comparado con el resto de la mezcla, pero estoy orgulloso de que un puñado de personas bebiera aquel extra gracias a nosotros. —Se vuelve hacia mí y creo que está a punto de besarme. Tiene esa mirada en los ojos cuando baja la vista a mis labios, esa que puede hacer que me tumbe en el asiento y me entregue a él. Entonces su teléfono suena e interrumpe la conexión que hay entre nosotros.

Suspiro, un poco decepcionada. No es coincidencia que su móvil suene de repente. Tanto mis padres como mis hermanas llevan todo el día intentando felicitarle por su cumpleaños, pero Lo prefiere escuchar el incesante timbrazo que enfrentarse a ellos o mantener una conversación con Rose.

—Solo tienes que responder —le animo.

Mira la pantalla, e intento echarle un vistazo por encima de su hombro. Veo la foto de Jonathan Hale.

Se tensa. Al contrario de lo que hace con mi familia, nunca rechaza las llamadas de su padre. A veces creo que se trata de algo más que temor ante la ira de Jonathan. Sé que, de alguna manera retorcida, quiere a su padre. Es posible que Lo no sepa de qué tipo de amor se trata ni cómo canalizarlo. Se coloca el teléfono en la oreja.

—Hola.

En la quietud de la limusina, la voz brusca de Jonathan resuena a través del altavoz.

—Feliz cumpleaños. ¿Has recibido mi regalo? Anderson me aseguró que te lo dejó en el vestíbulo.

—Sí, iba a llamarte. —Me mira con incertidumbre y me coge la mano—. Recuerdo que lo bebías cuando era pequeño. Es una pasada. —Su padre le ha regalado una botella de whisky añejo de cincuenta años; Decante, Dalmore o algo así. Él ha intentado explicarme el valor de aquella botella, pero yo no podía dejar de pensar en lo malo que era aquel regalo para él y si su padre lo sabría.

—La próxima vez que vengas, podemos tomarla juntos —dice Jonathan—. También tengo un par de habanos.

—Buena idea. —Lo mueve el hombro.

—¿Qué tal ha ido el día hasta ahora?

—Bueno, bordé un examen de economía.

Connor arquea las cejas, incrédulo.

—¿Ah, sí? —Parecía optimista. Debo ser la única que confía en que Lo acabe la carrera.

—Papá, lo siento, pero ahora no puedo hablar —dice Lo—. Estoy con Lily. Vamos a una fiesta de Halloween.

—Bueno, id con cuidado. —Hace una pausa como si quisiera decir algo más—. Que disfrutes de tus veintiún años —añade después de un buen rato en silencio.

—Gracias.

Cuando su padre cuelga, Lo se relaja y me pone el brazo sobre los hombros para acercarme a él, haciéndome sentir sus flexibles músculos.

—Quizá deberías darles las gracias a tus hermanas o enviarles un mensaje de texto.

—¿Y no puedes hacerlo desde tu móvil?

—Entonces me responderán y tendré que volver a escribir. Sería agotador.

—Tiene su parte de razón —interviene Connor.

¿Eh? Es mi tutor, ¿no debería estar de mi parte?

—No me digas que tú también encuentras agotadora un poco de charla. Si es lo tuyo…

Connor toma un sorbo de champán.

—Es agotador para él. A mí me gusta hablar con tus hermanas.

—Por cierto —recordé de repente—, ¿qué tal tu conversación con Rose? Parece que sigues de una pieza, así que no ha debido de ir tan mal.

Lo, que está tomando un sorbo de lo que sea que lleva en su copa, se atraganta y comienza a toser. Le doy una palmadita en la espalda.

—Perdona... —dice—. ¿Has estado hablando con Rose? ¿Una conversación de verdad?

Connor asiente moviendo la cabeza.

—Incluso la he invitado a la fiesta.

—Dime que no has invitado a venir a la reina de las nieves —gime Lo.

—¡Eh! —le espeto—. Es mi hermana y no es mala persona. —Hago una pausa—. Solo que para que te muestre su buen corazón, tienes que caerle bien.

—O estar emparentado con ella —agrega Lo.

Cierto.

—¿Va a venir? —pregunto, algo nerviosa. Prefiero no tener que explicarle lo de la borrachera de Lo, sobre todo porque a estas alturas ya no debería emborracharse. Dado que es su cumpleaños, ella añadiría los estados etílicos a la lista de defectos por los que Lo no es bueno para mí.

—No —responde Connor. ¿Es decepción lo que noto en su voz?—. Me dijo que prefería matar a mi gato. —Sonríe. Una sonrisa de verdad. ¡Oh, Dios! ¿No será cierto que han estado tirándose los tejos por teléfono?

—Gracias a Dios —murmura Lo, visiblemente más relajado.

—Por cierto —Connor cambia de tema, mirándome fijamente—, ¿de qué se supone que vas disfrazada?

¿Voy a tener que soportar esa pregunta durante toda la noche? Será mejor que me prepare para ello.

Le enseño mis garras de plástico.

—Soy X-23.

Me mira con los ojos entrecerrados, bastante confundido.

—Es la versión femenina de Lobezno.

—Ah, vale, estupendo. Es que pareces una especie de fulana con cuchillos.

«¿Cómo?». Eso no me ayuda a tener más confianza en mí misma.

—Lo, vas a tener que estar preparado —agrega mirando a mi novio—. Te veo peleándote con muchos chicos.

Justo cuando pensaba que había ahogado mis inseguridades.

Lo me aprieta el hombro para animarme. La idea de atraer a toda clase de chicos era emocionante hace unas semanas —como un parque de atracciones para mis impulsos—, pero ahora me asusta. Quizá ir a esa fiesta sea mala idea.

—Bueno, eso hará que se entrene para decir «no» —le dice Lo a Connor. Me parece una crueldad innecesaria y me alejo de él, zafándome de sus brazos. Él se sirve un poco más de bourbon en el vaso, sin preocuparse de nada más. Tendría que haber hablado antes con su padre. Así, habría bromeado conmigo y me habría susurrado algo sucio en el oído. Ahora tiene la cabeza en otra parte.

—Ya sé decir «no» —me defiendo con poca convicción. No me he puesto a prueba desde que comenzamos a salir.

Veo que Lo cierra la petaca y mira a Connor.

—Si la ves coqueteando con alguien, apártala de él.

—Lo… —advierto con una mirada incendiaria. ¿Qué va a pensar Connor? ¿Que soy de verdad una fulana con garras? Noto que me invade la vergüenza y me reprimo para no hundir la cara entre las manos.

—Sois muy frikis —asegura Connor como quien no quiere la cosa.

Que Connor nos diga que somos raros es como llamar caballo mágico a un unicornio. No tiene sentido, por lo que tanto Lo como yo nos echamos a reír, aunque él esté un poco deprimido desde que ha recibido la llamada telefónica.

De pronto, la limusina se detiene.

—Ya hemos llegado —anuncia Gilligan, desbloqueando las puertas.

Aprieto la nariz contra la ventanilla. Ante mi vista aparece un vecindario de lujo. Hay una mansión en la cima de una empinada colina, sus luces iluminan el cielo nocturno. Connor dejó caer que había elegido la fiesta donde iban a servir la mejor comida. Fue en la misma frase en la que aseguró que eso era justo lo que yo necesitaba: comer bien.

Hay muchos coches en el camino de acceso y nos apeamos en medio del bullicio. En la fuente que hay en la rotonda final, mana agua sanguinolenta. En el césped de los lados, veo algunos zombis clavados con estacas al suelo; mueven tanto sus sangrientas extremidades y veo tantas babas que llego a pensar que son actores. Tras una inspección más exhaustiva, me doy cuenta de que son prótesis de silicona pintadas.

Seguimos a Connor hasta el porche de piedra, y, en la puerta, golpea una aldaba de bronce. Mientras esperamos que nos abran, más personas se unen a nosotros.

La puerta se abre bruscamente y nos envuelve la música que surge desde el interior. George Washington, o quizá Mozart, nos recibe en el arco, con una copa de champán. Una pastilla de color blanco burbujea en el fondo del líquido dorado.

—¡Connor Cobalt! —grita el hombre balanceándose en los pies, con la peluca blanca algo descolocada.

—Hola… —Se abrazan como si fueran colegas—. ¿De qué narices vas disfrazado?

—Del puto Thomas Jefferson.

—Claro —replica Connor con sarcasmo. Thomas Jefferson no pilla la ironía y me pregunto si yo la habría notado antes de conocer a Connor. Mi tutor nos invita a pasar y yo me agarro de Lo, ocultando mi piel desnuda detrás de su cuerpo—. Te presento a mis amigos: Lily y Lo.

Thomas Jefferson me mira con los ojos entrecerrados mientras me oculto detrás de él todo lo que puedo.

—¿De qué vas? —pregunta—. ¿De SuperSpandex?

—Muy gracioso —replica Lo, mirándolo fijamente.

—Van de dos de los *X-Men* —explica Connor.

Dicho eso, Lo me coge la muñeca y tira de mí para mostrarme, plantando una mano con firmeza en mi cintura. Como si este chico fuera a reconocer a la nueva pareja de mutantes…

Thomas Jefferson se queda mirando mis largas garras metálicas.

—¡Claro! —Aplaude al reconocerme—. Lobezna.

—No se llama así —lo corrijo. Él me mira con diversión, y Connor suspira, mostrando su impaciencia.

—¿Acaso solo podemos entrar si sabes de qué vamos disfrazados? —pregunta Connor. Estira el cuello para mirar por encima del hombro del anfitrión—. Porque creo que estoy viendo allí a Sweeney Todd y sé que no has oído hablar del barbero diabólico de *Fleet Street*.

—¡Oh…! Típico de Connor Cobalt. Siempre tiene razón.

—Balancea la puerta y nos invita a entrar con un gesto burlón. Ha debido de dar la noche libre al servicio para ofrecer esta fiesta universitaria. Lo que hará que se libren de un huracán de vómito y palomitas.

Sin inmutarse por el insulto, Connor accede al vestíbulo donde destacan las resplandecientes lámparas de araña. Los invitados suben y bajan por la escalinata de mármol para entrar y salir de las bien iluminadas estancias, con telarañas en los marcos de las puertas. La gente se balancea en el interior, siguiendo el ritmo hipnótico de la música.

Atravieso el umbral y luego Thomas Jefferson bloquea la entrada antes de que pueda pasar nadie más.

—No os conozco —dice a las personas que se habían colocado detrás de nosotros—. Ni a vosotros. —Cierra la puerta y regresa al interior pasando junto a Connor—. Aprovechados —le oigo decir mientras Connor asiente con la cabeza. Coge una taza de calabaza humeante de la bandeja que porta un duende. Ahora esos peludos son modelos, que se contonean a pesar de sus caras verrugosas.

A diferencia de la fiesta de neón, no hay vasos de plástico, sino copas de champán y tazas con forma de calabaza. Se pasan de mano en mano pequeñas bolsas con pastillas y polvo blanco. He crecido en esta clase de fiestas repletas de adolescentes ricos que necesitan drogas para saciar su tiempo infinito. Parecen recién salidos de las páginas de *Menos que cero*, de Bret Easton Ellis.

Nunca he tenido problemas con las drogas, y quizá debería dar gracias por que mi adicción es menos peligrosa que meter fuego líquido en mis venas. El sexo, a fin de cuentas, forma parte de la vida de todas las personas, ya sea por adicción o no.

Las drogas, no.

El alcohol, tampoco.

Puedes pasarte años sin probarlos, pero nadie es célibe toda su vida. Cada vez que veo a una chica metiéndose bolsitas de marihuana en el sujetador, con los ojos vidriosos y medio ida, siento un poco de envidia. ¿Por qué no puedo tener una adicción que la gente entienda? Es un pensamiento horrible: deseo tener una adicción por la que muere mucha gente. Lo mejor es no tener ninguna, pero por alguna razón, no pienso nunca en esa opción.

Antes de darle sentido a mis compulsiones, me pasaba horas en la cama agotada emocionalmente por mis pensamientos volubles. Primero defendía para mis adentros con vehemencia esas acciones; era mi cuerpo y el sexo me hacía sentir mejor y dejarlo provocaría más problemas que harían que siguiera un camino destructivo. Después lloraba durante horas y me convencía de que debía dejarlo. Me decía a mí misma que no era un problema. Solo era una cualquiera que intentaba justificar mis constantes pensamientos sexuales. En ocasiones intenté detenerme; entonces destrozaba mis DVD porno y me negaba a alcanzar el clímax.

Pero no lograba soportar la abstinencia y olvidaba mis metas con rapidez. Siempre encontraba la razón para volver a empezar. Quizá ese es mi mayor temor: encontrar una excusa para pasar de Lo. Que me vea obligada a usarla.

Lo comienza a apresurarse delante de mí y corro tras él para poder ocultarme detrás de su espalda. Una pandilla de *hippies* con vestidos floreados cortos intercepta a Connor. Él asiente con la cabeza y sonríe de forma indiferente, desencadenando un coro de risitas.

Tendrá que arreglárselas solo. Sigo a Lo hasta la cocina donde hay un montón de cuerpos rodeando los fogones. Revolotean por encima del gas y encienden cigarrillos con las llamas. La puerta corredera de cristal está abierta y el humo sale flotando a la fría noche. Un par de chicas en biquini chillan y ríen de forma escandalosa mientras corren al interior de la casa, mojadas y con la piel de gallina.

Lo intenta abrir las vitrinas donde las botellas de cristal se alinean en siete estantes, llenas de líquido ámbar. Todas las fiestas de este tipo comienzan igual. Lo va directo a por el alcohol más caro de la casa para catar todas las marcas diferentes.

—Esas botellas están cerradas —digo—. ¿No puedes arreglártelas hoy con tu propio whisky? —Tiene la petaca sujeta en el cinturón de su disfraz.

—Espera. —Se aleja un segundo y desaparece en una esquina mientras yo finjo interesarme en la pintura que cuelga en la pared. Mejor parecer fascinada por las manzanas y las peras que parecer una perdedora solitaria.

Él regresa poco después con un imperdible.

—Lo… —le advierto cuando empieza a meterlo en el cerrojo—. Acabamos de llegar. No quiero que nos echen.

—Estás distrayéndome —dice.

Ante mí flotan imágenes de fiestas de piscina a las que asistimos en secundaria. Veo a Lo arrastrándose en el sótano de un chico que había invitado a todos los de su curso. Aquellas fiestas se sucedían sin parar. Lo quería beber vino y whisky de importación, y el dueño de la casa, furioso, le había arrastrado fuera por el cuello de la camisa. A Lo le costaba mantenerse en pie y yo, que había salido del cuarto de baño con las mejillas encendidas, tuve que correr para alcanzar a mi único amigo.

No me gusta repetir el mismo error, pero a veces, me da la impresión de que estamos estancados en una plataforma giratoria.

Incluso con la conversación de los que fuman en la cocina, oigo el clic de la cerradura. Los ojos de Lo se iluminan cuando se abren las puertas de cristal. Veo con qué delicadeza toca las botellas, con una anticipación voraz que me recuerda mis propios deseos.

—¿Te apetece hacerlo en el baño? —suelto sin pensar. Mi voz sale baja y tímida, nada que ver con la chica sensual y segura de sí misma que puebla sus sueños. Es difícil ser así cuando él no es alguien que debo conquistar para follar y luego olvidar.

—¿Eh? —Distraído, coge con los brazos las mejores botellas y las pone sobre la encimera de granito, a mi lado.

—Después de beber… ¿te apetece ir al cuarto de baño para…? —Mi voz se apaga para no sufrir el golpe brutal del rechazo.

Abre una de las botellas y vierte el líquido en un vaso.

—Creía que había sacudido tu mundo —comenta—. Puede que solo lo imaginara, es difícil de asegurar con todos los ruidos que hiciste.

Se me enrojecen los codos al recordar los escandalosos actos que hicimos antes de salir.

—Lo imaginaste. No creo que lograra formar ninguna palabra.

Sonríe antes de tomar un largo sorbo de su licor.

—Pero… —continuo— solo lo hemos hecho en el apartamento y en el yate.

Me mira desde detrás de su bebida.

—¿Lo necesitas? —pregunta—. No pensaba que la ubicación importara. —Hace una mueca ante el tono mordaz que ha utilizado, y luego vuelca el resto del whisky en el fondo de su garganta. Rellena el vaso con rapidez.

Abro la boca, pero termino pareciendo un pez que boquea en busca de aire. No debería importar dónde follamos, pero hay cierto encanto en hacerlo en un lugar diferente. Siempre ha sido así.

—Vale. —La palabra no responde a su pregunta ni a su grosería.

Aprieta los dientes con la misma fuerza que el cristal entre sus dedos.

—De todas formas, estoy atrapado en este traje. A menos que te apetezca recortar un agujero para mí...

—¡No! —lo interrumpo levantando las manos—. Tienes razón.

—Y por si lo has olvidado, Laura —enfatiza el verdadero nombre de X-23—, es mi cumpleaños. —Alza la copa—. Lo que quiere decir que esto es lo que triunfa hoy. —Mira la parte inferior de mi cuerpo.

—Eres tan parecido a Julian que da miedo. —Uso el nombre de verdad del personaje que interpreta. Los dos suelen mostrarse malhumorados, irritables y tontos, pero con capacidad para hacer «chas» y convertirse en los chicos más dulces del mundo. Solo hay que cogerlos en el momento adecuado.

—No es cierto... Yo tengo los dos brazos. —Hellion perdió los brazos luchando contra los Centinelas en *X-Men: Second coming*. Madison Jeffries le hizo unas manos metálicas. Las que debería llevar puestas Lo han quedado en su armario; dice que le impiden abrir las botellas.

Recorro la cocina con la mirada, medio esperando que aparezca en cualquier momento Thomas Jefferson y le llame la atención.

—Si no quieres estar aquí, ve a darle la lata a Connor.

—¿Confías en mí? —pregunto.

—Sinceramente, creo que Connor es asexual. Como las esponjas. Aunque coquetees con él no se dará cuenta.

Me gustaría mencionarle mi teoría de que Connor está enamorado de Rose, pero creo que se limitaría a hacer un comentario sarcástico al respecto. Y prefiero no empezar una discusión para defender a mi hermana.

—¿Qué pasa con el resto de los chicos? ¿Confiarás en mí cuando esté con ellos?

Me lanza una mirada afilada.

—No lo sé. Ahora me estás haciendo pensar que debería estar jodidamente preocupado. —Está de mal humor. No sé la causa. Quizá aquel ambiente familiar le ha traído malos recuerdos y está deseando haberse quedado en casa. O quizá prefiera estar bebiendo con su padre y fumándose aquel habano con él en vez de estar aquí, celebrando su cumpleaños en una casa extraña con gente que no conoce y no significa nada para él.

—Estoy irracionalmente aterrada —confieso—. Y tú estás comportándote como un imbécil.

Lo inclina la copa y la termina de un solo trago. Se limpia la boca con el dorso de la mano, ocultándome cualquier expresión con su gesto. Vacilo y luego me acerco despacio a su lado. Antes de llegar a él, me besa la punta de la nariz. Y luego la mejilla… y el cuello.

Sonrío bajo sus rápidos besitos. Me envuelve con los brazos y me aprieta contra su cuerpo con unos movimientos fluidos que nos hacen balancearnos sobre los pies sin equilibrio real. Por fin, nuestros labios se encuentran y el dulce beso dura más tiempo. Después de un largo y embriagador momento, se aleja y me pone el pulgar en el labio inferior.

—¿Qué te parece esto? —su voz ronca me deja sin aliento—. Cada vez que sientas el impulso de saltar sobre cualquier otro tipo —dice rozándome la oreja—, solo tienes que repetir esto: Loren Hale folla mejor.

Me separo para mirarlo boquiabierta.

—¿Te parece bien? —Me guiña el ojo y se aleja. De inmediato, quiero atraerlo de vuelta, cogerle la mano y apretarla contra mi pecho. Pero en cambio, agarra el vaso.

No me puedo creer que sienta celos de un vaso. Me aclaro la garganta, ignorando ese pensamiento.

—Eso puede funcionar, pero tengo otro mantra diferente.

—¿Cuál? —Curva los labios, pero las botellas lo llaman y aleja los ojos de mí.

—No voy a engañar a Loren Hale.

Inspecciona el estante.

—Me gusta más el mío —dice un tanto distante. Coge una botella triangular de la alacena y, a pesar de que lo deseo y de que me preocupa su estado mental, permito que se emborrache.

Poco a poco entro en el abarrotado salón, donde se han apagado las luces y la iluminación es una lámpara estroboscópica. Veo a Connor junto a la chimenea encendida, conversando con un grupo de personas que lo rodean como si fuera el alma de la fiesta. Interviene un par de veces, pero es más la gente que habla con él que lo que él puede intervenir. Cualquier plan preconcebido abandona mi mente. Incluso la idea de luchar por la atención de alguien suena agotador y aterrador.

Antes de que pueda mirar hacia otro lado, Connor me pilla observándolo y me hace un gesto con la mano. Veo que las *hippies* se tambalean a pesar de estar descalzas y sacudo la cabeza. Pertenezco a las sombras, a las telarañas. Connor es, claramente, el centro de atención.

Aparecen unas arrugas en su frente y murmura algo con rapidez a sus amigos antes de abandonarlos para acercarse a mí. La capa ondea a su espalda, pero se ha subido la máscara hasta el espeso y ondulado cabello castaño.

—¿Sabes? —me dice—, no muerden. Son una compañía terrible, pero bastante inofensiva.

—Lo sé —aseguro—. Es que no me gustan los grupos grandes. Por lo general, cuando voy a fiestas, solo bailo. —Una gran mentira, pero prefiero no añadir «follar» a mi afirmación.

—Nunca se sabe, uno de ellos quizá sea un inversor que necesites en el futuro.

—No te preocupes por mí. —Señalo el grupo—. Ve en busca de tu futuro millonario.

No mueve los pies.

—¿Dónde se ha metido Lo? ¿Lo has perdido otra vez?

—Está en la cocina, y seguramente acabará consiguiendo que nos echen. He pensado hacer un recorrido por la casa antes de que ocurra. —Espero sonar tan amargada como me siento.

—¿Por qué va a hacer que nos echen?

Sacudo la cabeza, intentando olvidar esa idea.

—Por nada. Está bien.

Se pasea por delante de nosotros un bombero sin camisa, y el sudor hace brillar su pecho desnudo como si estuviera salvando a alguien de un edificio en llamas. «No voy a engañar a Loren Hale». No, ni siquiera con un bombero tan atractivo.

—¡Hola, Connor! —le saluda Batman que lleva una cerveza, algo raro en este lugar—. No contaba contigo aquí. Me han dicho que en la fiesta de Darren Greenberg hay paseos gratis en helicóptero.

—Volar mientras vomitas no me parece demasiado agradable, y se me ha ocurrido que aquí habría comida.

—Sí, Michael ha escatimado este año. Pensaba que iba a recrear una escena de *Posesión infernal* delante de la casa. Pero no, se decidió por unos zombis. —Batman me mira—. Tu cara me suena, ¿nos conocemos?

Lo miro, pero me quedo en blanco. Por lo general, los únicos que me reconocen y a mí no me suenan, son los tipos que me he tirado.

—No, no creo que nos conozcamos —digo.

—Es Lily —me presenta Connor—. Es amiga mía.

Batman le da un golpe en el hombro.

—Buen trabajo, tío. —¿Qué significa eso? Me lanza una mirada hambrienta a la piel desnuda de mi estómago. ¡Oh! Cruzo los brazos. A continuación reconoce mi disfraz—. ¡Cómo mola, Lobezna!

Ni siquiera trato de corregirlo.

—Deberíamos reunir a todos los superhéroes que hay aquí y ponerlos a luchar contra el mal.

—Su novio anda por aquí. También va disfrazado de uno de los *X-Men*.

Batman parece un poco decaído.

—¿Tienes novio? —Entrecierra los ojos hasta que se convierten en dos rendijas—. Creo… creo que sí que te conozco. ¿Has estado alguna vez en The Cloud? Es un pub que hay en el centro.

Antes de que añada una palabra más, sé que sabe la respuesta. Me mira con expresión divertida. Al momento, reacciono de forma visceral y me alejo de ellos con la esperanza de que Connor me siga. Que un chico afirme que folló conmigo es una coincidencia extraña, pero que lo hagan dos… Connor pensará que me pasa algo raro.

Me detengo en el vestíbulo al verme bloqueada por un grupo de personas que miran como Pedro Picapiedra se desliza por la barandilla curva de la escalinata.

Connor me toca el hombro y me giro hacia él. Me alegro de que Batman no esté con él.

—Me gustan tus métodos para ignorar idiotas, pero supongo que huir hace que no tengas muchos amigos.

Me relajo. Cree que he huido para evitar capullos de las fraternidades como Kevin o Batman. Si soy sincera, ni siquiera sé si son ellos los idiotas de esta situación. He follado con ellos, pero estoy actuando como ellos creen que voy a hacer. Como basura.

—No es que tenga demasiados amigos —confieso.

—Ya lo he supuesto. Tenemos que encontrar a tu novio y asegurarnos de que no vomita encima de nadie.

—Rara vez vomita.

—Eso es bueno. ¿Te suele dejar sola en las fiestas?

—No me ha dejado sola. Fui yo la que lo dejó en la cocina.

Él levanta las manos en son de paz. Luego me dirijo hacia donde abandoné a Lo. Al llegar a la estantería, un tipo que solo lleva una camisa y calcetines está alineando las botellas con expresión irritada.

«¡Oh, oh!».

—¿Qué ha pasado? —pregunta Connor, aunque estoy segura de que lo adivina.

El tipo disfrazado de Tom Cruise en *Risky Business* saca una llave maestra.

—He encontrado a un imbécil bebiéndose los licores de mi tío. Esta mierda cuesta más que un coche. —«Tío». Debe de ser primo de Thomas Jefferson.

—¿Lo has echado? —Connor mantiene la calma, aunque a mí se me acelera el corazón. ¿Y si se lo han llevado fuera para darle una paliza… humillarlo… o algo peor?

—Todavía no, mis hermanos querían saber antes su nombre. Están en la parte de atrás. —Tom Cruise sostiene una botella con un poco de líquido color ámbar—. Está sorprendentemente sobrio. Yo me habría desmayado si hubiera bebido tanto como este tipo.

No espero más. Me lanzo hacia la puerta de atrás, rezando para que Lo no diga nada inconveniente. Tiene el don de decir lo más inapropiado, de elegir las palabras precisas para desatar una pelea. Y la mayoría de las veces, lo hace a propósito.

No debería haber insistido en acudir a una fiesta. Cuando noté que su estado de ánimo cambiaba, debería haberle propuesto volver a casa. No quería venir.

Noto que se me hunden las botas en el césped mojado y accedo a la piscina, iluminada con un intenso color naranja. Veo a algunas chicas casi desnudas tirándose al agua, pero Lo no se encuentra en ese grupo ni entre otras personas que charlan en las inmediaciones con vasos en las manos.

Connor me toca en el hombro y señala hacia el lateral de la casa.

—Es por aquí. —¿Lo ha visto ya o es que sabe en qué lugar interrogan a los invitados rebeldes? Aparto telarañas y serpentinas negras para dirigirme al lateral de la mansión.

Aquí ya no hay tanta gente y en la quietud de la noche, los gritos se sobreponen a la música que llega desde el interior.

—¡Por enésima vez, hostias! La vitrina estaba abierta. Quizá deberíais comprobar todas las cerraduras antes de dar una fiesta. —Es Lo. Por fin lo hemos encontrado, pero sus palabras solo hacen que se me llene el corazón de terror.

—¡Eso nos importa una mierda!

—¿Quién cojones eres y quién fue el capullo que te invitó? —dice otro chico.

—El capullo soy yo —interviene Connor después de que nos detengamos a su lado.

Al ver a Lo se me pone un nudo en la garganta. Lo han acorralado contra la fachada de piedra de la casa. Cuatro tipos disfrazados de tortugas Ninja, con camisetas Under Armour de color verde claro y duras conchas cubriéndoles las espaldas, lo miran con el ceño fruncido por la indignación.

A pesar de la escasa iluminación, percibo la mancha roja que cubre la mejilla de Lo.

Ha recibido un golpe.

Corro hacia él haciendo caso omiso a la prudencia.

Una de las tortugas Ninja, primo sin duda de Thomas Jefferson, me sujeta por la cintura antes de que llegue hasta mi novio.

—¡Eh! —gritan Lo y Connor al unísono.

—¿Por qué cojones traes a esta basura a casa de nuestro tío? —pregunta Donatello, el que lleva la máscara de bandana de color púrpura, mientras yo intento liberarme. Me retuerzo, agitando las piernas en el aire, pero él me sostiene con firmeza, como si fuera un saco de huesos.

Connor da un paso adelante.

—¿Es que os habéis convertido en matones? Matt, soltadlo. Luego podremos hablar.

La gente comienza a acercarse. A pesar de seguir intentando zafarme de los brazos que me sujetan, veo aproximarse a una Campanilla, un Peter Pan, un superhéroe vestido de verde y a Dobby, el elfo doméstico. El superhéroe da un paso hacia mí y justo cuando creo que va a liberarme, Matt me suelta. Cierro la distancia que me separa de Lo.

Él me pone las manos en las mejillas y me recorre de arriba abajo con la mirada, evaluando mi estado.

—Estoy bien —aseguro, más preocupada por el estado de él—. Deja de provocarlos.

Su expresión se endurece y veo cómo se le marcan los pómulos cuando hace una mueca con los labios.

—Ponte a mi espalda.

—¿Lo? —Está asustándome. Noto una opresión en el pecho.

—Si pasa algo, corre a la limusina de Connor. —Respira hondo mientras me empuja hacia atrás—. Ni se te ocurra esperarme, ¿entendido?

—No —protesto con los ojos muy abiertos—. Lo, por favor…

—Este tipo nos debe cuarenta mil dólares —espeta Matt, volviendo a concentrarse en Lo. ¿Por qué Connor está ayudándonos? Algo así puede dañar su reputación de una manera irreparable.

—No pienso darte ni un centavo —suelta Lo—. ¿Cómo iba a adivinar que esa botella no se podía tocar? No había nada que lo dijera.

—La vitrina estaba cerrada con llave —dice el primo que lleva la bandana azul.

Lo vuelve a abrir la boca, y le pellizco el brazo al tiempo que le lanzo una mirada de advertencia.

Tenemos que largarnos de aquí, a ser posible juntos. Lo veo apretar los dientes y, afortunadamente, no dice nada.

Matt vuelve a mirar furioso a Connor.

—¿Crees que vamos a ignorar esto porque eres Connor Cobalt? ¿Eres consciente de que vamos a ponerte en la lista negra? —¡Ohh, una lista negra! Lo y yo estamos convencidos de que estamos incluidos en todas las que hay en el círculo de estudiantes ricos de la Universidad de Filadelfia. Si no fuera por Connor, no habríamos pasado de la puerta.

—Entonces, ponme en la lista negra —le invita Connor—. Esta es una fiesta de mierda. Ni siquiera habéis servido comida.

Matt lo mira sorprendido.

—¿Los prefieres a ellos antes que a nosotros?

Connor asiente moviendo la cabeza. Tensa los músculos.

—Sí. Veamos lo que tenemos aquí. Un valor aproximado de… —examina la mansión, a mi espalda— unos veinticinco millones. —Nos señala a nosotros—. Calloway y Hale. Cada puta lata de refresco que hay en tu casa y todos los pañales de tus sobrinitos. Miles de millones. Así que sí, me pongo de su lado. Dos personas que hacen que parezca que no tenéis nada.

Jadeo. No me esperaba nada así. Somos amigos de Connor desde hace apenas unos días. Es evidente que colecciona personas, y que Lo y yo somos las monedas de oro más brillantes de su tesoro. Sin embargo, ha pasado tanto tiempo desde que alguien nos defendió, que paso por alto lo superficiales que son sus motivos. Es agradable tener un aliado. Estoy desesperada, sí, pero nadie ha dicho que Lo y yo fuéramos perfectos.

Matt y las demás tortugas Ninja parecen haberse quedado estupefactos, como si trataran de asimilar nuestros apellidos y nuestra riqueza. Luego se ríen con crueldad.

—Bueno, si tantos medios tienen, no habrá ningún problema para solucionar esto de forma pacífica, pagándonos lo que se ha bebido.

La expresión de Lo se endurece. Pongo la mano sobre la suya, rezando para que no le dé por ponerse beligerante. Confío en que se venga conmigo, porque si me voy sola, puede pasar cualquier cosa.

—Que te den —dice.

Connor interviene antes de que una de las tortugas levante el puño.

—¿Y a tu tío le importa? Cuarenta mil no son nada para él.

—Se bebió lo que cuesta un coche, Connor —explota Matt con expresión de incredulidad—. ¡Es más de lo que mucha gente gana en un año! Sí, se va a enfadar, y esa mierda de pañales lo pueden pagar. Como no lo haga, vamos a tomar algo como garantía hasta que saque la chequera. —Me miran y yo les devuelvo la mirada con frialdad. Lo me echa un vistazo por encima del hombro y, al ver que estoy a salvo, da un paso adelante.

¡No! Me abalanzo sobre él y le sujeto la muñeca.

—Lily…

—No puede pagarlo —intento defenderlo.

—Lily… —repite en tono de advertencia—. No.

Aprieto los labios. No es cuestión de ventilar la vida de Lo con unos extraños. Su padre le ha puesto una asignación muy rigurosa, y le da el dinero de forma mensual a cuentagotas. Supervisa todas sus transacciones y le llama cuando hay gastos grandes. La botella de cuatro mil dólares del restaurante italiano y otros gastos normales lo han dejado sin efectivo este mes.

Si aparece un apunte de cuarenta mil dólares, a Jonathan Hale le dará un ataque.

—Cariño, ¿de verdad esperas que me lo crea? —dice Matt. No, ¿cómo va a creérselo?

Connor parece afectado por primera vez. Sigue avanzando poco a poco, mirando a su alrededor para encontrar refuerzos en el caso de que las cosas se pongan feas.

—Puedo… puedo hacerlo yo. Pero tengo la chequera en el coche, dentro del bolso —intervengo. Si tengo que hacerme cargo de un pago de cuarenta mil dólares, lo haré. Puedo decir que los he gastado en un vestido para la gala benéfica de Navidad, asegurando que he manchado el que ya había comprado. El único problema es que no he traído dinero. Esta ropa no tiene bolsillos y no soy muy dada a usar monederos, así que he salido de casa con mis garras de plástico y unas botas de cuero hasta la rodilla.

—¡Matt! —Un hombre alto y bronceado se acerca corriendo. Lleva una chaqueta de cuero verde y un arco con un carcaj lleno de flechas colgado a la espalda. Es el superhéroe vestido de verde que había en la barra. Sus ojos están atravesados por unas rayas verdes de pintura que parecen una máscara y el desorden de su pelo acentúa las líneas duras de su mandíbula. Es un tipo viril, poderoso y cabreado. Es probable que su vestimenta ayude, pero tengo la sensación de que se trata de un caso de alta confianza en sí mismo.

Se detiene a pocos metros del lugar donde nos enfrentamos a las tortugas Ninja y se concentra en el primo con la máscara de bandana púrpura. Estoy preparada para que use los puños con Matt, amenazándolo con su fuerte complexión, algo que Lo no ha hecho.

—Hola, acabo de hablar con una chica —dice el chico vestido de verde—, me ha dicho que Michael quiere que entréis en la casa. Os necesita para detener una pelea en el sótano. Están a hostias.

Abro la boca. Vale… no ha venido a ayudarnos. Soy idiota.

Matt se frota la nuca, y nos mira antes de hacer un gesto a las demás tortugas.

—Id. Yo me encargo de esto. —Las demás tortugas se dirigen hacia la piscina.

—La chica me dijo que Michael quiere que vayáis los cuatro.

—Ryke, ¿me haces un favor? —resopla Matt—. Estos dos le deben cuarenta mil dólares a mi tío —nos señala—. La chica acaba de decir que tiene la chequera en el coche. Acompáñalos y que te dé un cheque.

—Sí, sin problema.

Se me encoge el corazón. Ahora nos va a acompañar el amigo de Matt, que parece capaz de tirarme a la hierba y clavarme una estaca. Quizá a Lo no, pero sin duda a mí sí. Definitivamente. Y en cuanto a Connor… genial.

La malvada tortuga desaparece por la esquina y Ryke se concentra en nosotros.

—¿Dónde está el coche? —Vuelve la cabeza y le veo el perfil: barbilla sin afeitar, nariz aguileña, ojos castaños del mismo color de la miel. Es el típico tipo al que seguiría sin hacer preguntas. Olvido esa idea, es amigo de los primos de Thomas Jefferson.

—Por aquí. —Connor nos conduce hasta la limusina.

Lo me pone una mano en la cintura y me acerca a su costado. Ryke avanza delante de nosotros con Connor. Si las miradas matasen, el superhéroe estaría muerto por las que Lo le clava en la espalda. Me pregunto si en vez de ser porque Ryke es el enviado de Matt, será porque se siente amenazado por él. ¿Me ha visto mirándolo? No lo sé. Ryke es un poco más alto que Lo, seguramente pase del metro noventa, y posee esa aura de seguridad, esa masculinidad intensa. Lo también tiene esas características, pero hay una pequeña diferencia: Lo es claro y diáfano, este chico es duro e introvertido. Hielo contra piedra.

Parpadeo e intento no fijarme en la belleza de Ryke. No es apropiado en un momento como este.

No hemos dado ni cinco pasos cuando Lo saca la petaca de la cintura y da un sorbo.

—¿Es al menos tu bebida? —le pregunto, cabreada al ver que ahoga la situación en whisky. Sin embargo, dado que yo me he distraído imaginando los abdominales de Ryke, no puedo ser demasiado crítica.

Se limpia la boca con la mano.

—Puede…

Ryke lanza de vez en cuando alguna mirada por encima del hombro. Sus ojos oscuros se clavan en nosotros con una expresión demasiado enigmática para entenderla. Si Matt confía en él, no puede ser mejor que las tortugas Ninja.

A lo mejor puedo llorar un poco para evitar pagar. Los chicos suelen ponerse nerviosos cuando las chicas lloran, ¿verdad?

—Bien, ¿de qué se supone que vas? ¿De Robin Hood? —pregunta Connor.

—De Flecha Verde, el protagonista de Arrow —intervengo antes de que lo haga Ryke, que mira hacia atrás para examinar mi ropa con una mirada intensa que me excita.

—¿Sabes quién es Flecha Verde? —me pregunta finalmente, mirándome a los ojos.

—De pasada —murmuro—. No leo las historias de DC Comics. —Me gustan las tramas donde cualquiera puede ser un superhéroe, ya sea Peter Parker o los mutantes.

—Solo los capullos leen DC Comics —interviene Lo. Bueno, yo no llegaría tan lejos.

—No he leído los cómics —confiesa Ryke—. Solo lo he visto en televisión. ¿Eso en qué me convierte?

—En un capullo.

Ryke arquea las cejas, un poco sorprendido por la hostilidad de Lo.

—Entiendo.

—Para que conste —tomo la palabra—. No estoy de acuerdo con Lo. No soy una elitista de los cómics. —Cualquiera puede leerlos, pero si no lo haces, está bien que disfrutes de los personajes en otros medios.

Lo pone los ojos en blanco.

Ryke ignora mi comentario y se vuelve hacia Connor, que permanece en silencio.

—¿Por qué estás con estos dos? Por lo general te rodeas de una multitud deseosa de hacerte la pelota.

—Estoy ampliando mi mundo social.

Al acercarnos a la limusina, me doy cuenta de que debo elaborar un plan. Pero mi cerebro patina por el terror que me invade cada vez que respiro. Salimos a la acera y el viento me agita el pelo. Veo el vehículo junto a la acera.

—¿Dónde está el coche? —pregunta Ryke, mirando hacia la casa con cautela.

—Aquí mismo. —Connor golpea la ventanilla y Gilligan, el chófer, desbloquea el seguro.

Me muevo para que sea Lo quien suba el primero. Él se balancea sobre sus pies, pero no necesita un empujón. Cuando está a salvo en el asiento de cuero, empiezo a relajarme. Un poco.

—¿Dónde tienes el bolso? —pregunta Connor. Al momento abre mucho los ojos—. Espera... no lo has traído, ¿verdad?

—Eh... eh... —evito la mirada de Ryke. ¿Va a empujarme? ¿A golpearme? Noto que tensa los músculos y me encojo de miedo, dando un paso atrás.

—¿Qué has hecho? —pregunta Connor horrorizado.

Abro la boca, pero al levantar la vista me doy cuenta de que no me lo ha preguntado a mí. Después de mirar a Ryke, clava los ojos en el césped, por donde las tortugas Ninja corren a toda velocidad, esquivando zombis para dirigirse directamente hacia... nosotros.

22

—*E*ntra en el coche —me urge Ryke.

Me subo a la limusina lo más rápido que puedo, golpeándome la cabeza contra el marco metálico. Maldigo por lo bajo mientras me froto la frente, pero me siento en el interior. Lo se ha acomodado en el asiento más largo, tiene los ojos cerrados y acuna la petaca como si fuera un osito de peluche. Ocupo el lugar a su lado y le pongo la mano en los tobillos.

Connor entra detrás de mí y, para mi sorpresa, Ryke le sigue. Cierran la puerta y bloquean los seguros.

—¡En marcha! —le grita a Gilligan.

El chófer acelera por la calle semivacía del barrio residencial mientras las tortugas Ninja corren detrás de la limusina. Las luces traseras iluminan sus figuras, y veo que cuando ganamos distancia, bajan la velocidad hasta detenerse. Finalmente, se desvanecen en la oscuridad.

Me doy la vuelta para enfrentarme a Connor y Ryke.

—Déjame adivinar —dice Connor—, no había ninguna pelea en el sótano.

Ryke echa un vistazo a Lo, que ronca en su inconsciencia.

—Me la inventé —admite en voz baja—. ¿Se encuentra bien?

—Esperad un momento —intervengo levantando las manos—. ¿Qué es lo que está pasando? ¿Por qué nos estás ayudando?

Ha sido un mero espectador de la escena; podría haber permanecido al margen, sin moverse ni intervenir. Pero ha elaborado una mentira que llevó a las tortugas Ninja al interior de la casa, dándonos tiempo para ponernos a salvo. En mi mundo nadie te ayuda por bondad. La única respuesta por la que tiene sentido que quiera ser nuestro amigo es que prefiera elegir al que más dinero tiene en su cuenta corriente, igual que Connor.

Ryke aparta los ojos de Lo para mirarme.

—¿De verdad piensas que podía quedarme mirando como Matt la toma con un borracho y una chica sin hacer nada?

—Mucha gente lo haría —murmuro.

Él arquea las cejas de una manera ominosa que me hace ser más reservada y precavida.

—¿De verdad? Pues vaya gente de mierda. —Vuelve a mirar a Lo que se abraza a la petaca. De pronto, Ryke se inclina hacia delante, arranca la petaca de los dedos de Lo, y baja la ventanilla al tiempo que quita el tapón.

—¿Qué haces? —digo, frenética. Salto hacia él y trato de quitársela—. ¡No es tuya!

Me estiro para recuperar la petaca, para impedir que vierta el líquido en la carretera.

A él no le cuesta sostener el recipiente alejado de mí, pero me aprieto contra la ventanilla abierta para intentar impedírselo. Me mira como si me hubiera crecido otra cabeza.

—Pero ¿qué cojones te pasa?

—¡No es tuya! ¡No puedes tirarlo!

—¿En serio? Imagino que es de tu novio.

Lo fulmino con la mirada sin añadir nada más.

Connor observa la escena con curiosidad, pero no interviene.

Ryke deja caer el líquido.

—Esto es la causa de todo. Así que en realidad le estoy haciendo un favor, a él y a ti. Y a todos los que vamos en la puta limusina.

Me estiro hacia la ventanilla y saco los brazos para intentar detenerlo. Pone una mano sobre la mía, tan cerca que siento el movimiento de sus costillas contra mi pecho. ¡Oh, Dios…!

—Para —me grita.

Intento zafarme de su mano.

—¿En qué se diferencia esto de lo que estaba haciendo Matt?

Veo que aprieta los dientes.

—Yo estoy tratando de ayudar a tu novio. —Por fin, se detiene y apoya la espalda en el asiento.

Tengo la piel manchada con alcohol y noto la cara caliente al recordar sus movimientos. Recojo la petaca vacía antes de sentarme en mi sitio, pero sigo mirando a Ryke con los ojos entrecerrados con desconfianza.

—¿Quién eres?

Connor arquea las cejas.

—¿No lo conoces?

—¿Debería? —pregunto con una mirada fulminante.

—Es Ryke Meadows, es el capitán del equipo de atletismo. Del que también son miembros Michael y Matt.

Respiro hondo.

—Entonces —elucubro, clavando los ojos en Ryke—, ¿esos tipos son amigos tuyos?

—Sí —replica él.

Observa a Lo y abandona su sitio para sentarse al otro lado de mi novio.

—Se encuentra bien —digo en tono airado. Sé qué debo hacer para cuidar de Lo. He pasado un millón de veces por esta situación y tengo claro cuándo necesita ir al hospital y cuándo dormir la mona.

Ryke no acepta mis palabras y pone dos dedos en el cuello de Lo para comprobar su pulso.

Connor se concentra en mí.

—Tú sabías que estaba bebiendo esa botella tan cara, ¿verdad?

Ryke arquea las cejas y me mira. Su expresión parece más ominosa y cabreada que antes.

—¿Por qué no se lo impediste? —Mueve la cabeza de forma desaprobadora.

Me asalta una oleada de culpabilidad, y lo odio por hacerme sentir así. He hecho todo lo posible para proteger a Lo de sí mismo sin ser hipócrita.

—Lo intenté. —Le dije que no lo hiciera, pero no puedo obligarlo a parar. Y menos cuando yo ansiaba follar tanto como él deseaba el alcohol.

—¿Siempre bebe tanto?

«¿Por qué está interrogándome?». Me muerdo el labio, incapaz de decir las palabras que hierven en mi interior.

—Hoy es su cumpleaños. —La mayoría de la gente celebra que cumple veintiún años ahogándose en alcohol, pero Ryke sigue tan desaprobador como antes. Parece leer en mi interior como hizo aquel gigoló.

—Eso no es excusa —interviene Connor—. Lo nunca ha tratado de ocultarme su problema. Siempre está bebiendo.

Vuelvo la cabeza y aprieto la mano en el tobillo de Lo.

—Lo único que tengo que hacer es llevarlo a casa.

«¡Despierta!», quiero gritarle. Me ha dejado sola para limpiar su mierda… Una vez más.

Connor abandona el tema y un silencio ominoso inunda la li-

musina mientras recorre las calles de la ciudad. Siento las sofo-
cantes emociones de Ryke, su respiración entrecortada mientras
intenta entender la situación. Cada vez que lo miro, parece a
punto de golpear una pared. O, esencialmente, de salir corriendo.

Cuando la limusina baja la velocidad en las cercanías del edificio Drake, me arrastro más cerca de Lo y le paso los brazos por
debajo de los suyos, intentando levantar su pesado cuerpo contra el mío.

—Lo —susurro—. ¡Despierta! —Si casi no soy capaz de llevarlo a la ducha, ¿cómo voy a poder arrastrarlo hasta el ascensor?
No estoy habituada a pedir ayuda, así que paso los siguientes minutos tratando de enderezarlo para sacarlo por la puerta.

Connor y Ryke se bajan de la limusina y por fin, abren mi
puerta. Connor asoma la cabeza desde fuera.

—Venga, Lily, échate a un lado. Nosotros lo llevaremos.

—No, a Lo no le gustaría.

Ryke baja la cabeza para mirarme.

—A la mayor parte de los chicos tampoco les gustaría que los
llevara su novia.

Me lo tomo como un insulto personal, a pesar de que no lo ha
dicho con esa intención.

—Ni siquiera está consciente. No puede importarle —añade
Connor como si eso aclarara la cuestión. Es evidente que no voy
a ganar esta vez.

Me deslizo fuera del asiento, y me envuelve el aire frío de Filadelfia. Connor se mete dentro de la limusina.

—Cógelo por los pies.

Ryke se pone junto a la puerta y ambos intercambian instruc-
ciones hasta que son capaces de sostenerlo entre los dos, y Ryke
lo carga con bastante facilidad. Me gustaría que fuera Connor
quien lo llevara… el otro chico tiene algo que me pone los pelos
de punta.

Sin embargo, acuna a Lo entre sus brazos. La imagen debería
ser divertida porque Lo lleva su disfraz de superhéroe rojo y negro, y parece un *X-Men* herido; me imagino a mi novio desper-
tándose a salvo en los brazos de Flecha Verde. Sin duda se sor-
prendería. Y no como lo haría un admirador.

—Ten cuidado con la cabeza. —Le instruyo mientras atrave-
samos las puertas giratorias.

—Lo tengo controlado. —Ryke atraviesa el vestíbulo sin
alterarse.

Ya en el ascensor, miro fijamente a Lo, irritada por el curso de los acontecimientos. Jamás he permitido que le ayude nadie que no sea yo. Ha sido mi labor desde hace más años de los que puedo recordar. Y quizá se me ha dado fatal…, pero sigue vivo, y respira. Está aquí, conmigo.

En la puerta, busco las llaves y los guío a nuestro apartamento. Me pongo de los nervios al darme cuenta de que jamás ha atravesado el umbral tanta testosterona junta. O quizá no… está aquella vez que vine con dos chicos.

—Puedes dejarlo sobre la cama. —Muestro a Ryke cuál es la habitación y retiro el edredón color champán. Mientras yo le desato las botas, Ryke estudia la decoración, los pósteres del Comic-Con, las fotografías y los armarios cerrados. Su manera de observarlo todo es muy rara, como si nunca hubiera estado antes en la habitación de otro chico.

—¿Vivís juntos? —pregunta, cogiendo una fotografía enmarcada del escritorio.

—Ella es una Calloway. —Connor apoya la cadera en el marco de la puerta y cruza los brazos sobre el pecho.

—No sé qué quieres decir —replica Ryke.

—Mi padre es el dueño y creador de la Fizzle —explico.

—Lo sé, y es la razón de por qué Connor hace tan buenas migas con vosotros, pero no entiendo cómo se relaciona esto con que salgas con él. —Señala a Lo.

Connor levanta la mano, pidiendo la palabra.

—Solo para dejarlo claro, me caen muy bien. Con ellos nunca hay un momento aburrido.

Ryke se encoge de hombros. Noto que su chaqueta de cuero está empapada de alcohol.

—¿Tenéis una relación seria?

—¿A ti qué te importa?

—¿Siempre te pones a la defensiva con la gente que te echa una mano? —pregunta, frunciendo el ceño con irritación.

«Sí». En vez de admitir mis equivocaciones, respondo a la otra pregunta.

—Somos amigos desde la infancia. Acabamos de empezar a salir, pero hemos vivido juntos desde que empezamos la universidad. ¿Contento?

—Me sirve con eso —asegura, cogiendo otra foto.

—¿A qué hora crees que despertará Lo? —pregunta Connor—. Me ha prometido que mañana vendrá conmigo al gimnasio.

Suspiro.

—Las promesas de Lo son como los bares de madrugada, vacías. —Abro el cajón del escritorio y veo tres botes de paracetamol. Uno está vacío y lo lanzo a la basura, así que cojo cuatro pastillas del segundo y las dejo en la mesilla con un vaso que lleno en el cuarto de baño.

—Haces esto a menudo —adivina Ryke.

Apago las luces y los acompaño al salón sin mirarlos a los ojos. Una vez allí, me envuelvo en una manta de color crema y oculto mis manos temblorosas entre las piernas. Cuando ellos se sientan en el sofá, me hundo en el sillón de cuero rojo.

Ryke mira a su alrededor, estudiando las luces, la chimenea apagada y las pinturas de osos polares inspiradas en el trabajo de Warhol. Es como si estuviera intentando adivinar cómo somos a través de nuestras pertenencias. No me gusta.

—Deberíais marcharos. Estoy un poco cansada —digo con suavidad.

Connor se levanta.

—De acuerdo. Volveré por la tarde a recoger a Lo para ir al gimnasio. Puede que no mantenga sus promesas, pero yo intentaré cobrarme todas las que me haga.

Ryke lo imita cuando Connor ya está en la puerta. Continúa echando un vistazo a su alrededor. Pasea la mirada por la cocina, por los taburetes de la barra de separación entre la cocina y el salón, las estanterías…

—¿Estás pensando en robar algo? —le pregunto—. Aquí no tenemos demasiadas cosas de valor, quizá deberías intentarlo en casa de mis padres.

La cara de Ryke se deforma por la rabia.

—Eres mala, ¿lo sabías? —Entorna los ojos—. Que esté mirando la lámpara no significa que vaya a robarla.

—Si no estás tomando nota de todo para regresar más tarde, ¿qué narices estás haciendo?

Ladea la cabeza y me mira como si fuera idiota.

—Trato de hacerme una idea de quién eres. —Señala la repisa de la chimenea, donde hay un jarrón de cristal, regalo de Poppy—. Es de alguien rico. —Señala las botellas de licor que cubren las encimeras de la cocina—. Es de un alcohólico.

¿Cómo puede llegar a esa conclusión por ver unas cuantas botellas?

Me arde la nariz.

—Vete.

Sigue mirándome con los ojos entrecerrados.

—Duele escuchar la verdad, ¿no? ¿Nadie te la ha dicho antes?

Casi nunca me altero, pero noto que me invade una extraña oleada de furia.

—¡No puedes decir cómo somos viendo nuestras cosas!

—¿No? Me parece que he tocado una fibra sensible. Y estoy bastante seguro de que he acertado.

—¿Qué narices te pasa? —ladro—. No te hemos pedido ayuda. Si hubiera sabido que ibas a ser tan… —gruño, pero me interrumpo, incapaz de encontrar la palabra que lo defina.

—¿Bruto? —bromea—. ¿Tan animal? ¿Tan simio?

Da un paso hacia mí. Estoy tan furiosa que le pegaría. Jamás había sentido tanta hostilidad hacia nadie.

—¡Déjame en paz! —grito, pero me sale un gemido. Odio también el tono de mi voz.

—No —replica con firmeza.

Aprieto los dientes para reprimir las ganas de pisotearlo como si fuera un bicho.

—¿Por qué?

—Porque aunque supieras que Lo tiene graves problemas, creo que no moverías un dedo, y eso me molesta. —Me mira—. Vas a tener que lidiar conmigo.

Se acerca a la puerta. Una parte de mí está de acuerdo con Ryke. No sé cómo ayudar a Lo sin resultar herida. Y soy demasiado egoísta para encontrar una solución a sus problemas.

—No quiero volver a verte —digo con sinceridad.

—Bueno, pues lo siento por ti —dice Ryke, girando el picaporte—. Es muy difícil deshacerse de mí.

Dicho eso, se va. Me dan ganas de gritar. ¿Tan preocupado está por el bienestar de Lo que está dispuesto a que nos veamos otra vez?

La puerta se cierra y trato de no pensar en él. Quizá haya soltado esas amenazas para hacerme sentir culpable. Nadie se inmiscuye en asuntos ajenos de esta manera.

Pero luego pienso que él se entrometió en una pelea que no le iba ni le venía. Parece que es de esas personas a las que les gusta meter las narices en donde nadie los llama.

23

*E*l tema de Ryke sigue dando vueltas en mi mente mientras paso el resto de la noche viendo porno y satisfaciéndome con juguetes. Me ahogo en sudor… Tendríamos que habernos quedado en casa para celebrar el cumpleaños de Lo, como él quería. Ojalá le hubiera hecho caso, y tomo la decisión de no cometer el mismo error el año que viene.

Cuando me acurruco entre las sábanas, con el pijama puesto, las lágrimas comienzan a caer sin control. Se suponía que mantener una relación de verdad con él iba a arreglar lo que no funcionaba en nuestras vidas. Que debería hacer más fáciles nuestros problemas, que no tendríamos que fingir, que podríamos ser nosotros mismos… Libres de mentiras. ¿No es esta la parte en la que nuestro amor mutuo nos ayuda a superar nuestras adicciones? ¿En la que nuestros problemas se resuelven por arte de magia con un beso y una promesa?

Pero todo se ha ido por el desagüe. Él bebe y yo follo. Y nuestros horarios no coinciden, por lo que esto está empezando a ser más destructivo que saludable.

Nadie me dijo que amar a alguien podía hacer que te sintieras tan mal. ¿Cómo es posible? Sin embargo, pensar en alejarme de Loren Hale hace que se me detenga la respiración. Hemos sido amigos, aliados, durante tanto tiempo que no sé quién soy sin él. Nuestras vidas se han cruzado muchas veces, y separarme de él me parece una ruptura horrible e irreparable.

Pero algo está muy mal.

A última hora de la mañana, me duele la muñeca, pero pongo otro DVD. Suena el timbre cuando me dejo caer sobre el colchón. No estoy de humor para entretener a Connor; además, puede que acabe saltando sobre él. Estoy irritada y necesito a Lo con desesperación. Pero después del lío que montó la noche pasada, no merece ninguna recompensa. Incluso aunque la abstinencia me duela más que a él, no va a conseguir nada en las próximas horas.

El timbre vuelve a sonar. ¡Genial! Él sigue inconsciente.

Me levanto de la cama y me pongo una camiseta y unos pantalones usados antes de pulsar con el pulgar el botón del altavoz.

—¿Sí?

—Señorita Calloway, el señor Cobalt está aquí.

—Mándelo arriba.

Hago café, esperando que la cafeína consiga que Connor parezca un *hobbit* espantoso y me quite cualquier impulso de abalanzarme sobre él. Sin embargo, pienso que Frodo es un encanto.

—¿Ha sonado el timbre?

A punto estoy de dejar caer la leche.

Lo se frota los ojos y se dirige despacio hacia las alacenas en busca de galletitas saladas y un poco de *bloody mary*. Tiene el pelo mojado de la ducha y solo lleva puestos unos pantalones de deporte, que cuelgan desde sus caderas.

Me tenso y me doy la vuelta justo cuando nuestros ojos se encuentran.

—Eh… —Me pone la mano en la nuca desnuda y me levanta el pelo.

—Basta. —Me ahogo, pero aumento la distancia entre nosotros.

Veo como el mismo remordimiento de siempre nubla sus rasgos. Me observa de arriba abajo: las piernas sudorosas, la ropa pegándose a mi piel y el pelo enredado y húmedo.

Debe de parecer que acabo de follar.

Apoya una mano en la encimera para mantenerse en posición vertical, como si estuviera siendo azotado por el viento.

—Lily…

Suena un golpe en la puerta.

—¡Loren Hale! —grita Connor—. Será mejor que te despiertes. Me has prometido ir al gimnasio, y quiero que lo cumplas.

Lo se aleja a regañadientes y le abre la puerta.

—Vaya, estás listo a tiempo —se sorprende Connor mientras él se dirige hacia la cocina.

—Siempre lo estoy. —Connor mira a Lo mientras coge una botella de vodka de la nevera—. Apenas es mediodía. Las células cerebrales no responden bien al alcohol tan temprano. Es mejor que bebas Gatorade.

—Se está haciendo un *bloody mary* para la resaca —lo defiendo antes de que pueda reprimirme.

—Exacto —confirma él, haciendo que me sienta peor por no disimular su problema. «No pienses eso». Abre una lata de V8 vegetal y comienza a preparar la bebida. Connor agrega algo sobre los electrolitos.

Me quedo al margen e imagino unas manos que se apoyan a ambos lados de mí sobre la encimera, acorralándome. Un hombre sin rostro ni nombre desliza sus húmedos labios por mi cuello y comienza a lamerme. Luego desliza los dedos por debajo de la camiseta y los sube lentamente, haciendo que me hormiguee la piel…

—Lily, ¿qué te parece el plan? —pregunta Lo, con el ceño fruncido de preocupación.

Parpadeo.

—¿Eh? —Me froto la nuca, tratando de relajarme, pero mis fantasías me hacen arder.

Veo que Lo tiene un Gatorade azul entre las manos. ¿Y el *bloody mary*? ¿Acaso Connor lo ha convencido para que cambie de bebida? Deja el Gatorade a un lado y se acerca a mí, consciente del temblor de mis manos.

—¿Te encuentras bien? —Se estira para ponerme la mano en la cara, pero giro la cabeza, alejándome de él. Noto que se tensa por el rechazo.

—Estoy bien —digo—. Voy a darme una ducha.

—¿Nos acompañas al gimnasio? —parece preocupado.

—No lo tenía pensado. —Cada paso que me alejo de Lo hace que mi cuerpo palpite. Comienzo a notar que flaquea mi voluntad. Necesito estar con él. Deseo sentirlo. Unos segundos más y claudicaré, iré a por él.

Con rapidez, me agarra las manos con una de las suyas y se inclina hacia mi oreja.

—Por favor, ven. —Su ronca voz me excita. Reprimo un gemido—. Lo haremos allí mismo… —Y me susurra exactamente lo que quiere hacerme en el gimnasio. No puedo decirle que no. Apenas soy capaz de negarle nada. Está utilizando mi debilidad para comprar mi perdón. Es como si yo metiera la pata y le enviara como regalo una cesta llena de whisky añejo.

Asiento y murmuro algo sobre que debo ducharme primero. Me dirijo al cuarto de baño, donde me lavo el pelo y el sudor.

Él llama a la puerta.

—¿Me necesitas?

«Sí». Pero aguantaré hasta el gimnasio. O eso espero.

—No.

Puedo sentir su presencia persistente en la puerta. No va a disculparse por lo ocurrido anoche, a pesar de que es consciente de que lo jodió todo. Espero que me pregunte si me tiré a otro tipo, pero no lo hará. Por fin, oigo sus pasos alejándose. Después de la ducha, me pongo unos pantalones de chándal y una camiseta holgada.

Cuando llegamos al gimnasio, Connor decide entrenar en las máquinas de tren inferior que hay junto a una serie de monitores de pantalla plana. Empuja el peso con los pies, tensando los músculos por el esfuerzo.

En el otro extremo de la sala de pesas, me hundo en el suelo junto a la máquina de pectorales. Lo agarra las asas de los pesos y las acerca a su torso antes de volver a llevarlas hacia fuera.

Trato de evitar cualquier contacto con él. En el coche, me he pasado todo el tiempo pegada a la puerta para conseguirlo, y me mataba cada bache de la carretera que hacía vibrar el asiento.

—¿Podemos hacerlo ahora? —pregunto mientras coloco los calcetines en los tobillos.

—¿La anticipación no forma parte de la diversión?

—A veces. —Aprieto las rodillas contra el pecho y veo que Connor ha dejado de entrenar para discutir con otro chico sobre el mando de la televisión—. Deberíamos pasar de él. —Es la solución más fácil para nuestros problemas. Es el intruso, el que nos obliga a enfrentarnos a nuestros problemas, a verlos realmente como son. No quiero pensar en nada de eso. Incluso culpo a Ryke por llenarme la cabeza con semillas de culpa.

—Es un buen tipo —dice Lo, volviendo a llevar las pesas hacia el pecho—. A pesar de que seguramente es el mayor capullo que he conocido. —Suelta el aire—. Pero no es perfecto, incluso aunque crea que lo es.

—Y además, asexual.

—Eso también.

Cojo unas mancuernas, evitando la mirada malvada de las dos chicas que hay en la escalera. Supongo que acompañar a tu novio al gimnasio y ver cómo se entrena se considera patético. Muevo los brazos con los pesos, pero resulta que es la parte más débil de mi cuerpo. Después de un par de minutos, dejo caer las manos.

Me siento de nuevo.

—¿Podemos hablar sobre lo que ocurrió anoche?

Él hace una mueca al tiempo que lleva las asas de nuevo a su pecho. A continuación las suelta y se seca la frente con una toalla. Veo girar los engranajes en su cabeza.

—¿Qué hay que hablar?

—Te bebiste algo que no era tuyo.

Pone los ojos en blanco de forma dramática y se levanta para añadir más peso.

—Ya lo he hecho antes. ¿Por qué ahora es diferente, Lil?

—No estamos en el instituto —replico—. Y... y estaba contigo.

Los pesos tintinean cuando se sienta de nuevo.

—¿Quieres que deje de beber? —pregunta muy serio. Quiero que lo haga. ¿Cómo voy a querer que siga su caída en picado hacia el infierno? Podría llegar a morir por esto. Un día podría quedarse inconsciente y no despertar más. Pero continúa antes de que reúna el coraje para decirlo—. ¿Quieres dejar de follar?

«No». ¿Por qué tiene que ser un ojo por ojo? Supongo que porque no es justo que yo concentre mis energías, mi tiempo y mis pensamientos en el sexo mientras que él debe dejar el alcohol.

—Mira —dice al darse cuenta de que no sé qué responder—. Anoche bebí demasiado y tú te has masturbado durante toda la noche. Asumo que no me engañaste. —Espera a que responda y yo sacudo la cabeza, indicándole que no lo hice. Él parece aliviado—. Fue una mala noche. Hemos tenido muchas. ¿Vale? —Vuelve a coger las pesas.

Me quedo donde estoy, bastante aturdida.

—A veces pienso que éramos mejor pareja cuando no lo éramos de verdad.

Se pone rígido.

—¿Por qué lo dices? ¿No te gusta el sexo?

—No... solo creo que todo era más fácil. —Deberíamos volver a estar como antes. No nos peleábamos tanto. Nuestros horarios eran diferentes y no importaba, solo nos cruzábamos de forma ocasional. Casi siempre, separábamos nuestras adicciones, pero ahora se superponen demasiadas veces y no podemos hacer malabarismos.

—Nadie ha dicho que fuera a ser fácil. —No mueve las pesas.

Me duele todo el cuerpo. Desearía tener valor para ponerme en pie y caminar hacia él. Para apoyar las manos en su torso y rodearle la cintura con la pierna para sentarme a horcajadas sobre su regazo. Entonces, jadearía y me diría: «¿Lily?». Pero no me detendría. Dejaría que me bajara, que mis caderas se unieran a las suyas. Le besaría la base del cuello mientras me froto contra su erección. Él gruñiría, se excitaría y me diría con la voz ronca que nos reuniéramos en el vestuario.

Una toalla húmeda me impacta en la cara y me arranca de mi fantasía. Lo me mira de forma acusadora.

—¿Soñando conmigo?

Se me ponen rojos los brazos.

—Es posible. —Por suerte, soy transparente solo para él.

—Se supone que deberías decir que sí. —La diversión hace brillar sus ojos.

—Sí —replico con una sonrisa—. ¿Podemos hacerlo ya?

Mueve las piernas en el banco y coge el Gatorade. La excitación crece en mi interior y se apaga al instante, al ver que permanece sentado.

—Lil, será mejor si surge de forma espontánea.

Frunzo el ceño.

—¿Te... te corta hacerlo en público? No van a pillarnos. Me voy a asegurar de que...

—No me corta —asegura. Solo para demostrármelo, me apresa el cabello con una mano y me besa de forma agresiva, con un entusiasmo que promete algo más. Desliza la lengua en mi boca y se me escapa un gemido.

Se aleja con una sonrisa satisfecha.

—Pronto... —«¡Sí!».

Se acerca a las máquinas de tren inferior donde está Connor, pero se detiene al darse cuenta de que sigo paralizada en el suelo. Aquel beso me ha dejado helada.

—¿Corres? —«Al parecer muy pronto».

—Quizá sea mejor que os deje tener un tiempo de chicos. —Soy la intrusa, la novia necesitada que revolotea a su alrededor. Es difícil conocer el protocolo adecuado para momentos así, dado que siempre hemos sido amigos.

Lo me mira durante unos segundos antes de hacer una mueca.

—A la mierda. Vamos. —Me hace un gesto obsceno con dos dedos. No creo que sea un gesto sexual, pero, ¡por Dios!, no puede hacerme esto ahora.

Levanto la vista justo cuando se da la vuelta y vislumbro el atisbo de una sonrisa.

Lo ocupa una máquina junto a Connor mientras yo cojo una esterilla de yoga, que extiendo en el suelo, cerca de ellos pero a suficiente distancia para no agobiar a Lo.

No soy idiota, sé que está conteniéndose para no follar conmigo, y una parte de mí se pregunta si es para aumentar la tensión sexual o para controlarme, para tratar de averiguar si puedo tener menos sexo, para ayudarme a luchar contra mi adicción.

No sé por qué, pero me inclino más por esto último.

Los chicos del gimnasio parecen haberse quedado extasiados por un partido de fútbol en las pantallas. Aunque lo miro durante un rato, pronto me aburre. Clavo los ojos en un hombre con la piel bronceada que entrena en la máquina para desarrollar las piernas. Sostiene una barra sobre su cabeza y tiene las rodillas dobladas.

Me recuesto en la esterilla mirando al techo y cierro los ojos. Él apoya una mano junto a mi cabeza, cerniéndose sobre mí. Gravita sobre mi cuerpo. Me quita los pantalones y las bragas y se arrodilla entre mis piernas. Desliza las manos por mis muslos y las ahueca al llegar a mi…

Me estremezco de pies a cabeza y abro los ojos de golpe. ¡Dios mío!

—¡Síii! —Los gritos y alaridos hacen que me arda la cara, incluso aunque sea porque uno de los equipos marcó un gol.

Connor tiene la mirada clavada en Bloomberg Televisión, parece que se perdió mi clímax. Pero Lo sí que me estaba mirando. ¿Durante cuánto tiempo? ¿Sabrá que no estaba fantaseando con él?

Me pongo en pie de un salto, incapaz de esperar más. Como no me siga a los vestuarios, encontraré la manera de satisfacerme sin engañarlo.

—Ahora vuelvo —se disculpa Lo con Connor antes de correr detrás de mí.

Me relajo. Quizá no sea fácil, pero conseguiremos que funcione.

24

*E*s inhumano pedir créditos de alguna asignatura de ciencias para todas las carreras. Dentro de dos años me habré olvidado de cualquier cosa que haya aprendido y no tengo planes de hacer negocios con compañías farmacéuticas. ¿Para qué necesito saber qué es la mitosis? Como tenga que leer algún estudio más sobre la *Drosophila melanogaster* (término que considero demasiado elegante para denominar a la mosca de la fruta), empezaré a considerar seriamente pegarme un tiro.

La asignatura en cuestión tiene una valoración malísima en RateMyProfessors.com, una página web para valorar a los profesores. Una de las alumnas considera imbécil al profesor por obligar a todo el mundo a que memorice todas las clases de hongos… Y yo, que apenas soy capaz de aprenderme el nombre de mis vecinos, me enfrento a un nuevo reto infernal: aprobar Biología 1103 para carreras que no son de ciencias. Es decir, el desafío científico. Que sea mal de muchos estudiantes, no hace que sea más fácil.

Las luces de la biblioteca parecen más tenues según va pasando el tiempo y noto que los párpados se me cierran. Bostezo; estoy a punto de emplear la técnica de Connor y comprarme un Red Bull. Quizá debería hacer tarjetas memorísticas.

Hasta ahora solo me he desconcentrado una vez y ni siquiera fue para fantasear con el macizo que hay a dos mesas, sino porque un compañero se puso a golpear la máquina expendedora de refrescos cuando no le entregó la lata de Cherry Fizz. El tipo se rinde al darse cuenta de que la enorme máquina es indestructible… Al menos si tu única arma son unas zapatillas Vans.

Me suena el pitido del móvil; Lo me ha enviado un par de mensajes de texto. En el primero me pregunta si estaré en casa para llevarlo a la licorería. Y en el segundo que compre condones. Casi me atraganto con la Diet Fizz al leer aquello. Jamás me imaginé que nos sentiríamos tan cómodos con aquellas intimidades.

Una de las chicas con una sudadera de la Universidad de Pensilvania que hay al final de la larga mesa donde estoy estudiando se inclina hacia su amiga.

—¿Lo has visto? —susurra—. Viene hacia aquí. ¡Oh, Dios mío!

Esta, una minúscula rubia con una sudadera del equipo de atletismo, gira la cabeza tratando de ver a alguien entre las librerías más lejanas.

—Disimula, Katie —musita la chica con la respiración entrecortada.

¿Quién narices es tan guapo como para provocar tanto dramatismo? Han conseguido intrigarme. Muerdo la tapa del bolígrafo mientras miro a mi alrededor, sin ver nada de lo que ellas parecen percibir. ¡Dios, a la mierda el disimulo! Con poca sutileza, levanto el trasero de la silla en una postura rara y me giro para mirar hacia la estantería. A menos que este tipo sea un fantasma, posee mi superpoder favorito y se ha hecho transparente.

—¿Estás buscando a alguien?

Pego un brinco y me doy un golpe en la espalda con el respaldo de la silla. Hum… Me vuelvo y levanto la vista hacia el chico que se cierne sobre mí. No pueden referirse a él.

Ryke, también conocido como Flecha Verde, ha apoyado la mano en mi mesa con una mirada de suficiencia. Debe de haber adivinado que estoy tratando de espiarlo, pero eso ha sido antes de saber que el macizo del que hablaban era el mismo chico que llevó a mi novio al apartamento cuando estaba borracho.

Las dos deportistas ocultan la nariz en sus libretas, aunque le lanzan algunas miradas bastante descaradas. Él sigue la dirección de mi mirada y se interpone entre nosotras dándoles la espalda. Estoy segura de que están lanzándome dagas con los ojos.

—Creo que tus amigas te recibirán mejor que yo —aseguro, volviendo a mirar el libro.

Él se gira hacia ellas.

—Katie…, Heather… —las saluda para apaciguarlas.

Katie se hace la sorprendida.

—Ah… ¡Hola, Ryke! No te habíamos visto.

—¿Tenéis entrenamiento hoy?

—Sí. ¿Te veremos en el gimnasio?

Vale, se conocen del equipo de atletismo; la cosa ya tiene sentido. Dado que no pertenezco a ningún grupo de la universidad, en especial ninguno que trabaje con pelotas o haya que dar volteretas en el aire, Ryke no me resulta demasiado atractivo. Quizá las encandila cuando hace estiramientos musculares.

Miro sus pantorrillas que, por desgracia, están ocultas bajo los vaqueros.

«No voy a engañar a Loren Hale. Y mucho menos con Ryke».

Tengo que dejar de pensar en otros chicos. No es que Lo no sea suficiente. Porque lo es, de sobra, pero cuando tengo a otros hombres cerca, mi mente comienza a vagar.

—Hoy entreno en la pista.

—Qué pena… Bueno, si en algún momento quieres que entrenemos juntos, ya sabes dónde estamos.

Asiente y se vuelve hacia mí.

«No. Vete».

Rodea la mesa y, por alguna razón, llego a pensar que va a obedecer mi poder mental. Pero no, mueve una silla para sentarse en ella. Se inclina hacia la mesa y apoya los codos en la superficie.

Levanto mi libro de texto verticalmente para no verlo.

Pasan unos segundos antes de que él lo baje.

—Tengo que hablar contigo.

—No quiero. —Me dispongo a utilizar otra vez el libro de escudo, pero él me lo arrebata, tomándolo como rehén.

—Tengo que estudiar —replico con voz chillona.

—¿Es que siempre estás de mal humor?

Le lanzo una mirada penetrante.

—¿Es que siempre insultas a la gente cuando no te da algo que quieres? —Ojalá Lo estuviera aquí. Se desharía de este chico sin problemas. ¿Por qué mis palabras no provocan el mismo efecto?

—Solo a ti —dice tras un instante de reflexión, hojeando el libro y cerrándolo—. ¿Biología? ¿Es que estás en primero?

Me pongo roja.

—En su momento dejé de lado estos créditos básicos. —Alargo la mano para arrebatarle el libro, pero lo aleja de mi alcance.

—Te lo devolveré después de que me escuches.

—¿Vamos a hablar sobre el alcohol?

—No.

—¿Sobre Lo?

—No solo sobre él.

—¿Vas a ser malvado?

Se reclina hacia el respaldo y la silla chirría.

—No lo sé. —Suelta una breve carcajada—. Seguramente vaya en función del desarrollo de nuestra conversación. ¿Qué te parece?

Bien.

—Vale. —Le hago una seña para que continúe y luego cruzo los brazos sobre el pecho.

Él percibe la altanería de mi movimiento, pero logra reprimir cualquier comentario al respecto.

—Cuando llevé a Lo al apartamento —empieza, yendo al grano—, vi los pósteres de la Comic-Con. Escribo artículos *freelance* para *The Philadelphia Chronicle*, y me van a pagar por ir a la convención. La cosa es que no sé qué esperar, qué implica ni qué hacer.

Imagino el resto.

—¿Crees que nosotros sí sabemos? —No esperaba que me pidiera algo así.

—Esperaba poder hablar con Lo al respecto.

Arqueo las cejas.

—¿Quieres hablar con mi novio? ¿Sobre la Comic-Con? —No es nada raro—. Ryke, ¿de verdad es ese el motivo?

—¿Crees que te estoy mintiendo?

—Pues sí…

Pone los ojos en blanco.

—Mira, estudio Periodismo. Prefiero hablar con una fuente fiable sobre la Comic-Con que citar el artículo de la Wikipedia o blogs.

—Me pareció entender que necesitabas ayuda para comprender la Comic-Con, no una fuente. —¡Ja! Lo he pillado mintiendo.

Él ni se inmuta.

—Eso también. —Se frota los labios, pensativo—. Mira, quizá me pueda prestar algunos cómics y hablarme sobre los aspectos más destacados de los personajes y las tramas.

Me quedo mirándolo fijamente con bastante escepticismo.

—¿Estás seguro de que esto no es por los problemas que tiene Lo?

—Te refieres a su adicción al alcohol.

Frunzo el ceño. Está vacilándome. Me levanto para largarme. A la mierda el libro de biología… que se lo quede. Ryke levanta las manos para detenerme.

—Lo siento. A veces soy un poco insensible.

Me vuelvo a sentar y espero.

—No es por el alcohol.

—¿Es que te has colado por él o algo así?

Ryke me mira sorprendido, pero luego encoge los hombros.

—¿Qué? ¿Por qué narices piensas eso?

—Yo qué sé —finjo sentirme confundida—. Quieres que te preste sus cómics; quieres que te hable de la Comic-Con. ¿Eres consciente de que yo también colecciono cómics y que lo acompañé a la Comic-Con?

Gime por lo bajo.

—¿Por qué lo haces todo tan difícil? Te estoy pidiendo ayuda. A ti, a Lo… a cualquiera que conozca la diferencia entre el personaje del que iba disfrazado y Lobezno.

—Hay mucha gente que podría ayudarte. —Seguiré desconfiando de Ryke. Cada una de sus respuestas me pone de los nervios. Es imposible que me sienta atraída por alguien que me reconcome por dentro.

—No quiero su ayuda, quiero la vuestra.

Antes de que intente dar sentido a esa frase, mi móvil se pone a vibrar. Ryke mira la pantalla.

—Ahí lo tienes —comenta—. Puedes preguntarle qué le parece.

—Va a decir que no —replico.

—No puedes saberlo.

—No conoces a Lo… —respondo antes de abrir el mensaje de texto.

«¿Podemos ver porno esta noche juntos? Pasas más tiempo con el mando a distancia que conmigo. Estoy celoso».

Aprieto el aparato contra mis pechos, esperando que Ryke no haya leído nada. Aunque se me ponen rojos los codos de todas formas.

—Estás poniéndote colorada.

—Aquí hace calor —murmuro antes de aclararme la garganta—. No sé qué más decirte.

—Di: «Sí, Ryke, te ayudaré esta vez ya que impediste que Matt le diera una paliza a mi novio».

Entrecierro los ojos.

—¿Cuánto tiempo vas a utilizar eso contra mí?

—Siempre.

Suspiro, consciente de que esto no va a terminar como yo quiero.

—Es posible que Lo te grite. Que te insulte hasta que te vayas.

Ryke suelta otra carcajada.

—Ya, pero creo que puedo manejarlo. —Ladea la cabeza—. ¿O piensas que será él quien me maneje a mí?

—Eres consciente de que lo que acabas de decir tiene cierto matiz sexual, ¿verdad? —suelto sin pensar. Al momento cierro los ojos arrepentida. ¿Por qué he dicho eso?

—Tal vez seas tú la que tiene una mente calenturienta.

Eso no puedo discutirlo, pero ya es oficial, estoy roja de pies a cabeza. Ignoro mi vergüenza y regreso al tema en cuestión.

—No puedes hablarle sobre el alcohol. Si lo haces, te largas.

Asiente.

—Me parece justo.

Quizá Lo encuentre la forma de disuadir a Ryke. Si alguien puede darle la patada para que se largue del apartamento, es él.

Abro la aplicación de calendario del móvil.

—¿En qué día habías pensado?

Se levanta y mete mi libro de biología en la mochila.

—¿Para qué dejarlo para mañana?

Me quedo boquiabierta.

—Ryke, ahora estoy estudiando.

—¿De verdad? ¿Estabas estudiando? —Se frota la barbilla—. Hubiera jurado que estabas observando a la gente y comiéndote la tapa del bolígrafo.

Le lanzo una mirada airada.

—¿Estabas espiándome?

Se cuelga la mochila del hombro.

—Estaba observándote. No te cabrees. Solo quería asegurarme de que estabas de buen humor antes de pedirte nada. —Señala la salida—. ¿Vamos?

Me levanto irritada, recojo mis libretas y las guardo en la mochila.

—No entiendo por qué tiene que ser ahora mismo.

Coloca la silla cerca de la mesa.

—Porque Lily Calloway parece el tipo de chica que no respondería mis llamadas. —Me hace un gesto con el dedo para que lo siga, como si fuera su perrito—. Venga, vamos.

Respiro hondo y lanzo dardos silenciosos a la cabeza de Ryke Meadows. Su arrogancia y seguridad en sí mismo me enervan. De hecho, prefiero no tenerlo cerca. Al menos, Lo sabrá manejarlo. O eso espero.

$\mathcal{A}$cordamos reunirnos en el vestíbulo del edificio Drake, ya que cada uno hará el trayecto en su coche. Cuando entro, no me sorprendo al verlo esperándome junto al ascensor dorado. Lleva bajo el brazo mi libro de biología y, por primera vez, me permito echarle un buen vistazo a Ryke. Sin el disfraz de Flecha Verde parece un poco mayor, sobre todo porque va sin afeitar y está bastante bronceado. Seguramente debajo de la camisa blanca oculta unos músculos potentes y bien trabajados. Los rasgos de su rostro pueden hacer caer a las chicas a sus pies, pero también le ocurre a Lo.

No me los imagino en un cuadrilátero. Hielo contra piedra. Agudeza contra dureza. Frío contra calor. Son muy diferentes, pero en el fondo son iguales.

Ryke aprieta el botón al ver que me acerco.

—Parece como si fueras a vomitar en cualquier momento.

—Pues no es así —murmuro estúpidamente, agradeciendo para mis adentros que las puertas del ascensor se abran en ese instante e interrumpan un momento incómodo. Me cuelo en el interior y presiono el botón de mi planta. Cuando se cierra la cabina, Ryke se vuelve hacia mí, colocándose delante de las puertas, como si así pudiera evitar que huyera cuando volvieran a abrirse.

—Te he mentido —confiesa.

Lo miro alucinada.

—¿Qué narices…? —Sabía que era una mala idea.

—En realidad no tengo que escribir nada sobre la Comic-Con.

—¡Lo sabía! —Debería haber hecho caso a mi instinto—. Vete.

Frunce el ceño ante aquella estúpida orden y ladea la cabeza.

—Estamos en un ascensor. De hecho… —Presiona el botón de emergencia y la cabina se detiene bruscamente. ¡Oh, Dios mío! Me va a matar. Me lanzo hacia la botonera para ponerlo de nuevo en marcha, pero él me bloquea cogiéndome entre sus brazos y luego me empuja hacia atrás.

—¡Déjame salir de aquí!

—Es necesario que me escuches —me sugiere Ryke—. Estoy estudiando Periodismo y escribo artículos para *The Philadelphia Chronicle*. Sin embargo, no tengo intención de ir a la Comic-Con.

—Entonces, ¿por qué…?

—Porque quiero ayudar a tu novio y necesitaba una excusa para llegar aquí, solo así dejarías que te explicara el resto.

Levanto todas mis barreras defensivas.

—¡No necesitamos tu ayuda! Puedo ocuparme de él. —Me señalo el pecho—. Llevo toda la vida ocupándome de él.

—¿De verdad? —Ryke entorna los ojos de forma ominosa—. ¿Cuántas veces lo has visto quedarse inconsciente? ¿O darle unas cuantas pastillas no le ayudan, Lily? Tiene un problema muy grave.

Me arden las mejillas, pero sopeso sus palabras con cuidado. Me duele ver lo que ocurre cuando Lo bebe en exceso. Odio ver cómo depende de la bebida, y temo el día en el que sea demasiado. Pero siempre entierro esas preocupaciones en los placeres terrenales y los orgasmos.

—¿Por qué tienes tanto interés en ayudarlo? —le pregunto con más suavidad.

Me mira con más empatía de la que pensaba que tenía.

—Mi padre es alcohólico y no quiero que Lo se vuelva como él. No se lo deseo a nadie.

Decido formular la pregunta que lleva tiempo acosándome.

—¿Por qué estás tan seguro de que Lo es alcohólico? No lo conoces. Lo has visto una sola vez, cuando estaba celebrando su cumpleaños, y estuvo más tiempo inconsciente que despierto.

Ryke se encoge de hombros.

—La prueba más evidente fue la forma en que te pusiste cuando tiré por la ventanilla el contenido de su petaca. Me dio a entender que se pondría hecho una furia cuando se enterara de que alguien había desperdiciado su carísimo licor. ¿No es cierto?

Es verdad. Me muerdo las uñas.

—No sé qué quieres que haga.

—Quiero que me dejes intentar ayudarlo.

Me niego.

—No te lo permitirá.

—Eso ya me lo he imaginado, y por eso la mejor manera es

que comience a alternar con vosotros, que me conozca y yo a él.

Todo empieza a encajar.

—La Comic-Con… Quieres mantener esa mentira para estar más cerca de Lo y tratar de influir en él. ¿Pretendes que le mienta? —No sé si esto va a funcionar. Ya hemos permitido que Connor entre en nuestras vidas. Otra persona más puede desequilibrar esta situación tan precaria.

—Sí —confirma—. Quiero que le mientas a tu novio para poder ayudarlo. ¿Crees que puedes hacerlo, Lily? ¿O vas a ser egoísta y permitir que siga ese camino autodestructivo? Puede llegar el día en el que ya no despierte. El día en que su cuerpo no aguantará más. Entonces, recordarás este momento y te preguntarás por qué no accediste a mi propuesta, por qué no intentaste ayudarlo.

Doy un paso hacia atrás tambaleándome, como si me hubiera dado un puñetazo en el estómago.

—No quiero su muerte —susurro.

—Entonces haz algo al respecto.

Asiento impulsivamente, pero no he procesado todavía qué significa lo que me está diciendo a largo plazo. Voy a mentir a Lo. ¿Seré capaz? Frunzo el ceño ante la idea. Creo que es posible; a fin de cuentas, tiene mucho que perder si no lo intento. Sobrevivir a otro desastre como lo que ocurrió en Halloween me parece poco probable, necesito ayudarlo para salvar nuestra relación y por mi adicción. No hay otra oportunidad. Si él hiciera lo mismo para ayudarme, ¿lo aceptaría?

Sé que sí.

Sostengo la mirada de Ryke.

—Sigues sin caerme bien.

—Tú tampoco eres santo de mi devoción —admite, tendiéndome el libro de biología.

—¿Qué he hecho? —pregunto con el ceño fruncido—. ¿Por qué no te gusto?

Él aprieta el botón y el ascensor se pone en marcha con un crujido. Empezamos a subir.

—Eres demasiado delgada. Te quejas demasiado. Y fomentas el alcoholismo.

Aprieto los labios.

—Estoy arrepintiéndome y todavía no hemos empezado.

—Pero no me importa sufrir las pullas de Ryke si eso permite que Lo mejore.

—Te he advertido desde el principio que no es fácil deshacerse de mí.

Lo cierto es que pensé que estaba exagerando. Las puertas del ascensor se abren y lo guío hasta mi apartamento a pesar de que conoce el camino. Esa certeza es tan inquietante como la situación que se avecina. La última vez que estuvo aquí, Lo estaba inconsciente. Unos momentos antes, esperaba que Lo encontrara la forma de echar a Ryke de una patada, ahora tengo que encubrirlo. Sin duda este tipo ha encontrado la forma de ser una molestia en mi vida.

Abro la puerta y lanzo las llaves a la cesta.

Lo me llama desde el dormitorio.

—Lily, ven. Vamos a ver *Bocas húmedas*, y luego te voy a follar mejor que… —Se detiene para leer la parte posterior del DVD mientras yo abro mucho los ojos, no quiero ni mirar a Ryke— un grupo de tipos tatuados y con *piercings*. Eh…

—¡Lo! —grito.

—Este tampoco me gusta —le oigo decir. Escucho el sonido que hace la caja de DVD cuando la cierra.

Ryke se aclara la garganta y lo miro de reojo durante una milésima de segundo, llegando a ver cómo arquea las cejas por la sorpresa. ¿Puede haber un apuro mayor que este?

—¿Prefieres que te lama de pies a cabeza, cielo?

¡Dios!

Si Ryke se siente incómodo, no lo demuestra. Creo que la única que se siente mal soy yo. Después de unos segundos, Lo sale del dormitorio. Solo lleva unos vaqueros caídos que dejan a la vista la cinturilla de sus bóxers. Cualquier otro día, ver las ondulaciones de sus abdominales, la plenitud de sus músculos, llevaría a algo mucho mejor y más pecaminoso. Él me miraría con los ojos entrecerrados y me tomaría el pelo durante media hora. Después me cogería en brazos y me llevaría hasta la cama. Mediría cada movimiento, cada mirada para excitarme y enervarme por completo.

Hoy, sin embargo, se queda paralizado en el pasillo, antes de llegar a la cocina. Noto cómo se afilan sus facciones, cómo se tensan sus músculos.

Abro la boca para presentarle a Ryke, pero Lo me ignora y lo mira con frialdad.

—¿Quién cojones eres tú?

Ryke se toma bien aquellas palabras.

—Flecha Verde.

Pero Lo no sabe a qué se refiere y lo mira desconcertado.

No recuerda lo que pasó. Me acerco a él.

—Estuvimos con él en la fiesta de Halloween —digo—. Nos ayudó a evitar la pelea. —«Y te trajo al apartamento».

—Entonces, gracias —dice Lo antes de volverse hacia mí, dándole la espalda a Ryke. Baja la voz para que este no pueda oírle—. Tenemos un horario, Lil. No deberías haberlo traído al apartamento.

Frunzo el ceño.

—¿No vas a preguntarme por qué está aquí?

Clava los ojos en Ryke.

—En este momento —susurra—, me preocupa mucho más cómo satisfacerte.

—Estoy bien —aseguro—. Lo de esta mañana ha sido muy bueno.

—¿Estás segura? —pregunta con el ceño fruncido—. Solo me corrí dos veces en tu interior.

Trago saliva, mis puntos más sensibles comienzan a palpitar. Bueno, ahora no estoy tan segura como antes. Pero voy a tener que esperar.

—Puedo aguantar.

Me pone dos dedos debajo de la barbilla y me alza la cara hacia la suya.

—No sé si creerte… —Da un paso hacia delante, haciendo que yo dé otro hacia atrás. El movimiento se repite hasta que mi espalda choca con uno de los taburetes. Me apoyo en él y Lo me empuja hasta inmovilizarme poniendo las dos manos en la barra.

—Tenemos compañía —le recuerdo.

—No me importa —susurra. Me besa apasionadamente, robándome el aliento. Me arqueo buscando su pelvis y él desliza la mano en el bolsillo trasero de mis vaqueros.

—Lily… —dice Ryke.

Al instante, rompo el beso y me recuesto en el taburete, intentando evitar su contacto.

Lo aprieta los dientes y vuelve la cabeza hacia Ryke.

—Mira, tío, es evidente que quiero follar con mi novia. Así que lárgate.

—Bien, puedes hacer lo que quieras con ella más tarde. —Me mira con dureza, buscando mi apoyo. En este momento, debería mostrarme de acuerdo con él y alejarme de Lo. Pero él desliza los dedos dentro de la cinturilla de los vaqueros hasta que se cuelan por debajo de la parte de atrás de mi ropa interior… y planta la mano con firmeza sobre mi trasero.

—Lo… —le aviso—. Nos ayudó y le debemos un favor…

Él me aprieta contra su cuerpo y casi se me doblan las rodillas. Me mantengo en pie gracias a él.

—¿De verdad quieres perder el tiempo con este tipo?

Evidentemente no, pero es lo más correcto. En otro momento, nos habríamos deshecho de él. Nos habríamos quedado solos, juntos, a nuestra bola. No sabemos muy bien cómo reaccionar frente a otras personas.

Noto que con la otra mano me desabrocha los vaqueros.

—¡Lo! —grito. Está tratando de conseguir que Ryke se sienta tan incómodo que salga corriendo, pero por lo que yo sé, este chico se muestra imperturbable ante cualquier ofensa.

Consigo alejarme de Lo y me abrocho el botón. Siento que me atraviesa una oleada de calor al crear distancia entre nosotros.

Me quedo parada entre ellos; Lo en la cocina y Ryke en el vestíbulo. Me pregunto cómo debo actuar ahora.

Mi novio se coloca para poder ver bien a Ryke.

—¿Sigues ahí?

Ryke lo mira como si tratara de descifrarlo.

—Lily me ha dicho que podríais darme información sobre la Comic-Con.

—¿Te ha dicho eso? —se extraña Lo—. Bueno, yo no estoy de acuerdo.

—Se lo debemos.

Veo que Lo aprieta los dientes mientras mira a Ryke fijamente.

—¿Y no puedes volver luego?

—Ya estoy aquí. ¿Qué problema hay?

—Que si estás aquí no puedo tirármela, eso es lo que pasa —replica Lo, frunciendo el ceño como si Ryke fuera idiota.

Deseo que la tierra me trague en este mismo momento.

Ryke me mira antes de ladear la cabeza sin sombra de inseguridad.

—Pues hacedlo luego. No voy a deteneros. —Se acerca más—. Lily, ¿puedes enseñarme los cómics o los busco yo solo?

—Mira, no te conozco —interviene Lo—. No pienso dejarte a solas con ella.

—Lo, no pasa nada —aseguro. Y es cierto, no tengo ni pizca de ganas de tener sexo con Ryke, y estoy bastante segura de que él piensa lo mismo.

Ryke examina a Lo otra vez antes de asentir moviendo la cabeza.

—Si estuviera en tu lugar, seguramente actuaría igual. Un chico que no conozco mirando como intimo con mi novia… Lo entiendo. Resulta raro.

—Eso es un eufemismo —replica Lo secamente—. Yo intentando enrollarme con ella y tú ahí, de pie. ¿Qué quieres que haga?

Mi corazón se desboca y pierdo la capacidad de respirar. Debo estar soñando. Sí, es solo un mal sueño. Pronto me despertaré, aunque no con la suficiente rapidez.

—Soy un tipo seguro de sí mismo, acostumbrado a conseguir lo que quiere, y en este momento quiero información sobre la Comic-Con. Es sencillo, ¿no crees?

Lo parece asimilar lo que Ryke ha dicho, pero prefiero intervenir antes de que lo haga él.

—Voy a buscar un par de cómics de *X-Men*. Espérame aquí. —Desaparezco en su habitación en busca de los ejemplares.

Cuando regreso con algunos de mis números favoritos, Lo está en la cocina cogiendo un vaso. Al pasar junto a Ryke, camino del fregadero, él me pide ayuda con la mirada.

«Estoy en ello», articulo con los labios.

«Pues esmérate más», me responde de la misma forma.

Le hago un gesto obsceno de forma automática y él pone los ojos en blanco. Dejo los cómics en la barra, a su lado y luego me interpongo entre los dos.

Miro a Lo cuando cierra la nevera y deja caer un hielo en su vaso de whisky. Después se apoya en la barra y me mira como diciéndome que me acerque a él. Estoy segura de que quiere rodearme la cintura con un brazo para fundir su cuerpo con el mío.

«No, Lily. No». Le hago un gesto negativo con la cabeza y me quedo donde estoy, incómoda e insegura.

Sus rasgos se hacen más agudos con el rechazo y vuelca su odio en Ryke.

—¿Qué quieres saber?

Él se encoge de hombros.

—Lo que sea.

—¿No conoces Google?

—¿Te refieres al motor de búsqueda que se usa en internet?

No, nunca he oído hablar de él. ¿Puedes explicarme eso también? —Esboza una sonrisa rígida.

—Una vez más —dice Lo con los dientes apretados, mirándome—. ¿Para qué está aquí?

—Va a escribir un artículo sobre la Comic-Con y le debemos un favor.

—Vale —suspira. Comienza a enumerar personajes de *X-Men*, quiénes son los mutantes y cómo encajan en Tierra 616. Pero lo hace demasiado rápido para que nadie pueda entenderlo.

—Espera, espera… —Ryke levanta las manos—. ¿Qué narices es Tierra 616?

Notó que Lo comienza a sentirse frustrado. Se toma la mitad de la bebida de un trago y Ryke se tensa como si cada sorbo que tomara Lo fuera una bala clavada en su pecho. Aquella reacción me hace acercarme a Lo y ponerme de puntillas.

—Abrázame —le susurro al oído.

Él baja la bebida y me rodea suavemente las caderas con los brazos, haciendo que apoye la espalda en su pecho. Esta exhibición pública de afecto debería avergonzarme, pero Ryke nos ignora como si no estuviéramos tocándonos.

—Tierra 616 es donde se desarrolla el universo Marvel.

—Eso no es difícil de entender —asegura Ryke.

Lo desliza una de sus manos por debajo de mi camiseta hasta dejarla sobre mi estómago. Soy una persona horrible, debería quitarla y concentrarme en la conversación, pero si así no bebe, no me importa.

—No todos los cómics suceden en Tierra 616.

Ryke lo mira.

—Ahora sí que no lo entiendo.

—Tierra 616 es lo que da continuidad a la serie. Luego hay varios cómics que encajan sucesivamente… —Siento algo frío en mi espalda y ahogo un gritito.

Lo está pasándome un cubito de hielo por la piel. Seguramente con la esperanza de que Ryke capte la indirecta y se vaya.

«Concéntrate, Lily».

Me aclaro la garganta.

—Luego hay más cómics con personajes diferentes, donde el peso de la trama no ocurre en Tierra 616. —Vuelvo a sentir el cubito en mi columna, frío y enervante sobre mi piel. ¡Oh, Dios mío!—. *Ultimate X-Men*, por ejemplo…

El hielo se derrite y Lo me pasa los dedos por el trazo mojado. Antes de recogerme el pelo a un lado.

—… no tiene nada que ver con los demás cómics de *X-Men*. De la misma forma, *Ultimate* no tiene que ver con *Los Vengadores*, a pesar de que salen del mismo sitio.

Por el rabillo del ojo, veo que Lo toma un sorbo de su bebida y, al principio, creo que mis esfuerzos no están sirviendo para nada, pero de pronto veo que tiene un cubito de hielo en la boca. No se molesta en ocultar lo que está haciendo. Llevo la mano a los ojos para evitar cualquier incomodidad.

—Son universos alternativos —aclara Lo.

—¿Qué es mejor, la trama principal o los universos alternativos?

—Son diferentes.

Me sorprende con el hielo, haciéndome estremecer. Me doy la vuelta y le pongo las manos en el pecho.

«Basta», digo moviendo los labios.

Se inclina hacia mi oreja, y tengo la impresión de que está mirando a Ryke.

—Te voy a follar tan fuerte, que te vas a correr con cada embestida. Y cuando estés inflamada y mojada, lo único que vas a necesitar es tenerme dentro. Ni siquiera tendré que moverme para que tengas un orgasmo más.

«¡Sí!».

¡No! Intento concentrarme a pesar de que el deseo me ha debilitado las piernas. Mantengo las manos en su pecho y lo empujo, alejándolo de mí.

Él me sujeta las muñecas al tiempo que me devora con la mirada. Como le he puesto una mano en el hombro, podría obligarlo a ponerse de rodillas. Y él me sostendría por los muslos mientras me separa las piernas.

«Concéntrate».

Ryke se acerca a la nevera.

—¿Cuáles son los que leéis vosotros?

Sacudo la cabeza y me libero de sus manos.

—Los dos leemos Tierra 616.

Justo en el momento en el que Ryke abre una Diet Fizz, Lo vuelve a dar un sorbo a su bebida. Supongo que ahora que le he dejado los brazos libres, puede beber. ¡Genial! Si le dijera que se detuviera, me lanzaría una de esas miradas de «tal vez deberías dejar de tener sexo». Y en este preciso momento, eso me parece una tortura.

—Puedes llevarte unos cómics —invito a Ryke, pensando con rapidez en una nueva solución—. Y puedes pasar a devolverlos cuando los hayas terminado.

Ryke casi parece impresionado de que yo haya soltado una mentira creíble para que vuelva.

Noto que Lo me fulmina con la mirada, y los dedos con los que sostiene el vaso se ponen blancos.

—No creo que sea necesario que se lleve nuestros cómics. Puede hacer una suscripción *online*. —El plan de Ryke es hacerse amigo de Lo. Si todo sale como piensa, su relación ayudará a que Lo deje de beber. No entiendo cómo va a ser posible, pero dado que Ryke ya ha luchado contra el alcoholismo, sabe buscar soluciones mejor que yo.

—No te pases, Lo —intervengo yo.

Se acaba el vaso. «No, no, no...». Le sujeto las muñecas antes de que pueda prepararse otra.

Arquea las cejas.

—Lily... —Jamás le he dicho lo que pienso de su adicción, y sé que en este momento está planteándose si no estaré a punto de tirar por tierra nuestro perfecto sistema.

Pero no es eso. Curva los labios en una sonrisa de medio lado, cuando pongo sus manos en mis senos. Las mueve: una la desliza debajo de mi camiseta y la otra la apoya en mis hombros para atraerme hacia su cuerpo. Sigo dándole la espalda a Ryke, y en el momento en que Lo comienza a magrearme una teta, mi voluntad se desvanece en la nada.

—Os los devolveré mañana —se despide Ryke—. Que lo folléis bien.

¡Oh, Dios mío!

—Puedes quedártelos —ofrece Lo—. Considéralos un regalo por ayudarnos en la fiesta. —Con lo que quiere decirle que ya están en paz.

—Me sentiré mejor si os los devuelvo. Lily, gracias por el ofrecimiento. —«Buena manera de echarme a los lobos». Cierra la puerta y se va.

Por un segundo, pienso que Lo ha empezado a meterme mano delante de Ryke para ahuyentarlo y, ahora que se ha ido, él se dedicará a alimentar su adicción y dejará que yo me ocupe de la mía. Ese temor solo dura un momento. Comienza a llevar a cabo su promesa empujándome contra la nevera. Va a ser un polvo salvaje.

Me inmoviliza las muñecas por encima de la cabeza, y me arqueo buscando su cuerpo, pero pone una considerable distancia entre nosotros.

—Lo… —gimo, con la respiración entrecortada.

—¿Quieres follar?

—Sí —suspiro, tratando de liberar mis manos. «¡Tócame!».

Se inclina hacia mí y deja que nuestros cuerpos se fundan, pero afianza el agarre en mis muñecas, y me sube los brazos un poco más.

—Lo… —Quiero que se baje los pantalones, que me rompa la camiseta… Sin embargo, sigue manteniéndome inmovilizada, burlándose de mí.

—Entiendo que pensaras que le debía algo a ese tipo, pero después de esto, ya no tengo ninguna deuda pendiente con él, ¿de acuerdo?

Trato de encontrar las palabras adecuadas para decirle que es un buen tipo, aunque no lo es. Que es un solitario… Otra mentira más.

—Tiene buenas intenciones. —Eso sí es verdad. Comienzo a retorcerme bajo su agarre—. Lo, por favor.

Necesito follar ahora mismo.

—¿Has tenido fantasías con él?

—¿Qué? —Me estremezco—. No. —¿Le preocupa que me atraiga?—. De hecho, cada palabra que ha dicho me ha secado más y más. —¿Servirá como prueba suficiente de mi aversión?

—Entonces, ¿de qué va todo esto, Lily? —Me sujeta las muñecas con una mano y con la otra me desabrocha los vaqueros.

—Es que… eh… —¡No puedo concentrarme!—. Me dijo lo de los cómics y… —Me baja los pantalones y me los quito con facilidad. El aire frío me envuelve y ansío la calidez de Lo.

—¿De verdad que solo quiere los cómics? —pregunta con incredulidad.

—Eh… Me olvidé de comprar los condones —digo de repente, concentrada en el sexo.

—Si sigues tomando la píldora y no has follado con nadie más, no pasa nada.

Asiento, moviendo la cabeza con rapidez.

—¿Puedes soltarme las manos?

—No. —Frota mi ropa interior con los dedos, sin presionar. Me revuelvo bajo su contacto—. Cuando vuelva… —continúa—, ¿lo echarás?

—¿Qué? —Deja de mover los dedos entre mis piernas. «¡No, no, no!»—. Lo…

—Lily, quiero que me digas si está aquí por los cómics. ¿Vamos a volver a verlo?

Me muerdo el labio inferior; sé que está leyendo en mí como en un libro abierto.

—¿Qué has hecho? —Coge aire al tiempo que me aprieta las muñecas. La presión me gusta más de lo que debería.

Confesar la verdad sería una derrota que no quiero sufrir de momento, así que me pongo de puntillas.

—Quiere escribir un artículo sobre nosotros… Lo que se siente al ser hijo de un millonario y todo eso. Estuve de acuerdo porque se lo debíamos, pero sabía… Sabía que no ibas a estar de acuerdo porque tendría que estar con nosotros mucho tiempo. Se me ocurrió que la historia de la Comic-Con ayudaría a que limarais asperezas…

Me mira fijamente con los ojos entrecerrados antes de dejar caer mis manos. Se aleja cuatro pasos.

—¿Tiene que acompañarnos?

Asiento moviendo la cabeza.

—Lo siento. Quizá debería haberte preguntado…

—Sabes por qué hubiera dicho que no, ¿verdad? —Se toca el pecho—. Odio tener que andar a escondidas con el alcohol. No lo entiendes porque el sexo es algo más privado.

Frunzo el ceño.

—¿Acaso lo ha sido cuando empezaste a meterme mano delante de Ryke? ¿Llamas a eso privado?

Niega con la cabeza.

—Lo único que puede pensar es que voy salido, Lily. No va a descubrir que eres adicta al sexo. Y no necesito que nadie escriba un artículo sobre nuestras dificultades que pueda acabar llegando a manos de mi padre.

—Es un artículo para una asignatura —miento. ¡Un artículo que ni siquiera existe! Pero resulta la excusa más plausible para justificar que Ryke esté con nosotros—. No va a publicarlo en una revista.

—¿Y te lo has creído? Es mentira.

—¡No lo es! —contradigo con los ojos llenos de lágrimas. Nunca había tratado de hacer algo bueno por él, y ahora me está destruyendo por dentro—. Lo siento, lo siento, lo siento… —musito.

Suaviza su expresión y borra el espacio que nos separa.

—Eh… —Su voz es tierna. Encierra mi cara entre sus manos y me limpia las lágrimas con los pulgares—. Podemos decirle que hemos cambiado de idea.

Niego con la cabeza y reprimo un sollozo.

—No… —¿Por qué no puede ser más fácil? Me gustaría ser capaz de decirle que basta, pero no lo soy. No importa lo que yo le diga, seguirá bebiendo. Así que el plan de Ryke es la única solución.

—¿Por qué?

—Se lo he prometido —justifico—. Por favor… déjame cumplir mi promesa. —Tengo que dejar de ser tan emocional. Empiezo a ahogarme en mis sentimientos y por eso me concentro en aquello que siempre me hace sentir mejor. Lo beso con ternura en los labios.

Me devuelve el beso durante un momento, pero luego su boca abandona la mía. Me pone una mano en la nuca y me mira como si quisiera seguir hablando, pero yo prefiero dedicarme a otras cosas.

Le desabrocho los pantalones. Se los abro y se los bajo por las piernas.

—Lily… —me dice en un susurro.

—No digas nada. —Estoy a punto de hundirme de rodillas, pero me agarra por el codo.

—Lily… —Veo que tiene los ojos nublados. ¿Acaso está a punto de decirme que me detenga?

Frunzo el ceño, confundida.

—¿Qué?

No añade nada durante un buen rato.

—Nada —susurra, finalmente. Me suelta y veo que sus pómulos se afilan. Golpeo el suelo con las rodillas y le bajo los bóxers siguiendo una rutina aprendida. Deja la mano en mi nuca y trato de olvidar la expresión de tristeza de sus ojos, casi como si estuviera conteniendo unas lágrimas silenciosas.

Trato de hacerle recordar la pasión, el fuego, y me aseguro de ahogarlo en el placer aunque solo sea por un momento.

26

*N*uestra relación está en una cuerda floja que amenaza con romperse. Es evidente. Estoy segura de que él también lo ha notado. Su mayor preocupación era no ser capaz de satisfacerme, pero eso no ha sido un problema. Es el egoísmo de cada uno lo que está interponiéndose entre nosotros. Ninguno de los dos está dispuesto a dejar lo que anhela por el otro. Al menos, todavía no. No sé a qué vamos a tener que renunciar para superar nuestras adicciones.

El domingo hay una tormenta que nos retiene dentro del apartamento y Connor aparecer sin avisar, su única razón es compartir una cerveza con Lo. Comienzo a pensar que le gusta estar con nosotros. Después de discutir quién de los dos ganaría al otro al ajedrez, cogen un tablero y se ponen a jugar entre conversaciones y sorbos de cerveza.

Mientras tanto, me pongo a leer el último número de *Cosmo* en el sillón; hay un artículo sobre posturas sexuales. Me doy cuenta de que lo que es importante para mí puede no serlo para otras chicas. Y no me importa. Adoro el sexo… quizá demasiado.

La lluvia golpea los cristales. Ignoro los mensajes de mis hermanas por haberme perdido el *brunch* familiar. Busco a Ryke en Facebook y le envió un mensaje sobre la nueva mentira. Cuando vuelvo a mirar el teléfono, veo que me ha contestado.

«¿Se lo creyó?».

«Sí. Me parece», respondo.

— No deberías hacer ese movimiento —aconseja Connor a Lo, señalando su torre—. Hay otra jugada mejor.

Lo retira los dedos de la torre y estudia el tablero.

«¿Está bebiendo ahora?», pregunta Ryke en un nuevo mensaje.

«Cerveza».

Connor se reclina en la silla que hay enfrente del sofá, mirando las piezas.

—Es mejor que muevas el alfil —dice, señalando esa pieza en concreto.

—¿Qué te parece si te concentras en lo tuyo y me dejas jugar a mi manera? —replica, moviendo la torre.

Lanzo un vistazo al globo de texto de Ryke.

«Voy para ahí».

Se me revuelve el estómago. En realidad, a Lo no le gusta que Ryke nos acompañe y esté con nosotros en ocasiones, pero como me puse a llorar, no rechazó la idea. Todo esto es agotador.

«¿Ahora?», le pregunto por mensaje de texto.

«Nos vemos en veinte».

Connor mueve un peón.

—Jaque.

—¿Cómo? —Lo se ha quedado boquiabierto—. Pero… eh… —Pone los ojos en blanco—. No tengo salida, ¿verdad?

Connor esboza una sonrisa mientras coge la cerveza.

—Te diría que pruebes en la próxima, pero no vas a querer.

Lo le da un empujón a su rey para hacerlo caer.

Suena el timbre. Me pongo rígida. ¿Es posible que Ryke haya llegado ya? Me dijo que estaría aquí dentro de veinte minutos, no veinte segundos, ¿verdad? Vuelvo a mirar el mensaje y me doy cuenta de que no lo ha especificado. ¡Oh, no! No estoy preparada para esto.

Ignoro mis nervios y me dirijo al vestíbulo. Noto que Lo tiene los ojos clavados en mí todo el rato.

—¿Te apetece otra cerveza? —pregunta a Connor.

—Vale.

Lo se levanta y actúa con normalidad mientras abre la nevera. Aprieto el botón del telefonillo.

—¿Sí?

—Señorita Calloway, Rose ha venido a verla.

Me relajo.

—Puede subir.

—¿Rose? —Connor ha oído al encargado de seguridad.

Abro mucho los ojos. Me he olvidado de que Connor no le cae bien a mi hermana.

—Mmm… sí.

Sus ojos azules brillan de diversión.

—Es posible que no le guste verme aquí.

Lo le ofrece la cerveza antes de sentarse de nuevo en el sofá.

—Bienvenido al club. A mí también me odia, pero es masoquista y sigue apareciendo por aquí.

—No os paséis —les advierto. Cuando acabe el día, Rose seguirá siendo mi hermana. La quiero, me da igual lo que ellos piensen.

Lo murmura algo por lo bajo antes de dar un sorbo a su... ¿whisky? Debe habérselo servido ahora. Me preocupa no estar esforzándome todo lo que Ryke me dice, pero la única forma de conseguir que no beba es convertirme en una novia necesitada y hacer que se concentre en mi adicción. Pero hasta ahora, eso solo ha servido para hacer más tensa nuestra relación.

Temo que comience a irritarse conmigo por impedirle hacer algo que disfruta.

Dejo que se beba el whisky hasta que suena un golpe seco en la puerta. Respiro hondo un par de veces antes de dar la vuelta al cerrojo.

—Hola.

Allí está Rose, con un paraguas empapado. Se quita el chaquetón de piel, dejando a la vista un vestido blanco y negro de cuello vuelto que se ajusta a su delgada figura. Normalmente, lleva el pelo liso como una tabla, pero hoy se ha encrespado y tiene algunos mechones de punta.

—Está granizando —explica ella.

—¿De verdad? Pensaba que solo llovía.

—Eso fue antes de que me bajara del coche. —Entra y deja el paraguas en un rincón antes de colgar el chaquetón en el perchero. Me pregunto cuánto tiempo seré capaz de retenerla en el vestíbulo para retrasar el inevitable encuentro con Connor.

La estudio mientras se pasa los dedos por el pelo.

—¿Hay café hecho?

—Sí, te serviré una taza. —La acompaño a la cocina, pero se detiene a medio camino para mirar hacia el salón.

—¿Cómo? —grita—. Lily Calloway, dime que no has invitado a ese tipo sin avisarme antes.

—La última vez que miré, Rose, tu nombre no figuraba en el contrato de alquiler —la interrumpe Lo—. No eres quién para decir quién entra en nuestro apartamento.

Rose da la espalda a los dos chicos.

—¿Qué hace Richard aquí? —sisea.

—Ha venido de visita. —Le tiendo una taza con café caliente y le pongo una mano en la espalda para guiarla al salón.

—¿No te recuerda a alguien? —pregunta Lo secamente.

—Cállate —replica Rose—. Ni se te ocurra compararme con él.

Connor se levanta como un chico bien educado, y Rose se mantiene de pie mientras yo cojo la revista y me acurruco al lado de Lo. He señalado algunas posiciones que quiero probar con un rotulador rojo, como por ejemplo «Azótame si puedes», «Misión control» y «Cabalgada salvaje». Él señala la más sumisa de las tres, una imagen en la que un hombre agarra la coleta de una mujer mientras ella está sentada a horcajadas al revés.

—Luego… —susurra.

Pienso que ojalá Ryke no viniera hoy… Aunque al ver cómo Lo bebe el whisky, se me ocurre que no es tan mala idea que aparezca.

Echo un vistazo a Connor y a Rose y me doy cuenta de que llevan un buen rato en silencio. Están mirándose fijamente el uno al otro, como si estuvieran manteniendo una conversación solo con los ojos.

—¿Es así como lo hace la gente inteligente? —pregunto a Lo.

—Deben poseer algún poder telepático sobrehumano que la gente normal no tenemos. —Se acomoda y mi cabeza queda apoyada en su pectoral musculado. Me veo envuelta en su calor y deseo que estuviéramos solos para que Lo pudiera follarme a conciencia.

—¿Esto es por lo del curso pasado? —pregunta Connor con una sonrisa enorme—. Que no supieras que *La ética y los límites de la filosofía* y *Los problemas del yo* los escribió Williams no te convierte en una ignorante. Es algo que no sabe la mayoría de la gente.

Rose toma aire; parece más agitada que cuando Lo la provoca.

—Conozco a Freud, Connor, y sé que Williams influyó sobre él. Si no hubiera estornudado en ese momento alguien de mi equipo, no me habría distraído.

—¿Un estornudo? ¿En serio? ¿Estás afirmando de verdad que un estornudo tuvo la culpa de que perdierais?

Rose pone una mano ante la cara de Connor, obligándole a callarse, y nos mira fríamente.

—De verdad, no podéis ser amigos de este imbécil. Quizá tú sí que puedas —continúa, señalando a Lo—, pero tú, Lily…, ¿en serio?

Lo sonríe con prepotencia.

—Tú misma, Rose. Solo estás consiguiendo que el muchacho me caiga cada vez mejor. —¡Oh, Dios! Y para complicar más las cosas, Connor parece sumamente entretenido con esta locura. Mete las manos en los bolsillos, tan contento.

—¿Os habéis peleado con Charlie y Stacey? —nos pregunta. Nuestros amigos imaginarios.

—Se han mudado —miente Lo como si nada—. Pidieron traslado de matrícula a Brown hace un mes. Si quieres les digo que buena suerte de tu parte, pero creo que no les importaría. Ni siquiera les caías bien —suelta haciendo hincapié en la herida.

Rose le lanza una mirada fulminante.

—Muy enriquecedor, Loren, sobre todo teniendo en cuenta que ni siquiera me conocían.

—Un momento, ¿qué Charlie? —interviene Connor.

—No lo conoces —aseguro.

—Conozco a todo el mundo. —Parece ofendido.

«¿De verdad?».

Abro la boca, pero la cierro. Es mejor no contestar.

—Siempre igual, Connor —resopla Rose—, poniéndote en un altar por encima de todos los demás. Apuesto algo a que te encantaría besar el culo del maldito Bill Gates.

Cuando pienso que el comentario de Rose ha traspasado el frío exterior de Connor, curva los labios en una sonrisa de oreja a oreja y da un paso adelante, invadiendo el espacio de Rose.

—Protégete las pelotas, Connor —susurra Lo.

No puedo más que estar de acuerdo, pero Connor ha demostrado ya que sabe mantenerse a salvo.

—Dice la chica cuya línea de ropa ha sido absorbida por Saks —comenta, inclinando su cabeza hacia la de mi hermana. Examina su vestido entallado—. ¿Este modelo ya está fuera de catálogo? ¿Tienen que comprarlo ya en una tienda de segunda mano?

Mi novio suelta una carcajada y yo me hundo más en sus brazos. Esto no va nada bien. Rose tiene unas garras más largas y afiladas que yo, y es capaz de defenderse sin esfuerzo.

—Loren, silencio —dice antes de nada. Luego pone una mano en la cadera—. Veo que lees el periódico, Connor. Enhorabuena, eres un ciudadano bien informado. Ya podemos organizar un desfile y tirar confeti.

—O puedes salir conmigo.

«¿Cómo?».

Lo se atraganta mientras está bebiendo, y yo los miro boquiabierta. A Rose. Connor le ha pedido una cita a Rose, mi hermana. Sabía que esto iba a ocurrir.

—¡Ves! —le digo a Lo, dándole un golpe en el brazo.

—Todavía no le ha dicho que sí —murmura, mordiéndome el hombro.

Oh… Me encantaría que Rose le diera a Connor una oportunidad. Si existe algún chico capaz de mantener su ritmo verbal, es él. Pero ella aleja a los hombres con la misma intensidad que yo los incito.

Su lenguaje corporal no comunica nada, y su expresión es tan gélida como antes.

—Qué divertido. Una buena broma. —«Oh, no, Rose, no lo dice de broma». Quiero decirle que no debe utilizar esto para burlarse de él. Está protegiéndose para no resultar herida, es más fácil mostrarse fría que sentir la punzada de la decepción.

—No es una broma —contradice él, dando un paso más. Ella no retrocede, lo que es buena señal—. Tengo entradas para *La tempestad*.

—Rose —intervengo—, adoras a Shakespeare.

Ella me advierte con la mirada que no me meta, luego estudia a Connor.

—¿Tienes dos entradas para esta noche? Sin duda es una invitación por compasión.

—¿Cómo puedes pensar eso? —dice él—. No te compadezco en absoluto. Te invito porque tengo dos entradas que acabaré rompiendo si no vienes conmigo. Se las compré a mi madre, pero luego le surgió trabajo y no puede ir.

—¿Por qué quieres ir conmigo? —indaga ella—. Tú conoces a todo el mundo. Estoy segura de que podrás encontrar a algún ricachón con el que charlar.

—Es cierto, pero no me apetece ese tipo de compañía esta noche. Prefiero ir contigo, una chica guapa e inteligente de Princeton.

Rose clava los ojos en los de Connor como si quisiera leer su mente.

—¿De verdad no es una invitación por compasión?

—Acabo de decirte que no. Quizá deberías ir al médico a que te examine los oídos. No me gustaría que esa fuera tu excusa la próxima vez que te gane.

Ella pone los ojos en blanco.

—Por favor, no eres capaz de vencer a Princeton ni sabiendo las respuestas.

—Y me lo dice la chica a la que distrajo un estornudo.

—Eres muy raro —asegura ella. Deja caer el brazo, relajando

su postura. «¡Sí!». Él da un paso más hacia ella, quedando a solo unos centímetros. Es lo más cerca que la he visto de un hombre —o un chico— desde hace muchísimo tiempo.

—¿Estamos en un universo paralelo? —susurra Lo.

Asiento moviendo la cabeza.

—Sí, definitivamente ya no estamos en Tierra 616. —«Y me chifla».

—Así que aquí estoy —continúa Connor—, a punto de romper unas entradas de primera…

—Espera… En la primera fila no se ve nada, tapa la vista el borde del escenario. Lo sabe todo el mundo.

—¿He dicho primera fila? No, no lo he dicho. —Ladea la cabeza—. De verdad, señorita Calloway, tiene que ir a que le miren los oídos. —Oh, soy la primera en admitirlo, ha resultado sexi. Veo cómo saca la billetera del bolsillo para entregarle las entradas, que seguramente tendrán impresa la tercera o la cuarta fila, no la primera.

Rose no las mira porque Connor ha invadido su espacio de confort. Noto que respira de forma entrecortada y que comienza a ruborizarse. ¡Ay! Mi hermanita está muy afectada por este chico. Algo que solo ocurre una vez en la vida, dos seres asexuales que se sienten atraídos.

Ella le devuelve una entrada.

—Recógeme a las siete. Y no llegues tarde.

—Nunca me retraso.

Rose pone los ojos en blanco antes de mirarme.

—Tengo que ir a casa de Poppy, pero antes quería ver cómo estabas.

—Bien —respondo—. Todavía no me han dado la nota de economía, así que no sé si voy en el buen camino en esa asignatura o no.

Bebe un sorbo de café y deja la taza en la mesa.

—La próxima vez, con mi ayuda, lo harás mejor.

—Sigo siendo su tutor —interviene Connor.

—No, ya no —asegura Rose—. Tengo derecho previo por ser familia. —Señala a Lo—. Pero puedes ocuparte de ese gusano.

Él hace un gesto obsceno con la mano.

—Muy maduro, sí —critica antes de mirar su reloj color perla—. Tengo que irme. Diré a nuestros padres que los echas de menos, pero será mejor que asistas al *brunch* del próximo domingo. Comienzan a hacer preguntas que no puedo responder yo.

—Me besa la mejilla y, para mi sorpresa, sostiene la mirada de mi novio—. Ven tú también. —Dicho eso, se aleja sobre sus tacones, con la altivez propia de Rose Calloway.

La idolatro.

—Estás chalado —le dice Lo a Connor—. Antes pensaba que estabas un poco loco por querer estar con Lily y conmigo, pero ahora está claro que estás para que te encierren.

Justo en ese momento suena el timbre.

El silencio que cae en el salón es pesado e insoportable. Si Rose se ha marchado ya, solo hay una persona que está esperando a que le abramos la puerta.

—¿Se habrá olvidado algo? —pregunta Connor.

«Lo dudo mucho». Voy a la puerta para responder al telefonillo. Es Ryke, al que abro la puerta y le digo que suba. Cuando regreso junto a Lo, nos separa algo intangible. Imagino que detecta mi consentimiento hacia la situación, que acepto que Ryke escriba el artículo. Por primera vez, estamos en bandos distintos.

Soy consciente de que permitir que Ryke entre en nuestras vidas va a complicar las cosas. Me resultará más difícil desaparecer sin que me hagan preguntas. Que a Lo le será casi imposible beber sin que lo juzguen. Pero ya es demasiado tarde para retroceder, y además no es lo que quiero.

—¿Quién es? —se interesa Connor.

—Ryke. —Le explico lo del artículo con frases cortas y, cuando se abre la puerta, me quedo en silencio. Ryke entra y nos mira a los tres. Ha metido los cómics en una bolsa de plástico hermética para que no los mojara la lluvia, pero él está empapado. Gotea sobre la moqueta como un perro, la camisa se le pega a los músculos bien marcados del pecho y los vaqueros a sus muslos. Se pasa la mano por el pelo mojado, dejando de punta algunos de los mechones castaños.

—¿Puedo usar la secadora? —pregunta, a pesar de que está quitándose ya la camiseta.

¡Oh, Dios mío! Aparto la mirada. Lo cierra el ejemplar de *Cosmo*, y me lo pone delante de la cara para que deje de contemplarlo boquiabierta, y se levanta del sofá.

—Ven, te diré dónde está.

Cuando Lo pasa junto a él para guiarlo hasta la secadora, arquea las cejas como diciéndome que estamos haciendo progresos. Yo no soy tan optimista.

—¿Cómo va? —le pregunta a Connor.

—Va... —responde.

Después, sigue a Lo fuera de mi vista.

Mientras Connor examina su iPhone, yo vuelvo a revivir la escena con Rose.

—Con respecto a mi hermana...

—¿Sí?

—Me caes bien, Connor, en serio, pero sé que eres un trepa social. Puedo parecer poca cosa y no ser buena contrincante verbal, pero sé encontrar el punto débil de cualquiera para hacerle daño. Mi hermana es algo más que un cheque y un apellido.

Connor guarda el móvil en el bolsillo.

—Lily... Si quisiera salir con un apellido, podría llevar a una chica diferente colgada del brazo cada día, jamás estaría solo. —Se inclina hacia delante—. Te prometo que tengo buenas intenciones. Y creo que es muy tierno que veles por Rose, pero es capaz de cuidarse sola. Esa es una de las razones por las que quiero salir con ella.

—¿Cuáles son las otras? —indago.

—No tendré que explicarle la carta en un restaurante francés —replica sonriente. ¿Sabe que mi hermana lo habla de forma fluida?—. No voy a tener que explicarle balances financieros ni dividendos. Podré sacar cualquier tema de conversación y ella sabrá seguirlo.

—¿Y qué me dices de esa idea que tienes sobre las chicas ricas? ¿No somos todas iguales? ¿Que buscamos a un tipo de la Ivy League para no hacer nada durante el resto de nuestras vidas?

Crispa los labios, reprimiendo una sonrisa.

—En esa frase añadí algo con respecto a casarme con una.

No entiendo a dónde quiere llegar.

—Rose no es de esa clase de chica. Tiene talento, es resuelta...

—Dije que probablemente me casaría con una, no que quisiera.

Oh... Veo que Connor Cobalt superará cualquier obstáculo que yo le ponga. Ese es el inconveniente de intentar acorralar a un estudiante de matrícula.

Ryke vuelve con mi novio y, para mi sorpresa, una de sus sudaderas negras le queda a nuestra visita como un guante. Y se ha puesto también unos vaqueros de Lo que se le ciñen un poco en los muslos, pero salvo por ese detalle, le quedan perfectos. Ninguno de ellos dice una palabra, la tensión es evidente por la rigidez de sus músculos. Lo regresa a su lugar, a mi lado, y Connor le ofrece su silla a Ryke.

Él le da las gracias con un gesto y se sienta. Connor arrastra el sillón rojo para unirse al grupo, mientras el estruendo de la secadora llena el silencio.

—Así que estás escribiendo un artículo sobre chicos ricos —dice Connor a Ryke, concentrando en él toda su atención—. Imagino que te olvidaste de preguntarme a mí.

Ryke inclina la silla y se balancea en las dos patas de atrás.

—Pues sí. —Esboza una sonrisa, evitando mi mirada.

—Entonces, acepto.

—¿Aceptas qué? —pregunta Ryke, arqueando las cejas.

—Me parece perfecto —interviene Lo—. Será mejor que escribas sobre Connor. Está deseándolo y tu historia tendrá un final feliz. Así que todos contentos. —Me aprieta el hombro. Yo me quedo inmóvil, sin saber cómo Ryke va a salir de esta situación.

—No, no me parece bien. —«¿Eso es todo lo que va a decir?». Pongo los ojos en blanco. No sé por qué me esperaba algo mejor.

Lo se frota los labios.

—Entonces, ¿no te apetece escribir sobre Connor?

Ryke lanza una mirada de soslayo a Connor, que está sentado con un tobillo apoyado en la rodilla contraria. Su aspecto es tan propio de un niño bien que podría ser el modelo de un anuncio de J. Crew.

—No es mi intención ofenderte, Connor, pero prefiero no estar rodeado de lameculos todo el día. Si estás con Lo y Lily, también escribiré sobre ti. Es lo único que haré.

—Vale —acepta Connor, algo que Lo no ha hecho todavía.

—¿Vas a preguntarme algo? —se interesa Lo al tiempo que entrelaza sus dedos con los míos.

—¿Tienes algo en contra? —pregunta Ryke—. ¿Preguntafobia, quizá?

Él lo mira furioso.

—No me gusta la gente que fisgonea en mi vida.

—¿De verdad? Bueno, pues eso va contra mi profesión. —Se señala el pecho—. Periodismo del bueno. Mi fuerte es hacer preguntas incómodas.

Sin duda.

Lo mira al techo con irritación

—Hagamos un trato: te responderé a cambio de tener total libertad para hacerte preguntas personales. ¿Qué te parece?

—Bien.

No es necesario que Lo me diga que odia la situación. Su frialdad lo dice todo. Entiendo su desconfianza; con otra gente, siempre nos arriesgamos a ser juzgados. Llevamos apartados de miradas recriminadoras e insultos como zorra, borracho o perdedor tanto tiempo que teme volver a exponerse a ello. No quiere volver a ese tiempo en el que su padre le daba golpes en la cabeza mientras se preguntaba por qué su hijo lo arruinaba todo emborrachándose todas las noches. En el que mis compañeras me tildaban de enferma, tonta o de pocas luces.

No soy capaz de valorar mis fuerzas, pero espero ser lo suficientemente resistente como para superar lo que venga para ayudar a Lo.

—Solo serán un par de meses —animo a Lo—. El semestre casi ha terminado.

—Está bien. —Se termina el vaso de whisky y se levanta para prepararse otro.

Ryke me lanza una mirada dura que no puedo responder porque Connor se interpone entre nosotros.

Connor, que estaba ocupado enviando mensajes de texto, se levanta de repente y guarda el móvil en el bolsillo.

—Ya nos veremos, chicos.

—¿Adónde vas? —se interesa Lo desde la cocina.

—A ver qué me pongo esta noche.

—¿En serio? —se burla Lo—. Tienes una cita con el diablo, solo necesitas un poco de gas pimienta y un exterminador.

—¿De quién están hablando? —me pregunta Ryke.

—De mi hermana, Rose.

—Ah… —Mira a Connor mientras se dirige al vestíbulo.

—Es diseñadora de moda —informa Connor—, así que me juzgará por lo que lleve puesto. —Después se despide levantando la mano y sale por la puerta.

Oigo el tintineo de las botellas, pero no sé qué camino seguir.

—¿Lo has estado distrayendo con sexo? —me susurra Ryke.

—¿Eso es malo? —pregunto ruborizándome.

—No —reconoce—, pero no está funcionando demasiado bien si tenemos en cuenta lo que está haciendo. —Se balancea sobre las patas traseras de la silla para mirar hacia la cocina—. Se sirve whisky.

Espero que Ryke se caiga. Y justo en ese momento, las patas de madera resbalan y cae de espaldas en el suelo. Me río tanto que me duele el pecho.

—No es gracioso —protesta mientras se levanta y estira los brazos.

—Sí que lo es.

Lo regresa con el vaso lleno de whisky.

—¿Qué ha pasado? —pregunta al tiempo que se sienta en el lado opuesto del sofá. Nos separa un cojín.

—Se ha caído de la silla —informo.

Ryke se cambia al sillón reclinable, que es bastante más seguro, antes de confirmar mis palabras con un gesto de cabeza.

—¿Por qué tomas tanto whisky?

Sé que Lo desea transmitirme su furia con la mirada para que ponga a Ryke en su lugar, pero no lo hace.

—No sé qué tiene que ver esa pregunta con tu artículo. —Bebe el líquido color ámbar.

—Son datos previos —replica Ryke de forma evasiva—. No me has respondido.

—No pensaba hacerlo. —Toma otro enorme trago sin hacer ni una mueca cuando el alcohol baja por su garganta.

Ryke se frota los labios.

—¿Cómo es tu padre?

—¿En serio vamos a empezar ahora? —protesta Lo.

—Nunca es demasiado pronto...

—¿Te apetece una cerveza u otra cosa? —pregunta Lo tras terminar el vaso con rapidez, poniéndose en pie.

—Yo tomaré una cerveza —intervengo cuando Lo desaparece en la cocina.

Ryke me dice que no con la cabeza como si no fuera correcto.

—Mejor no —digo a Lo.

—¿Ryke? —insiste Lo—. Es tu última oportunidad.

—No, gracias.

—Estás cabreándolo tanto, que bebe todavía más —susurro por lo bajo.

—Ya lo veo. Deja que yo me ocupe de esto.

Intento confiar en él, pero no parece capaz de atravesar la coraza dura tras la que se protege Lo.

Cuando regresa a la sala, los dos miramos el vaso, de nuevo lleno.

Vuelve a sentarse muy lejos de mí, y eso me irrita de forma considerable.

Él observa a Ryke mientras apura el licor.

—Pareces muy interesado en mi whisky —dice tras lamerse los labios—. ¿Estás seguro de que no quieres uno?

—No, no bebo.

Lo aprieta los dientes.

—¿No bebes nada? ¿Ni siquiera una cerveza?

—No. Tuve un accidente en el instituto. Bebí mucho y luego conduje un coche que acabó empotrado en un buzón de correos. Todo acabó con una denuncia de los vecinos. Desde entonces, no he vuelto a probar el alcohol.

—Tu primer error fue conducir —asegura Lo.

—No estoy de acuerdo. —Ryke señala el vaso—. Ese fue mi primer error.

—Bien, pero yo no soy tú, ¿verdad? —replica Lo con sarcasmo—. Si estás esperando que acabe como tú, vas a llevarte una decepción. Seguramente todo lo que piensas sobre mí sea cierto. Soy un capullo rico que lo tiene todo. Y me gusta.

Reconozco a su padre en esas palabras, y eso me asusta. Quizá esto no sea buena idea.

Ryke adopta una expresión pétrea, aunque entrecierra los ojos con simpatía. Estoy segura de que Lo no lo aprecia.

—Empecemos entonces con una pregunta fácil. ¿Cómo os conocisteis?

—Somos amigos de la infancia —replica Lo—. ¿Quieres saber también si la desvirgué? La respuesta es no. Un idiota se me adelantó.

—¡Lo! —Agarro un cojín para esconderme detrás.

Ryke lo mira de forma amenazante.

—Interesante. —Que considere que la pérdida de mi virginidad es interesante, me parece increíble—. ¿Y tú? ¿Dejaste de ser virgen con ella?

Él toma otro sorbo ante esa pregunta, y Ryke pone los ojos en blanco.

—Lo tomaré como un sí. ¿Es la única chica con la que has estado?

—No creo que eso tenga nada que ver con lo que nos ocupa —intervengo.

—No —replica Lo, ignorándome—. He estado con más chicas.

—No estaba hablando de sexo.

—A largo plazo —replica, sosteniendo la mirada de Ryke—, sí. Y ella igual.

Me pregunto si Ryke está calculando todo el tiempo que he consentido y facilitado la adicción de Lo. Cuando me mira con cierto desdén, me doy cuenta de que es así. Ahora puedo cambiar las cosas. Afectará a nuestra relación, pero encontraré una manera.

Me deslizo hacia Lo y me aprieto contra él. Cuando termina su bebida, le impido que se ponga en pie rodeándole la cintura con un brazo.

—No estoy de humor —me susurra por lo bajo con una mirada gélida.

Se zafa de mí y se levanta. Me siento como si me hubieran dado un puñetazo en el estómago.

—¿Estás bien? —susurra Ryke.

—No sé qué hacer —murmuro, conteniendo las lágrimas.

—Si voy allí, ¿crees que me estrangulará?

—No estoy segura.

Me arden los ojos.

Ryke sopesa la situación y, por fin, se sienta en el sofá, cerca de mí.

—Estás haciendo lo mejor, Lily. No entiendo por qué no lo has intentado antes.

«Porque tenemos un trato que funciona bien».

—No le hace daño a nadie —intento justificarme con un susurro—. Y nunca lo ha hecho.

—A mí me parece que te hace daño a ti.

—¿A mí? —Sacudo la cabeza—. Yo estoy bien.

—Entonces, ¿por qué estás llorando, Lily?

Seco aquellas lágrimas traicioneras. Lo regresa sin vaso y la ropa seca de Ryke, que le lanza al regazo.

—Es hora de que te vayas —le dice a Ryke sin mirarme.

Ryke se levanta, sosteniendo la ropa con rigidez.

—Tu novia está preocupada, Lo —le susurra al pasar junto a él—. ¿Es que no lo ves? —Intenta usar la culpa para forzarlo a estar sobrio, pero dudo que eso funcione.

—No actúes como si la conocieras.

—La conozco lo suficiente.

—Eso no es cierto. Estarías jodido si lo hicieras. —Señala la sudadera que lleva puesta Ryke—. Quédate con mi ropa. No la necesito.

—Vale. Hasta luego. —Cuando sale, cierra la puerta de golpe.

—Estaré en mi habitación —dice Lo a continuación.

Noto una opresión en el pecho. Deberíamos hablar, pero ¿qué le puedo decir? «Lo, me gustaría que dejaras de beber». Y él me respondería: «Lily, agradecería que no tuvieras tanto sexo». Luego nos miraríamos esperando que el otro estuviera de acuerdo y dijera que iba a cambiar. Sin embargo, lo único que tenemos es un silencio tan profundo y cortante que me siento destrozada y desnuda. No hay vuelta atrás.

—Lamento haberte puesto en esa situación. —Es la única forma en que sé responder—. Lo siento mucho, Lo.

Se tensa y se pasa una mano por el pelo.

—Ahora quiero estar solo. Follaremos por la mañana, ¿vale? —Se aleja y yo me hundo en el sofá. Se oye el tictac del viejo reloj que hay en la librería.

Me acurruco bajo una manta, vacía por completo.

Pasan unos minutos antes de empezar a llorar. Un llanto que me recorre las mejillas y me hace sorber por la nariz.

Nadie puede verme, pero sé que no soy la única que se siente miserable.

El sexo por la mañana es tan intenso y vital, tan emocional, que me da vueltas la cabeza. Me siento tan mareada que, al final, tengo que ir al cuarto de baño a vomitar.

—Lily —me llama Lo. Entra en el cuarto de baño subiéndose los bóxers. Se arrodilla a mi lado y me frota la espalda—. Está bien. Está bien —asegura como si estuviera tratando de convencerse a sí mismo.

Sigo teniendo arcadas durante un minuto más antes de calmarme. Apoyo mis manos temblorosas en el borde del inodoro.

—¿Qué te ha pasado?

Sigo dándole la espalda.

—Me sentía mareada.

—¿Por qué no me lo has dicho?

—No lo sé —murmuro con la voz ronca. Me incorporo para lavarme los dientes. Cojo el cepillo y le añado un poco de pasta con dedos temblorosos.

—Lily, háblame —dice a mi espalda. Me pone una mano en la cadera mientras escupo en el lavabo.

Cuando termino, me doy la vuelta y me apoyo en la encimera.

—¿Quieres romper conmigo? —pregunto con brusquedad.

Contiene la respiración.

—No. Yo te amo, Lil. —Me coge la mano—. Mira, voy a intentarlo con más ahínco. Lo haremos los dos. —No me sorprende aquella repentina declaración. Siempre que nos peleamos intentamos arreglarlo al instante. Por eso hemos durado tanto tiempo y, además, supongo, el temor a perder al otro es más fuerte que el dolor que nos provocamos.

—¿Qué es lo que intentarás con más ahínco? —Quiero saber claramente a qué se refiere.

—Beberé más cerveza. Ayer, Ryke me cabreó, por eso bebí licores más fuertes. —Hace una pausa y me mira con vacilación—. Lily, me encanta follar contigo, pero las últimas dos semanas han sido una locura. Casi no me dejas pensar.

—Lo sé, lo siento. —Pero he estado así para impedir que beba. Creo que tenemos que esforzarnos en cumplir nuestros compromisos, lo que significa que debo dejar de intentar mantenerlo sobrio haciendo que se concentre en otra cosa.

Ryke se sentirá decepcionado, pero es todo lo que puedo hacer sin presionar a Lo demasiado. Necesito estar con él más de lo que él necesita estar conmigo. Su vicio es el whisky, el mío su cuerpo. Así que cuando nos peleamos, al final soy yo la que más pierde.

—¿Quieres dejarlo tú? —Me ofrece la misma salida.

Sería más fácil cortar ahora, regresar a nuestros rituales habituales. Sin embargo, ahora que ya lo he tenido no puedo imaginarme no volver a sentir sus brazos, no volver a sentirme satisfecha por completo. Él es mi droga, y la consumo sin remordimientos. Creo que eso es lo que más teme; ser él quien acreciente mi adicción. Siempre lo ha hecho. Y durante el tiempo que estemos juntos, seguirá haciéndolo.

—No —susurro—. Yo quiero estar contigo.

Se acerca y me besa en la frente.

—Iremos haciéndolo mejor. —Me pasa los labios por la oreja—. La próxima vez que te sientas mal, por favor dímelo.

—De acuerdo.

Se inclina para besarme en la mejilla, en los labios, haciendo que abra la boca.

—Esta vez lo haremos bien —suspira, tras hundir la lengua entre mis dientes.

Me coge en sus brazos y le rodeo el cuello con los míos, feliz de poder borrar todos los malos momentos y reemplazarlos con otros mejores.

27

—¿*P*uedes subirme la cremallera del vestido?

Lo termina de anudarse la corbata y luego me pone la mano en la cadera. Trato de no fijarme en la forma en que me clava los dedos en el costado. Acabamos de mantener relaciones sexuales y luego nos hemos duchado. No quiero aparecer en el desfile de Rose con el pelo revuelto y las mejillas encendidas.

Me sube la cremallera hasta el cuello, y el contacto me hace sentir un hormigueo en la piel.

—¿Estás bien? —me pregunta.

—Sí. —Me peino el pelo, que me cae liso sobre los hombros, mientras trato de contener las mariposas que me aletean en el estómago. Me cuesta recordar algún momento de mi adolescencia en el que haya presentado algún amigo a mi familia. Quizá es porque Lo ha sido siempre mi única compañía.

Mi parte más vil y retorcida desea que Rose y Connor no se hubieran conocido nunca. O que yo no me hubiera hecho amiga de él antes. Lo que sea con tal de que mis dos mundos —mi familia y mi vida académica— no tengan que colisionar. Connor sabe muchas cosas sobre mí, quizá incluso más que Rose, y tengo miedo de que hayamos cometido un error al no mantener las mentiras anteriores ante nuestro nuevo amigo. Pero quién iba a imaginarse que Rose fuera a encontrar atractiva la personalidad de Connor. Sin duda no hemos tenido suerte.

Por lo menos no soy tan bruja como para destruir su relación antes de que comience. Eso sí hubiera sido malvado.

Como además Ryke nos acompaña al desfile, el estrés es doble. Tanto Connor como Ryke pueden soltar algo inconveniente delante de mi familia en cualquier momento y arruinarlo todo. Además, me agobia permitir que mis padres y mis hermanas vean otra parte de mi vida. La he compartimentado por alguna razón, y ahora se ha vuelto caótica y complicada.

Desde luego, si Lo opina igual, no lo ha manifestado. Por el rabillo del ojo lo veo revisar las tarjetas de crédito que lleva en la cartera antes de guardársela en el bolsillo.

Suena un golpe en la puerta.

—¿Estáis decentes? —La voz de Connor llega amortiguada desde el otro lado.

Cuando Lo abre la puerta, veo ya allí a Connor, con un traje a medida de varios miles de dólares y una sonrisa igual de cara.

—Tenemos que irnos. No quiero llegar tarde.

—Vamos a llegar un hora antes de tiempo —se queja Lo—. ¿No podemos esperar un poco?

Los sigo a la cocina donde Ryke está sentado en la barra, tecleando en el móvil.

—Quiero hablar con Rose antes de que empiece el evento —confiesa Connor—. Esta mañana parecía nerviosa.

—Seguro que lo estaba —convengo—. Le preocupa que no vaya nadie. —La llamé esta mañana. Quería hablar con ella sobre Connor, pero no me ha comentado ningún detalle de cuando salieron a ver la obra de teatro, solo me dijo que él había actuado justo como ella había pensado que lo haría. No sé qué significa. Como siguen quedando para salir, imagino que todo fue bien. Por suerte no hablaron demasiado sobre Lo y sobre mí. Tengo que encontrar el momento para decirle a Connor que Rose ignora algunos aspectos de nuestras vidas. Como que Lo bebe constantemente.

—Le dije que lo tiene chupado, pero prefiere no creerme —comenta Connor.

Alrededor de sus ojos aparecen pequeñas arrugas de frustración, una emoción que no había visto en el imperturbable rostro de Connor Cobalt.

—¿A quién has avisado? —le pregunta Lo antes de mirar a Ryke. Incluso esos días en los que Ryke le hace preguntas, mantiene la distancia, respondiéndole con sarcasmo y desdén. Ahora que yo ya no desvío su atención del alcohol, Ryke no pierde la oportunidad de fulminarme con la mirada. Parece que no sé hacer nada bien.

—Al propietario de Macy's, Nordstrom, H&M y también a los de otras tiendas menos conocidas. Va a estar lleno. —Connor me mira—. No le digas quiénes van a estar presentes. No es necesario ponerla más nerviosa.

—De acuerdo.

Ryke se levanta y guarda el teléfono en el bolsillo. Su traje es tan caro como el de Connor o el de Lo. Por alguna razón, aquella ropa a medida me pilla con la guardia baja. Esperaba que estuviera en la Universidad de Pensilvania con una beca deportiva, pero es evidente que esa prenda es de marca. Seguramente de Armani o Gucci. Eso significa que también tiene dinero. Mucho dinero.

Me doy cuenta de que no he interrogado a Ryke sobre su vida personal y, aunque Lo quiere hacerlo, acaba tan cabreado cuando está con él que termina pasando.

—¿A qué se dedican tus padres? —le pregunto antes de que Ryke pueda lanzarme una mirada mordaz.

Connor me pone una mano en el hombro.

—Vamos, si no apuramos acabaremos llegando tarde. —Falso, aunque es diferente lo que Connor Cobalt considera llegar tarde y lo que considero yo. Salimos del apartamento porque Connor casi nos empuja.

Ryke se pone a un lado y Lo al otro.

—Mi madre no trabaja. Mi familia tiene dinero.

Connor vuelve a mirar el reloj de forma casi compulsiva y yo aprieto el botón de llamada del ascensor.

—¿Por parte de tu padre?

—Sí —confirma Ryke—. Aunque no vivimos con él. Mi madre y yo siempre hemos vivido solos.

Me sorprendo al saberlo, y no sé si Lo se siente igual que yo o no. Parece haberse quedado pálido con aquella revelación.

—¿Están divorciados? —pregunto. Lo me rodea la cintura con las manos y me apoyo en su pecho. Cierro los ojos al sentir el bombeo de su corazón y su calidez. Me gustaría que se inclinara y… «Lily, no».

—Sí —confirma Ryke—. Fue un caos. Se suponía que iban a compartir mi custodia, pero al final fue mi madre quien la obtuvo.

—¿Tienes contacto con él?

—Sí —admite. Pero lo dice con indiferencia, como si ya fuera un tema superado con el que se ha reconciliado—. Siempre me ha enviado regalos de los que mi madre se deshacía, pero me permitió reunirme con él el primer lunes de cada mes desde que cumplí siete años. No parece un mal tipo, pero mi madre me ha dicho cosas horribles de él durante años. Cosas que no debería haberme contado cuando era tan pequeño. Después de un tiempo, dejé de verlo, y también de quererlo. —Lanza una mirada a Lo—. ¿Y tú?

—¿Qué pasa conmigo?

—¿Tus padres están divorciados?

—Vivo con mi padre —replica con firmeza—. Es el mejor padre de todo el puto mundo. Lamento que el tuyo no lo fuera.

Ryke endurece su expresión.

—¿Mantenéis una buena relación?

—La mejor.

Clavo los ojos en el suelo con el corazón encogido ante su tono mordaz.

—Tu novia no parece estar de acuerdo.

—Deja de analizar cada uno de sus gestos —replica él.

«Sí, por favor, déjalo ya». En especial porque tengo que cruzar los tobillos para concentrarme en algo que no sea sexo en este momento.

Suena la campana del ascensor. En cuanto logro encauzar mis pensamientos en el rumbo correcto, me inunda una repentina oleada de ansiedad. Ir acompañados de Ryke y de Connor me parece ahora una mala idea. Sé que acabaré intercambiando estas avasalladoras emociones por fantasías carnales. Sí, eso suena mejor que esta escalofriante ansiedad.

Vamos a la limusina y, cuando llegamos al lugar, ya me he imaginado diez escenas diferentes en las que me tiro a Lo en el asiento de atrás, y me he quedado ensimismada al menos cinco veces. Lo es consciente de mis desviaciones, pero estoy segura de que es el único.

Siento un intenso latido entre las piernas. Mi sexo ansía alivio, pero me reprimo y mantengo una expresión neutra mientras me torturo con imágenes: Lo encima de mí, dentro de mí, susurrándome lo que va a hacerme… Esto es una estupidez.

Estoy aquí por Rose.

Pero no puedo dejar de fantasear.

Entrecruzo los dedos, obligándome a regresar al presente.

Estoy aquí.

No en otro lugar.

El salón está cruzado por una pasarela elevada y unas filas de sillas de plástico blanco se alinean a ambos lados. No hay nadie más que fotógrafos, publicistas, modelos y estilistas. La mayoría entran y salen de la parte de atrás donde, estoy segura, una Rose muy atareada viste a las modelos. Es probable que Daisy esté poniéndose en este momento un modelo de seda *prêt-à-porter*. Debería acercarme a hablar con ellas, pero quiero hacer otra cosa. Algo que hoy no es correcto.

—Lo —susurro, apretándole el brazo. Contengo la respiración mientras le lanzo una mirada provocativa.

«Por favor, ven conmigo. Por favor…».

—¿Puedes esperar hasta que lleguemos a casa?

Ryke capta sus palabras mientras Connor marca el número de Rose y se aleja.

—¿Qué te ocurre? —me pregunta.

—Nada. —Le lanzo a Lo una mirada de advertencia—. Vuelvo enseguida. —Me dirijo al cuarto de baño, pero Lo me retiene por la muñeca.

—Debes intentarlo —me dice.

—¿Igual que lo intentas tú?

—Yo sí estoy intentándolo —me susurra al oído—. Solo he tomado una cerveza. Lo sabes.

En este momento no puedo imaginar no satisfacer esta necesidad. Me duele demasiado. Es lo único en lo que puedo pensar. Y si él no me ayuda, lo haré sola. Sin engaños. Me libero de su mano.

—No voy a poder estar sentada durante todo el desfile en este estado. Tenemos tiempo.

—¿Qué necesitas? —me pregunta Ryke. Odio el tono de su voz, como si estuviera a punto de asesinar a Lo por la presión, por darle una bebida, por ver cómo bebe sin reprochárselo.

—No es asunto tuyo —suelto con una mirada furiosa.

—Mira —intenta resultar conciliador—, si te lo pregunto, es porque quizá podría ayudarte.

Noto que me arden las mejillas.

—No, tú no puedes.

—¡Dios! Alguien se levantó de la cama con el pie izquierdo.

—No menciones las camas —replico, sabiendo que estoy siendo absurda e irracional.

Lo me agarra por la muñeca.

—Lily, basta.

—¿Estás de su parte? —grito, mirándolo boquiabierta—. ¿En serio, Lo?

—¿Es que te has vuelto loca? —me susurra al oído—. No piensas.

Me alejo de él.

—Sois idiotas los dos —aseguro, mirándolos uno junto al

otro. Elegantes, guapos, fríos y duros. Los odio. Me odio—. Ni siquiera sé por qué acepté esto. —Que estuviera con Lo. Permitirle que nos siguiera. Si me detuviera y pensara aunque solo fuera dos segundos, quizá entendería que estoy proyectando en ellos toda mi ansiedad. Y que resulto injusta, inmadura y cruel. Pero no quiero pensar. Solo quiero follar.

Respiro hondo y suelto el aire poco a poco. Necesito correrme. Ahora.

Huyo al cuarto de baño mucho más rápido que Lo, y entro en el de caballeros, porque está antes que el de mujeres. Un hombre de unos treinta años me mira por el espejo mientras orina en un urinario. Suelta una maldición y se cierra la bragueta. Estoy envuelta en una nube de confianza, la necesidad de correrme supera cualquier otra cosa.

Elijo uno de los inodoros sin decir nada.

Lo entra en este momento y ni siquiera mira al otro hombre. Tiene los ojos clavados en mí, solo en mí, y parece como si quisiera devorarme, o quizá estrangularme.

«Sí…».

Cierra de golpe la puerta a nuestras espaldas y me agarra las muñecas con violencia. Me obliga a girar sobre mí misma de forma que mis nalgas rozan su pelvis y me hace apoyar las palmas de las manos en la pared de azulejos. Curvo la espalda mientras coloco los pies, esquivando el inodoro.

—¿Es esto lo que quieres? —gruñe Lo al tiempo que desliza la mano debajo de mi vestido, buscando con los dedos la parte más mojada de mi cuerpo.

Jadeo y cierro los ojos.

«Por favor…».

Me pone una mano en la boca para amortiguar mis gemidos mientras mete y saca los dedos de mi interior. Yo deslizo las palmas por los azulejos y casi me golpeo la cabeza contra la dura cerámica, pero él me sostiene, manteniéndome en pie.

Cuando me penetra, me pierdo en el placer, en el goce, en la dureza de su erección. Me quedo sin respiración mientras continúa embistiendo, sin detenerse jamás. Se hunde en mí con violencia, como si quisiera castigarme por ser mala. Y lo acepto con jadeos de excitación.

En el momento en el que terminamos, se sube los pantalones y se los abrocha mientras yo me coloco las bragas, que ahora se encuentran alrededor de mis tobillos.

—¿Estás bien? —me pregunta, retirándome el pelo húmedo de la cara.

—Creo que sí. —¿Por qué hemos follado aquí? Todo lo que acabamos de hacer inunda mi mente y mi corazón, haciendo que comience a hipar. ¿Por qué lo he hecho? ¡¿Qué me pasa?!

Cuando salimos del baño, se lava las manos y me guía al pasillo.

Por suerte, el desfile todavía no ha comenzado, aunque la sala está a rebosar.

Me dirijo a la primera fila, y me siento al lado de Connor, evitando a Ryke.

—Debería ir a saludar a Rose —comento.

—No tienes tiempo. —Connor mira su Rolex—. Dará comienzo dentro de quince minutos.

—Ah…

Trato de ignorar la culpa que me encoge el estómago. Me tiemblan las manos, pero Lo me las coge y las aprieta. Veo su mirada de preocupación, pero trato de no fijarme. Estoy bien. Todo va a ir bien.

Levanto la vista y veo que Poppy se acerca por el pasillo del brazo de Sam con una sonrisa radiante en la cara. El corazón me da un vuelco.

Al verme, aceleran el paso para saludarme. Mi hermana me besa en la mejilla.

—¡Cuánta gente hay! —exclama—. Rose va a sentirse orgullosa.

—¿Dónde está mamá? —pregunto, con el corazón tan acelerado como el ritmo de la música.

—Está llegando. Papá estaba hablando por teléfono, así que se detuvieron en el exterior un momento. —Lanza un vistazo a Connor y Ryke—. ¿Quiénes son tus amigos? Oh, ¿alguno es Charlie? —Se concentra en Ryke, que la mira confundido.

—No, Charlie se mudó —miento—. Este es Ryke. Es un amigo de la universidad. Y él es Connor Cobalt.

Poppy se olvida de Ryke momentáneamente cuando Connor se levanta para estrechar su mano y luego la de Sam.

—Encantado de conoceros. —Su increíble apariencia y sus palabras han dejado hipnotizada a mi hermana. Asiente mientras él habla con Sam sobre Fizzle, entablando una conversación relajada. No puedo determinar si es una charla informal o si está haciendo gala de su encanto para meterse a Rose más en el bote.

—¿Es este el chico con el que está saliendo Rose? —pregunta Poppy cuando se aleja por fin del magnético halo de Connor Cobalt.

—Sí.

—Bien por ella —dice sonriente.

—Sí, pero seguramente piensa que puede hacerlo mejor.

Poppy se ríe y me coge del brazo.

—Nuestros asientos están un poco más allá, nos vemos después del desfile. Lily... —vacila antes de continuar—, me alegro de conocer por fin a tus amigos.

Sonrío aunque me duele. Porque sé en lo más profundo que estos amigos pueden ser también una fachada.

Poppy y Sam se dirigen a sus asientos y yo me acomodo en el mío con una opresión en el pecho. Lo único capaz de librarme de esta angustia es el sexo. Y una vez que empiezo a fijarme en los fotógrafos, en especial en uno desaliñado que está en un extremo, mi cuerpo se pone a vibrar de nuevo.

Estoy entrenada para aliviarme con sexo desde hace tanto tiempo que reprimirme me parece inviable. Es como tratar de detener un tren a alta velocidad antes de que choque contra un muro de hormigón. Sé que me estrellaré, que me astillaré y me romperé. Pero ir antes a trescientos kilómetros por hora es jodidamente fantástico.

Así que me concentro en ello. En la emoción, el orgasmo y las endorfinas que me llevan a arquearme contra otro cuerpo. Cualquier cuerpo. Contra el de Lo, si tengo suerte. En mi mente no hay cabida más que para el sexo y me tiemblan las rodillas por el deseo.

La gente va ocupando sus sillas mientras el tiempo pasa. Apenas soy capaz de oír que Ryke le pregunta a Lo sobre la carrera de Daisy como modelo. No escucho la respuesta porque estoy demasiado concentrada en la forma en que el fotógrafo sostiene la cámara. Percibo cómo se flexionan sus músculos y lo imagino sosteniéndome a mí.

«¡Basta!».

Gimo para mis adentros y me paso las húmedas palmas de las manos por el vestido. Soy una drogadicta que necesita otro chute. Odio que el polvo rápido en el baño no me haya saciado. La he pifiado. Sé que Rose estará cabreada conmigo por no haber ido a saludarla detrás del escenario.

«¡Basta!».

No quiero pensar en eso.

Se atenúa la intensidad de las luces.

—Lo… —susurro—. Lo, necesito… —No puedo decirlo, pero el tono de mi voz habla por mí.

—Está a punto de empezar el desfile, Lil —musita—. Tienes que resistir.

No sé si puedo. Me retuerzo en mi asiento, intentando controlar el ansia por aquella droga.

Entonces entran mis padres y Ryke se pone de pie.

—Voy a ir al cuarto de baño antes de que empiece el desfile. —Se aleja hacia donde yo quiero ir. Lo frunce el ceño, mirándolo fijamente hasta que desaparece.

Cruzo las piernas. Empiezo a sudar. No puedo reprimirme. Necesito que alguien… Necesito aliviar esta… Me levanto.

—Lily —protesta Lo, imitándome—. Lily, piensa en tu hermana. Piensa en Rose.

—No puedo —susurro, huyendo hacia la salida. Connor se queda rodeado por tres asientos vacíos y su usual expresión de satisfacción ha desaparecido. Parece cabreado.

—Piensa en lo que vas a sentir después. Lily, por favor… —me dice Lo.

Me sentiré fatal, sí. Pero no puedo dejar de mover los pies, ni de jadear. Hay una profunda necesidad en mi interior, una compulsión que debo satisfacer. Lo necesito más que respirar, más que el aire, más que la vida…

Es un pensamiento idiota. No tiene sentido. Pero es lo que me impulsa.

Paso ante mis padres, que me miran sorprendidos. Lo me sigue y suelta alguna disculpa mientras yo me voy al exterior. A la libertad. Al aparcamiento donde los coches se alinean como puntos negros.

Desbloqueo el Escalade en el que Nola, sin duda, ha traído a mis padres. Por suerte, ella no está dentro. Me deslizo en el asiento trasero y me subo el vestido. Antes de que pueda hacer nada, se abre la puerta y Lo me sigue al interior. Me coge con fuerza por el tobillo y tira de mí hacia él. Me dejo llevar. Estoy perdida en las sensaciones.

Estoy perdida en él.

Cuando bajo de las alturas y mis hormonas dejan de estimularme, todo se precipita en mi mente de nuevo y me empiezan a arder los ojos.

—¿Qué me pasa? —Me ahogo. Recojo el sujetador del suelo del Escalade y comienzo a vestirme con rapidez. Lo se mueve despacio, y parece medio mareado.

—Lil... —me llama con ternura, estirándose para tocarme la mano. Me echo atrás al instante, demasiado avergonzada para permitir que me consuele.

—No, debemos regresar antes de que termine. Quizá ella no lo note...

Cuando abro la puerta del coche, la gente está invadiendo ya el aparcamiento, con bolsas de compras en las manos. ¿Qué? ¿Ya ha terminado? ¿Me he perdido todo el desfile?

—Lily... —Le cuelga la chaqueta del brazo y duda un instante antes de ponerme la mano en el hombro.

—¿Sabías qué hora era? —pregunto—. ¿Por qué no me detuviste?

—Lo intenté —suspira. Traga saliva con tristeza—. Lil, lo intenté como cinco veces.

—¿Qué? —sacudo la cabeza—. No lo recuerdo. No...

—Venga, venga... está bien... —Me atrae hacia su pecho y me rodea con sus brazos como un capullo—. Shhh... Lil, está bien.

No, no lo está.

Debí de haberme detenido la primera vez. ¿Por qué estaba tan segura de que esto merecería la pena? Le doy un empujón, aplastada por la culpa.

—No, no... tengo que disculparme... —Me pongo los zapatos de tacón y trato de concentrarme Todo irá bien. Me inventaré una mentira sobre lo mal que me ha sentado la comida, soltaré unos cuantos «lo siento» y sonreiré para suavizar lo ocurrido.

Todo irá bien.

El corazón me late con fuerza mientras la multitud atraviesa las puertas de cristal. No tengo que avanzar demasiado para encontrarme con mis padres. Ya se dirigen hacia el coche, acompañados de Poppy y Sam.

Se ríen. Mi hermana le enseña a mi madre una foto en la BlackBerry. Cuando me ven, sus expresiones cambian. Mi presencia ha borrado cualquier diversión de sus rasgos.

—Eh... eh... —tartamudeo—. Empecé a encontrarme mal. Tenía retortijones en el estómago y me mareé. No sé si será por no haber comido. Imaginamos que había comida en el coche.

Mi padre se vuelve hacia Sam, ignorándome por completo.

—Tengo un correo de Fizzle que debes ver. —Se aleja acompañado del marido de Poppy, pero lanza a Lo una larga mirada al pasar junto a él.

Evito a mi madre, que seguramente está mirándome de una manera capaz de congelar todo el estado de Florida, y me concentro en Poppy.

—De verdad, no estaba bien. Jamás me perdería un desfile de Rose. —La mentira hace que me arda la garganta.

Poppy clava los ojos en mi pelo y me lo aliso en un gesto automático. Lo me pone la mano en la parte baja de la espalda antes de apartarse.

—Tienes el vestido arrugado —comenta mi madre con tono gélido antes de clavar los ojos en Lo—. Quizá deberíais intentar no dejaros controlar por las hormonas durante los eventos familiares.

«¿Qué? No».

—Lo no…

—No, tiene razón. —Él se interpone mientras yo lo miro sin poder articular palabra—. Lo siento. No era el momento. No volverá a ocurrir, Samantha.

Mi madre asimila las palabras antes de asentir. Después continúa el camino hacia el coche. Poppy se queda con nosotros, mirándonos con decepción.

—Rose todavía está dentro. No creo que quiera hablar contigo en este momento. Deberás darle un poco de tiempo para tranquilizarse.

Se va antes de que pueda añadir nada más. Aunque tampoco podía aportar otra cosa que una patética disculpa.

No puedo esperar hasta mañana. Me duele demasiado para no intentar reconfortarla. Me vuelvo hacia el edificio, pero Lo me sujeta por la muñeca.

—¿Qué vas a hacer?

—Tengo que hablar con Rose.

—¿Es que no has oído lo que ha dicho Poppy? —pregunta con los ojos muy abiertos—. Deja que se calme. Si no, te va a cortar el corazón en trocitos.

—Quizá sea eso lo que quiero. Quizá me lo merezco.

Connor empuja las puertas de cristal con un hombro porque tiene las manos ocupadas escribiendo. Corro hacia él y, cuando me ve, su expresión se vuelve rígida.

—¿Qué tal está mi hermana? —le pregunto, mirándolo apenas mientras paso junto a él. Sin embargo, me bloquea el paso con rapidez, impidiendo que entre y que vea nada.

—No le ha sentado nada bien —dice en tono seco.

—¿Dónde se ha metido Ryke? —pregunta Lo con el ceño fruncido.

—Se ha marchado. Se encontraba mal.

—Creo que pudo ser algo que comimos —digo.

Connor me mira con las cejas arqueadas.

—¿Antes o después de echar un polvo en el coche?

Doy un paso atrás por el impacto que supone el golpe. Acabo chocando contra Lo y esta vez permito que me rodee la cintura con un brazo.

—Oye, tranquilo, ¿eh, Connor? —le advierte.

Connor ni parpadea.

—He sido amigo vuestro el tiempo suficiente como para saber que esas repentinas desapariciones sincronizadas en el cuarto de baño no son provocados por tener la vejiga llena. Y me parece bien. Vuestra vida sexual no es de mi incumbencia. —Lanza una mirada al edificio antes de clavar los ojos en mí—. Deberíais marcharos —sugiere.

—Antes quiero disculparme.

—¿Por qué? —pregunta en el mismo tono agudo. Parece que se siente insultado o disgustado por algo. Él, al que consideraba la única persona incapaz de sentir repulsión por mí.

—Tiene que saber lo que siento.

—Ahora es feliz —confiesa Connor—. Vendió su línea a Macy's y tiene una oferta de H&M. No le arruines el momento tratando de sentirte mejor. Déjalo estar, Lily.

No sé qué más hacer. Así que acepto su consejo y desaparezco.

Al día siguiente, llamo al móvil de Rose una y otra vez sin suerte. Tras mi décimo intento de reconciliación, lanzo el aparato al suelo y grito contra la almohada. Por eso no acudo a eventos familiares. Por esto no tengo amigos. Porque decepciono a todo el mundo.

En este momento se abre la puerta y entra Lo.

—Te perdonará, Lil. Quizá a mí no, pero a ti, sí lo hará.

Me encojo en posición fetal. Mi madre ha pensado que fueron las descontroladas hormonas de Lo las que arruinaron la noche, pero fueron las mías.

Odio que sea él quien cargue con toda la culpa.

Se sienta a los pies de la cama y me pone una mano en el tobillo, acariciándolo. Al instante, me aparto y subo hasta el cabecero.

—No... —murmuro.

Frunce el ceño, preocupado.

—¿Quieres rendirte? —¿Cómo? ¿Siendo célibe? ¿Yo que no sé vivir sin sexo? ¿Cómo se deja algo que está arraigado en la naturaleza humana?

—Quizá. No. No lo sé. —¿Debería tirar a la basura mi colección de pornografía? Pero ¿qué ocurrirá dentro de una semana, cuando vea que eso no funciona? Tendré que volver a comprarla de nuevo. No vale la pena.

—Te apoyaré en todo lo que decidas —asegura Lo.

La culpa me impide acostarme con él. Me ha conducido, literalmente, a un estado de perpetua castidad. Entierro la cabeza entre las rodillas. Necesito tomar una decisión, pero voy rebotando entre las opciones. Fue un error acercarme a mi familia. Debo separarme de nuevo. Tomar distancia. Una vez que me disculpe con Rose, retrocederé y todo volverá a la normalidad. Una ruptura limpia.

—Voy a hablar con Rose —decido—. Luego follaremos.

Me besa en la sien.

—Aquí estaré, cielo. —Me mordisquea la oreja.

Cojo una almohada y se la tiro al pecho de forma juguetona. Sonríe, pero respeta mis deseos y deja de luchar. En parte parece aliviado. Sé que no he sido la mejor compañía del mundo, que he estado demasiado deprimida e introvertida.

Me levanto de la cama. Será mejor que me enfrente a ella ahora, cuando todavía puedo. Mañana regresará a Princeton y yo estaré demasiado ocupada asistiendo a clase para ir a verla.

—¿Crees que me dejará entrar?

—No sé. Dependerá de si al final echó un polvo o no —asegura Lo.

Le lanzo una mirada fría, que hace que él levante las manos en señal de paz. Estoy orgullosa de que mi hermana no haya entregado su virginidad todavía.

Me cepillo el pelo con rapidez, me pongo el abrigo y dejo a Lo en la cocina, donde está preparándose una bebida suave. De camino a Villanova trato de hilvanar un discurso, pero cuando llego a casa, me olvido de todo.

Esquivo a los miembros del personal que revolotean por la mansión y subo la enorme escalinata hacia la que siempre fue la habitación de Rose, y donde se aloja siempre que viene. Llamo un par de veces antes de que se abra la puerta. En cuanto sus ojos ambarinos se clavan en mí, frunce los labios y se pone tan rígida como si estuviera ensayando para formar parte de la Guardia Real de la Reina.

—Tenemos que hablar —digo, contenta de que no me haya cerrado aún la puerta en las narices. Al menos es algo.

Ella sigue bloqueándome la entrada en su habitación. Es evidente que no soy bienvenida en su santuario. Esta vez lo he jodido todo.

—¿De qué tenemos que hablar? Te tiraste a Loren durante el desfile de mi colección. Estoy harta de que me sorprendas, me hieras o te burles de mí, Lily —dice sin pizca de dramatismo.

—Lo siento. —Me llevo la mano al pecho—. No sabes cómo lo siento. Te prometo que intentaré ser una hermana mejor.

Rose sacude la cabeza con el ceño fruncido.

—Ya basta, Lily. Me he hartado de tus promesas. Siempre has elegido a Lo. Y a vosotros dos os importamos una mierda todos los demás. Sois egoístas y, como no quiero ir por la vida arriesgándome a verme decepcionada una y otra vez, he aprendido a aceptar ese fallo de tu carácter. Deberías imitarme.

Suena su móvil y me mira, sin invitarme a entrar.

—Debo dejarte. Es de Macy's. —Cierra la puerta antes de que pueda felicitarla. Quizá debería haber empezado por ahí.

Considero sus palabras mientras regreso al apartamento, preguntándome si tiene razón. Si para superar la culpa debería aceptar el hecho de que soy una egoísta incapaz de cambiar.

Si no, quizá el sexo lo consiga.

28

*M*e esfuerzo en llamar a Rose con frecuencia. La mayor parte de las veces, me responde y me pone al día de lo que ocurre en Calloway Couture. A veces me corta, pero al menos no me da con la puerta en las narices. Mientras intento poner un parche a la relación con mi hermana, ignorando al resto de mi familia, Lo va con Connor al gimnasio.

Ryke continúa acompañándonos y, desde el desfile, donde por un extraño momento Lo y Ryke parecieron más unidos, el trato que mantienen es solo cordial. Ryke incluso ha fingido que tomaba notas para ese artículo que no va a escribir, pero yo creo que le ayudan a entender a Lo. La noche pasada, intercambiaron sus experiencias con las niñeras. Una de las que cuidaba a Lo solía beber margaritas y por la tarde ya estaba borracha. Al parecer Ryke se enfrentó a una situación similar, solo que en su caso, la niñera le permitía probar sus mimosas y sus *bloody mary*. Él tenía nueve años.

Me paso el cepillo por el pelo mojado mientras Lo se seca el suyo con la toalla. Acabamos de tener sexo en la ducha. Típico.

Casi no puedo recordar por qué me preocupaba tanto mi estilo de vida. Somos más que capaces de conseguir que funcione.

Hoy han publicado en la web los resultados de economía. Como siempre, Lo se niega a decirme el suyo, pero yo he sacado un bien, que Connor considera casi un sobresaliente. Insiste en que debemos salir a celebrarlo. Solo los éxitos hacen que Connor Cobalt haga borrón y cuenta nueva. Lo también se siente aliviado. Después del fiasco en el desfile, pensábamos que Connor nos habría incluido en su lista negra. Pero creo que todo es por Rose; al parecer la única persona por la que siente debilidad es mi hermana. Y si ella me ha perdonado, él puede hacer lo mismo.

Cuando llegan Connor y Ryke, todavía estoy peleándome con el pelo enredado. Mientras Lo abre la puerta, rompo una de las púas del peine. «¿En serio?». ¿Cómo es posible tal cosa? ¿Por fin he adquirido el superpoder del pelo indestructible? Vaya cosa.

Se abre un poco la puerta mientras busco otro peine —o mejor incluso un cepillo— para desenredar los nudos. Me llegan las voces de los chicos desde la sala, pero no son conscientes de que oigo la conversación porque dejan de hablar de la mejor *pizza* de Filadelfia y empiezan a hacerlo de mí.

—¿A quién se le ocurrió la idea de salir del desfile? —pregunta Ryke.

—¿Necesitas saberlo para tu artículo? —replica Lo.

—No, solo es curiosidad.

—Quería follar con ella. Nada más. ¿Tú no te fuiste también? ¿Qué excusa tienes tú?

—Quería tirarme a mi novia, que está muy buena —bromea—. No, en serio, me sentaron mal los tacos del bar de la esquina.

—Pues comemos ahí muchas veces —comenta Lo—. Y jamás me he encontrado mal.

¿Cree que Ryke está mintiendo? No tiene razón para hacer tal cosa. En realidad, seguramente le hubiera gustado quedarse para ser testigo de mi caída.

—Pues sería la leche de los cereales, ¿qué sé yo? —replica, exasperado.

—¿De verdad fue idea tuya, Lo? —sigue insistiendo Connor.

Cierro los ojos, esperando que Lo rechace la culpa.

—No es que ella se negara, ¿sabes? —«Vale, y yo pensando que eso haría que me sintiera mejor…».

—Son necesarios dos para hacer el amor y solo uno para cometer un error. —Estoy segura de que Connor se lo ha dicho a Ryke—. Toma nota de eso.

—Lo tengo todo aquí. —Imagino que Ryke está señalándose la cabeza.

—¿Tienes otros amigos? —pregunta Lo como si tal cosa—. Estamos un poco hartos de ti.

—Lily, seguro. Connor, quizá. Tú, no.

—Bueno, no eres mi compañía favorita, Meadows —conviene Connor.

—Estoy anotándolo todo para el artículo.

—Deberías citar todo lo que digo y poner mi nombre en el titular: *Futuros magnates*, por Connor Cobalt, empresario en ciernes.

—Lo consideraré, pero al profesor no le gustan los enunciados que hablan de posibilidades, así que será mejor que ponga: por Connor Cobalt, el puto amo.

—Perfecto —suelta Connor.

Por fin encuentro un cepillo en el cajón de los calcetines y termino de peinarme. Cuando llego a la cocina, veo que Lo está sirviéndose un vaso de whisky. Me acerco despacio a él y me rodea la cintura con un brazo.

«Distráelo», indica Ryke moviendo los labios.

Muevo la cabeza. Estoy harta de distraer a Lo a expensas de nuestra relación.

Ryke me hace un gesto obsceno con el dedo, y como Connor, que está concentrado en su móvil, no lo percibe, le saco la lengua. Es un gesto muy inmaduro, lo sé.

Lo me sujeta por la barbilla y me gira la cabeza hacia él.

—¿Le has sacado la lengua? —pregunta con gesto divertido.

—No —aseguro, moviendo la cabeza.

—Sí que lo ha hecho —se chiva Ryke.

—¡Me hizo una peineta con el dedo! —protesto.

Lo me besa en los labios para callarme. Oh… cuando se aparta se inclina hacia mi oreja.

—Te amo —me susurra al oído, golpeándome con su cálido aliento. El corazón se me hincha en el pecho con esas palabras, pero antes de que pueda responderle, su móvil empieza a vibrar sobre la encimera.

—Quizá no deberías responder —digo al ver la foto que aparece en la pantalla.

Él coge el aparato y aprieta la pantalla para responder.

—Hola, papá —saluda mientras se dirige hacia el dormitorio en busca de privacidad. A mí se me revuelve el estómago.

Para distraerme, me acerco a la nevera para coger una lata de Cherry Fizz. Recuerdo que le debo a Connor algunos billetes por haber aprobado economía. Ahora mismo no estoy de humor para buscar la chequera, así que lo dejo para más tarde. No sé si la tengo dentro de un bolso o debajo de la cama.

—Connor, ¿te importa que te pague la apuesta más tarde? —pregunto.

—¿Qué apuesta? —Ryke arquea las cejas.

Connor le responde distraídamente mientras sigue enviando mensajes de texto.

—Apostamos cierta cantidad a si aprobaba o no el examen de economía. Lily, no quiero tu dinero.

—Ah…

—Quiero que me hagas un favor. —Levanta la vista hacia mí. Ryke suelta una risita.

—Típico, mejor favores que dinero.

Connor ni lo mira.

—¿Qué favor? —pregunto.

—Cuando te sientas dispuesta a hacerlo, creo que deberías trabajar con tu hermana. No tiene por qué ser ahora. Quizá en primavera. Rose está buscando una ayudante para Calloway Couture, y sé que le encantaría contar contigo.

Noto una opresión en el pecho.

—A pesar de que no me importaría nada trabajar con mi hermana, no tengo ni idea de moda.

—Por eso serías su ayudante. No es que vayas a dirigir la compañía.

—No suena demasiado divertido. —«¿Sin tomarme descansos para follar?». No puedo creer que sea lo único en lo que pienso. ¿Cómo iba a ver porno? ¿Cómo voy a colar a Lo en el despacho para tener sexo con él? ¿De dónde voy a sacar tiempo para alimentar mis deseos?

—Bien, has perdido la apuesta, así que me debes una.

—¿No puedo limitarme a pagarte?

—No, eso es demasiado fácil.

Suspiro, preguntándome si seré capaz de escaquearme de lo que está pidiéndome. Seguramente no, pero cuando ocurra, quizá ya me haya hecho a la idea. Así que asiento moviendo la cabeza.

—Vale, puedo ser su ayudante dentro de un tiempo.

—De poco tiempo. —Escribe algo en su móvil y luego se levanta—. Tengo que encargarme de algo. —Aprieta el móvil contra su oreja mientras se dirige al salón, dejándome a solas con Ryke.

Entro en la cocina para enfrentarme a él.

Ryke mira hacia el pasillo, por donde ha desaparecido Lo.

—¿Se lleva bien con su padre? —No sé qué decirle, así que me encojo de hombros.

—Depende del día.

Se vuelve hacia mí.

—¿Cómo es?

—¿Jonathan Hale?

Ryke asiente, moviendo la cabeza.

—¿Lo no habla contigo sobre él? —Durante la última semana

me las he arreglado para evitar sus salidas de chicos yendo a desayunar con Rose. Y lo he disfrutado más de lo que me gustaría admitir.

—No demasiado —confiesa Ryke—. A veces, habla mal de su padre, y en otras ocasiones, es como si lo considerara un Dios.

Un buen análisis.

—Es un tema complicado.

—¿De verdad?

—Mira. —Bajo la voz—. Yo sé que no vas a escribir ningún artículo, así que no es necesario que hagas esas preguntas.

Ryke pone los ojos en blanco.

—¡Joder, Lily! Eso ya lo sé. Si te lo pregunto, es porque tengo verdadera curiosidad al respecto. No quiero ofenderte, pero me preocupo más por tu novio que tú.

Me encojo de hombros.

—¿No estarás enamorado de él?

Suelta un gemido.

—¿Lo dices en serio, Lily?

—¿Qué pasa? Es una pregunta sincera. Pareces obsesionado con Lo.

—No es cierto. No uses esa palabra. Solo tengo curiosidad. Quiero llegar a conocerlo. ¿De verdad piensas que por eso tengo que estar enamorado de él?

—No lo sé —suelto al tiempo que me encojo de hombros otra vez. No le encuentro sentido, es algo muy raro. Sé que hay algo más, pero no sé qué es—. ¿Estás seguro de eso?

—Sí. Se trata solo de eso. Volviendo a la primera pregunta… ¿por qué Jonathan Hale es un tema complicado?

Me concentro en eso y abro la boca, dispuesta a describir a un hombre enigmático. No se dedica a golpear a su hijo, pero tampoco va a ganar el premio a Padre del Año. Jonathan puede ponerle un brazo sobre los hombros y decir que Lo es un hijo fabuloso, y al minuto siguiente insultarle lleno de desdén. El estado de ánimo de Lo cambia según se muestre su padre. Y notas las variaciones de su carácter cuando interactúa con él. Doy por hecho que eso es lo que preocupa a Ryke.

Al ver que no soy capaz de decir nada coherente de Jonathan, Ryke cambia el rumbo de sus preguntas.

—¿Hablas mucho con él?

Sacudo la cabeza.

—Se esfuerza en ignorarme a menos que quiera culpar a alguien por las pésimas notas de Lo. Sea como sea, no visito el hogar de los Hale.

—¿Se ha vuelto a casar?

—No. A veces lleva mujeres a casa. —Dado que la madre de Lo se largó cuando él era un bebé, Jonathan contrató a una niñera y volvió a salir por las noches. Numerosas mujeres habían salido de aquella casa por la mañana usando el mismo vestido que llevaban la noche anterior, y el número se multiplicó según pasaban los años.

Cuando yo tenía dieciséis, recuerdo estar metiéndome unos huevos revueltos en la boca mientras Lo trataba de abrir el aparador de licores de su padre. Jonathan dormía hasta tarde después de una de sus noches de desenfreno. Una mujer con un vestido ajustado negro, que llevaba unos zapatos de tacón rojos, entró en la cocina arrastrando los pies. Se había negado a mirarnos, mantenía la mirada clavada en el suelo como si fuera la meta de una carrera. Yo había sentido la súbita urgencia de levantarme de la silla y abordarla. Preguntarle si le gustaba la emoción de los rollos de una noche tanto como a mí. Conversar con ella sobre lo que supone ser dos chicas con control total de su cuerpo. En el momento, me sentí reprimida, como una puta con un secreto. Pero permanecí en mi asiento y dejé que se marchara, fantaseando sobre lo que podría haberme dicho.

No sé si Lo se dio cuenta alguna vez de lo que yo aprendí sobre la emoción de una noche a través de los numerosos rollos de su padre. Espero que no. Y jamás se lo diré.

Vuelvo a concentrarme en Ryke, que me mira fijamente como si quisiera leer las respuestas a sus preguntas en mi expresión.

Lo entra en la cocina con los dientes apretados y el móvil en el bolsillo. ¡Oh, no!

—¿Va todo bien? —pregunta Ryke.

—Sí —replica Lo no muy convencido. Lanza la chaqueta sobre el respaldo de la silla y agarra la botella de whisky de encima de la mesa—. Vámonos.

Ryke y yo intercambiamos una mirada de preocupación antes de seguir a Lo.

El collar que le regalé a Lo le golpea el pecho cuando baila conmigo. Rozo la punta de flecha con los dedos, pero él me los agarra. Me da un ligero beso en la mejilla y luego se aleja. Me vuelvo a acercar, pero él ya se ha marchado para proclamarse el rey de la barra.

Pide un montón de chupitos mientras sigo bailando sola en la pista de baile, notando el sudor que me moja la nuca mientras me deshago de las inseguridades siguiendo el ritmo de la hipnótica música. De vez en cuando miro a la barra de reojo, y cada vez, Lo sostiene un chupito distinto. He ignorado el tema de la llamada porque tanto Connor como Ryke están revoloteando a su alrededor y prefiero no hablar de eso delante de ellos.

Después de compartir unos chupitos de tequila con Connor y Ryke, ellos se van al cuarto de baño, lo que me da la oportunidad de hablar con Lo a solas.

—¿Qué tal? —Le doy un golpe en el hombro y me siento en un taburete cercano. Él mira el vaso distraído; su mente está muy lejos de aquí—. ¿Qué quería tu padre?

Él sacude la cabeza al tiempo que aprieta el vaso con más fuerza en la mano.

—Nada.

Frunzo el ceño y trato de ignorar el dolor que me produce que se niegue a compartir aquello. El rechazo escuece, pero pienso que será cosa del momento. Él se da cuenta de mi decepción y mira hacia los cuartos de baño para asegurarse de que Ryke y Connor no están de vuelta. Luego se inclina hacia mí, haciendo que nuestras rodillas choquen. Siento la súbita urgencia de acercarme más, de enredar nuestras piernas y sentir sus músculos contra mí. «Es un tema serio», me recuerdo, apartando aquellos egoístas pensamientos.

—Quería hablar sobre mi madre —me confiesa. Todas mis sucias fantasías desaparecen y son reemplazadas por preocupación pura—. Descubrió de alguna manera que me puse en contacto con ella… —Hace una pausa y se frota los labios mientras reflexiona—. Me ha dicho que ella no quiere saber nada de mí. —Siento una opresión en el pecho—. Me ha dicho que no merece la pena que piense en ella ni que escuche su voz. —Suelta una risa sarcástica—. Me ha dicho que es una puta.

Me estremezco.

Se pasa una mano por el pelo.

—Lil… Creo… Creo que estoy de acuerdo con él. —En su frente aparecen un montón de arrugas de confusión mientras intenta dar sentido a sus caóticas emociones.

—Tu madre te abandonó —le recuerdo—. No pasa nada porque estés enfadado con ella. Eso no te convierte en él.

Aprieta los labios mientras procesa mis palabras, y deseo poder consolarle mejor. Se inclina hacia delante para besarme con suavidad en la sien al tiempo que musita un gracias. Luego se incorpora y le hace señas a la camarera para que le sirva otro trago.

Ella llena el vaso y lo empuja hacia él.

—¿Cuánto tiempo necesitas para ir al baño? —pregunto.

—No lo sé. Mi vejiga es bastante grande. Es posible que dentro de un par de horas —responde él. Me sonríe por encima del vaso y le lanzo una mirada sarcástica.

Engancha el pie en mi banqueta y la arrastra hacia delante. ¡Oh, bien! Mi cadera impacta contra la suya y me rodea la cintura con un brazo, apretándome contra él. Es un gesto casi romántico. Noto que desliza una mano debajo de mi camiseta y que me acaricia la espalda con suavidad.

Empiezo a imaginar que follamos allí mismo. Que me posee en la barra, bajo un sofocante calor. Sexo en la barra.

Sería como si nuestras adicciones hicieran el amor.

Me hace cosquillas en la oreja con los labios, devolviéndome a la realidad.

—¿Qué estás pensando?

Creo que lo sabe porque sonríe antes de mordisquearme la oreja.

—Buscaos una habitación —exclama Connor, que avanza hacia nosotros al tiempo que Ryke se sienta al lado de Lo.

—O mejor todavía —apostilla Ryke—, un coche.

—¿Qué te parece la limusina de Connor? —pregunta Lo con una sonrisa—. ¿Crees que a tu chófer le importaría?

—Me importaría a mí —replica Connor—. Eres encantador, Lo, pero no lo suficiente como para que quiera sentarme encima de donde tú…

—¡Basta! —Me encojo, tapándome las orejas. Estas charlas de chicos son asquerosas.

Los tres se ríen y le hago una señal a la camarera.

—¿Qué quieres tomar? —me pregunta Lo.

—Una cerveza.

Hace un gesto de asentimiento y me deja pedir a mí. Le enseño mi identidad falsa a la camarera y me sirve una Blue Moon.

—No vayas a ese cuarto de baño —aconseja Connor—. Está asqueroso. Creo que deberíamos llamar a inspección cuando nos vayamos. Se necesita un buzo protector para entrar.

Lo sonríe y arquea una ceja.

«¡No!». Connor está exagerando.

—Rara vez entras en los pubs —intervengo, dirigiéndome a Connor—. Estoy segura de que no estás acostumbrado a un lugar que no dispone de ayuda de cámara y caramelitos de menta gratuitos para después de hacer pis.

—Hace tiempo que renuncié a esas comodidades, pero hay lugares en los que ningún ser humano debería aventurarse.

Lo sonríe antes de tomar otro sorbo. Dejo pasar el tema de conversación con la intención de colarme en los inodoros para sacar mis propias conclusiones.

Después de un rato, Lo comienza a hacerle preguntas a Ryke e intento escuchar sus palabras por encima de la cacofonía de sonidos: universitarios borrachos, música y Connor prácticamente gritando al teléfono, por donde habla con mi hermana.

—¡Sí! ¡Me pondré una chaqueta!

«¿Qué narices…?». ¿Rose está ofreciéndole consejos de moda? El mundo se ha vuelto loco, sin duda.

Él hace una mueca.

—¡No te oigo! ¡Espera! —aprieta la mano contra el altavoz—. Lily, ¿me guardas el asiento? —Antes de que pueda decir nada, se baja del taburete y va hacia la salida. Connor Cobalt no empuja a nadie, se introduce entre la multitud y espera con impaciencia a que la gente se aparte y le deje pasar. Sonrío divertida y me vuelvo para poner mi abrigo en el taburete. No soy lo suficientemente rápida y se lo apropia una rubia.

—No tengo hermanos —está diciendo Ryke—. Desde que era niño solo somos mi madre y yo.

Después de la conversación que ha mantenido con su padre, Lo parece más incómodo por el tema «madres» de lo habitual y se mueve en el asiento.

—¿Cómo se te ocurrió meterte en el club de atletismo? —pregunta a Ryke, cambiando el rumbo de la conversación.

Me sorprende que Lo haga una pregunta, que no sea tan evasivo como es generalmente.

—Cuando era pequeño, mi madre me apuntó a muchas carreras. Me dio a elegir entre el tenis o el atletismo, y elegí correr. —Se ríe de sí mismo—. Me gusta atravesar las líneas de meta.

Me lo creo.

—Es irónico —replica Lo con amargura—, mi padre siempre dice que a mí me gusta huir de todo.

—¿Y lo haces?

Lo se pone serio, haciendo que se afilen sus rasgos, y hace una mueca con la boca.

—Olvídalo —dice Ryke con rapidez—. No es necesario que respondas a eso.

—¿Cuáles de las cosas que te digo vas a poner en el artículo? —pregunta Lo.

—¿A qué te refieres? —Ryke tiene el ceño fruncido.

—Al artículo —le recuerda Lo—. Espero que salga antes de final de mes.

—No pienso traicionar tus confidencias.

—¿No es eso lo que dicen todos? —Se vuelve hacia la barra y pide otra bebida—. ¿Quieres otra cerveza? —me pregunta a mí.

Sacudo la cabeza. No voy a encontrar allí lo que quiero de verdad; Lo comienza a beber demasiado. No puedo quitarle el vaso de whisky de las manos, pero ya ha tragado suficiente licor como para que se olvide de mis problemas.

—Tenemos que brindar —dice, sosteniendo en alto el vaso—. Por Sara Hale. Por ser una puta de mierda. —Toma un trago mientras miro a Ryke de reojo.

Tiene los ojos entrecerrados y lo mira con dureza.

—Quizá deberías pasarte al agua.

—Si te molesta lo que hago, lárgate —toma otro trago más.

Ryke se inclina rígidamente hacia atrás y me mira como diciéndome que haga algo.

«No». Digo con la boca. No puedo hacer nada. Ya intuyo el final de la noche. Mi novio quiere beber hasta quedarse inconsciente. No importa lo que yo diga, seguirá hasta conseguirlo. Da igual que implore, grite o suplique que pare. No lo hará.

Yo no lo haría.

Necesita tomar esa decisión por sí mismo y recriminarle algo solo hará que se aleje de mí. Y no es eso lo que quiero… Ni lo que necesito.

Ryke mueve la cabeza de forma desaprobadora y observa a Lo mientras maldice nuevamente a su madre con un brindis insensible.

—¿No puedes dejar de hacer eso? —escupe Ryke.

—¿A ti qué te importa? —Lo mira a la camarera, que está sirviendo a alguien en otro lado de la barra y le hace un gesto.

—Por lo general, no me gusta brindar por putas ni zorras.

—Nadie te lo está pidiendo —replica Lo.

Ryke se pasa la mano por el pelo castaño con un gesto de angustia.

—Sé que odias a tu madre…

—¿Lo sabes? —Se gira hacia él.

—Vamos a bailar —intervengo, cogiendo a Lo del brazo. Se zafa de mí y mira a Ryke.

—Tú no me conoces —dice burlón—. Estoy harto de que actúes como si entendieras lo que estoy pasando. ¿Es que has vivido en mi casa?

—No.

—¿Acaso fuiste testigo de cómo la policía se llevó mi cama porque mi madre decía que era suya?

Ryke se frota la barbilla.

—Lo…

—¿Acaso mi padre te cogió por el cuello —le pone a Ryke una mano en la espalda para acercarlo— y te dijo: «Hijo… —hace una pausa; sus rostros apenas están separados unos centímetros y algo intangible flota en el aire, una tensión tan espesa que casi no puedo respirar—, hijo, a ver si maduras de una puta vez»?

Ryke se niega a retroceder. Se enfrenta a Lo sin vacilar bajo su aguda mirada. Incluso va más allá y le pone una mano con suavidad en la nuca.

—Lo siento. —Ryke parece sufrir tanto que me sorprendo—. Lo siento mucho, Lo. Ahora estoy aquí. Sea lo que sea lo que has pasado, yo no lo experimenté, pero estoy aquí para ayudarte.

Mi novio lo suelta y el momento pasa. ¿Qué tipo de reacción esperaba Lo? ¿Una pelea? ¿Otro tipo de enfrentamiento? Sin duda no esperaba compasión, eso seguro.

Le hace una señal a la camarera, actuando como si no hubiera pasado nada. Como si Ryke no se hubiera ofrecido de aquella forma desinteresada e invaluable.

—Vamos a bailar —le propongo de nuevo.

Evita mi mirada.

—Estoy ocupado. Baila con Connor.

La camarera le llena de nuevo el vaso. ¿Debo dejarlo solo? Ryke está bebiendo una botella de agua mientras lo observa. Él estará aquí, con Lo. Yo tengo que… irme. Quizá me recuerde y me siga dentro de un rato.

Cuando Connor regresa, lo convenzo para que baile conmigo. Nos movemos en la pista de forma casta y amigable, con más de veinte centímetros de separación entre nosotros. De vez en cuando, miro a Lo, pero él bebe en silencio, con la mirada perdida en las botellas que hay detrás de la barra. La única diferencia la supone la hamburguesa que veo en su mano y que me hace sentir cierto alivio. Al menos no tendrá el estómago vacío y la comida absorberá parte del licor.

Trato de relajarme y concentrarme en la música, alejándome de Lo y las preocupaciones. Noto el retumbar del bajo en el pecho.

En la pista, otros cuerpos saltan arriba y abajo. Dejo que mi vista vague libremente hasta que mis ojos conectan con los de otro chico. Las miradas robadas hacen que me arda la sangre y tengo que recurrir a todo mi control para no dejarme llevar.

Después de la sexta canción, Connor mira hacia la barra y algún tipo lo toma como una invitación para frotarse contra mi trasero. Noto unas manos en las caderas. Como no veo su cara, en mi mente me imagino que es Lo, o quizá un príncipe azul. Cualquiera salvo quien es en realidad.

Cierro los ojos y me dejo llevar por la idea. La mano se desliza por mi vientre y luego por debajo de mi camiseta… hasta la suave piel de mi abdomen y el sujetador. Se me corta la respiración y me recreo en ese cuerpo.

De pronto, me agarran con fuerza la muñeca y tiran de mí hacia delante. Choco contra un torso al tiempo que siento un brazo sobre los hombros de una forma fraternal.

—Ve a meterle mano a otra chica —le sugiere Connor con calma, apretándome el codo. ¿Ha sido real? ¿No ha sido una fantasía?

Me sonrojo y me niego a mirar a mi pareja de baile de mano tan larga. Lo oigo murmurar algo por lo bajo y se aleja. Lanzo un vistazo a la barra, pero Lo mantiene ahora una acalorada discusión con Ryke, en la que mueve la hamburguesa de forma tan enfática que se le cae la lechuga.

Connor me pone las manos en los hombros y me obliga a mirarlo a la cara.

—Lily —dice con preocupación—. ¿Qué narices está pasando?

Quiero encogerme de hombros. No esperaba que sucediera esto, pero Lo ha entrado en espiral. Noto un nudo en la garganta y, cuando estoy a punto de murmurar la peor mentira del mundo, me salva Ryke.

Se acerca con una botella de agua y el ceño fruncido.

—Lily —me aborda—, necesito tu ayuda. —Señala la barra—. Lo está cabreado y en menos de cinco minutos acabará como una cuba. Tienes que decirle que beba agua, porque cada vez que se lo digo yo, se toma un trago de whisky para fastidiarme.

—Está comiendo una hamburguesa. —¿Defender a Lo contra viento y marea está grabado en mi ADN?

Ryke me mira fijamente.

—No sigas por ahí. Lo necesita el apoyo de su novia. No va a pasar lo mismo que en Halloween, ¿verdad? No voy a volver a llevarlo inconsciente al apartamento.

Veo cómo le tiembla la mano cuando se frota la nuca.

Respiro hondo.

—Voy a intentarlo.

Me abro paso entre la gente y me siento en el taburete que hay vacío junto a Lo.

—Justo cuando estaba empezando a caerme bien ese idiota… —dice después de un rato, cuando yo ya pensaba que no me había reconocido.

—¿Qué ha hecho?

—No lo entiende. No quiero hablar de mis padres. No quiero que me hable de su madre cuando yo no tengo una. No quiero que me diga que deje de beber. —Toma otro trago—. ¿De qué narices va ese maldito artículo? ¿De dos niños ricos que se criaron con cuchara de plata? ¿De dos niños malcriados que están destruyéndose a sí mismos?

Las palabras de Lo son claras y coherentes. Rara vez se dedica a insultar, pero cuando bebe mucho a veces sí lo hace, y a mí me llega como si pasara por un amplificador.

—No creo que esté preguntando todo eso por el artículo —digo por lo bajo—. Quizá solo quiera conocerte.

—¿Por qué? —pregunta Lo con el ceño fruncido como si le resultara raro que alguien quisiera mostrarse amigable con él.

—Está preocupado por ti.

—Bien, pues no debería. —Pide otro chupito y mientras espera a que se lo sirvan, se mete una patata frita en la boca.

—Quizá deberíamos irnos.

—No. Aquí es buena la bebida y la comida.

Espero a que llegue después su sonrisa pícara, o quizá una broma de carácter sexual, pero está consumido por lo que le agobia. Me siento apartada. Sé que sostendrá el vaso en la mano, incluso aunque me quite la camisa y el sujetador. Va a beber hasta que el mundo se desvanezca. Así que sigo vestida. La única táctica que podría utilizar es inútil en este momento.

—Fue Ryke quien te llevó al apartamento —le confieso—. En la fiesta de Halloween, perdiste el conocimiento y te tuvo que llevar en brazos.

Por su cara pasan cientos de emociones y al final me lanza una mirada extraña.

—¿De verdad quieres que vuelva a hacerlo?

—No estoy borracho —me informa con una mirada firme. Sus ojos parecen hielo—. Ni en broma. Es más, creo que estoy demasiado sobrio para esta conversación.

Siento como si me hubiera arraigado al taburete. Como si pudiera colapsar en cualquier momento.

—Estás asustándome —murmuro.

—Estoy bien, Lily —me dice con más suavidad—. De verdad. —Pero no suelta la bebida ni las patatas fritas para tocarme—. Cuando esté preparado para marcharnos, te avisaré. No voy a perder el sentido.

Noto una opresión en el pecho.

—Iré a bailar con Connor.

Él asiente y no intenta detenerme cuando me bajo del taburete.

Me reúno con Connor y Ryke, que se han acomodado en una mesa alta, cerca de la pista.

—¿Y bien? —pregunta Ryke al instante.

—Dice que no está borracho.

Ryke me lanza una mirada de disgusto.

—¿En serio? No me jodas, Lily. ¡Lo tiene un problema! ¿Cómo puede decirte que está sobrio?

—¿Por qué te consideras un experto? —le espeto—. ¡Tú no bebes! Eso no significa que puedas ayudarle.

—Tienes razón —confiesa—. Se me va de las manos. Necesita ayuda profesional.

Noto que se me llenan los ojos de lágrimas.

—Basta. —Quiero que le ayuden. De verdad, no puedo imaginar un mundo en el que no forme parte de mi vida. ¿Qué sería de mí?

—Le importaría a cualquiera con corazón, Lily —asegura Ryke—. Así que la pregunta que se me ocurre es, ¿por qué actúas como si no fuera así?

Me quedo sin respiración ante aquel golpe casi físico. Me duele demasiado para coger aire y me cuesta defenderme. Loren Hale es lo más importante para mí. Lo he metido en un coche para llevarlo a casa de una pieza innumerables veces. Lo he protegido. De todo, menos de sí mismo.

Miro a Connor mientras trato de encontrar las palabras adecuadas, pero por primera vez, él se mantiene callado. Evita mis ojos quitando la etiqueta de su botella de cerveza. ¿Está de acuerdo con Ryke?

—Creo que soy una mala novia —digo, dejando escapar una breve carcajada que parece un sollozo.

Y lo creo de verdad, en más de un sentido.

Me impulso entre el mar de cuerpos, pues no tengo valor, corazón o estómago para presenciar las reacciones de Connor y Ryke. Me tiembla la mano como si fuera una drogadicta que necesitara un chute, y la cabeza me da vueltas. Tropiezo con los vasos de plástico, rozándome con alguien camino del cuarto de baño.

Los inodoros están a un lado y los que están vacíos tienen las puertas entreabiertas. Me inclino sobre uno de los lavabos, donde alguien ha escrito con un rotulador indeleble: «Lávate, puerco. ¡Tina estuvo aquí! ¡Usa jabón, zorra! Chúpamela».

Oigo que se abre la puerta y levanto la vista. Un chico desconocido con expresión lobuna, barba incipiente y los ojos oscuros, entra en el interior. ¿Se trata de alguno de los tipos que rocé de forma accidental? No aparto la vista y él lo considera una invitación.

Me rodea las caderas de forma depredadora y me sujeto al lavabo. Comienza a depositar bruscos besos en mi cuello y, durante un momento, me siento mejor. Es como si todo fuera correcto. Cuando me baja los vaqueros y el frío me hace cosquillas en la piel, salgo de mi ensimismamiento.

—No. —«No voy a engañar a Loren Hale, da igual que me consideren una mala persona».

Él no me escucha o no quiere entenderme. Me agarra el trasero. Entre él, yo y follar, solo se interpone una delgada capa de tela. ¡Joder!

—No —repito con más fuerza, empleando la única palabra que he evitado siempre.

Desliza las manos dentro de mis bragas y trato de darme la vuelta para alejarme. Sin embargo, él se aprieta contra mí y se me clava el lavabo en el estómago, casi dejándome sin respiración.

—¡Basta! —Trato de quitármelo de encima, pero yo soy solo piel y huesos, y él músculos y necesidad.

Comienzo a llorar mientras sigo retorciéndome y gritando, pero la música del local se filtra dentro del cuarto de baño, ahogando mis súplicas.

¿Qué puedo hacer? ¿Qué narices puedo hacer?

Quizá debería dejar que me folle. Acabar de una vez. Actuar como si lo deseara. Convencerme de que es otra de mis capturas. Hacer que sea correcto. Pensar que es solo una de mis fantasías.

Se me agotan las lágrimas y trato de luchar una vez más, pero solo consigo ser empujada de nuevo contra el lavabo. Toso con aspereza.

«Lily, ha llegado el momento de fingir». Haz que se lo crea, se te da bien.

Justo cuando empiezo a cerrar los ojos, la puerta se abre bruscamente.

—¡Aléjate de ella, cabrón! —Gritos. Muchos gritos horribles. La presión que me aplastaba contra el lavabo desaparece. Aunque estoy medio paralizada, me subo los vaqueros, vistiéndome como si fuera cualquier otra noche.

Cuando levanto la vista, Ryke está agarrando al chico por los brazos, luchando tanto contra su embriaguez como contra su hostilidad. El muchacho se balancea, pero Ryke se inclina y luego lo lanza dentro de uno de los inodoros. El tipo aterriza en un sanitario, golpeándose la frente contra el borde de porcelana. Sus piernas quedan estiradas en el suelo.

Ryke lo agarra por la camisa y tira de él hacia arriba.

—¿Qué narices te pasa? —grita. Pero me da la impresión de que la pregunta va dirigida a mí.

—¿Dónde está Lo? —digo con un hilo de voz que no parece salir de mi boca.

—Todavía está en la barra —dice Connor con suavidad—. Lily. —Mueve una mano delante de mi rostro—. Lily, mírame.

Obedezco, pero no lo estoy mirando de verdad. Jamás había cambiado de opinión después de provocar a alguien para que follara conmigo. Jamás había resultado herida por mi adicción. Nunca había ocurrido nada así.

Ryke le da una patada al chico y luego le golpea con la puerta del urinario.

Todo esto no está bien. Es Lo quien debería estar aquí, no Connor y Ryke.

—Quiero irme a casa —murmuro.

Ryke me pone una mano en el hombro y me guía fuera del cuarto de baño, lejos de mi agresor, al menos, lejos de un tipo que no entiende la palabra no. Frunzo el ceño.

—Tengo que encontrar a Lo. Connor podrías…

—Yo la llevaré. —La mano de Ryke es sustituida por la de Connor, que me lleva hacia la barra. Siento como si flotara cuando me dirijo al exterior y me subo a la limusina de Connor. Él busca una botella de agua fría en la nevera y me la tiende.

—¿Por qué me seguiste al baño? —le pregunto. Debería haber sellado mi suerte una vez que me cabreé.

—Llevas toda la noche actuando de forma extraña, Lily. Estaba preocupado por ti y le dije a Ryke que debíamos vigilarte.

La puerta de la limusina se abre y entra Ryke y un Lo tambaleante. A pesar de su estado, consigue agacharse para no golpearse la cabeza con el marco de la puerta. Se derrumba en el asiento, enfrente de mí y, al instante, cierra los ojos, ahogándose en un océano de oscuridad, silencio y pensamientos turbulentos.

Ryke se sienta a su lado, cierra la puerta y le da orden al chófer de Connor para que se ponga en marcha. Envidio la tranquilidad de Lo, su sueño calmado, el haber puesto un escudo para no enfrentarse al mundo, aunque solo sea por una noche.

Ryke le toma el pulso y luego me mira.

—¿Estás bien? —Noto un moratón en su mejilla, como si hubiera recibido un codazo del chico del baño.

Parpadeo para reprimir las lágrimas.

—Me lo merecía.

Ryke arruga los rasgos como si le hubieran clavado un puñal.

—¿Qué? ¿Cómo puedes decir eso?

Connor se cubre los ojos con la mano, así que no puedo ver su reacción. Si Ryke parece herido es porque no podría soportar que me hubiera pasado algo.

—Al principio dejé que me tocara —confieso—, pero luego… luego cambié de idea. Creo que ya era demasiado tarde. —Me tiemblan las manos. Ojalá Lo pudiera sujetármelas. Me tiemblan también las rodillas. Ojalá estuviera despierto. Ojalá no lo necesitara tanto, pero lo amo. Respiro hondo mientras comienzan a caerme las lágrimas—. Es por mi culpa. Le he dado una impresión equivocada.

Ryke me mira boquiabierto.

—No significa no. No importa cuándo lo digas, Lily. Una vez que lo digas, va a misa. Cualquier chico decente se hubiera detenido.

Se me encoge el corazón. Si Lo descubre que ha ocurrido esto mientras él estaba bebiendo, se quedaría destrozado. No quiero provocarle esta clase de dolor.

—No se lo digáis.

—Tiene que saberlo —asegura Ryke.

Quiero gritarle que se equivoca, que esa información destrozará a Lo. No es algo que le haga fuerte. Sin embargo, algo late en mi mente, diciéndome que le escuche. Algo que no hago nunca.

—Saberlo lo matará —sollozo—. No estáis ayudándome.

—No puedes ocultarle esto, Lily. Piensa en el dolor que le provocarás si lo descubre. ¿Crees que le gustará saber que lo sabe todo el mundo menos él? Y acabará enterándose, no te engañes.

Quizá tenga razón. Me derrumbo en el asiento y le lanzo a Ryke una mirada sin remordimientos. Me limpio el resto de las lágrimas rápidamente con los dedos y me pongo a mirar por la ventanilla. Nadie dice nada durante el resto del trayecto. Ni siquiera cuando Ryke lleva a Lo inconsciente al apartamento. Ni siquiera cuando cierro la puerta de su habitación, dejándolo dormir el resto de la noche.

Cuando nos quedamos solos los tres, Connor es el primero en romper el silencio.

—Haré café. Si quieres acostarte, lo entenderé, pero me gustaría hablar contigo.

No merezco tener amigos, pero trato de retenerlos porque temo la oscuridad y la soledad que me esperan cuando se vayan.

—¿Puedes prepararme un poco de chocolate caliente?

—Eso es todavía mejor. Es posible que te vengan bien las calorías.

Me hundo en el sillón reclinable y me acurruco debajo de una manta mientras Connor deambula por la cocina como si fuera suya. Imagino que si hubiera tenido un hermano, hubiera sido exactamente como él. Un poco engreído pero, en el fondo, debajo de todos sus defectos, con un corazón de oro.

Ryke se sienta en el sofá.

—¿Llamo a tus hermanas?

—No. Solo serviría para preocuparlas.

Connor regresa con una taza de café y me ofrece el chocolate caliente.

—Demasiado tarde. Ya le mandé un mensaje a Rose.

—¿Cómo? —chillo.

—Viene de camino.

29

*R*ose está a punto de llegar.

Todavía no he digerido las palabras. Están allí asentadas, junto con el resto de los pensamientos que dan vueltas en mi cabeza, pero se han traducido en algo extraño y agarrotado. Me bebo la humeante taza de chocolate con pequeños sorbos, intentando tranquilizarme.

Connor no dice nada. Ryke tampoco. Son dos estatuas en el sofá mientras yo sigo en la silla.

Una horrible parte de mí se pregunta cómo voy a mentir a Rose. ¿Cómo inventaré un nuevo engaño capaz de ocultar la borrachera de Lo y mi casi violación? Con dos testigos dispuestos a contar la verdad, no queda sitio para mis historias. La fría y abrasadora realidad me alcanza y no siento miedo, no me invade la sensación de pérdida que esperaba después de mentir a mi hermana durante tantos años.

Solo me siento vacía.

Suena el telefonillo y Connor se levanta para abrirle la puerta a Rose. Su movimiento me hace levantar la mirada y veo a Ryke. Tiene un tobillo apoyado en la otra rodilla mientras mira una lámpara con los dedos en los labios. La luz le provoca reflejos sobre el pelo castaño y hace que sus ojos brillen como el oro. Es muy atractivo, pero en este momento, ningún hombre capta mi atención.

De repente, él vuelve la cabeza y me pilla mirándolo.

—¿En qué estás pensando? —le pregunto.

—En lo que sería... —hace una pausa— ser como él.

Aparto los ojos. Noto el incómodo ardor de las lágrimas.

—¿Y? —insisto con voz temblorosa.

Me limpio una lágrima y me contengo para no dejar que caigan las demás.

Al ver que no responde, lo vuelvo a mirar. Tiene los ojos clavados en el suelo, como si imaginara una realidad alternativa. ¿De verdad sería tan malo? La puerta se cierra y los dos regresamos de golpe al presente.

Me envuelvo con más fuerza en la manta, escondiéndome bajo la tela. No tengo valor para enfrentarme a la mirada de mi hermana cuando escucho el repique familiar de sus tacones sobre el suelo de madera. El ruido se apaga cuando pisa la moqueta del salón.

—¿Por qué no la habéis llevado al hospital? —pregunta Rose de forma acusadora.

—Es complicado… —comienza Connor.

—No es complicado, Richard —escupe ella—. Mi hermana acaba de sufrir una agresión. Tienen que examinarla.

Cojo aire y me arriesgo a echar un vistazo. Lleva un chaquetón de piel y tiene los labios agrietados por el frío, su habitual actitud fría está mezclada con algo más humano. Está preocupada. Siempre he sabido que se preocupa por mí, pero los demás no lo suelen captar.

—Estoy bien —la tranquilizo, intentando creérmelo también—. No llegó tan lejos.

Para evitar cualquier atisbo de emoción, aprieta los dientes con fuerza, mientras me mira como si hubiera perdido el control. Pero no estoy mal, como ella cree. Estoy bien. De verdad.

—Estoy bien —repito, para que lo asimile.

Ella levanta un dedo para hacer una pausa en la conversación. Se vuelve hacia Connor.

—¿Dónde está Lo? —Se aclara la garganta con una tos.

—Está dormido —respondo automáticamente.

—Inconsciente —corrige Connor.

Ryke se levanta.

—Fuimos Connor y yo los que rescatamos a Lily. Él estaba… —Bebiendo hasta perder el control. Veo que sacude la cabeza, más irritado de lo que creía posible—. Iré a ver cómo está.

Ryke se retira y nos quedamos los tres solos.

Rose mira a Connor.

—¿Qué estaba haciendo Lo?

—Nada —me adelanto—. Está bien, de verdad. Yo también lo estoy. No es necesario que estéis aquí.

Podemos ocuparnos de esto. Ya lo hemos hecho antes. ¿Por qué va a ser diferente?

Rose me ignora y espera a que Connor responda.

—Estaba bebiendo en la barra del pub. Emborrachándose.

Rose lo niega con la cabeza casi de inmediato. Incrédula.

—No. Ya no bebe tanto… y no dejaría a Lily sola. Siempre están juntos.

Connor frunce el ceño.

—¿Estamos hablando del mismo Loren Hale?

Contengo la respiración.

—¡Basta! —digo—. Por favor, ya está bien.

Pero es como si no me oyeran. La cabeza me da vueltas. ¿Es así como se siente uno cuando cae en picado?

—Creo que lo conozco mejor que tú —dice Rose—. Hace tres años que sale con mi hermana.

Me acurruco en el sillón al ver que una bola arrasa mi vida sin que yo pueda hacer nada.

—Entonces a uno de los dos le han dado información que no es cierta. La pareja que yo conozco lleva saliendo solo dos meses.

Me cubro la cabeza con la manta cuando su mirada acusadora perfora mi cuerpo.

—Lily —dice Rose en tono agudo. Está asustándose por mi culpa—. Explícate.

«No llores». Trago saliva.

—Lo siento, lo siento… —musito.

Me llevo las rodillas al pecho y aprieto la frente contra ellas, ocultando las lágrimas que no puedo reprimir. Siento su condena, su odio y rencor contra el mundo inventado que le he hecho creer que existía. A mi hermana, una chica cuyo único pecado ha sido amarme de forma incondicional.

—Lily —suspira con ternura. Me pone una mano en la mejilla y me alisa el pelo. Levanto la vista y veo que está arrodillada ante mí, no tan cabreada como pensaba—. ¿Qué es lo que está pasando?

Quiero inventarme un escenario, una imagen tórrida e inquieta que alargue la situación tres años más, pero derramar verdades es menos doloroso que construir mentiras. Me centro en los hechos. Rose es totalmente analítica, quizá los acepte.

Apoyo la barbilla en las rodillas y miro un punto detrás de él. Así es más fácil.

—Hace tres años, Lo y yo hicimos un trato. Acordamos fingir una relación; queríamos que todos pensarais que somos buenas personas, pero no lo somos. —Aparto la mirada—. Empezamos a salir durante el viaje en el yate, en las Bahamas.

Rose se tensa y elige sus palabras con cuidado.

—Lily, ¿a qué te refieres con que no sois buenas personas?

Emito una risita descontrolada. ¿Por qué me río? No es divertido. Nada está bien.

—Somos egoístas y egocéntricos.

Dejo caer la cabeza hacia atrás. Se suponía que si manteníamos una relación, todo estaría bien. Nuestro amor debería eliminar el dolor y el sufrimiento. Sin embargo, nos enfrentamos a más complicaciones, más consecuencias y más ceños fruncidos.

—Entonces, ¿preferisteis alejaros de todos los demás? —pregunta—. ¿Os inventasteis una relación falsa para ocultaros de nosotros? —Su tono es más agudo como si estuviera dolida, pero cuando la miro, veo miedo, dolor y simpatía. Sentimientos que no merezco—. No tiene sentido, Lily. No eres una mala persona, no tanto como para eliminarnos de tu vida y hacernos creer que tenías algo con tu amigo de la infancia.

Me estremezco.

—No me conoces. No sabes lo que soy.

Rose mira por encima del hombro.

—Déjanos solas —le dice a Connor, que no vacila y desaparece por el pasillo.

Rose se gira con rapidez y me coge las manos. Trato de zafarme de ella.

—Suéltame —digo.

Me agarra con más fuerza.

—Estoy aquí. No voy a irme.

Siento como los ojos se me llenan de lágrimas. Debería marcharse. La he torturado demasiado.

—Mírame —me suplica.

Las lágrimas hacen que me ardan los ojos y comienzan a deslizarse lentamente por las mejillas, formando dos riachuelos. No soy capaz de mirarla.

—No vas a poder deshacerte de mí, Lily. Nada de lo que hagas o digas hará que yo desaparezca. Si no me lo dices ahora, será dentro de un año…

—No sigas —gimo.

—… de tres años, de cinco años, de diez años. Esperaré a que me lo digas. —Mi hermana está llorando. La chica que nunca llora, que pone mala cara cuando ve lágrimas, cuando ve llorar a un bebé—. Te quiero. Eres mi hermana. Es algo que no va a cambiar. —Me aprieta las manos—. ¿Entendido?

De pronto, todo estalla. Rompo a llorar y ella me aprieta entre sus brazos, sosteniéndome sin esfuerzo. No le digo cuánto lo siento, ya he dicho demasiadas disculpas vacías para llenar una vida. Esto tiene que significar algo.

Lo primero que hago es romper el abrazo, aunque seguimos compartiendo el sillón, sentadas muy cerca la una de la otra. Ella continúa sosteniendo mi mano, esperando mientras yo intento buscar las palabras para decir algo que ya no puedo contener en mi interior.

—Siempre... siempre he pensado que me pasa algo. —Intento tragar saliva, pero tengo la boca seca—. He buscado la forma de parar, pero no puedo. Y pensaba que estando con Lo todo sería más fácil. Pensaba que no habría más malas noches, pero siguen siendo malas, solo que de otra manera.

Noto que contiene la respiración.

—¿Tomas drogas?

Se me escapa otra risita a pesar de las lágrimas.

—Ojalá; entonces tendría más sentido. —Cojo aire—. No te rías, ¿vale?

—Lily, jamás lo haría.

—Pues mucha gente lo haría. —La miro a los ojos—. Empecé a mantener relaciones sexuales cuando tenía trece años. —Me coloco un mechón de pelo detrás de la oreja. De pronto, me siento muy pequeña—. He tenido más polvos de una noche que cumpleaños... —Abro la boca, pero no suelto la siguiente oleada de verdades.

—¿Crees que eres una cualquiera? —pregunta con el ceño fruncido—. No te juzgo por haber perdido tu virginidad cuando eras tan joven. —Me levanta la barbilla con un dedo—. Disfrutar de polvos de una noche no te convierte en una puta. La sexualidad forma parte de la naturaleza humana. Ninguna mujer debe ser insultada por querer experimentarla.

—Va más allá que eso, Rose.

Podría haber esgrimido el empecinamiento que mostró hace años, cuando me revolvía dando vueltas en la cama, y ella pensaba que debería morirme antes de masturbarme, algo que solo hacían los chicos. Todas las jovencitas lo creían. Evitaban aquella palabra, rechazaban a los que la mencionaban, como si solo los hombres pudieran acariciar la carne palpitante de las chicas. Todo me parece tan ridículo...

—Pues explícamelo —me pide ella.

—Cientos de veces he preferido el sexo que cualquier reunión familiar. Aunque sé que está mal, sigo haciéndolo. Antes de salir con Lo, estaba convencida de que podría detenerlo cuando quisiera. Pero a la mañana siguiente, entraba en otra web porno y todo empezaba de nuevo. —Me tiemblan los brazos—. ¿Qué te dice eso?

Me mira con los ojos muy abiertos.

—Eres adicta al sexo.

Espero que se ría, que me intente convencer de que es una imaginación mía.

—Lily —dice bajito—. ¿Sabes cómo empezó? ¿Por qué eres así? —Sus pómulos parecen más afilados, y leo sus pensamientos: «¿Te atacó alguien? ¿Alguien abusó de ti? ¿Te toqueteó alguno de nuestros parientes lejanos?». He permanecido sentada durante horas preguntándome si he bloqueado algún trauma, pero siempre me quedo en blanco.

—No me pasó nada. Simplemente empezó. Me hacía sentir bien y no podía parar. —¿No es así cómo comienzan todas las adicciones?

—¡Oh, Lily! —Sus ojos se llenan de lágrimas otra vez—. Te atacaron… ¿Esto afecta de alguna manera a tu adicción? ¿Te ha pasado antes?

—No, no… —niego con rapidez, tratando de evitar que llore, aunque los ojos comienzan a arderme de nuevo—. Esta es la primera vez, y en parte es culpa mía. Le lancé a ese chico… un mensaje equivocado. Nunca había sido monógama, y esta es la primera vez que casi pasa algo.

Rose me aprieta con más fuerza.

—No —asegura, cogiéndome las manos entre las suyas—. Te equivocas, Lily.

—No me entiendes…

—Tienes razón. No entiendo tu adicción, o al menos todavía no la entiendo. Es nueva para mí y todavía trato de procesarla. Pero si le dijiste a ese tipo que te dejara en paz, debería haberte escuchado. No es no.

Ryke había dicho lo mismo.

—Debería de estar enfadada por ello —digo—. Debería de afectarme de una forma brutal, ¿verdad?

Pero ¿por qué me siento insensible?

—Creo que estás en estado de *shock* —murmura ella—. ¿Quieres ver a alguien? Conozco a un buen psicólogo.

Echa un vistazo a nuestro alrededor en busca de su bolso.

—No, no quiero que me psicoanalicen.

—Entonces, ¿quieres vivir así? ¿No quieres intentar contener tu adicción?

Me encojo de hombros.

—Estoy bien… —O al menos me he convencido de que es así—. Lo está conmigo. Y mientras lo tenga a él…

Sus ojos se oscurecen de repente y veo como todo encaja en su cabeza. Es demasiado inteligente como para que eso le pasara desapercibido.

—Has dicho que los dos sois malas personas. Estáis ayudándoos el uno al otro a guardar vuestros secretos, ¿verdad? —Y de repente cae en la cuenta—. ¡Oh, Dios mío, Lily! No dejó de beber jamás, ¿verdad? —Al ver que no contesto, se incorpora en la silla y se lleva la mano a la boca—. ¿Cómo no me he dado cuenta antes? Dijo que dejaba las juergas porque no te gustaban. Pero era mentira.

—Estamos bien —digo por millonésima vez.

—¡No! ¡No lo estáis! —grita—. ¡No estáis bien! Lo estaba emborrachándose en un pub mientras un tipo te atacaba en el cuarto de baño.

Arrugo la cara.

—Está bien —susurro. Soy incapaz de contener las lágrimas y se me deslizan por las mejillas mientras me miro las manos—. Nuestra dinámica funciona. Sé que crees que no, pero sí que funciona. —Me seco los ojos, pero las lágrimas no cesan—. Y… y los dos estamos mejor. Tanto Lo como yo. Nuestras adicciones se cruzan, pero hemos aprendido a vivir con ello.

Me mira boquiabierta.

—¿De verdad crees que alejar a tu familia es lo mejor? Todo esto nos afecta. No importa lo que tú elijas, Lily. ¿Sabes por qué? Porque te queremos. Papá pregunta por ti todos los días porque sabe que no vas a responder a sus llamadas; mamá tiene un montón de libros de autoayuda en la mesilla de noche. ¿Quieres saber de qué tratan?

Sacudo la cabeza. No quiero saberlo. Sé que me va a doler.

—Cómo volver a conectar con tu hija. Cómo entablar relaciones sanas con tus hijos. Lo que haces les afecta. Tu adicción afecta a sus vidas. Arrancarnos de tu vida no es una solución, es un problema.

Entiendo lo que me está diciendo. Escucho sus palabras, y lo que dice tiene sentido. Pero ¿qué otra alternativa tengo para saciar mi adicción? ¿Buscar ayuda? ¿Huir? ¿Cómo se puede eliminar algo que forma parte de la vida? Puedo entender que alguien se mantenga sobrio, pero ¿célibe? Es antinatural.

—Se empieza con asesoramiento especializado —dice Rose, adivinando mis pensamientos—, por hablar con alguien que haya pasado por lo mismo.

—Quiero hablar antes con Lo —digo. No estoy segura de que quiera renunciar a mi apoyo, aunque sé que hará felices a los demás. Me odio por ello, pero lo aparto todo de mi mente—. Me voy a acostar.

Me levanto del sillón de forma mecánica. Ella me imita.

—Pasaré aquí la noche. Estaré en el sofá para darte privacidad.

—No es necesario que te quedes. De verdad, estoy… —Me lanza una mirada penetrante que me obliga acabar la frase de una forma diferente— estaré bien.

Asiente, y me recoloca un mechón de pelo detrás de la oreja.

—Lo sé. Nos vemos mañana, Lily. —Antes de que me aleje, me rodea con los brazos, apretándome con fuerza entre ellos—. Te quiero.

Casi me pongo a llorar de nuevo, pero me reprimo. «Yo también te quiero».

—Estaré bien… —murmuro. Dicho esto, me separo de ella y me voy a mi habitación. Al final, mi cabeza ha logrado independizarse de mi cuerpo.

30

*T*ardo horas en desconectar y poder dormirme, en dejar de dar vueltas dividida entre justificar mis acciones y condenarlas. A veces pienso que Rose tiene razón, que me vendría bien hacer terapia. Pero algunos profesionales no consideran que exista adicción al sexo como tal. ¿Y si termino a merced de un psicólogo que me desprecia y me hace sentir todavía más insignificante?

Todas las razones posibles bombardean mi mente, manteniéndome en un bucle destructivo. Cuando por fin me despierto, miro como van cambiando los brillantes números rojos del despertador digital, agobiada por los acontecimientos, que me parecen demasiado extenuantes como para que pueda levantar mi cuerpo entumecido del colchón.

Oigo que Rose abre la puerta y echa un vistazo de vez en cuando, pero finjo dormir, por lo que cierra con rapidez. Mi vida ha cambiado tanto en las últimas veinticuatro horas que sigo luchando por aferrarme a algo familiar. Lo, mi constante apoyo, seguramente se ha enterado ya de los acontecimientos de la noche pasada. Aunque me gustaría que se hubiera enterado por mí, ya es tarde y todavía no soy capaz de levantarme.

Las cortinas sumen la habitación en una oscuridad absoluta, impidiendo casi por completo el paso de la luz. La única fuente de claridad es la de mi teléfono, que brilla con fuerza cuando busco en Tumblr fotos obscenas. Aunque estas solo me revuelven el estómago, no me detengo hasta que se abre la puerta. Apago la pantalla con rapidez y cierro los ojos, fingiendo estar dormida.

Me concentro en la respiración y espero a que Rose se vaya. La puerta se cierra y suelto un suspiro antes de encender de nuevo el móvil.

—Finges muy mal.

Pego un brinco ante la voz ronca y tiro con rapidez del cable que cuelga de la lámpara. La habitación se ilumina y puedo perci-

bir la presencia de Lo en la estancia. Tiene los ojos rojos e hinchados, y el pelo tan enmarañado como si hubiera estado tirando de
él presa de la angustia. Como imaginaba, deben de haberle dicho
lo que pasó.

Se queda apoyado en la pared junto al tocador, manteniendo
entre nosotros una gran distancia. Trato de no analizar qué quiere
decir eso, pero me duele.

—Me las he arreglado para engañarlos a todos —digo en voz
baja—. ¿Qué me delató?

—Le pregunté a Rose si tenías la televisión encendida —me
explica después de humedecerse el labio inferior—. Dijo que la
habitación estaba a oscuras, así que supe que te habías despertado
y la habías apagado. —Casi siempre me duermo con vídeos porno
de fondo, aunque mantengo la voz apagada.

—Eso no significa que finja mal —contradigo con suavidad—. Solo que me conoces muy bien. —Me deslizo por la cama
hasta apoyarme en la cabecera de madera y me aprieto las rodillas
contra el pecho—. Me vi obligada a contárselo todo a Rose.

—Lo sé. —Su expresión no transmite nada, así que no sé si le
molesta o no.

—Creo que será positivo —continúo—. No creo que se lo
diga a nadie más. Me aseguró que me daría todo el tiempo que
necesite. —Eso es lo que quiere, ¿no?—. Y siendo Rose, podría
ser eternamente. Así que solo tenemos que pasar página de lo
que ocurrió anoche y todo volverá a la normalidad. —Le miro
al tiempo que asiento con la cabeza como si quisiera convencerme.

Él no responde. Veo que aprieta los dientes y que comienzan a
caerle las lágrimas, lo que hace que sus ojos enrojecidos se hin-
chen todavía más.

—¿De verdad crees que podemos seguir adelante como si tal
cosa? —pregunta de forma entrecortada—. ¿Dejarlo pasar como
si solo fuera un día de mierda?

Oh, oh…

—Es lo que tenemos que intentar —confirmo en voz baja.

Se ríe con tanta tristeza que me muero un poco por dentro. Se
me rompe el corazón. Se pasa el dorso de la mano por la boca y
emite un suspiro.

—Pregúntamelo.

—¿El qué?

Clava sus ojos en mí con tanta frialdad como el acero.

—Pregúntame por qué bebo.

Noto un nudo en la garganta. No hablamos nunca de nuestras adicciones. Al menos no lo hacemos directamente. Las enterramos en bebida y sexo, y cuando nos sentimos perdidos volvemos a la familiaridad del mundo de los cómics.

El miedo me priva de la capacidad de pronunciar palabras. Creo que conozco la respuesta, pero me siento demasiado aterrada ante la amenaza de tener que cambiar las rutinas que tenemos. Lo es mío, mi apoyo constante. Y no quiero que eso acabe.

—¡Joder, Lily! —dice entre dientes—. ¡Pregúntamelo de una puta vez!

—¿Por qué? —Las palabras me hacen daño al salir.

—Porque puedo —dice mientras una lágrima se desliza por su mejilla—. Porque cuando probé la primera gota de whisky con once años, estaba seguro de que eso me acercaría a mi padre. Porque me hacía sentir poderoso. —Se toca el pecho—. Porque nunca golpeé a nadie, ni conduje. Nunca perdí el trabajo ni a amigos que me importaran. Porque cada vez que bebía, no pensé que le estuviera haciendo daño a nadie más que a mí.

Respira hondo y se frota el pecho con una mano temblorosa.

—Es decir, hasta anoche. O quizá debería decir hasta los últimos dos meses. O quizá siempre… No lo sé.

Agarro las sábanas con los puños e intento recordar cómo se respira.

—Pero estoy bien. —Me estremezco—. Lo, no me ha pasado nada. No me has hecho daño, solo fue un error. Como dijiste, una noche de mierda.

Se aleja de la pared con confianza y se sienta en el borde de la cama. Aunque lejos de mí. Clava los ojos en los míos.

—Te estás olvidando de que conozco todos los trucos, Lil. ¿Cuántas veces te has repetido a ti misma esas palabras con la esperanza de que fueran realidad? Yo lo hago también, cada vez que tengo una noche asquerosa, para intentar justificarme. —Se echa hacia delante y me quedo petrificada, como si fuera un trozo de madera. Me roza la rodilla desnuda con los dedos y arruga la cara como si le resultara doloroso tocarme—. Pero no quiero tener más noches de mierda contigo.

—¿Te ha dicho algo Rose?

—No. —Lo niega y apoya la mano con suavidad en mi pierna. Ahora no parece tan torturado y suelto el aire—. Debería haber estado allí. Debería haber sido yo quien le hubiera parado los pies a ese chico. Debería haberte sostenido entre mis brazos mientras te decía que todo iría bien, aunque no fuera cierto. Era algo que tenía que hacer yo, no otra persona.

—¿Dónde nos lleva esto? —pregunto.

«Por favor, no me dejes», digo de forma egoísta para mis adentros. Puede que sea uno de los pensamientos más horribles que han pasado por mi mente. Entierro la cabeza entre los brazos cuando comienzan a caer las lágrimas. Puedo sentir que se aleja con la suavidad de la brisa.

—Eh, mírame… —Me agarra los brazos, tratando de deshacer mi guarida. Levanto la cabeza cuando tiene éxito. Mantiene las manos en mis codos y me cruza los brazos, con el pecho casi pegado al mío.

Veo que vuelven a humedecérsele los ojos y, de repente, me aterra lo que va a decir.

—Soy un alcohólico.

Jamás lo ha dicho en voz alta, nunca lo ha admitido con tanta sinceridad.

—Mi padre es un alcohólico —continúa mientras las lágrimas resbalan por sus mejillas y mis brazos—. No puedo dejarlo sin más, ya forma parte de mí. —Me seca las lágrimas con el pulgar—. Te amo, y no quiero elegir nunca el alcohol antes que a ti. Ni siquiera por un segundo. Quiero merecerte. Quiero ser quien te ayude a superar lo tuyo, y no podré hacerlo hasta que me ayude a mí mismo.

Es como si estuviera diciendo una sola cosa: rehabilitación. Se va a ir a rehabilitación, lejos de mí. Me siento orgullosa de él, en el fondo estoy orgullosa, pero lo que más siento en este momento es miedo. Lo va a dejarme. Solo dos cosas me han mantenido entera hasta este momento: Lo y el sexo. Dos cosas que antes no se mezclaban, pero ahora sí. Y perderlos a la vez es como si me arrancaran el corazón y se negaran a devolvérmelo.

—¡Lily! —Me sacude un par de veces con frenesí. No puedo hacer nada hasta que noto sus labios en los míos. Me besa—. Respira —dice una y otra vez.

Cojo una gran bocanada de aire y la cabeza gira como si estuviera ahogándome debajo del agua.

—Respira —repite. Me pone la mano en el pecho, sobre el diafragma y, no sé cómo, acabo en su regazo.

Me aferro a su camiseta, preguntándome en silencio si podría convencerlo para que se quede. No, no… eso estaría mal. Sé que no sería bueno. Trago saliva.

—Lil, háblame. ¿Qué estás pensando?

—¿Cuándo te vas?

Sacude la cabeza.

—No voy a marcharme.

Comienzan a caerme lágrimas.

—¿Qué? Eh… eh… —Eso no tiene sentido. Ha dicho que…

—Me desintoxicaré aquí.

Ahora soy yo la que mueve la cabeza.

—No, Lo. No te quedes aquí por mí… por favor. —Le doy un golpe en el pecho.

Me coge las manos.

—Detente —me ordena—. Ya he discutido sobre esto con tu hermana. Me quedo aquí. Voy a intentarlo así y, si no funciona, me marcharé. Pero tengo que intentar estar aquí para ayudarte a ti.

—¿No es peligroso que intentes desintoxicarte aquí?

Apoya la barbilla en mi cabeza.

—Connor va a contratar a una enfermera. Estaré bien. —Noto el terror en su voz. Está a punto de eliminar el alcohol de su vida por completo. Ha tocado fondo.

¿Lo he tocado yo también?

No puedo pensar en ayudar a Lo a desintoxicarse y hacer lo mismo conmigo misma. Así que me centraré en él y luego, cuando esté mejor, me ocuparé de mí.

Eso es lo correcto.

31

*L*o lleva sobrio toda la semana. Los primeros dos días fueron los peores. La enfermera le suministró fluidos por vía intravenosa para hidratar su cuerpo. Toma vitaminas para reemplazar los nutrientes que ha perdido por culpa del alcohol y sigue una dieta especial para eliminar las toxinas. No hago café para que no se vuelva adicto a la cafeína durante el proceso.

Aun así, ha pasado por diferentes episodios de vómitos, sudores y estremecimientos. Sus gritos han llegado a ser tan descarnados que Ryke lo ha amenazado con cubrirle la boca con cinta aislante. Algo que le ha hecho reír a carcajadas.

Hoy ha querido conducir el BMW hasta Lucky's para celebrar el Día de Acción de Gracias. Todos los años yo paso esa fecha con mis padres y él se va a casa del suyo, pero antes nos damos un homenaje y tomamos pavo en ese restaurante. No es un sitio lujoso, pero la comida tiene más sabor que las diminutas raciones con espumas que preparan los chefs de nuestras familias.

Me coge la mano sobre la consola central y conduce el coche por una concurrida calle de Filadelfia mientras mueve el volante con la otra. Noto que le tiemblan los dedos y que cierra y abre el puño antes de volver a ponerla en su lugar.

—¿Es como andar en bicicleta? —le pregunto, refiriéndome a conducir.

—Más fácil —reconoce—. Tu coche no tiene cambio de marchas, lo único en lo que tengo que concentrarme es en poner los intermitentes.

Mueve uno en broma, y empieza a pitar. Después me coge la mano y la pone encima de mi muslo.

Me dedica su tiempo por completo, supongo que utilizando mi adicción como una salida para la de él. Y funciona la mayoría del tiempo, pero a veces veo un ansia en sus ojos que me indica las ganas que tiene de regresar a su rutina habitual como yo me recreo en la mía.

Aparca junto a la acera y yo pongo en marcha el contador. Cuando entramos en Lucky's suena la campanilla y Lo mantiene la puerta abierta para que entre estirando un brazo por encima de mi cabeza. Todo está igual que el año pasado. Banderillas naranjas y amarillas por todas partes y un ventilador en el techo. Los reservados con respaldos de vinilo rojo están alineados a la izquierda de las ventanas, donde han dibujado un pavo, añadiendo también Feliz Acción de Gracias con letras de colores para que todo el mundo lo vea. El familiar aroma a ajo, arándanos y puré de patata flota en el aire y algunas parejas de ancianos sonrientes toman café en las mesas.

Me quedo mirando a una de las parejas. Llevan los dos el pelo gris muy corto. Parecen discutir porque él se ha manchado la camisa, pero ella se inclina para limpiársela. Eso es lo que quiero para nosotros. Que envejezcamos juntos y gritarle cuando se manche de café. Quiero que lo nuestro sea para siempre y creo que, por primera vez, es posible que estemos en el camino correcto para conseguirlo. Solo puedo esperar unirme a él.

Hay una notable diferencia en nuestra tradición anual, pues ellos nos saludan desde un reservado, junto a la ventana.

Nos sentamos en uno de los lados porque Connor, Rose y Ryke ocupan el otro. Mi hermana parece recién salida de un desfile con una falda de talle alto y una blusa de gasa color crema. En el cuello lleva un collar de diamantes con forma de gota.

—¿Es nuevo? —le pregunto.

Ella roza la joya con las mejillas tan rojas que parecen las mías. No puedo evitar sonreír.

—Se lo he comprado yo —interviene Connor, poniéndole el brazo en los hombros.

—¿Por qué razón? —insisto.

—Por nada en especial —dice él—. Lo vi y pensé que le gustaría.

Rose intenta reprimir la sonrisa, pero no puede ocultarla.

—Me estás haciendo quedar mal —gime Lo mientras pone la mano en mi muslo y la desliza hacia el interior. Él me ofrece cosas que me gustan mucho más que los diamantes o las flores.

Ryke hace bolitas con la servilleta.

—¿Nunca le has regalado nada así a Lily?

—No, ella prefiere otras cosas antes que collares.

—¿Cuáles, Loren? —Rose parece a punto de saltarle a la yugular.

Lo acepta el reto.

—Como mi lengua en su…

—¡Oh, Dios! —grito, alejándome con rapidez de Lo y pegándome al rincón del reservado. Cojo un menú y oculto mi rostro detrás.

Ryke se ríe por lo bajo, y sé que mi hermana está a punto de atacarlos a todos.

—Solo está metiéndose contigo —le susurra Connor al oído.

—Es adicta al sexo —replica ella con ferocidad—. No debería bromear al respecto.

—Estoy oyéndote —interviene Lo con firmeza.

Miro a Ryke, que es la única persona a la que no me he enfrentado, ya que pensaba que mi adicción solo era conocida por Rose y Connor. Pero sí, parece que Lo se lo ha contado a Ryke. No sé cómo, quizá fue una confesión en ese largo camino hacia la sobriedad. Nuestras adicciones están tan entrelazadas que es difícil para él hablar de la suya sin sacar a relucir mi dependencia del sexo.

Ryke no me mira; está diciéndole algo a mi novio. Leo el movimiento de sus labios: «Se lo diré».

Lanzo un vistazo a Lo y veo como asiente en señal de aprobación.

Frunzo el ceño.

—¿Decirles qué? —pregunto.

—Nada —miente Lo, haciendo un gesto para que vuelva a acercarme a él. Suelto el menú y regreso a sus brazos. La camarera viene a tomar nota mientras mi hermana susurra algo al oído de Connor.

Pedimos la cena con platos de pavo y aguas minerales mientras me pregunto qué secretos habrán compartido Lo y Ryke sobre mí. Podría ser cualquier cosa. Cuando la camarera regresa a la cocina, Rose se vuelve hacia Ryke y saca un sobre blanco.

—No he podido averiguar tu dirección, así que no he podido enviártela a casa. —Le tiende una invitación para la gala benéfica de Navidad—. ¿Ryke es un apodo? No me ha aparecido en ninguna base de datos.

—Es mi segundo nombre —explica con aire distante mientras saca del sobre una tarjeta color crema con letras doradas—. No voy a poder ir —dice al ver de qué se trata.

—¿Por qué? —pregunta Lo, que parece afectado por la idea. Ryke ha sido su roca desde que decidió dejar la bebida. Es básicamente su impulso y su apoyo. Sé que quiere tener a Ryke junto a él, sobre todo porque su padre asistirá al acto—. Es por ese maldito artículo, ¿verdad? Tienes que entregarlo pronto.

—No, ya hace dos semanas que lo presenté —miente Ryke—. Me pusieron un sobresaliente.

—Envíame una copia —interviene Connor—, estoy deseando leerlo.

—Claro… —Seguramente Ryke se «olvide» de enviárselo por correo electrónico durante las próximas semanas, hasta que Connor deje de pedírselo.

—¿Tienes planes para ese día? —pregunta Lo—. Es antes de Nochebuena. Podrás pasar la noche con tu madre aunque vayas. —Jamás lo había visto así, rogando a otra persona de forma tan sincera.

Ryke asiente.

—Bueno, lo intentaré. Gracias, Rose. —Dobla el sobre y se lo guarda en el bolsillo de atrás.

Lo echa un vistazo a la puerta del cuarto de baño, visiblemente más relajado. ¿Le apetece hacerlo allí? Se vuelve hacia mí como si me leyera la mente.

—Tengo que ir al cuarto de baño, pero de verdad —me susurra en voz baja—. No dejes que Ryke se coma mi plato cuando llegue.

Dicho eso, me besa en la mejilla y se aleja en dirección a las puertas azules.

Me hundo en el asiento con las mejillas ardiendo por los tres pares de ojos que tengo clavados en mí.

—Lily… —Es Rose, sentada frente a mí, quien toma la palabra. Me coge las manos—. Lily, he pensado mucho en ti últimamente; quiero que vengas a vivir conmigo cuando acabe el semestre. En mi apartamento hay sitio de sobra y…

—¿Y qué pasa con Lo? —Frunzo el ceño y me niego moviendo la cabeza—. No puedo dejarlo solo. Y estoy cursando estudios en Pensilvania.

—Puedes pedir un traslado de matrícula —me recuerda.

—Él lo tiene todo bajo control —interviene Ryke, volviéndose hacia ella.

Ella parece taladrarlo con sus ojos de color amarillo verdoso.

—Está enfermo, Ryke. Tiene que concentrarse en sí mismo y no será capaz de hacerlo si está preocupado por el bienestar de Lily. Quiero que mejore, pero todavía quiero más que mejore ella. Así que perdona, pero voy a mirar por los intereses de mi hermana.

—Yo miro por los de Lo. Quiere intentarlo antes de esta manera. Y la semana pasada funcionó.

—Sí, él está sobrio, pero ¿ha habido alguna diferencia para Lily? ¿Ha empezado a ir a terapia o disminuido el sexo?

—Por favor, basta... —intervengo en voz baja, muerta de vergüenza. No quiero que hablen en Lucky's sobre mi vida sexual. Jamás seré capaz de regresar aquí.

—Él tiene un plan —replica Ryke—. Y debemos confiar en su amor por Lily.

«¿Lo tiene un plan?». ¿Era de eso de lo que estaban hablando?

—¿Y cuál es su plan? —indaga Rose.

«Sí, ¿cuál es? ¿Por qué nadie me ha dicho nada?».

—Va a empezar a restringir el sexo y a disminuir el porno poco a poco.

Me quedo mirándolo boquiabierta mientras mi hermana asiente de forma aprobatoria.

—¿Cómo? —grito. Me impacta el hecho de que Lo haya hablado con Ryke sobre nuestra vida sexual—. Dime que no has comentado esto con Lo. —Espero la respuesta, recuerdo perfectamente el momento en el que Ryke se ofreció en la biblioteca para ayudar a Lo y aproveché la oportunidad. Le puse al corriente de la adicción de mi novio. Y sé que si abordó a Lo de la misma forma, él habrá aceptado.

Ryke sostiene mi mirada con firmeza.

—Me ha contado casi todos vuestros sucios secretos.

—¡Oh, Dios mío! —murmuro al tiempo que miro a Rose frenéticamente. «¿Qué puedo hacer?».

Es ella la que mira a Ryke.

—Se trata de cosas personales.

—¿De verdad? Pues los chicos hablamos igual que lo hacen las chicas. Quizá deberías recordarlo antes de contarle nada a nadie.

—Muy bien —interviene Connor—. Creo que todos tenemos que calmarnos un poco. La gente empieza a mirarnos. Ven, Rose —dice, cogiéndola por el codo—. Vamos un momento fuera.

Ella se levanta muy rígida.

—Me alegro de que estés ayudando a Lo —le dice a Ryke, señalándolo con el dedo—, pero te lo juro, como le hagas daño a mi hermana...

—Rose... —Connor la aleja del reservado.

—No le haría daño a propósito —se defiende Ryke.

Connor lo mira con intensidad.

—Cállate, anda...

Rose comienza a divagar y Connor le responde de forma apropiada a cada frase, haciendo que se controle mientras toman un respiro. Al menos mi hermana no irá acompañada este año por un gay a la gala benéfica.

Casi al momento, llega la camarera con la comida, pero solo estamos Ryke y yo. Ninguno toca su plato.

—No quiero que me restrinja nada —digo—. En este momento no se trata de mí.

—Siempre se ha tratado de ti —contradice Ryke—. Si me hubieras contado desde el principio qué trato habíais hecho, y qué tipo de vida llevabais, no me habría cabreado cuando dejaste de ayudar a Lo. Te pido perdón.

—Tiene que concentrarse en sí mismo —le recuerdo.

—Lily... —Apoya los codos en la mesa y se inclina hacia mí—. Vosotros lo habéis hecho todo juntos. Habéis seguido un camino paralelo. Para que esto funcione, no puedes mantenerte estancada mientras él avanza.

Frunzo el ceño. Sus palabras parecen decir que Lo va a convertirse en una persona diferente, como si fuera a transformarse en alguien nuevo, alguien que podría no encajar en mi vida. Quizá superará los rituales que tiene conmigo y encontrará a otra persona que se amolde a sus nuevas rutinas. No me gusta ese futuro, pero quiero que él esté mejor.

—¿Entiendes lo que quiero decir? —me pregunta.

—Sí —asiento—. Está bien. Lo intentaré.

Me mira con firmeza y frunzo el ceño.

—No estás creyéndome, ¿verdad? —le pregunto.

—No, pero aprecio que quieras intentarlo.

—Sé luchar —espeto con ferocidad.

—Creo que vamos a comprobar si es cierto y con cuántas

ganas. —Se reclina en el asiento—. Lily..., sinceramente, espero que me sorprendas.

Yo también.

Por suerte, Lo me ha limitado el sexo gradualmente. La última semana nada de sexo duro. Ayer me deshice de la mitad de los vídeos porno, pero el ansia perdura. En vez de llenarla de forma compulsiva, me tomo unas pastillas para dormir, por lo que me duermo antes de que me dé tiempo de pensar en el sexo. Las noches son lo peor. Las endorfinas aumentan y solo pienso en montarme a horcajadas sobre Lo y cabalgarlo de forma salvaje.

Pero tengo que intentar reprimirme. Es necesario.

Me da miedo quedarme sola. Temo empezar a tocarme o seguir el impulso de llamar a un gigoló. Me he vuelto tan paranoica que he faltado a la mayoría de las clases. Creo que voy a tener que borrar algunas del horario. Es mejor que engañar a Lo o a mí misma.

Él, por su parte, apenas duerme. Se estremece y da vueltas en medio de la noche, llegando a despertarme del sueño profundo que provocan las píldoras. Sigo esperando que los síntomas de la abstinencia disminuyan, que se tranquilice, pero no ocurre. A veces me pregunto si tendrá que luchar siempre contra esas manifestaciones de la sobriedad. Y soy consciente de que voy a tener que luchar también contra lo mismo.

Acompaño a Lo y a Ryke a la pista de entrenamiento. Es algo que hago, sobre todo, porque no me gusta quedarme sola y Rose tiene exámenes esta semana. Terminé los míos ayer... más o menos. No me he examinado de Biología ni de Economía de Mercado. Espero suspender, pero aún me queda la posibilidad de presentarme de nuevo. Puedo quedarme en la universidad un semestre más.

Me siento relajada en las gradas y examino la cámara que Rose me ha regalado. Jamás he disfrutado de una afición distinta al sexo, y hacer fotografías llena un poco ese espacio. Aprieto el botón mientras los chicos se desparraman a mi alrededor, riendo y bromeando. Les hago una foto en la que sonríen a la vez.

Se parecen. Ambos tienen el pelo castaño, a pesar de que Ryke lo tiene un poco más oscuro. Y aunque los ojos de Lo son un poco más claros, los dos los tienen marrones. El bronceado de Ryke empieza a desvanecerse y su piel posee el mismo matiz irlandés que la de Lo. Podrían pasar por hermanos con los hombros anchos, la mandíbula fuerte y los labios finos.

Cuando empiezan a correr, Ryke sale disparado, aunque Lo suele alcanzarlo en segundos. Los dos corren con rapidez, sus piernas los impulsan, haciendo que las zapatillas golpeen la pista negra. Ryke se mantiene dos pasos por delante, pues está en mejor forma.

Corren como si nada pudiera detenerlos. Mientras miro a Lo, creo que el futuro es nuevo y asequible. Está ahí, todavía borroso, pero mejor, más brillante.

Me pregunto si todavía me incluye a mí.

32

Algunos días son malos y unas horas antes de que tengamos que ir al hotel para la gala benéfica de Navidad, sospecho que esta va a ser una noche muy mala.

La noche pasada, Lo solo durmió media hora, luego se dedicó a dar vueltas por la habitación hasta que llamó a Ryke y habló con él durante un par de horas. Nada consigue tranquilizarlo y estoy segura de que es por la conversación que quiere mantener con su padre para confesarle que está intentando dejar de beber. Pero también me preocupa otra cosa.

Él me ha hablado bruscamente cada vez que saco el tema de las notas en la universidad. Le pregunté qué sacó en Economía —que yo he suspendido— y me dijo que me ocupara de preparar el examen para primavera y que dejara de meterme en sus asuntos. No me habría respondido así si no estuviera agobiado.

Rose me maquilla delante del tocador. Me he puesto el vestido color ciruela con las mangas de encaje. Ella al final eligió el de terciopelo azul zafiro a pesar de que se probó diez más después. La gala se divide en dos partes: primero es la cena, donde todos ocupamos una mesa redonda en la que nos sirven cinco platos; después los hombres de negocios subirán al estrado y agradecerán a todos la generosidad que muestran esta noche. Tras eso disfrutaremos de la recepción, bebiendo cócteles y paseando por el enorme salón de baile, donde charlaremos y saludaremos a unos y otros.

Hasta ahora, normalmente me quedaba con Lo en el bar, haciéndole al barman las preguntas más embarazosas que se nos ocurrían. Era algo desagradable y grosero, pero pasábamos el tiempo. Este año, mi plan es pasearme sin rumbo fijo, algo que no suena mucho mejor.

Por obra de Connor Cobalt llegamos una hora antes. Ryke se coloca la corbata y mira a su alrededor con nerviosismo. En el salón solo hay camareros que se dedican a dar los toques finales a los centros de mesa de rosas rojas y a encender las guirnaldas de luces.

—¿Has estado en más eventos como este? —le pregunto.

—Sí —admite—, pero no en este círculo social.

Mi novio, que se muestra más inquieto de lo habitual, se pasa una mano temblorosa por el pelo.

—Necesito tomar un trago —gime, frotándose los ojos.

—Estás bien —le asegura Ryke—. ¿Qué es lo que está agobiándote?

—Nada —replica Lo, enfadado—. Ahora no quiero hablar. Que no te parezca mal, pero eso no me ha servido de nada durante todo el día, solo me duele la cabeza.

Le cojo la mano y sus ojos se encuentran con los míos. Noto un ansia en mi interior.

—¿Quieres…?

—No —nos dice Ryke a los dos—. No.

Le lanzo una mirada airada.

—Aunque no es asunto tuyo, he pasado un día entero sin ver porno. —Me reservo la parte en la que me he pasado toda la tarde en la cama con Lo… Y no precisamente durmiendo.

—Enhorabuena —responde él secamente, lanzándole a Lo una mirada pétrea—. Estás jodiéndolo todo.

—Estoy ayudándola.

—Sabes que eso no es cierto.

Yo estoy ayudándolo, quiero decir, pero Lo ya ha elegido. Me pasa la mano por la parte baja de la espalda y me lleva fuera de la habitación, hacia el vestíbulo del hotel.

Saca la billetera del bolsillo.

—Quiero una habitación —dice a la recepcionista mientras yo me balanceo sobre los pies.

«Sí».

Ahora que la euforia ha desaparecido, me duele todo el cuerpo. Lo me ha poseído desde atrás con más fuerza de lo habitual, aunque me ha gustado. Pero cuando todo ha pasado, he lamentado la postura, la intensidad y haber tenido la idea de estar aquí.

—¿Qué hora es? —pregunta él, cogiendo el reloj de la mesilla de noche—. ¡Joder! —Se levanta de un salto, haciendo que el edredón caiga al suelo y que las sábanas queden retorcidas de una forma rara—. Lil, levántate.

Oculto la cabeza bajo la almohada, sin moverme. Quizá si me quedo aquí pueda desintegrarme.

Él se inclina sobre la cama y me mira fijamente.

—Levántate —repite antes de lanzarme el vestido sobre la cara.

Aparto la tela y me enderezo para sentarme. Trato de pasar la prenda por la cabeza, pero tengo los brazos tan doloridos que casi no puedo moverlos.

Lo se pone los pantalones y la camisa blanca.

Me gustaría que pudiéramos quedarnos aquí, pero eso es lo que habríamos hecho antes. Ahora estamos mejorando. Me peleo con la tela y por fin asomo la cabeza por el cuello del vestido. Entonces veo que la nevera del minibar está abierta.

«Quizá no hayamos mejorado tanto».

—Lo… —digo con un hilo de voz.

Coge una botellita de tequila. ¿Por qué hace eso? Todo estaba bien. ¿Verdad? Salvo esta mañana, esta tarde… y ahora…

—Lo, ¿has estado bebiendo?

No me sostiene la mirada.

—No pasa nada. Mañana no beberé nada. Solo necesito un poco.

—¡Lo! —grito, saltando de la cama sin haberme puesto la ropa interior. Me esfuerzo por sacar la botellita de licor de su bolsillo, pero él lo evita apretándome con fuerza las muñecas.

—¡Lily, basta! ¡Detente!

—¡Detente tú!

Luchamos hasta que caemos sobre la cama. Me inmoviliza los brazos a ambos lados de mi cuerpo.

—¡Lo! —grito—. ¡No puedes rendirte ahora! —Es por mi culpa. En lo más profundo de mi corazón, sé que he sido yo quien lo condujo hasta aquí. Solo yo. Empiezo a llorar, añadiendo dramatismo a la noche, y él me suelta.

—Por favor, no… —gime—. Lily… —Me besa en los labios con suavidad, en la mejilla, en la nariz, en los ojos y la barbilla—. Por favor, no pasa nada. Estoy bien.

—Es culpa mía —lloro.

Vuelve a besarme como si tratara de que me concentrara en el beso y no en los dolorosos pensamientos. Si fuera una buena persona, quizá debería empujarlo. Decirle que pare. Quizá debería hacer algo que nos beneficie a los dos en vez de continuar con este ciclo destructivo.

Desliza los dedos en mi interior, y me agarro a la sábana con una mano y me cubro los ojos con el otro brazo. Me divido entre el bien y el mal.

Sustituye los dedos con su polla y suelto un grito ahogado ante aquella súbita plenitud. Nuestros labios se encuentran de nuevo y me besa mientras me penetra lentamente. Parece como si quisiera decirme sin palabras que todo está bien, que todo es perfecto. Que él está aquí. Que yo estoy aquí.

Que eso es todo lo que necesitamos.

Y esa es la mentira más grande.

Permanezco aturdida en el ascensor mientras bajamos al vestíbulo, donde está el salón de baile. Nos hemos perdido la parte de la cena, y lo que más deseo es ignorar la recepción y largarme al apartamento en el Drake para acurrucarme en la cama. Sin embargo voy a buscar a Rose. La necesito.

Lo se endereza la corbata mientras mira los números descendentes de los pisos. Entre nosotros hay un amplio espacio, el mismo que existe entre el sexo emocional y su manera de beber. No pude lograr que devolviera esa botellita de tequila ni impedir que cogiera otra. Si el alcohol lo relaja, no se nota. Tiene los músculos tensos y apenas mueve el cuello. Los hombros forman una línea inflexible.

—¿Adónde vas a ir cuando lleguemos abajo? —pregunto.

—Tengo que hablar con mi padre —replica sin apartar los ojos de los números.

—Quizá deberías reunirte antes con Ryke.

—No es necesario.

Trago saliva justo antes de que suene el timbre del ascensor y se abran las puertas. Él se dirige con rapidez hacia el salón de baile, mientras yo intento seguir el paso de sus largas piernas. Me detengo junto a la puerta, sobrecogida por las brillantes luces de las lámparas de araña y la gente que pulula por todas partes. Hay unos árboles de Navidad enormes en el centro, envueltos en guirnaldas doradas y adornos en forma de manzanas. Las pantallas a ambos lados del escenario me recuerdan a los benefactores del evento: Hale Co y Fizzle. A nuestro lado pasa un camarero con una bandeja llena de copas de champán rosado.

Lo agarra una, la vacía de un trago y la deja de nuevo en la bandeja. No puedo dejarlo solo. Y menos cuando está así. Me muevo entre la multitud pidiendo disculpas cientos de veces mientras trato de seguir a Lo. Avanza hacia un lugar concreto con un propósito concreto. Sus ojos color ámbar destilan determinación helada.

—Lo —le digo al tiempo que intento retenerlo. Pero se zafa de mí.

No me atrevo a buscar a Rose o a Ryke entre la multitud porque temo perderlo de vista. En una ocasión que miro por encima del hombro, él gana una considerable distancia. En el momento en que lo alcanzo, está delante de su padre, que luce un esmoquin y una expresión muy seria.

Me quedo a un metro de distancia, pero lo suficientemente cerca como para escuchar cada palabra.

—¿Has estado evitándome? —espeta Jonathan—. Por lo general, vienes a verme todos los miércoles.

—He estado ocupado.

Jonathan examina a su hijo.

—Tienes buen aspecto.

—Pues no estoy bien —reconoce Lo al tiempo que sacude repetidamente la cabeza con los ojos vidriosos—. No estoy bien, papá.

Jonathan parpadea y mira a su alrededor.

—Este no es el lugar adecuado para esto, Loren. Hablaremos más tarde.

—¿Es que no me has oído? No estoy bien. Estoy diciéndote que algo va mal.

Jonathan se termina el whisky y lo deja en una mesa cercana. Después, se limpia los labios con el dorso de la mano y se acerca más a su hijo.

Contengo la respiración, paralizada.

—¿Estás tratando de hacerme sentir avergonzado?

A Lo le tiemblan las manos y cierra los puños.

—Sabes que bebo de forma habitual y te importa una mierda.

—¿Se trata de eso? —Jonathan frunce el ceño—. Lo, tienes veintiún años, por supuesto que bebes.

—Bebo hasta que pierdo el conocimiento —confiesa Lo. ¿Por qué a Jonathan le resulta tan difícil entender que su hijo tiene un grave problema? Y, de repente, lo entiendo: quizá él tampoco ha llegado a aceptar el suyo.

—Muchos lo han hecho antes que tú. Es natural que los chicos de tu edad abusen del alcohol.

—No puedo pasar un día sin beber.

Jonathan curva los labios.

—Deja de buscar explicaciones a tus errores y acepta las responsabilidades como un hombre. —Hay mucha diferencia entre abusar del alcohol y depender de él, y si lo entendiera, se daría cuenta que Lo está en el segundo grupo.

Doy un paso adelante y agarro la mano de Lo, pero él se libera.

Jonathan coge otro vaso de whisky de una bandeja, da un sorbo y me señala con la cabeza.

—¿Eres tú quien ha metido esa idea ridícula en la cabeza de Loren?

Me estremezco ante su tono mordaz.

—Lo sé desde que era un chico —le dice Lo—. No tiene que decirme nada.

—Lo dudo mucho.

Noto que me rodean la cintura con un brazo y me sobresalto. Mi mirada se encuentra con los ojos preocupados de Rose. Me aferro a ella y trato de no llorar sobre su hombro.

Ryke, que parece tan jadeante como si hubiera venido corriendo, se acerca a Lo y le pone una mano en el brazo. Ni siquiera mira a Jonathan.

—Vámonos, Lo.

Rose intenta alejarme de allí, pero me quedo firme en mi lugar. Algo va mal. Lo veo en la expresión de Jonathan. Palidece más de lo normal y casi se le cae el vaso de whisky.

—¿Qué estás haciendo aquí? —le espeta a Ryke.

—¿Os conocéis? —pregunta Lo con el ceño fruncido.

Jonathan resopla.

—¿No se lo has dicho? —dice mirando a Ryke antes de desplazar la vista hacia el salón, donde la gente comienza a mirar. Mueve la cabeza con irritación y termina el whisky.

—¿Decirme qué? —insiste Lo, cambiando el peso de pie.

—Nada —replica Jonathan con una amarga sonrisa. Deja el vaso y busca una vez más la mirada de su hijo—. ¿Esto es lo que querías decirme? ¿Echarme la culpa de tus problemas y patalear como un niño pequeño?

Ryke mantiene la mano en el hombro de Lo, apoyándolo de una forma que a mí me resulta imposible.

—No —dice Lo por lo bajo—. Quizá si se tratara de algo respecto a mi adolescencia, lo hubiera hecho. En realidad solo quería decirte que voy a dejar de beber. —Se le nubla la mirada y le resbala una lágrima por la mejilla—. Voy a ir a rehabilitación. Y cuando vuelva, es posible que no te vea tanto como ahora.

Va a ir a rehabilitación. Sabe que esto no va a funcionar, y quiere dejar el alcohol para siempre. Apenas puedo respirar, se va a ir. ¿Por cuánto tiempo?

Jonathan respira hondo y mira a Ryke.

—¿Es cosa tuya?

—No —reconoce él—. No lo sabía.

Jonathan clava los ojos en Lo.

—No es necesario que vayas a rehabilitación —murmura—. Esto es ridículo. —Mueve la cabeza—. Te llamaré mañana para hablar, ¿vale?

—No, no lo harás —grita Lo; las lágrimas resbalan por su cara—. No te voy a coger el teléfono, para entonces ya me habré marchado.

—¡Estás bien! —grita Jonathan, dejando muda a la mitad de la sala de baile. Mira por encima de su hombro como si acabara de darse cuenta de que acaba de tener un arrebato repentino. Se adelanta, hablando más reposadamente—. Estás bien, Loren. Déjalo ya.

—No está bien —interviene Ryke—. Está diciéndote que no está bien.

Noto una opresión ardiente en el pecho y la cabeza me da vueltas. La única razón por la que todavía sigo en pie es que Rose mantiene sus dedos entrelazados con los míos; pero, si me caigo, no quiero que caiga conmigo.

Jonathan ignora a Ryke.

—¿Por qué lloras? —le espeta a Lo, en un tono que transmite tanta repulsión como compasión.

—No lo sé —confiesa Lo. Sus fosas nasales se dilatan cuando trata de reprimir las lágrimas.

Jonathan lo sujeta por la nuca y acerca su cara a la de él.

—Piensa en esto —le pide con una sonrisa burlona al tiempo que lo sacude.

La gente está mirándonos ahora sin cortarse un pelo. Lo intenta zafarse de su mano poniendo su brazo encima del de su padre, pero Jonathan lo sujeta con demasiada fuerza, presionando con los dedos la piel de Lo.

—Basta —intervengo, tratando de adelantarme. Rose me lo impide tirando de mí hacia atrás.

Ryke agarra a Jonathan por el brazo para alejarlo de Lo, que se tambalea aturdido.

—¿Qué te pasa? —le grita Ryke a Jonathan—. No, ¿sabes qué? Sé lo que te pasa: que nunca has cambiado. Sigue creyendo que eres un gran hombre, pero no voy a permitir que arruines la vida de Lo.

¿Por qué suena como que lo conoce?

—¿Esto es cosa de Sara? —pregunta Jonathan—. ¿Dónde está? —Recorre con la mirada el salón de baile, en busca de la madre de Lo.

Él, mientras tanto, se aleja tanto de Jonathan como de Ryke, y los mira a ambos como tratando de entender su relación. Está claro que aquí hay mucho que no sabemos.

—No está aquí. Ni siquiera sabe que conozco a Lo —exclama Ryke.

Jonathan lo mira con una expresión dolorida.

—Entonces, ¿es cosa tuya separar a la familia? ¿Es así cómo me pagas lo que he hecho por ti? —Lo mira con reproche—. Podría haberte apartado, pero te permití tener un padre…

«Espera, espera, espera…».

—Quizá no lo quiero —dice Ryke.

Jonathan aprieta los dientes.

—No vas a poner a mi hijo contra mí, ¿entendido?

—¿Qué pasa aquí? —interviene Lo—. ¿Qué cojones pasa aquí?

Connor aparece detrás de Jonathan y le susurra algo al oído. Jonathan asiente.

—Este no es el momento —le indica a Lo—. Hablaremos más tarde. —Con esa breve despedida, Connor se aleja con Jonathan, evitando una escena más contundente.

—Nos vemos en el vestíbulo —dice Lo a Ryke cuando pasa junto a él sin mirarlo.

Yo sigo apoyándome en Rose. En mi mente hay ahora demasiados pensamientos dando vueltas para que pueda concentrarme. Sigo llorando, algo desconocido en mí. Quizá sea por culpa de las duras palabras de Jonathan. Quizá por haberme enterado de que Lo va a ir a rehabilitación. O tal vez por la extraña relación entre Jonathan y Ryke.

Nos detenemos en el pasillo del hotel; la alfombra tiene un patrón de diamantes que me parece de mal gusto y el papel de la pared es de un color dorado brillante. La mezcla de los dos me marea.

—¿Quién eres? —le grita Lo a Ryke—. ¡No me mientas más!

—Tranquilo —dice Ryke—. Déjame contártelo todo, por favor. Te mereces una explicación.

—¿De qué conoces a mi padre? —presiona Lo—. ¿De qué te conoce él?

Ryke le tiende una mano con la palma hacia abajo, como si estuviera tratando de mantener la paz.

—Sara Hale es mi madre.

¡Oh, Dios mío! Jonathan acaba de decir algo sobre haber sido como un padre para Ryke. ¿Fue esa la causa del divorcio? ¿Que Sara lo engañó y se quedó embarazada de Ryke?

Si eso fuera así, Ryke y Lo serían hermanastros.

Lo da un paso vacilante hacia atrás y levanta una mano para que Ryke no diga nada mientras él ordena sus pensamientos. A continuación lo mira con el ceño fruncido.

—¿Eres un bastardo?

Ryke se encoge de hombros con una mueca de dolor, y lo niega una vez moviendo la cabeza de forma concisa mientras le resbala una lágrima por la mejilla.

Lo señala su propio pecho con una mano temblorosa.

—¿Lo soy yo?

Ryke asiente.

Lo deja escapar un extraño sonido entrecortado, y trato de adelantarme, pero Rose me detiene de nuevo. Lo se seca los ojos con la mano y respira profundamente.

—Déjame ver tu carnet de identidad —exige.

Ryke saca la billetera del bolsillo trasero y le tiende la tarjeta.

—Sigues siendo mi hermano —le dice antes de entregársela—. Da igual quién se supone que debiera estar aquí.

—¡Déjame verlo, joder!

Ryke le entrega el carnet y Lo lee el nombre. Tensa la mandíbula, haciendo que sus pómulos se afilen. Le tiembla la mano al sostener la tarjeta.

—«Jonathan Ryke Meadows». —Lo deja escapar una risa delirante y le devuelve a Ryke la tarjeta. Él la deja caer en la alfombra—. ¿A qué dijiste que se dedicaba tu madre? —Lo finge confusión—. ¿Ah, sí? Vive de tu padre. —Veo cómo se muerde el labio inferior al tiempo que asiente.

—Lo...

Lleva las manos por encima de la cabeza.

—Que te jodan. ¿Por qué no me lo dijiste? Eres hijo de Jonathan. Sara Hale es tu madre, pero yo no soy hijo de ella, ¿verdad?

—Mi madre le pidió el divorcio a Jonathan cuando él dejó embarazada a otra mujer de ti. Fue poco después de que yo naciera.

Todo lo que su padre le ha contado estos años es mentira. No es de extrañar que Sara odie a Lo y que lo maldiga por teléfono. Es fruto de un adulterio y la causa del fracaso de su matrimonio. Trato de acercarme a él una vez más, pero Rose me lo impide.

Lo está llorando.

—Sara se llevó mi cama para ti, ¿verdad?

—No sabía que era tuya.

—Mi armario, mi ropa, lo pidió todo como parte del acuerdo y te lo dio a ti. —Lo se aprieta los ojos con los dedos—. ¿Por qué me lo han ocultado?

—Existen unas cuestiones jurídicas… —Da un paso más cerca de Lo—. Yo tampoco sabía que existías hasta que cumplí los quince años. A mi madre se le escapó en uno de sus ataques de ira. Siempre me reuní con Jonathan en clubs de campo. Y no te mentí cuando te dije que dejé de encontrarme con mi padre. Me sentía raro con él, sobre todo cuando empecé a estar sobrio. Era como si pudiera ver a través de él. —Aprieta los dientes, tratando de contener las emociones, pero le resulta difícil porque Lo no se reprime, veo cómo se le hinchan los ojos.

—¿Has sabido que existo durante siete años? ¿Nunca se te ha ocurrido conocerme? —Lo frunce el ceño como si estuviera sufriendo un profundo dolor—. Yo soy tu hermano.

—Eras la causa de la separación de mis padres —dice Ryke, con la voz temblorosa—. Pasé años resentido contra ti. Mi madre te odiaba, y yo la adoraba, ¿qué narices se suponía que debía hacer? Y luego vine a la universidad, y me alejé de ella. Empecé a pensar sobre todo esto más detenidamente, y me reconcilié con la idea de que existías. Pasé de ti. Serías uno de esos gilipollas ricos que Jonathan Hale criaría. Y un día te vi. —Ryke mueve la cabeza con una mirada nítida—. Te vi en la fiesta de Halloween y supe quién eras. Después de enterarme de tu existencia, Jonathan me enseñó fotos tuyas, siempre me preguntó si quería conocerte. Nunca quise.

Lo parece dolorido.

—¿Por qué?

—Tú eras como habría sido yo si me hubiera criado él. Me

arrepentí de todo lo que había hecho. Te había echado la culpa de todo cuando solo eras un niño que había recibido unas cartas de mierda. Quise ayudarte… como compensación por todos los años que no hice nada. Sabía cómo era él. Había escuchado a mi madre todo lo que él le dijo; cosas horribles, asquerosas, cosas peores que un puñetazo en la cara. Sabía que estabas siendo criado por él y no hice absolutamente nada. —A Ryke se le quiebra la voz y sacude la cabeza.

—Entonces me conociste —repite Lo—. ¿Soy tan patético como te imaginabas?

—No. Eres un capullo, pero yo también. Realmente debemos ser hermanos.

Lo se atraganta al soltar una breve carcajada.

—¿Por qué todo el mundo me lo ocultó? —Da un paso hacia atrás, y Ryke le pone la mano en el hombro—. ¿Cuáles son esas estipulaciones legales?

Ryke traga saliva.

—Según el acuerdo de divorcio, mi madre tiene que mantener en secreto el nombre de tu madre y seguir usando el apellido Hale, de lo contrario pierde todo lo que consiguió con el divorcio. —Ryke usa el apellido de soltera de Sara, Meadows.

—¿Por qué?

—Para que tu padre no vaya a la cárcel. Tu madre apenas tenía diecisiete años. Era menor de edad, y mi madre podría haberlo denunciado. Sin embargo, tuvo un momento de compasión, y firmó los papeles comprometiéndose a mantener el secreto. Si cambiaba de idea, el dinero se destinaría a obras benéficas y ella saldría perdiendo.

Lo frunce el ceño.

—¿La violó?

—No —responde Ryke con rapidez—. No, Sara dijo muchas cosas malas sobre Jonathan, pero jamás mencionó nada de eso. No creo que estuviera enamorado de tu madre, de lo contrario habría encontrado la manera de que formara parte de tu vida, creo que fue… un polvo de una noche. —Se pasa la mano por el pelo—. Creo que ella se marchó… —Se fuerza a terminar de hablar—. Creo que te abandonó. No sé por qué decidió tenerte, pero lo hizo. Sé que después no quería quedarse contigo.

Fue Jonathan quien crió a Lo cuando nadie más lo quiso.

Cuando digiere las palabras a Lo le tiemblan las manos y su respiración es superficial.

—Que yo no lo supiera era lo más fácil para todos, ¿verdad?

—No sabía si Jonathan te había dicho la verdad —asegura Ryke—. Pero cuando te conocí, supe que no lo había hecho. No tenías ni puta idea de quién era.

—¿Por qué no me lo dijiste? —pregunta Lo apoyando la mano en el pecho—. Merecía saberlo.

—Tienes razón —dice Ryke—. Pero no estabas bien, Lo. Quise ayudarte. Así que dije algunas mentiras para acercarme a ti. Incluso tuve que salir del desfile de Rose cuando apareció el padre de Lily. Lo conozco y me conoce, y no creía que estuvieras preparado para saber la verdad.

¿Mi padre lo sabía? ¿Conocía las respuestas desde el principio? Apenas puedo asimilarlo.

Ryke se acerca más.

—Tenía miedo de que si lo descubrías, te empujara a hacer cualquier locura. ¿Lo entiendes? —Me mira—. Imagino que tú sí lo entiendes.

Lo se frota los ojos de nuevo, no puede dejar de llorar. Veo que el dolor lo atraviesa como un maremoto que lo inunda hasta perder el aliento y la razón, y es como si lo tragara un remolino. Se cubre la boca con la mano y empieza a gritar; está enfadado, dolido, cabreado.

Se hunde de rodillas lentamente y apoya la palma de la mano en la alfombra.

—Lo —lo llama Ryke, inclinándose hacia él, tratando de ayudarlo. Pero Lo se aleja con una mirada salvaje y llena de lágrimas.

—¿Dónde está Lily? —pregunta, frenético—. ¡Lily! —gira la cabeza—. ¡Lily! —grita, buscándome.

Rose me suelta finalmente, y corro hacia sus brazos. Lo me abraza con fuerza y llora en mi hombro mientras se estremece sin control.

—Estoy aquí —respiro—. Todo está bien.

Cuando levanto la vista, veo a Ryke y a Rose, que intercambian una mirada de vacilación.

Ahora lo entiendo. Tienen miedo de que estemos cerca el uno del otro. No estamos bien juntos, no todavía.

Lo se aferra a mi vestido, y llora hasta que no le quedan más lágrimas. Trato de retener las mías, de ser fuerte para él.

—Es como si me estuviera muriendo —susurra con la voz ronca.

—No es así —le beso en la mejilla—. Te amo.

Unos minutos después, nos levantamos y nos dirigimos al aparcamiento en silencio, seguidos de cerca de Rose y Ryke. Los convenzo para que nos dejen ir solos en uno de los coches, pero se reunirán con nosotros en el apartamento del edificio Drake.

Lo se mete primero en el *Escalade* y yo lo sigo.

—Al Drake —digo, sin mirar a los asientos delanteros. El coche empieza a moverse, y me vuelvo hacia Lo, que se cubre los ojos con una mano.

—No sé qué hacer.

—Vas a ir a rehabilitación —le digo con firmeza, a pesar del dolor que inunda mi pecho. Sé que es lo correcto. Lo mejor para los dos.

—No puedo dejarte. —Deja caer su mano—. Podrían pasar meses, Lily. No quiero que estés con otro hombre…

—Sabré ser fuerte —aseguro, apresando sus manos entre las mías y apretándolas—. También yo iré a terapia.

—Lily… —El dolor que adivino en su voz es como un cuchillo clavándose en mi corazón.

—Iré a vivir con Rose.

Cierra los ojos, haciendo que se derramen más lágrimas.

Yo me contengo como puedo.

—Voy a pedir el traslado de matrícula a Princeton, y estaré esperándote cuando regreses.

Asiente, aceptando el plan.

—Si eso es lo que quieres…

—Es lo que quiero.

Se humedece los labios y apoya el hombro en el mío.

—Lamento lo de hoy. No debería haberte hecho eso en la habitación del hotel. Estaba… cabreado, pero no tenía nada que ver contigo. Yo…

—¿Qué ha pasado? —Frunzo el ceño. ¿Qué puede ser tan malo como para hacer que se apropiara de aquellas botellitas, rompiendo aquella breve sobriedad que tanto le había costado conseguir y que tanto significaba para mí, para nuestros amigos… para su hermano?

—He recibido una carta de la universidad esta mañana —hace una pausa—. Me han expulsado.

—¿Qué? No pueden echarte. No has hecho nada malo, iremos a hablar con el decano.

—Lily, he faltado a la mitad de las clases. En realidad a casi todas. Tengo un uno y pico de media general; es potestad de la

universidad echar a las personas que no cumplen con sus están-
dares académicos. Me lo advirtieron el año pasado, aunque me
importó una mierda.

—¿Qué? —chillo. Durante todo este tiempo, pensaba que había estado sacando buenas calificaciones, mejores que la mayoría,
al menos mucho mejores que las mías—. Puedes… puedes pedir
el traslado a Princeton. Con tu apellido, te aceptarán sin dudar.

—No —se niega—. No voy a volver a la universidad, no es
para mí, Lil.

No reacciono.

—Entonces, ¿qué vas a hacer?

—No lo sé —dice—. ¿Qué te parece si antes de nada me dedico a recuperar la salud?

—Perfecto —murmuro—. ¿Y qué vas a hacer con tu padre?
Lo, como se entere, te retirará el fondo fiduciario.

—No lo descubrirá. Ya he llamado a la universidad y les pedí
que no se pusieran en contacto con él.

Suelto el aire, aliviada.

El coche se detiene junto a la acera.

—Hemos llegado, señor Hale.

Me pongo rígida. Esa voz no es la de Nola.

El conductor se gira un poco, y vislumbro el bigote gris, el
pelo alborotado y las gafas sobre la nariz ganchuda.

—Anderson —dice Lo con la voz grave. Es Anderson, el conductor de Jonathan Hale, el tipo que ya se ha chivado antes—. Por
favor, no le digas a mi padre…

—Buenas noches —se despide Anderson con una sonrisa
forzada, volviéndose de nuevo hacia delante para esperar a que
bajemos.

Cuando lo hacemos, tengo el presentimiento de que todo está
a punto de cambiar.

33

*D*espués de mantener una breve conversación, aceptamos pasar la noche separados. Yo me quedo con Rose en el edificio Drake, y Ryke se lleva a Lo a su apartamento en el campus. Me entero de que su padre lo llama a la mañana siguiente porque Rose me lo dice.

Le ha dado el ultimátum que hemos evitado y temido toda la vida. Aplícate en la universidad, pon tu vida en orden, o bien retiraré tu fondo fiduciario. Meses antes la elección de Lo quizá hubiera sido diferente, podría haber optado por la universidad, pedir el traslado a Princeton o a Penn Statu, regresar a la rutina familiar en un nuevo escenario. Pero creo que los dos somos conscientes ahora de que hay cosas que valen más que un estilo de vida lujoso y una billetera repleta.

Mientras desayuno en la sala, no me sorprende que Rose me cuente que Lo ha renunciado al dinero. Ella está admirada, dice que es lo más heroico que le ha visto hacer a Lo. La ironía es que no está salvando a la dama del castillo, ni rescatando a un bebé de un incendio, sino que se está ayudando a sí mismo. Quizá incluso esté salvando nuestra relación. A pesar de mi miedo, me siento muy orgullosa de él.

Voy a intentar ser igual de valiente dentro de unos días.

Mi hermana me pone una mano en el hombro.

—Va a venir a recoger algunas cosas. Se irá al mediodía.

La presión en el pecho amenaza con ahogarme, pero asiento con la cabeza. También hemos hablado de que yo debo ir a rehabilitación en cuanto sea posible. A pesar de todo, sabemos que es el paso correcto; no podemos resolver esto solos. No podemos. Cuando lo intentamos, Lo acabó bebiendo tequila en una habitación de hotel y yo buscando su cuerpo.

Rose se hunde a mi lado y le hago sitio en el sofá.

—¿Qué tal estás? —me pregunta, peinándome con las manos y haciéndome trenzas.

Sacudo la cabeza. No tengo palabras. En solo una noche, Lo ha perdido su fondo fiduciario, se enteró de que su padre lleva toda la vida mintiéndole y de que tiene un hermano. Nuestra conexión es tan profunda, que siento el dolor del engaño como si fuera mío.

¿Cómo pudo Jonathan mentir durante tanto tiempo? Quiero despreciarlo por ello, pero no puedo. Quiere a Lo. Aunque nadie lo reconozca. De hecho, lo quiere tanto que decidió criarlo él en vez de abandonarlo.

Tiene miedo de que su hijo vaya a rehabilitación porque entonces Lo podría enterarse de que falló como padre y de que su hijo puede seguir adelante sin él. Creo que una parte de Jonathan piensa que Lo regresará a casa por dinero, que volverá cuando sea consciente de las dificultades de la vida. Quizá lo haga. O quizá se despida definitivamente de su padre sin mirar atrás.

—Al principio va a ser difícil —me asegura Rose, sujetando la trenza—. ¿Cuándo ha sido la vez que has estado más tiempo alejada de él?

Sacudo la cabeza de nuevo.

—No lo sé… Quizá haya sido una semana. —Parece absurdo, pero es cierto. Es como si lleváramos casados toda la vida y ahora tuviéramos que separarnos. Sé que es lo mejor, pero la herida todavía duele.

Rose me frota la espalda y me giro hacia ella. Me mira con más preocupación de la que creía posible. Al final, no ha sido un chico el que me ayudó, sino mi hermana.

Le sostengo la mano.

—Gracias. —Surgen las lágrimas—. No sé si podría hacerlo sin ti. —Hemos decidido no contarle a nuestros padres y hermanas lo de mi adicción. No es algo fácil de entender y no quiero pasarme la vida justificando esa compulsión. Si Rose también considera que es la mejor opción, debe ser verdad.

—Serás capaz de superarlo. Quizá no será ahora, pero lo harás.

—Tengo miedo. —Me duele la garganta y me fuerzo a tomar aire—. ¿Y si lo engaño? ¿Y si no puedo esperar?

Me aprieta la mano.

—Lo harás. Lo superarás, y yo te apoyaré en cada paso del camino.

Me seco las mejillas y la abrazo durante un buen rato.

Le doy las gracias y susurro que la quiero.

Ella me acaricia el pelo.

—Yo también te quiero.

Me detengo en la acera, ante el edificio Drake. Las ráfagas de nieve me impactan en las mejillas mientras espero a Lo. La gente se ha puesto sus mejores galas para ir a la misa de Nochebuena. Hay luces diminutas por todas partes y coronas de flores con cintas rojas colgadas en la entrada del edificio. La ciudad está de celebración, pero mi corazón se rompe un poco más con cada latido.

El Infinity negro de Ryke frena junto a la acera. Mete el equipaje de Lo en el maletero y lo cierra.

Lo parece afectado y cansado, tiene ojeras. Estamos a apenas dos metros y me pregunto quién será el que hará desaparecer el espacio que nos separa.

—¿Qué nos decimos? —suspiro—. ¿Adiós?

—No. —Niega con la cabeza—. Esto no es un adiós, Lil. Es un hasta luego. —No sé qué le harán en rehabilitación. Ryke no me ha dicho dónde lo va a llevar, pero tengo que confiar en que es un lugar seguro y quizá no demasiado lejos.

Fuerzo una sonrisa mientras intento reprimir el llanto. Pero cuando veo que una lágrima baja por su mejilla, no puedo aguantar más. Sollozo.

—No cambies demasiado —deseo. Temo que no encaje en mi vida cuando regrese. Va a madurar lejos de mí mientras yo me quedo estancada y sola.

—Solo haré desaparecer las partes malas. —Da un paso adelante, luego otro… y otro… hasta que nuestros zapatos se tocan, hasta que noto su pulgar en la mejilla—. Siempre seré tuyo. No existe tiempo ni distancia capaces de hacer desaparecer eso, Lily. Tienes que creerme.

Pongo las manos en su pecho y rozo con los dedos el colgante de punta de flecha.

—No quería dejarte aquí… —Noto que su pecho se tensa bajo mis palmas—. Ni quería hacerte sufrir, Lil. Tienes que saber que esto… Esto es lo más difícil que he tenido que hacer nunca. —Se humedece los labios—. Más difícil que rechazar a mi padre, que decirle que no quiero su dinero. Esto es lo único que me mata.

—Estaré bien —susurro, tratando de creerlo.

—¿De verdad? —dice, vacilante—. Porque te imagino llorando, golpeando la cama. Gritando y rezando para que el dolor termine. Y será culpa mía.

—Basta... —jadeo, incapaz de mirarle a los ojos—. Por favor, no pienses eso.

Abre la boca y creo que va a liberarme. Que va a decirme que puedo engañarlo, que soy libre. Pero empieza a llorar.

—Espérame —me dice, con las palabras ahogadas por la angustia—. Necesito que me esperes.

Alguien que lo impulse a seguir. Miro por encima de su hombro y veo que Rose se cubre la boca con la mano mientras nos mira con los ojos muy abiertos. Miro a Ryke, pero su expresión dura no dice nada.

Esto ha sido idea de Lo.

Sabe que la única forma de conseguir que lo intente de verdad es tener algo que perder.

Trato de elaborar una respuesta, pero tengo la garganta cerrada.

Lo me atrae más cerca y me rodea con sus brazos.

—Te amo. —Me besa en la frente y se aleja de mí, dejándome sin habla, destrozada. Le hace un gesto a Rose—. Cuida de ella.

—Cuídate —responde mi hermana.

Él asiente moviendo la cabeza y espero que me mire de nuevo. No lo hace.

—Lo —pronuncio su nombre una vez más.

Él tiene una mano sobre la puerta del coche y vacila antes de mirarme.

Abro la boca, dispuesta a dejar salir todos mis sentimientos: «Te amo. ¡Te voy a esperar! Eres mi mejor amigo, mi compañero del alma, mi amante. Estoy orgullosa de ti. Por favor... Vuelve a mí».

Curva los labios en una sonrisa llena de esperanza.

—Lo sé.

Dicho eso, se introduce en el coche y cierra la puerta. El Infinity se incorpora al tráfico.

Alejándose de mi vista.

Agradecimientos·

*E*n primer lugar, queremos dar las gracias a todas las personas que nos apoyaron durante la creación de *Atrapada contigo*. A la familia y los amigos, que mostraron su gran devoción y nos guiaron de corazón. A los colegas blogueros y seguidores, os lo debemos todo a vosotros, así que muchos abrazos y unas gracias enormes. Sean virtuales o reales, significan lo mismo para nosotras.

Cualquier persona que sufre de una adicción o que cree tener una debe dar el primer paso y reconocer el problema. Decírselo a alguien debería ser el segundo movimiento. Es importante que los lectores, tanto mujeres como hombres, sepan que la adicción al sexo es un tema complicado en el caso de las mujeres. Existe una línea muy fina entre ser adicta al sexo de forma destructiva (como es el caso de Lily) y limitarse a explorar la sexualidad. Siendo conscientes de esa frontera, podremos ayudar a otras mujeres sin avergonzarlas. Todos somos hermanos y estamos muy contentas de empezar a reconocer ese lazo que compartimos. Y para los chicos que lean este libro, ¡también os queremos! ¡Gracias!

Krista y Becca Ritchie

Son hermanas gemelas, autoras *best seller* de *The New York Times* y *USA Today*. Ambas comparten la pasión por la escritura y nunca han dejado de contar historias. Ahora, a sus casi treinta años, escriben historias de otras chicas que navegan por la vida, por la universidad y por el amor. *Atrapada contigo* es el primer título de su serie Adictos, que se completa con *Resistiré*.